Autor

Gerd Fischer, 1970 in Hanau geboren, studierte Germanistik, Politologie und Kunstgeschichte in Frankfurt am Main, wo er seit 1991 lebt.

Fischer hat sich einen Namen gemacht mit seiner Frankfurter Krimi-Serie um Kommissar Andreas Rauscher. Bisher erschienen: „Mord auf Bali“ 2006 (Neuauflage 2011), „Lauf in den Tod“ 2010, „Der Mann mit den zarten Händen“ 2010, „Robin Tod“ 2011, „Paukersterben“ 2012, „Fliegeralarm“ 2013, „Abgerippt“ 2014, „Bockenheim schreibt ein Buch“ (Hrsg.) 2015, „Einzige Liebe – Eintracht-Frankfurt-Krimi“ Februar 2017, „Ebbelwoijunkie“ Dezember 2017, „Frau Rauschers Erbe“ 2018 und „Der Apfelwein-Botschafter“ 2021.

Zudem die Thriller „Rotlicht Frankfurt“ 2019 (LONGLIST Crime Cologne Award), und „Seitenwende“ 2023 (gemeinsam mit Stefan Schweizer).

Prolog

Der Lippenstift auf dem geöffneten Mund stach knallrot hervor. Kein Fältchen auf der Haut, die Augen grell geschminkt. Die Farbpalette beinhaltete gelbe, neongrüne und tiefrote Töne. Lider gesenkt, Haare hochtoupiert, Ohrringe fünf Zentimeter lang, neonpink. Die Person trug ein bauchfreies Top mit Spaghettiträgern, das ihre Apfelsinenbrüste kaum verbarg. Dazu einen Hauch von Slip. Das Piercing im Bauchnabel schimmerte brillanten. Die High Heels aus Leder hatten Pfennigabsätze.

Sie sah billig aus.

Die Stellung ihrer Extremitäten war extravagant. Ein Arm hochgestreckt, einer hing nach unten. Ein Bein war links abgeknickt, eins rechts. Sie lag auf dem Rücken.

Den rechten Oberschenkel zierte ein Wort. Die Schrift in Lippenstiftoptik: *PRESSEHURE*. Versalien, fett und rot.

In ihrer Brust klaffte ein Loch, aus dem Blut gesickert und getrocknet war.

Sie atmete nicht mehr.

*

„Wir müssen alles über diesen Typen rausfinden. Vor allem seine Schwachstellen."

„Kein Problem! Der Mann ist ein Wrack."

„Umso besser. Ich will ihn leiden sehen!"

„Am besten etwas, womit wir ihm besonders wehtun."

„Alles klar, ich kümmere mich drum."

TEIL I

KAPITEL 1

1

Der Frankfurter Märzhimmel hatte die Farbe von Blut angenommen. Der Sonnenuntergang über der Skyline war überwältigend. Benjamin Brick wandte sich vom Fenster ab, sonst hätte er seine Gefühle nicht mehr in den Griff bekommen. Er setzte sich zurück auf den Bürostuhl und sah Anna Frieder an.

„Wo waren wir stehengeblieben?"

„Sie waren dabei, ein persönliches Fazit zu ziehen. Nachdem Ihre Reportage die Zerschlagung des Escort-Netzwerks Starlight ausgelöst hat."

Brick hatte ein letztes Interview zugesagt. Erstens war es von der bedeutendsten Frankfurter Zeitung gekommen, der Allgemeinen. Zweitens führte es die Chefredakteurin persönlich, der er gerade in ihrem Büro gegenübersaß. Sie hatten zwei Stunden lang gesprochen. Zwei Stunden, die ihm schwergefallen waren. Zu lebendig schien der Albtraum, zu wenig hatte er ihn abgeschüttelt, obwohl das Ganze nun über ein halbes Jahr zurücklag. Das Interview wühlte alles neu auf.

„Ja. Da ist diese Unsicherheit, die bleiben wird. Tomovic ist tot, aber wir wissen immer noch nicht, ob und wie seine Mitstreiter strafrechtlich belangt werden. Ob die Leute auf der Freierliste im Bau landen, ob ihnen überhaupt strafbares Handeln nachgewiesen werden kann. Die Justiz hat das Wort, uns sind die Hände gebunden. Denkbar schlecht. Es wird sich hinziehen. Wir sind zum Warten verdammt. Und ich brauche Ihnen nicht zu sagen, wie ich das hasse."

„Danke, Herr Brick. Ich denke, das reicht für das Interview." Sie legte eine Pause ein. „Ende des offiziellen Teils."

Anna Frieder fasste sich an ihre kurzen blondierten Haare, die ihr etwas Pfiffiges und Forsches verliehen, als wolle sie sie zurechtzupfen. Mit 51 zählte sie sich garantiert nicht zum alten Eisen, schätzte Brick. Sie war ein Blickfang, trotz oder wegen ihres Alters. Sie achtete auf ihr Äußeres, das schien klar. Zweimal wöchentlich Workout in einem First-Class-Fitnessstudio an der Alten Oper, am Wochenende auf einer Laufstrecke in den Wetterauer Feldern. Karrierestreben inklusive. Ihr Businesskostüm war modern geschnitten und betonte ihre Figur. Einzig ihre Augen … Da stimmte was nicht. Er kam nicht gleich drauf. Sie waren dunkel, gaben wenig preis, erzählten nichts von ihrem Inneren. Er meinte, beim zweiten Hinsehen zu erkennen, dass das rechte Auge einen Tick nach unten hing. Ja, das war es. Nachlassende Elastizität oder angeboren? Es schmälerte indes ihre Attraktivität nicht, im Gegenteil. Es verlieh dem Gesicht das gewisse Etwas und verwandelte die ansonsten perfekt erscheinende Frau in einen normalen Menschen.

„Darf ich Ihnen noch einige persönliche Fragen stellen, off the record?", fragte Anna Frieder und lächelte ihn an. „Ich verspreche, Ihre Antworten nicht für meinen Text zu verwenden."

Brick hob die Augenbrauen. „Sie interessieren sich für mich?"

„Sagen wir es so: Ich würde gerne mehr darüber erfahren, wie es dem berühmten Benjamin Brick geht, der ein Topjournalist sein könnte, es aber vergeigt hat, weil er leider nur alle Schaltjahre eine Weltklassereportage abliefert. Im Umgang mit anderen jedoch für zahlreiche Aussetzer bekannt ist."

Brick staunte. „Aha! Sie machen nicht nur Ihre Hausaufgaben, Sie machen sich auch Sorgen. Um mich!"

„Seit dem Buch über die Starlight-Recherche habe ich leider keine Zeile von Ihnen gelesen."

„Brauchen Sie nicht. Oder sehe ich so schlimm aus?"

„Aber auch nicht gut." Sie zwinkerte ihm zu.

„Danke für das Kompliment." Er strich sich übers Gesicht und die kurzen Haare, die inzwischen auf knapp einen Zentimeter nachgewachsen waren. Er hatte sich während der Flucht vor Tomovics Leuten eine Glatze geschoren, damit ihn niemand mehr erkennen konnte. Seine Haare waren nun dünner als vor der Totalrasur und abgenommen hatte er auch. Kein Tropfen Alkohol seit Monaten.

„War nicht so gemeint."

„In den letzten Jahren habe ich nicht sonderlich auf mich und meinen Körper geachtet. Da haben Sie recht."

„Ich würde es Raubbau nennen."

Er schaute sie eine Weile an, als überlege er, ob er ihr mehr anvertrauen konnte. „Wissen Sie, ich habe so ein Echo in mir. Es klopft an meine inneren Gehirnwände und fängt an zu erzählen. Von den üblen Zeiten, als ein Absturz dem nächsten folgte. Es ist wie ein Stoppschild und sagt mir: bis hierhin und nicht weiter!"

Anna schien verblüfft. „Ihr Echo?"

„Die Schatten meiner Vergangenheit, die Sünden, die Gefühle, so oft den Abgrund gesehen zu haben."

„Hmmm, verstehe. Ich würde es Ihre innere Stimme nennen, die Sie ermahnt."

„Ich habe jahrelang nicht am Leben gehangen. Seit ich weiß, dass ich eine Tochter habe, hat sich meine Perspektive geändert. Auch wenn sie in Hamburg lebt, ist sie immer bei mir." Er klopfte sich aufs Herz.

„Ich kann Sie beruhigen. Sie machen einen passablen Eindruck für Ihre 52 Jahre."

„Passabel, soso. Rote Nase, unterlaufene Augen, wenig Schlaf, viele Falten, mein Puls holpert. Hab ich was vergessen?"

„Sind Sie eigentlich immer so negativ?"

„Hängt womöglich mit meiner Grundstimmung zusammen. Ich war vor dem Starlight-Fall schon kaputt, aber die Sache hat mich weiter zerstört."

Sie beugte sich vor, legte ihre Hand sanft auf seine. „Erzählen Sie! Erzählen Sie mir bitte mehr! Es interessiert mich brennend." Da nichts kam, versuchte sie, ihm auf die Sprünge zu helfen. „Kein bisschen stolz? Könnten Sie aber sein. Sie haben ein skrupelloses Netzwerk ausgehoben." Sie streifte ihn mit einem Blick, der eher nicht zwischen Interviewerin und Interviewtem ausgetauscht wurde. Er erkannte Anteilnahme darin. Es lag etwas in der Luft. Sympathie.

Er erwiderte ihren Blick, zog gleichzeitig seine Hand zurück. Sie waren sich einen Moment lang nähergekommen, zu nah für Brick. Da kam eine Art Verständnis auf, da war ein Gefühl, das behagte ihm nicht. Es irritierte ihn. Flirtete sie? Nein. Das konnte nicht sein. Anna Frieder war eine andere Liga. Er irrte sich.

„Wann fangen Sie wieder mit dem Schreiben an?" Das hörte sich pragmatisch an. Der Zauber war weg. Er hatte sich alles nur eingebildet.

„Ich? Keine Ahnung. Vielleicht nie mehr. Aber ich laufe jetzt regelmäßig, unten am Main."

Frau Frieder schaute auf. „Ein Anfang. Freut mich. Ich könnte … Ich möchte etwas zu Ihrem Wohlbefinden beitragen, indem ich Ihnen ein ... ein Angebot mache." Wieso stotterte sie plötzlich? Sah ihr nicht ähnlich.

„Ein Angebot?" Brick hob eine Augenbraue.

„Steigen Sie bei uns als Redakteur ein."

„Bei der Allgemeinen?", platzte er heraus und musste grinsen. „Oh nein, bitte nicht! Ich nehme keinen Job mehr an. Diese Zeiten sind vorbei. Hab was auf der hohen Kante. Der Vorschuss und die Tantiemen für das Buch sind recht üppig ausgefallen. Sie werden mich über die nächsten Jahre bringen."

„Es steht seit zehn Wochen auf der Bestsellerliste."

„Hätte ich nicht erwartet."

„Sagen Sie, warum hat Katharina Neubert nicht mitgeschrieben am Buch? Immerhin war sie stark involviert in die Aufdeckung des Starlight-Netzwerks. Die Zeitungsreportage haben sie ja auch als Team verfasst."

„Ich hätte das Buch liebend gern mit ihr zusammen geschrieben, glauben Sie mir." Er schwieg einen Moment und schaute die Chefredakteurin eindringlich an. „Aber sie hat mir einen Korb gegeben. Wollte ums Verplatzen nicht mitschreiben. Ruhm und Rampenlicht, hat sie gesagt, seien nicht ihr Ding. Außerdem sei sie ständig auf der Suche nach Neuem, da müsse sie sehr viel investieren und jede Sekunde reinhängen. Sie hätte keine Lust, sich abgeschlossenen Sachen zu widmen."

„Wie selbstlos."

„Meinen Sie das ironisch?"

„Niemals."

Er war skeptisch. Ihrer Miene ließ sich nichts entnehmen. „Wenn Sie Kati kennen würden", hängte er an, „wüssten Sie, dass ihr so was tatsächlich egal ist. Sie ist Idealistin. Sie schreibt investigative Reportagen und kaut nicht Altes neu durch."

„Und warum haben SIE das Buch geschrieben? Vom Geld mal abgesehen.“

„Gute Frage. Darüber habe ich lange nachgedacht. Die Kohle hat eine gewisse Rolle gespielt, das gebe ich zu. Wenn du jahrelang von Artikel zu Artikel lebst, macht das auf Dauer keinen Spaß. Aber, was rede ich! Sie kennen die Situation im Journalismus. Wie soll ich es ausdrücken? Es war etwas anderes, etwas … Magisches.“

„Oh! Das hatte ich am wenigsten erwartet. Wie meinen Sie das?“

„Der Laptop hat mich angezogen, hat mich nicht mehr losgelassen. Wie ein Magnet. Ich habe sechs Wochen, quasi Tag und Nacht, durchgeschrieben. Wie festgetackert. Wie ein Besessener.“

„Klingt nach Ihrem Normalzustand.“

Er lachte. „Genau mein Humor.“

„Pardon!“

„Köstlich! Aber ja. Sie haben recht, so könnte man es tatsächlich sagen. Ergänzt habe ich das Buch durch meine Lebensgeschichte.“

„Hat ihm gutgetan.“

„Danke. Haben Sie es etwa gelesen?“

„Verschlungen! Ihr Meisterwerk. Gratuliere! Ehrlich. Ich wusste immer, dass Sie ein fabelhafter Autor sind.“

„Mir blieb keine Wahl. Ich musste es schreiben. Eine Art Therapie. Ich habe mein bisheriges Leben abgearbeitet. Oder hinter mir gelassen, wie man es nimmt …“ Die folgende Pause zog er bewusst in die Länge, weil ihm Szenen durch den Kopf schossen. Mit Alina, Natascha, Natalia, Elisa. „Aber jetzt … Wissen Sie, ich brauche nichts mehr zu schreiben. Hat was für sich. Obwohl ich mich jeden Tag ausgelaugt fühle.“

„Kein Wunder. Mit anderen Worten: Sie lassen Ihr Talent brachliegen.“

„Vor allem werde ich …“ Er beendete den Satz nicht, schaute sie stattdessen eine Weile an. „Wenn Sie jetzt keine Fragen mehr haben, würde ich es vorziehen …“

„Oh nein! Also ja, meine ich. Wir sind durch. Bei Nachfragen weiß ich ja, wo ich Sie finde.“

Brick stand auf. Streckte seine Hand über den Tisch.

Frau Frieder ergriff sie. „Danke fürs Kommen. Ich bin übrigens Anna und biete dir hiermit das Du an.“

„Benjamin“, antwortete er, wie aus der Pistole geschossen. „Aber so nennt mich niemand. Ben wäre schön.“

„Big Ben?“

„Nur meine engsten Freunde und Weggefährten nennen mich so.“

Er blieb stehen, überlegte, ob er noch etwas sagen sollte, entschied sich dagegen. Er hatte Bedarf nach Frischluft. Redaktionsräume waren ihm verhasst.

Beim Gehen spürte er ihre Blicke in seinem Rücken. Beobachtete sie ihn? Machte sie sich tatsächlich Gedanken, wie es ihm ging? Hat sie es ernst gemeint, als sie von dem Angebot sprach? Ein heruntergekommener Typ wie er bei der Allgemeinen? Welch eine Vorstellung! Wobei er nicht leugnen konnte, dass es einen gewissen Reiz barg. Oder wollte sie ihm schmeicheln?

Alter Hohlkopf, schalt er sich und beschleunigte den Abgang.

*

Regen peitschte wie Stahlketten auf den Asphalt des Frankfurter Gutleutviertels. Brick saß in seiner Wohnung am Küchenfenster und beobachtete seit über einer halben Stunde die herunterlaufenden Tropfen. Dieser Wasservorhang trennte ihn von der Hölle, die sich Stadt nannte. Er war froh, hier zu sitzen, nicht frieren zu müssen und nichts zu tun zu haben.

Das Klingeln an der Wohnungstür ignorierte er eine Weile. Der Besucher zeigte eine gewisse Penetranz und hämmerte munter drauflos. Das Geräusch tat ihm im Ohr weh.

„Jaja, ist ja schon gut!“

Brick seufzte, erhob sich, schlurfte zur Tür.

„Was verschafft mir die Ehre?“, fragte er, als er den Verursacher des Lärms erblickte. Brick stand Eddie Zinnober gegenüber, einem seiner ältesten Kumpel. Der Leiter der Lokalredaktion der Frankfurter Presse war blasser und runder geworden und hatte schon wieder ein paar Haare verloren. Sein durch die O-Beine bedingter Watschelgang war Brick in lebhafter Erinnerung. Mit seinen ausgewaschenen Jeans und Stiefeln wankte er wie ein in die Jahre gekommener Cowboy, der sich verlaufen hatte. Inzwischen stand er kurz vor der Rente.

Prompt kam eine Gegenfrage: „Was hast du die letzten sechs Monate eigentlich getrieben?“ Eddie wischte einige Regentropfen von der Jacke ab.

„Nichts.“

„Und was hast du jetzt vor?“

„Nichts.“

„Ich mache mir Sorgen um Kati“, sagte Eddie unvermittelt und betrat die Wohnung. Schlenderte an Brick vorbei, schaute sich um. Vielleicht hatte er Chaos erwartet. Vielleicht nicht. Vielleicht hatte er angenommen, Brick sei in den letzten Monaten zum Messi mutiert.

Mit der Nennung des Namens Kati war Bricks Aufmerksamkeit geweckt. „Was ist mit ihr?“

Katharina Neubert war Bricks Lieblingskollegin, die gemeinsam mit ihm durch die Berichterstattung über den Starlight-Fall und die Aufdeckung der unvorstellbaren Machenschaften seinen alten Kumpel Eddie vorm Rauswurf bewahrt hatte. Die Frankfurter Presse hatte einen Boom sondergleichen erlebt, von dem sie heute noch zehrte. Kati war daraufhin zur Ressortleiterin ernannt worden.

Brick pflanzte sich im Wohnzimmer in einen Sessel. Eddie blieb stehen.

„Wenn ich wüsste, was mit ihr ist, wäre ich nicht hier.“ Er kratzte sich am Kopf. „Wie vom Erdboden verschluckt. Seit drei Tagen war sie nicht mehr in der Redaktion. Ihr nächster Artikel ist überfällig.“

„Dabei ist sie doch zuverlässig.“ Brick runzelte die Stirn.

„Ich habe es bei ihr zu Hause probiert, auf dem Handy, zig Mails geschrieben. Nichts. Sie reagiert überhaupt nicht. Das passt nicht zu ihr.“

„Du machst dir echt Sorgen um sie.“

„Wäre ich sonst hier? Ich wiederhole mich nur ungern.“

„Hast du es bei der Familie probiert?“

„Wir haben ihre Eltern ausfindig gemacht. Sie wohnen in Wiesbaden und haben sie seit über drei Monaten nicht zu Gesicht bekommen.“

„Hat sie einen Freund?“

„Das müsstest eher du wissen.“

„Wovon handelt der Artikel?“

„Eine Recherche im Kulturamt über den Stand des Neubaus der Oper und des Schauspielhauses. Harmlos. Sie hat mir aber gesagt, sie sei an einem neuen, einem – Zitat – großen Ding dran."

„Einem ‚großen Ding'. Und du weißt nicht, worum es geht?"

„Keinen Schimmer. Du?"

„Ich?"

„Hallo, hallo? Ist hier noch jemand?" Eddie schaute sich theatralisch um.

„Ich hab seit Monaten keinen Kontakt zu ihr", erklärte Brick.

„Mist. Dachte echt, du weißt, wo sie steckt."

„Irrtum!"

„Dabei wart ihr doch so eng, als ihr den Starlight-Artikel verfasst habt."

„Danach hab ich ne Auszeit gebraucht. Der ganze Trubel und … Ach, ich will damit nichts mehr zu tun haben."

„Was treibst du so?"

„Hast du mich eben schon mal gefragt."

„Und du hast nicht geantwortet."

„Der gleiche hartnäckige Kerl wie früher, was? Du hast nichts von deiner Art eingebüßt." Brick kratzte sich am Kopf. „Dies und das."

„Lass mich raten: Mit dies meinst du Pernod trinken. Mit das auch?"

„Bin trocken."

Eddie Zinnober war darauf bedacht, sich sein Erstaunen nicht anmerken zu lassen.

„Du wirst doch nicht solide werden im Alter?"

„Immer volle Breitseite, was, Eddie?"

Zinnober winkte ab. „Vergeudete Zeit. Ich hau ab. Und falls du was von Kati hörst, wärs nett, wenn du …"

„Jaja. Schon gut." Brick schob ihn halb aus der Tür. Er war es nicht gewohnt, Besuch zu bekommen. Wollte nicht mehr behelligt werden mit Dingen, die ihn nichts angingen.

*

War er zum Menschenfeind mutiert? Ertrug er die bloße Anwesenheit eines anderen nicht mehr? Hatte es so weit kommen müssen? Konnte er gegensteuern? Oder war es schon zu spät? Den Rückzug aus dem Leben hatte er längst angetreten. Er brachte es nicht einmal fertig, mit Eddie, früher sein wichtigster Bezugspunkt, normal zu reden. Zurück am Fenster. Die Welt draußen rann an der Scheibe herunter. Es war März, es war grau, jeder Tag war wie der andere. Und das seit einer gefühlten Ewigkeit.

Ich mache mir Sorgen um Kati.

Verdammt! Eddie hatte ihm einen Floh ins Ohr gesetzt. Sein Ex-Chef hatte seine Achillesferse erwischt. Unentwegt musste er an Kati denken. Sie war die Einzige, die Brick in diesem Moment gerne gesehen hätte.

Obwohl, es gab noch Natalia, seine Tochter, und Elisa, seine ehemalige Nachbarin. Die waren in Hamburg, jobbten in einer Kneipe und ließen kaum was von sich hören. Nicht dass er größeren Wert darauf gelegt hätte. Dennoch schummelten sich die beiden ab und zu mal in seinen Kopf. Sie hatten gemeinsam die Hölle durchgemacht.

Sie ist an einem großen Ding dran.

Verflucht! Eddies Kurzbesuch hatte Brick einen Stich versetzt.

Musste er aktiv werden? Es gab damals einen Kollegen bei der Zeitung. Von ihm wusste er, dass er auf Kati stand. Sie arbeiteten zusammen, gelegentlich. Er könnte ihn ausfindig machen, ausfragen. Vielleicht hatte er Kati in den letzten Tagen gesehen. Wobei er nicht sicher war, wie dieser Typ hieß. Kai? Kati und Kai, genau. War er überhaupt noch bei der Frankfurter Presse? Seit etlichen Jahren hatte die Fluktuation zugenommen. Die Zeiten im Journalismus waren knallhart geworden. Heute hier, morgen dort. Die Freien schrieben für zig Blätter, um über die Runden zu kommen. Die Festangestellten waren ständig auf der Suche nach Alternativen, um ein vernünftiges Leben führen zu können. Mehr Geld, weniger Spätschichten, Abend- und Wochenendtermine. Immer lungerte schon jemand hinter der nächsten Ecke, der den gleichen Job für einen Apfel und ein Ei machte. Hinzu kamen die permanenten Anschuldigungen. Lügenpresse auf die Fresse. Wer hörte sich das auf Dauer an?

Scheiße! Sein Gedankenkarussell drehte sich unaufhörlich. Eddie hatte es geschafft: Er war wieder mittendrin. Dabei hatte er sich in letzter Zeit gut abgeschottet. Hatte den Avancen von Madame Chefredakteurin widerstanden. Anna, was für ein Name! Er ließ ihn sich auf der Zunge zergehen. Hätte er sich an ihn gewöhnen können? Die

Lady schien echtes Interesse an ihm zu haben. Und ihre Zeitung war von ausgesuchter Qualität.

Ein Klingeln schreckte ihn auf. Sein Handy. Außer Anna hatte seit Wochen niemand mehr angerufen. Er erkannte Schnauzes Nummer. Sein langjähriger Informant bei der Kripo, Thilo Frost war sein richtiger Name. Frost hatte ihn in früheren Zeiten zu Tatorten bestellt und ihm Infos zukommen lassen, bevor andere sie bekamen. Er hatte Brick Insiderkenntnisse übermittelt, sodass dieser in der Lage war, Artikel zu schreiben, nach denen sich Kollegen die Finger leckten.

Frost konnte er nicht wegklicken.

„Mensch Big Ben, altes Haus. Wie läufts?" Vertraute Stimme, die wacklig klang. Oder täuschte er sich?

„Schnauze, du rufst doch nicht an, um dich nach meinem Wohlbefinden zu erkundigen. Was ist los?"

Der Tonfall änderte sich abrupt. „Kennst mich immer noch, Respekt! Muss ich echt sagen. Es gibt Neuigkeiten. Am besten, du kommst her. Sofort, meine ich."

Brick spürte instinktiv, dass etwas passiert sein musste. Sonst hätte Schnauze nicht angerufen. Wovon, verdammt, sprach er?

„Wo bist du?"

„Franziusstraße. Zwischen Kampfmeyer-Mühlen und Messinger-Schrauben gibt es ein stillgelegtes Lagerhaus, direkt am Main."

„Und was soll ich da?"

„Ich hab keine Zeit, Romane zu erzählen. Aber glaub mir, es ist wichtig. Raff dich auf und schwing deinen Arsch hierher!"

Brick hasste es, wenn Schnauze um den heißen Brei herumredete. „Gib mir wenigstens ein Stichwort!"

„Big Ben …"

„Sonst komm ich nicht."

„Ka…tha…ri…na Neu…bert", sagte Thilo Frost gedehnt und klickte das Gespräch weg.

*

Brick ging die Straße entlang, die zugige Märzluft streifte sein Gesicht. Er schaute sich um. War wieder draußen. Unterwegs. Eigentlich hatte er mit dem ganzen Kram abgeschlossen. Aber etwas zog ihn vorwärts. Etwas, das unsichtbar war und sich durch ihn fraß. Ein Verlangen, das er als Journalist ständig in sich hatte. Das Verlangen, mehr zu erfahren, alles zu wissen, um darüber zu schreiben.

Wieso? Wieso hatte ihn Eddie besucht? Wieso hatte ihn Schnauze angerufen? Wieso hatten sie ihn, verflixt noch mal, nicht in Ruhe gelassen?

Sein alter Golf Cabrio sprang sofort an. Es war inzwischen später Nachmittag und die Dämmerung hatte eingesetzt. Er drehte die Heizung auf und fuhr los. Frankfurts Straßen waren für ihn Nadelstiche; in jeder hatte er Schmerzen erlebt, Leid erfahren, Geschichten gehört und darüber geschrieben. Mit jeder verband ihn eine Story, meist eine unschöne.

Katharina Neubert waren Schnauzes letzte Worte gewesen. Dafür hätte er ihn am liebsten geohrfeigt.

Er steuerte den Wagen wie in Trance Richtung Osthafen. Er ahnte, was ihn erwarten würde. Warum tat er sich das an?

Die heraufziehende Nacht über Frankfurt flackerte im Blaulicht der Einsatzfahrzeuge, als er die angegebene Stelle erreichte. Er parkte am Straßenrand. Rechts floss der Main, davor wuchsen Bäume und Gebüsch. Links lag eine Art Halle, zehn auf zwanzig Meter. Die Holzvertäfelung hätte einen Anstrich vertragen, das Dach schien löchrig. Die Regenrinne war teils abgerissen. Er näherte sich dem Grundstück.

Schnauze empfing ihn mit einem Gesichtsausdruck, der ihm durch Mark und Bein fuhr. Jetzt blieb es nicht bei der Ahnung, jetzt wusste er Bescheid. Wusste, dass etwas passiert war. Etwas, das ihn persönlich anging.

„Brick“, sagte Frost mit sanfter Stimme, die eine Nuance zu melancholisch klag. Der Ton stand ihm nicht. „Es wird hart, aber ich habe dich nicht grundlos herbestellt. Du hättest mich sonst rundgemacht. Du hättest es mir nie verziehen.“

Brick musterte seinen langjährigen Informanten und Freund, mit dem er durch dick und dünn gegangen war. Sein schwarzes Haar war schütterer, als er es in Erinnerung hatte. Seine Falten waren inzwischen Furchen. Ihm fiel ein, dass er sein genaues Alter nicht kannte. Er schätzte ihn auf mindestens dreiundsechzig.

Schnauze wies ihm mit einer Geste die Richtung. Brick setzte sich in Bewegung. Nach zehn Metern erreichten sie den Eingang zur Lagerhalle.

Ein paar Schutzpolizisten bewachten das Gebäude, damit sich niemand Zugang verschaffte. Die Umgebung war durch rot-weißes Band abgesperrt.

Schnauze bahnte sich den Weg an den Kollegen vorbei. Innen sahen ihn nackte Wände an. Reste eingeschlagener Fensterscheiben in den Rahmen, Betonboden.

Spurensicherer waren in weißen Anzügen akribisch bei der Arbeit, ein Fotograf schwirrte herum. Klick. Klick. Klick. Brick dachte an eigene Termine, bei denen er die Fotos geschossen hatte. Klick. Klick. Klick.

Schnauzes Hand legte sich auf seine Schulter und schob ihn weiter. Sie kamen zu einer Matratze, die nach jahrelanger Lagerstätte von Obdachlosen aussah. Auf ihr lag eine Person. Eine Frau. Sie war tot, das Einschussloch in Brusthöhe war nicht zu übersehen. Sie sah aus wie eine Prostituierte, war gekleidet wie eine. Der Täter hatte sich offensichtlich mit einem Schriftzug auf ihrem Oberschenkel verewigt.

Brick näherte sich wie in Zeitlupe. Sich vortastend setzte er einen Schritt vor den anderen. Warf einen Blick auf das Opfer, in ihr Gesicht. Beim zweiten krampfte sich alles in ihm zusammen. Die Gewissheit erschütterte ihn. Er hatte das Gefühl, sich übergeben zu müssen. Er begann zu zittern, sein Körper bebte. Er fasste es nicht. Konnte es nicht einordnen, bekam es nicht sortiert in seinem Kopf. Was war geschehen?

Schnauze stand plötzlich hinter ihm und stützte ihn, sonst wäre er umgefallen.

„Hinrichtung", erklärte der Hauptkommissar. „Jemand hat ihr die Pistole direkt aufs Herz gesetzt und abgedrückt. Kaliber 22, eine H & K."

„Allerweltswaffe", entfuhr es Brick.

„Eiskalt inszeniert das Ganze. Geplant und ausgeführt wie ein Profi. Oder es waren mehrere. Das werden wir rausfinden, verlass dich drauf!"

Schnauze wollte ihn wegbringen, um in Ruhe mit ihm zu sprechen. Brick wehrte ihn ab. Einen letzten Moment bei Kati verweilen. Das war sein Wunsch. Sie anschauen, bei ihr sein. Eine taffe Journalistin war sie gewesen. Und verdammt gut. Eine der besten. Sie war verletzlich, obwohl sie nach außen hin die Starke gemimt hatte. Das hier hatte sie nicht verdient. Niemand hatte das, nicht das allergrößte Arschloch.

Wer hatte ihr das angetan? Er hasste die Täter und würde es ihnen heimzahlen. Dabei hatte er keinen blassen Schimmer, um wen es sich handelte, überlegte er, bevor er in sich zusammensackte, kurz davor, in Ohnmacht zu fallen.

Schnauze fing ihn auf und führte ihn an den Rand, wo es eine kahle Steinwand gab, an der sich Brick hinuntergleiten ließ und auf den blanken Boden setzte. Zusammengekauert, die Beine angezogen, das Gesicht darin vergraben, hockte er da. Schweigend, als würde er rundherum nichts mehr mitbekommen. Als säße er hier wie der einsamste Mensch der Welt. Verloren und verlassen.

Bis Schnauze sich zu ihm herunterbeugte. Er legte die Hand auf Bricks Kopf, streichelte ihn.

„Big Ben, ich weiß, es geht dir nahe. Aber du weißt, wie wichtig es ist, uns Infos zu geben. Ich hab einige Fragen an dich, okay?"

Brick schwieg.

„Weißt du, woran sie gearbeitet hat?"

Kopfschütteln.

„Wann hast du sie zuletzt gesehen, mit ihr gesprochen?"

„Monate her." Brick hob den Blick. Seine Stimme zitterte. „Eddie war bei mir, vorhin erst. Hat sich nach ihr erkundigt, weil sie ne Weile nicht in der Redaktion aufgetaucht und nicht erreichbar war."

„Scheiße!"

„Ich werde rausfinden, woran sie gearbeitet hat, glaub mir. Und wenn es das Letzte ist, was ich in meinem Leben mache."

„Ganz der Alte", meinte Frost und schüttelte den Kopf.

„Nie mehr werde ich der Alte sein, nie mehr!" Brick riss sich los, sprang auf und stampfte zurück zur Leiche, kniete sich vor sie.

Frost wollte ihn vom Opfer wegziehen, ein Spurensicherer stellte sich in den Weg. „Lass ihn! Wir sind hier fertig." Frost nickte resigniert.

Mit den Händen näherte sich Brick Katis Gesicht, öffnete ihre Augen. Konnten sie ihm noch etwas mitteilen? Irgendeinen Hinweis geben? Um ihn herum begann sich alles zu drehen. Sein Kreislauf kollabierte, sein Blickfeld verschwamm.

Das Letzte, was er sah, waren ihre Augen. Katis Augen. Er würde sie nie vergessen.

*

Brick schleppte sich vom Wagen zu seiner Haustür. Er war kaum in der Lage, aufrecht zu gehen. Als er den Schlüssel ins Briefkastenschloss steckte, weil die Post überquoll, zitterte er immer noch. Maximal einmal pro Woche holte er die Briefe heraus. Er hasste die Prospekte und kostenlosen Wochenzeitungen. Heute war es ein ganzer Packen, den er sich unter den Arm klemmte und mit in seine Wohnung nahm, die im Hochparterre lag.

Er warf alles unbedacht auf den Wohnzimmertisch und ließ sich auf die Couch gleiten. Umschläge und Blätter segelten zu Boden. Er beachtete sie nicht. Schloss die Augen.

Im Bücherregal stand eine Flasche Pernod, frisch und jungfräulich. Er hörte ein Geräusch. In diesem Moment realisierte er, dass es eine Botschaft war: *Hör zu, Brick!*, rief eine Stimme, *du weißt, dass du einknickst. Gib deinen inneren Widerstand auf, gönn dir drei, vier Gläser, die Welt sieht dann gleich anders aus. Anschließend haust du dir die Birne weg, um die Festplatte im Gehirn zu löschen und neu hochzufahren. Deine Haltung bröckelt, gibs zu!*

Brick erhob sich, begab sich mit staksigen Schritten zum Regal und packte die Flasche.

Komm, Brick, kipp dir einen hinter die Binde! Kati wird nicht wieder lebendig, selbst wenn du ein besserer Mensch wirst. Sie ist tot, finito, basta, Sense. Sieh es ein!

Brick starrte die Flasche an. Ein inneres Ringen setzte ein und entwickelte sich zu einem Kampf auf Biegen und Brechen. Er schraubte den Verschluss ab.

Hau weg den Scheiß, Brick! Tu was, sonst versinkst du in Trauer und Schmerz. Du brauchst eine Stütze, an der du dich festhalten kannst, bis du wieder stabil bist. Nimm mich, Baby!

Setzte die Flasche an den Mund. Als ein Spritzer Lippen und Zunge benetzte, der Anisgeruch in seine Nase schwappte, riss er sie augenblicklich wieder runter.

Es klopfte. Zuerst nahm er an, jemand würde an der Tür stehen, bis er gewahr wurde, dass es in seinem Kopf war. Das Echo meldete sich wieder.

„Reichlich spät!“, beschwerte er sich.

„Versager“, hörte er eine Stimme. Sie klang real.

„Wo zum Teufel warst du, als ich dich am nötigsten gebraucht habe?“

Er war kurz davor, verrückt zu werden. Holte aus und schmiss die Flasche mit voller Wucht an die gegenüberliegende Wand, wo sie zerschellte.

Brick sackte zu Boden. Krümmte sich. Rollte sich zusammen, lag da wie erschossen. Embryonalstellung. Es war nicht der Anflug des Schmerzes, der ihn umhaute, es drang tiefer. Es waren Höllenqualen.

Kati war tot. Er lebte.

Er erinnerte sich an den Zeitpunkt, als er beschlossen hatte, Tomovic und den ganzen Starlight-Laden in die Luft fliegen zu lassen. Kati hatte sofort zugestimmt. Sie war bereit gewesen, die Reportage mit ihm gemeinsam zu schreiben. *Ich warne dich*, hatte er zu ihr gesagt. *Wovor?*, wollte sie wissen. *Du machst dir nicht Starlight zum Feind, sondern halb Frankfurt*, hatte er geantwortet.

Er hatte recht behalten. Es war passiert. Und nicht mehr rückgängig zu machen. Eine himmelschreiende, verfluchte Scheiße … Eine schwere Bürde lastete seitdem auf ihm. Er schwor sich, dass er nicht eher ruhen würde, bis er den oder die Mörder hatte.

Dazu musste er alle Sinne beisammen haben. Die Zeit der Reue war da. Er bereute sein Trinkerdasein und schlug sich den Pernod aus dem Kopf. Die Zeit der Buße war angebrochen, er büßte für all das, was er im Leben falsch gemacht hatte. Und er gelobte, es künftig besser zu machen. Die Zeit der Rache würde kommen, tief in sich spürte er es.

Er lag dort zwei Stunden, vergaß alles um sich herum. Katis Augen kamen ihm immer wieder in den Sinn.

Hallo Ben, hier ist Kati, hatte sie sich immer am Telefon gemeldet, wenn sie ihm einen Auftrag zuschusterte. *Hallo Ben, hier ist Kati.* Die Stimme, sanft wie ihr ganzes Wesen. Im Job konnte sie knallhart sein. Und bissig. Grundvoraussetzungen für eine Journalistin. Eine verdammt gute. Ihr Tod war nicht nur unbeschreiblich traurig und niederschmetternd, er war ein nicht zu ersetzender Verlust.

Wieso hatte er den Kontakt zu ihr nicht aufrechterhalten? Wieso hatte er sich nicht darum gekümmert, woran sie schrieb? Wieso hatte er sie vernachlässigt nach der gemeinsamen Glanzleistung? Mit Kati hätte er es schaffen können, Nähe zuzulassen. Wieso hatte er sich nicht mehr Mühe gegeben? Wieso hatte er es nicht wenigstens versucht? Diese beschissenen Wieso-Fragen gingen ihm auf den Zeiger.

Abwechselnd heiß und kalt lief es ihm über den Rücken. In Wahrheit, das wurde ihm klar, bettelte er um Vergebung. Vergebung für sich. Er war schuldig. Aber er konnte sich nicht vergeben.

Es gab nur einen Weg: Reue. Buße. Rache.

Während sich Brick langsam berappelte, erhob er sich und tastete sich in Richtung Küche vor, wo er ein Glas Mineralwasser trank. Ein bisschen stolz war er auf sich. Vor einem Jahr wäre der Absturz vorprogrammiert gewesen. Brick, sagte er sich, wird das etwa noch was mit dir?

Zurück im Wohnzimmer fiel sein Blick auf die heruntergefallenen Briefumschläge. Eine quadratische Form stach hervor. Er erkannte eine Schrift in bunten Farben, Filzstift. Sofort lief ein Schauder durch seinen ganzen Körper. Kati hatte gerne mit solchen Stiften geschrieben. Er erinnerte sich, dass sie von den Dingern welche auf dem Schreibtisch liegen hatte während ihrer gemeinsamen Zeit bei der Frankfurter Presse.

Augenblicklich war Brick elektrisiert. Er kniete sich hin und griff nach dem Umschlag. Er war dicker als ein Brief. Eine CD?

Brick riss ihn auf. Tatsächlich. Eine CD-Hülle fiel ihm in die Hände. Ein Anschreiben oder Zettel fehlte.

Er holte die CD heraus. Sie war bedruckt mit Notenlinien und Musiknoten. Ein Satz stand dort in Computerschrift. *Ich wollte mich nicht sang- und klanglos verabschieden.*

Was zur Hölle hatte das zu bedeuten? War sie über ihren bevorstehenden Tod im Bilde gewesen? Hatte sie ihn vorausgeahnt? Warum hatte sie niemandem Bescheid gegeben, dass sie in Gefahr schwebte?

Und wieso zum Teufel schickte sie ihm eine Musik-CD? War es Trauermusik? Totengesänge? Liebeslieder? Was es auch war, Brick brachte es nicht übers Herz, sich die CD anzuhören und warf sie achtlos auf die Couch. Der Gram über ihr Ableben war zu mächtig, der Kummer, nie mehr mit ihr reden zu können, zu unmittelbar. Er nahm sich vor, sich erst nach der Beerdigung die Songs anzuhören. In diesem Moment schaffte er es noch nicht.

Er pustete einmal kräftig durch. Runterkommen. Ablenken. Schnappte sich ein Buch. In den letzten Wochen hatte er wieder angefangen zu lesen. Wie früher. Meist hatte er sich für schwere Kost entschieden. In dieser Phase hätte er weder einen Liebesroman noch einen Krimi ertragen. Knöpfte sich Autoren vor, die er sein ganzes Leben lang hatte lesen wollen. Cormac McCarthy und James Ellroy. Als er merkte, dass ihn das Amerikanische noch weiter runterziehen würde, stolperte er in seinem Bücherregal über alte Ausgaben von Joseph Roth. Den *Hiob* genoss er, am *Radetzkymarsch* scheiterte er, die Bände mit Kurzgeschichten überflog er, bis er sie fand: *Die Legende vom heiligen Trinker.* Seine Geschichte. Als sei sie für ihn geschrieben. Roths vollendetes Meisterwerk. Er verschlang sie zweimal, dreimal, fünfmal, er zählte nicht mehr. Jetzt nahm er sie sich erneut vor, blätterte jedoch gleich zur letzten Seite, glitt hinunter zum letzten Satz. *„Gebe Gott uns allen, uns Trinkern, einen so leichten und so schönen Tod!"*

Jäh stiegen ihm Tränen in die Augen. Er weinte bitterlich, die ganze Nacht.

2

Brick erwachte im Dämmerzustand auf der Couch mit einem Hauch Anis in der Nase. *Putzen dringend notwendig* signalisierte ihm sein Kleinhirn. Ein Klingeln drang an sein Ohr. Er sah aufs Handydisplay und erkannte Anna Frieders Redaktionsnummer.

„Du bist ganz schön penetrant", meldete er sich mit verschlafener Stimme und gähnte.

„Irrtum. Ich bin ganz schön nett, denn ich wollte dir mein Beileid wünschen."

„Wie kommst du dazu?"

„Ich habe von Frau Neubert gehört. Ihr standet euch nahe."

„Das ist übertrieben. Wir waren Kollegen."

„Wie geht es dir?"

Draußen raffte sich der Tag auf, die Morgendämmerung zu überwältigen. Es war düster. Stille umgab ihn.

„Bist du noch dran?"

„Jaja. Ich …"

„Hast du Lust, heute mit mir zu Mittag zu essen?"

„Sag ich doch: penetrant."

„Magst du es nicht, wenn sich jemand um dich kümmert?"

„Ach, du kümmerst dich? Hast du zufälligerweise Hintergedanken?"

„Wenn du damit auf die Redakteursstelle anspielst, über die wir gesprochen hatten, vergiss es! Solch ein Angebot kommt von mir nur einmal."

„Worum geht es dir dann?"

„Ich möchte mit dir über Katharina Neubert, deine kongeniale Co-Schreiberin, sprechen, die leider, wie es scheint, einem abscheulichen Verbrechen zum Opfer gefallen ist."

„Ich fühle mich geschmeichelt, aber ich muss leider absagen. Nimm es mir nicht übel. Ich will allein sein, nachdenken, die richtigen Schlüsse ziehen."

„Vergrab dich nicht! Oder sollte ich besser sagen: Begrab dich nicht! Eine Leiche genügt für die nächste Zeit."

„Es stand schon schlimmer um mich."

„Ich muss zugeben, ich mache mir ein wenig Sorgen. Du leidest sicher extrem. Ich würde gerne mehr darüber erfahren."

„Dein Interesse muss warten. Ich melde mich."

„Ich freue mich."

*

Als er aufstand, schüttelte Brick die Lethargie ab. Kurzzeitig flammte Tatendrang auf. Das Telefonat schien ihm gutgetan zu haben. Oder tat ihm der Kontakt mit Anna generell gut? Sie entstammte einer anderen Welt. Was hatte sie mit ihm vor? Er würde sich ein wenig mit ihr befassen. Später.

Er strich seine Jeans glatt, schlüpfte in Sneaker und zog ein frisches T-Shirt an. Im Bad warf er sich einen Spritzer Wasser ins Gesicht. Fuhr sich durch die Haare, putzte die Zähne. Das musste reichen.

Zwei Tassen Kaffee später startete er den Wagen. Sein Ziel: die Redaktion, die er monatelang nicht mehr betreten hatte. Eins hatte er sich vorgenommen: Eddie nicht über den Weg zu laufen. Es würde eine Kaskade an Fragen zu Kati nach sich ziehen. Fragen, die er ohnehin nicht beantworten konnte. Und nicht wollte.

Stattdessen hieß das Objekt seiner Begierde Kai, genannt Kai Hawaii. Ein Insider für Fans der Neuen Deutschen Welle, denn es handelte sich um den Namen des Sängers der Band Extrabreit, die heutzutage kaum noch jemand kannte. Der Presse-Kai hatte genauso eine schmale Lausbubenvisage.

Er fragte sich durch, unbekannte Gesichter sahen ihn an. Er traf auf niemanden von früher, der ihm bekannt vorkam.

In der Sportredaktion entdeckte er ihn. Kai saß an seinem Schreibtisch. Seine Haare standen ab wie die des britischen Premiers Johnson. Er sah aus, als sei er gerade aufgestanden. Schien akribisch zu arbeiten, tippte, las, tippte, las. Routine.

„Hallo, Kai Hawaii." Brick stellte sich neben ihn.

Der Angesprochene wandte langsam den Kopf und schaute ihn an, als sehe er einen Geist. „Selber hall… Oh, das is mal ne Überraschung. Der große Big Ben! Über den alle reden, den man aber nie zu Gesicht bekommt." Er holte Luft. „Hätt ich mir denken können, dass du ausgerechnet heute hier auftauchst. Du hast echt Nerven, Mann."

„Woran schreibst du?"

„Eintracht gegen Mainz 05, Vorbericht."

„Aha. Und wer schreibt über die Ermittlungen in Katis Fall?"

„Tröster."

„Kenn ich nicht."

„Sebastian Tröster, recht neu. Stadtredaktion."

„Wann hast du Kati zuletzt gesehen?"

„Spielst du jetzt etwa Bulle, Brick?"

„Beantworte meine Fragen, überlass den Rest mir. Also?"

„Du bist echt ne Nummer." Er lachte in sich rein und schüttelte den Kopf. „Genau wie alle sagen: total crazy, aber scheinbar ein genialer Schreiber."

„Steck dir deine Kacksprüche an den Hut! Ich brauche Auskünfte."

„Wieso von mir?"

„Mir fällt niemand ein, der Kati näher kannte. Dir?"

„Nö. Besonders in letzter Zeit war sie extrem verschlossen. Sie war übrigens sauer auf dich. Oder enttäuscht. Ach, egal." Er winkte ab.

„Auf mich?"

„Mensch Brick, denk doch mal nach! Ihr habt ne Megastory zusammen recherchiert und veröffentlicht und danach lässt du dich nicht mehr blicken."

„Brauchte ne Auszeit. Und außerdem wollte sie nicht mit an dem Buch schreiben. Das war allein ihre Entscheidung."

„Trotzdem hätte Kati jemanden zum Austausch gebraucht. Stattdessen setzt du dich wochenlang in jede Talkshow und tauchst danach komplett unter. Ich glaube, sie hatte gehofft, dass du wieder einsteigst."

„Bei der Frankfurter Presse?"

„Beim Frankfurter Zoo bestimmt nicht."

Brick war überrascht. Aus dieser Warte hatte er die Sache noch nie betrachtet. Kati hätte wissen müssen, dass ein stinknormaler Redakteursposten für ihn nicht mehr in Frage kam. Offensichtlich hatte er sich in ihr getäuscht.

„Also noch mal: Wann hast du sie zuletzt gesehen?"

„Vor zehn Tagen etwa. Später haben wir noch zwei-, dreimal telefoniert."

„Woran hat sie gearbeitet? Eddie hat was von einem *großen Ding* erzählt."

„Sie hat ein Geheimnis daraus gemacht. Ich kann dir nicht weiterhelfen, glaub mir. Ich hab keinen Schimmer. Denkst du etwa, es hat was mit dem Mord an ihr zu tun?"

„Ich denke gar nichts. Ich zähle eins und eins zusammen. Fällt dir jemand ein, mit dem sie darüber gesprochen haben könnte?"

„Wenn sie mir nichts erzählt hat, ist die Chance gering, dass du jemanden finden wirst."

„Was macht dich so sicher?"

„Wir haben uns immer ausgetauscht. Aber wenn sie nicht rausrückte mit Infos, hab ich sie nicht weiter gelöchert. Wäre zwecklos gewesen. Meistens ist sie paar Tage später sowieso zu mir gekommen. War immer so."

„Das fällt ja künftig flach." Brick klang desillusioniert.

„Die Polizei war hier, hat ihren Computer mitgenommen."

„Danke für die Info.“ Er musste Schnauze anrufen, machte sich eine Notiz im Kopf. „Sonst noch was?“

„Was meinst du?“

„War sie verändert? Hat sie was gesagt? Gab es anonyme Anrufe? Ist dir was aufgefallen an ihr? So Zeug.“

„Du hättest Bulle werden sollen.“ Er schmunzelte. „Aber ich kann dir nicht weiterhelfen. Tut mir leid. Seit ich es gehört habe, vergeht keine Minute, in der ich mir nicht den Kopf zerbreche. Aber ich komme keinen Millimeter weiter. Ausgerechnet Kati! Darf echt nicht wahr sein.“ Er starrte Brick scharf an. „Weißt du was?“

„Wär ich sonst hier?“ Brick ließ seinen Blick durch den Redaktionsraum schweifen. Die Schreibtische waren zur Hälfte besetzt. „Ist hier immer so wenig los?“

„Der Niedergang des Journalismus ist in vollem Gange, ist dir bestimmt nicht entgangen. Eure Starlight-Reportage hat uns gepusht, aber nur vorübergehend. Jetzt ist wieder Ebbe. Die eine Hälfte hat schon gekündigt, die andere ist ständig krank. Der Rest kämpft sich durch. Traurig!“

„Halt dich tapfer!“, sagte Brick und klopfte Kai auf die Schulter. Er bereute die Geste jedoch sofort, weil sie ihm angesichts des Todes von Kati und des Zustandes der Zeitung lächerlich vorkam.

Er wandte sich ab und verließ den Redaktionsraum. Draußen im Flur fiel ihm Schnauze wieder ein. Er stellte sich vor eine Fensterfront und schaute hinaus aufs Gallusviertel. Trostlose Bürogebäude. Ein Imbiss, ein Kiosk. Im Hintergrund die Hochbahnstrecke der S-Bahn zur Galluswarte. Nicht gerade das blühende Leben.

„Habt ihr schon was?“, eröffnete Brick, nachdem Schnauze das Gespräch angenommen hatte.

„Guten Morgen auch für dich.“

„Spar dir den Scheiß. Also, wie sieht es aus?“

„Ich kann dir nichts sagen, Brick.“

„Komm schon, Schnauze, lass dich nicht so feiern! Das kann ich gar nicht gebrauchen.“

„Okay. Wir haben echt nada, Mann! Es ist komisch, auf ihrem Laptop und auf ihrem Redaktionscomputer befinden sich nur alte Artikel, alle neuen scheinen gelöscht worden zu sein. Es gibt aber keinerlei Hinweise darauf, dass sich jemand Fremdes Zugang verschafft hätte, ergo scheint sie selbst diejenige gewesen zu sein, die die

Sachen gelöscht hat. Und zwar Recherchematerial, Dokumente und so fort. Absolute Fehlanzeige. Was sagt dir das?"

„Sag du es mir!"

„Sie ahnte etwas. Sie hatte Infos – oder spürte, dass ihr jemand auf die Schliche kam. Und das hing mutmaßlich mit ihrer Arbeit zusammen."

Ich wollte mich nicht sang- und klanglos verabschieden. Katis Worte fielen ihm wieder ein, sie ergaben immer noch keinen Sinn.

„Und weiter?"

„Nichts weiter! Wir stehen momentan vor einem Rätsel und sind gezwungen, den Obduktionsbericht und den Bericht der Spusi abzuwarten. Vielleicht gibt es DNA-Spuren, hoffentlich andere Hinweise. Da unten im Osthafen über die Honsellbrücke rüber, wo sie gefunden wurde, das ist ein altes Industrie- und Gewerbegebiet, da werden abends die Bürgersteige hochgeklappt. Da ist weit und breit kein Mensch unterwegs, der etwas gesehen haben könnte. Überwachungskameras gibt es nirgends. Auf dem Laptop sind etliche Mailadressen und Telefonnummern, die wir momentan recherchieren, aber das sieht begrenzt aus. Ich kann nicht sagen, ob wir da weiterkommen."

„Und in welche Richtung ermittelt ihr dann?"

„Brick, ich darf dir nicht mehr sagen, das weißt du genau. Und ich sag's dir nur einmal: Halt deine Griffel still!"

„Super Rat! Einen Scheiß mach ich!", schrie er.

„Brick! Du bist …"

Brick klickte das Gespräch weg und steckte das Handy ein. Er kochte. Klar, es war nicht easy, an Infos zu kommen. Aber wozu, verdammt noch mal, hatte er den Kontakt zu Schnauze jahrzehntelang gepflegt?

Er hatte noch nicht richtig angefangen zu recherchieren und die Sache ging ihm bereits an die Nieren. Ruhig Blut, sagte er sich. Es blieb ihm nichts anderes übrig, sonst würde er verrückt werden.

Er atmete dreimal tief durch und stiefelte in Richtung Ausgang, als er hinter der Glasfront des Konferenzraumes eine Bewegung registrierte. Jemand winkte ihm zu. Bevor er das Unheil in Gänze ausmachen konnte, öffnete sich die Tür und Eddie Zinnobers Kopf erschien.

„Hey Brick, komm rein! Wir sitzen zusammen und haben gerade über dich gesprochen."

„Über mich?"

„Ja. Was ist nun?" Eddie hielt ihm die Tür weit auf. Mit einer Geste seines Kopfes wies er ihm den Weg in die Höhle der Löwen. Brick erblickte bekannte Gesichter.

Geschäftsführung, vermutete er, so ne Kacke! Brauchte kein Mensch.

„Dauert nur ein paar Minuten. Oder hast du dringende Angelegenheiten zu erledigen?" Eddie grinste.

„Herr Brick", kam es aus dem Inneren. „Kommen Sie rein, setzen Sie sich." Die markante Stimme gehörte Torsten Weidemann, seines Zeichens Verleger der Frankfurter Presse, ein untersetzter Typ mit Schwabbelhüfte und schwarzumrandeter Brille. Umringt wurde er von drei weiteren Schlipsträgern.

Eine solche Runde von Speichelleckern hatte Brick gerade noch gefehlt. Er hätte am liebsten Reißaus genommen, doch irgendetwas zog ihn hinein. Er setzte sich auf einen Stuhl am Tisch, nickte den Herren halbherzig zu und schaute Weidemann an.

„Schön, Sie zu sehen, Herr Brick", begann der Chef. „Wie geht es Ihnen?"

„Was soll der Scheiß?", brauste Brick auf. „Sind wir hier in einer Therapiesitzung, oder was?"

„Äh, Entschuldigung, ich wollte nur …"

Mit einer Handbewegung fegte Brick die Rechtfertigung vom Tisch. „Sie sind aber nicht mein beschissener Psychiater, okay! Sie sind Zeitungsmacher. Worum geht es hier eigentlich?"

Weidemann räusperte sich und schaute die Anwesenden eine Weile sanftmütig an. „Ganz der alte Big Ben. Sie ändern sich wohl nie. Sei's drum! Aber ob Sie es glauben oder nicht: Wir sind ALLE tief betroffen vom Tod unserer langjährigen Mitarbeiterin Katharina Neubert. Darauf haben Sie kein Exklusivabo."

„Haben Sie mich reingebeten, um mir ne Standpauke zu halten? Hätten Sie sich sparen können. Mit den Standpauken, die ich in meinem Leben kassiert habe, könnte ich ein ganzes Orchester ausstatten. Also, was ist los?" Um Umgangsformen scherte sich Brick keinen Deut. Hatte er nie, und er würde sicher nicht heute, an einem solchen Tag, damit anfangen.

Brick war auf Krawall gebürstet. Eddie Zinnober schien sich in seiner Haut nicht wohlzufühlen. Er musste einschreiten und schnitt dem Chef, der zu einer Erwiderung ansetzte, das Wort ab. „Brick, es gibt was Neues von Kati." Er hatte bewusst eine sachliche Tonlage gewählt. Genug Rage lag im Raum. Er wollte zurück zum konstruktiven Dialog.

Brick hob den Kopf. Er fühlte sich plötzlich hellwach.

„Hier, lies!" Eddie legte einen Zettel vor Brick auf den Tisch.

Der griff ihn sich und las:

Linksgrün versiffte Frankfurter Lügenpresse! Die Geschichte lügt nicht, es sei denn, sie wird von linksgrün versifften Agitatoren wie dir, du dreckige Presseschlampe, umgeschrieben! Du gehörst vergast und vorher von zehn deutschen Jungs durchgefickt, scheiß Emanzenfotze!

Wer nichts wird, wird Wirt oder geschmierter Lügenpresse-Schmierfink!

Lumpenpresse! Heuchlerpresse!

Stoppt die Umvolkung Deutschlands! Der totale Bürgerkrieg ist machbar, Frau Nachbar!

Ein Kämpfer und Reichsbürger, Schlesien bleibt unser!

KAPITEL 2

Einige Tage zuvor …

3

Bombastisch! Die Aussicht über den Fluss auf die andere Mainseite, linker Hand die Skyline, raubte ihm den Atem. Er erinnerte sich nicht, je zuvor einen solchen Blick über Frankfurt genossen zu haben. Privilegierte Lage im Westhafen. Er erkannte den Opernturm, direkt neben der Alten Oper gelegen, die Domspitze, die Dreikönigskirche. Rechter Hand ließ er die Augen über das silberglänzende Mainwasser schweifen. Eine Eisenbahnbrücke querte die Sicht, und vorm Horizont eine Autobahnbrücke, die A5.

Es war der Ausblick derjenigen, die es geschafft hatten. Zu denen gehörte er nicht.

„Nehmen Sie bitte Platz, Herr Konrad", hörte er eine tiefe Stimme in seinem Rücken. Er drehte sich um und sah einen Mann, der einen schwarzen konservativen Anzug, ein weißes Hemd und eine Weste trug und soeben den Besprechungsraum betreten hatte. Der Mann deutete auf den quadratischen Tisch in der Mitte des Raumes. „Kaffee, Tee, Wasser? Was kann ich Ihnen anbieten?"

„Ich nehme ein Wasser."

„Gerne. Wie sind Sie vorangekommen?"

„Ich habe das Dossier dabei. Auch ausgedruckt. Bitte sehr." Konrad holte einen gebundenen Packen Papier heraus und übergab ihn seinem Auftraggeber.

Beide setzten sich. Der Mann blätterte die erste Seite auf. Die Überschrift lautete: *Zielperson Benjamin Brick, Journalist.*

Er rückte seine schwarze Brille zurecht und klappte das Ganze wieder zu. „Nun gut", sagte er. „Danke sehr. Erzählen Sie mal! Ich kann das jetzt nicht alles lesen." Konrad schaute sich um. „Wir sind nur zu zweit und bleiben es auch."

„Ach so. Bevor wir beginnen: Kennen Sie schon diesen Artikel?" Er holte die Allgemeine aus seiner Tasche und überreichte sie seinem Gegenüber. „Seite drei. Hier!"

Der Mann las die Überschrift: *Vom Redaktionsschreibtisch in die Talkshows.* Überflog den Teaser: *Der Frankfurter Journalist Benjamin Brick, inzwischen Bestsellerautor, ist nach dem Erfolg seines Enthüllungsbuches ‚Starlight' durch alle deutschen TV-Studios gewandert. Wie lebt er heute, sechs Monate nach dem Bekanntwerden des größten Skandals, den die Frankfurter Politik jemals erlebt und den Brick aufgedeckt hat? Anna Frieder sprach mit dem Autor.*

Der Mann knüllte die Zeitung zusammen und pfefferte sie auf den Boden.

Der hasserfüllte Gesichtsausdruck seines Gegenübers brachte Konrad aus dem Konzept. „W...as wollen Sie zur Zielperson w...issen?"

Als habe es die Zeitungslektüre nie gegeben, platzte der Mann heraus: „Lücken, Schwachstellen, Anfälligkeiten, Fehler. Wo können wir ansetzen? Wo ist er angreifbar? Diese Dinge. Im Prinzip alles, wovon Sie denken, dass wir ihn da packen können."

Konrad schlug sein Dossier auf, das er in den letzten Wochen verfasst, extra zweimal ausgedruckt und hatte binden lassen. Mit zitternder Hand öffnete er Kapitel eins, das Zahlen, Daten, Fakten, Quellen sowie Angaben zu Stationen der Zielperson enthielt. Von der Geburt bis heute, sorgfältig recherchiert. „Nun, ich habe ja die persönlichen Lebensverhältnisse der Zielperson durchleuchtet und bin bei meinen Nachforschungen durchaus auf interessante Details gestoßen", begann er zögerlich. „Sowohl die Vergangenheit der Zielperson als auch die Gegenwart bieten zahlreiche Ansatzpu..."

„Konrad, Konrad!", fiel ihm der Anzugträger ins Wort. „Dass Brick 52 Jahre alt und Journalist ist und zeitweise von der Bildfläche verschwunden war, bevor er wieder Gas gegeben hat und letztes Jahr durch diese Reportage groß rausgekommen ist, weiß ich selbst. Legen Sie das Dossier weg, drücken Sie sich nicht so gestelzt aus! Einfach frei von der Leber weg. Na los! Was haben Sie mir zu sagen? Welchen Eindruck haben Sie von Brick? Was ist er für ein Typ? Wo können wir ihn erwischen?"

Konrad setzte sich aufrecht hin, schien vom Auftritt seines Auftraggebers überrascht. Er bemühte sich, seiner Stimme eine gewisse Festigkeit zu verleihen. „Als Journalist ist er Vollblutprofi, als Mensch Totalversager, der kurz vorm Absturz steht. Zeitweise hat er wie ein Penner gelebt, fast nur gesoffen, hat sich von Termin zu Termin für die Zeitung gehangelt."

„Schon besser, schon besser! Wir nähern uns. Sprechen Sie weiter!"

„Brick hat viel durchgemacht. Seine große Liebe, die Ukrainerin Alina Werenko, ist in seinen Armen in einem Stripclub im Frankfurter Bahnhofsviertel gestorben, den eine Gruppe Hells Angels angegriffen hatte. Das hat er bis heute nicht verwunden. Tomovic, Chef der Starlight-Escortagentur und inzwischen tot, hatte Bricks und Alinas gemeinsame Tochter, Natascha Werenko, töten lassen. Was Brick schier in den Wahnsinn getrieben hat. Er war so besessen davon, ihren Mörder ausfindig zu machen, dass er alle Hebel in Bewegung gesetzt hat, bis er Tomovics Machenschaften und die seiner Agentur restlos aufgedeckt und an die Öffentlichkeit gebracht hat. Zunächst hat er eine große Reportage in der Frankfurter Presse veröffentlicht, später hat er noch ein Buch im Westend-Verlag nachgeschoben, das sofort auf den Bestsellerlisten landete. Im Prinzip hat er dadurch das gesamte Starlight-Netzwerk in die Luft gejagt und alle Beteiligten auffliegen lassen."

„Jaja, weiter!", rief der Mann. „Unschöne Details, mich interessiert aber Brick. Der Mensch. Seine Familie. Sein Freundeskreis, das Umfeld. Solche Sachen."

„Er ist Quartalssäufer, bevorzugte Marke Pernod, den er zeitweise wie Wasser trinkt, wobei ... Unbestätigten Gerüchten zufolge ist er seit Monaten trocken."

Die Augenbrauen des Mannes hoben sich.

„Er gilt als ausgesprochener Stinkstiefel. Es gibt nicht wenige Arbeitskollegen, die sich weigern, weiter mit ihm zu arbeiten, weil er sie permanent vor den Kopf gestoßen hat. Was man so hört, ist er ab und zu wie ein herrenloses Dum-Dum-Geschoss durch die Redaktion gefegt und hat jeden getroffen, der nicht bei drei auf dem Baum war. Durch diese Eskapaden war er ein steter Stein des Anstoßes. Teilweise ist er zum Gespött im gesamten Kollegenkreis mutiert, bis ihn die Zeitung gefeuert und nur noch als freien Mitarbeiter beschäftigt hat. Seit Jahren gilt er als menschenscheu, zieht sich wochenlang zurück und versinkt in Selbstmitleid oder suhlt sich in seinen Depressionen, so jedenfalls würde ich es nennen. Mit anderen Worten, er verschleudert sein zweifelsfrei vorhandenes journalistisches Talent. Das aber grandios."

Die Augenbrauen des Mannes hoben sich weiter.

„Seine zweite Tochter, Natalia Werenko, ist mit Bricks ehemaliger Nachbarin Elisa Herrmann nach Hamburg gegangen. Sie waren beide in den Starlight-Fall verwickelt und sind nur knapp mit heiler Haut davongekommen. Es sind jene beiden Personen, die vielleicht den engsten Kontakt zu Brick hatten. Aber selbst sie haben Frankfurt – und damit ihm – den Rücken gekehrt."

„Warum?"

„Wahrscheinlich, um die Geschehnisse im Starlight-Fall besser vergessen zu können."

„Interessant. Ist er bestechlich?"

Konrad zögerte. „Es gibt keinen Hinweis, der darauf hindeuten würde. Im Gegenteil. Ich würde ihn als Idealisten bezeichnen. Jemand, der sich nicht kaufen lässt. Dem es wichtig ist, unabhängig zu sein und zu arbeiten, immer und überall für die gute Sache einzustehen, wobei zu definieren wäre, was die ‚gute Sache' eigentlich genau meint."

„Ein Gutmensch also?"

„Durch und durch."

„Ein Linker?"

„So könnte man ihn einordnen. Wobei ich zu bedenken gebe, dass heutzutage die Grenzen, was links und was rechts ist, mehr und mehr verschwimmen."

„Frauengeschichten?"

„Keine."

„Keine?"

„Sie haben richtig gehört. Mir ist nichts Derartiges untergekommen."

„Soll's ja geben! Hat er irgendwelche Geheimnisse?"

„Wer hat die nicht? Aber sicher nur im engsten privaten Bereich. Ansonsten hat er sein Leben in seinen früheren Reportagen und auch in dem Buch, das ja ein halber autobiografischer Roman geworden ist, breit ausgerollt und für jeden öffentlich gemacht."

„Was noch?"

„Brick hat sporadischen Kontakt zu drei Personen: Eddie Zinnober, Lokalredakteur bei der FP. Thilo Frost, alternder Kommissar bei der Frankfurter Kripo. Und da wäre noch Gustav Klemm, bester Kumpel von früher und exzellenter Kenner des Bahnhofsviertels."

„Und weiter?"

„Mehr ist nicht. Das heißt, es gibt eine Frau, Katharina Neubert, Redakteurin bei der FP. Mit ihr hat er gemeinsam die Starlight-Reportage verfasst. Also eine Ex-Kollegin aus den Jahren, in denen Brick dort noch angestellt war. Sie hat ihn in den ganz harten Zeiten mit Zeitungsjobs versorgt, als er als freier Journalist überhaupt keine Termine mehr bekam, weil er es sich mit allen verdorben hatte. Durch sie konnte er mehr recht als schlecht über die Runden kommen. Mit ihr scheint er sich sehr gut zu verstehen. Er schätzt sie. Weil sie wie er ist. Investigativ, besessen von dem Gedanken, eine gute Story zu schreiben. Sie geht immer dahin, wo es wehtut. Holt immer alles aus sich raus. Es gibt jedoch einen kleinen Haken. Nach meinen Erkenntnissen haben die beiden seit der Beendigung der Reportage keinerlei Kontakt mehr."

Die Augenbrauen hoben sich weiter. „Sehr, sehr aufschlussreich! Ich danke Ihnen. Können Sie bitte ein persönliches Fazit ziehen? Was halten Sie von dem Kerl?"

„Ich würde sagen, er ist staubtrocken, geht zum Lachen in den Keller. Sicher, er hat was drauf, aber seine Methoden? Höchst umstritten, um es vorsichtig zu formulieren. Andere würden sie eine Zumutung nennen. Zudem hinterlässt er quasi überall, wo er auftaucht, verbrannte Erde oder ein regelrechtes Schlachtfeld. Er ist ein Unsympath, kann nicht raus aus seiner Haut, wenn Sie mich fragen. Rundumschläge gehören genauso zu seinem Repertoire wie gezielte Angriffe auf Einzelpersonen. Ich persönlich möchte ihn nicht zu meinem Bekannten- oder gar Freundeskreis zählen."

„Gute Arbeit, Konrad", antwortete der Auftraggeber und setzte sich aufrecht hin. „Zweifellos gute Arbeit!" Er beugte sich weit nach vorne und klopfte seinem Gegenüber auf die Schulter. „Ich habe ein gutes Gefühl."

Zurück in der Gegenwart

4

Aus der Jukebox klang Andrea Bergs Stimme. *Steh auf und tanz dich ins Licht* fand keinen Widerhall in Bricks Herz, als er sich an die Theke setzte. Er ergänzte für sich: *Steh auf, wenn du am Boden bist.*

Das *Moseleck* im Bahnhofsviertel erreichte er bequem zu Fuß innerhalb von fünf Minuten von seiner Wohnung im Gutleutviertel. Die Kneipe war legendär, ein Überbleibsel aus den alten Tagen des Rotlichtmilieus. Es gab keine vergleichbare in Frankfurt. Spätestens morgens um 11 Uhr stand jemand auf dem Tisch und tanzte. Nachts galt das Motto ‚Tassen hoch, Niveau runter'. Nutten, Zuhälter, Touristen, Einheimische und Zugezogene gaben sich die Ehre. Eines musste man sich dringend verkneifen im Moseleck: die Benutzung der Toiletten. Brechreiz unvermeidlich. Brick sprang der Ekel an.

Der Wirt war eine Institution im Viertel. Wie automatisch zapfte er ein Pils, als er den Journalisten kommen sah und ging an den Schrank, um ein Pernodglas zu suchen. Bricks Geste stoppte ihn.

„Was willsten sonst?"

„Mineralwasser", antwortete Brick und sah sich um. Die Kneipe war zu einem Drittel gefüllt.

„Verarsche kann isch misch selber", sagte der Wirt im Frankfurter Dialekt und schob einen herzhaften Lacher hinterher.

„Bin trocken." Brick hatte das Gefühl, irgendeine Erklärung abgeben zu müssen.

„Unner uns: Is aach besser so." Er füllte ein Glas und schob Brick das Wasser vor die Nase.

Die Jukebox wechselte zu den Flippers, die auf einer Insel chillten. Sie sangen von der *roten Sonne von Barbados*. Für Brick schien heute keine. Mieser hatte er sich lange nicht gefühlt. Immerhin: Er war hier auch auf einer Insel gelandet, der Insel der Hochprozentigen.

Während er am Wasser nippte, rekapitulierte er rasch seine Vorstellung in der Redaktion. Die Kohlensäure prickelte im Hals, was ihm wehtat. Nachdem Eddie Katis Mail vorgelesen hatte, hatte er noch seine Meinung dazu gesagt. Die Mail sei erst nach ihrem Tod in ihrem Zeitungsaccount angekommen. Er habe recherchiert und sei auf keine Artikel von Kati in den letzten sechs Wochen gestoßen, die irgendetwas mit der Neuen Rechten zu tun gehabt hätten. Er konnte sich das nur so erklären, dass ‚das große Ding', von dem sie ihm gegenüber gesprochen hatte, mit dem Thema Rechtsextremismus zu tun hatte und dass sie jemandem barbarisch auf die Füße getreten sein musste.

Ein Mann, in dessen Mund jeder zweite Zahn fehlte, kam auf Brick zu und legte ihm den Arm um die Schulter. „Ei, wo treibsten dich rum?", blubberte er. „Hab dich ewig ned gesehn."

Er kannte den Zahnlosen von einigen früheren Abstürzen. Alfons oder Anton hieß er. Brick erinnerte sich an diverse unergiebige Unterhaltungen.

Er schüttelte den Arm ab. „Viel zu tun", antwortete er und legte einen freundlichen Ton in seine Worte.

„Is ja schon gut", schreckte Alfons oder Anton zurück. „Wollt dir bestimmt ned zu nah trede. Bist jezz was Besseres, gell? Weil de in alle Talkshows gesesse hast."

Brick hatte eigentlich in Ruhe nachdenken wollen. Nun sah er ein, dass es ein beschissener Plan gewesen war, dies im *Moseleck* zu versuchen. Zwischen all den Trinkern kam er sich verloren vor. Er trank sein Mineralwasser aus, legte drei Münzen auf den Tresen und verließ das Etablissement wieder.

Es wurde immer offensichtlicher: Er musste herausfinden, an was Kati gearbeitet hatte.

Auf dem Gehsteig der Moselstraße saß ein rumänisch aussehendes Mädchen von maximal dreizehn Jahren in einem verschlissenen Rock und einer alten Jacke und hielt ihm einen Becher entgegen. Ihre braunen Rehaugen blickten ihn flehend an. Bettlermafia. Brick hatte einen Artikel zu dem Thema recherchiert und herausgefunden, wie skrupellos und durchstrukturiert diese Leute ihre Kinder und Frauen zum Betteln auf die Straßen schickten. Das Mädchen tat ihm leid. Er konnte nicht helfen, warf aber trotzdem eine Münze in den Becher und schenkte dem Kind ein Lächeln.

Er wandte sich ab und ging die Moselstraße weiter Richtung Gutleut. Ein Plan musste her, koste es, was es wolle.

*

Zu Hause setzte er in der Küche einen Kaffee auf und holte den Ausdruck der Mail an Kati heraus, den er aus der Redaktion mitgenommen hatte.

Linksgrün versiffte Frankfurter Lügenpresse! Die Geschichte lügt nicht, es sei denn, sie wird von linksgrün versifften Agitatoren wie dir, du dreckige Presseschlampe, umgeschrieben! …

Er las den Dreck erneut, ließ den Zettel auf der Ablage liegen, schenkte sich eine Tasse Kaffee ein und setzte sich an seinen Küchentisch. Minutenlang starrte er die Wand an. Alles, was Eddie im Archiv der Redaktion über rechte Netzwerke in Hessen gefunden hatte, hatte er der Kripo übergeben. Sie kooperierten mit der Polizei, stellten parallel eigene Recherchen an. Diese Schwachköpfe gingen davon aus, dass der Täter, Katis Mörder, aus der rechten Szene kam.

Für keine fünf Cents glaubte Brick an diesen Schmus.

Er trank seinen Kaffee leer. Schnauze ging nach dem ersten Klingeln ans Telefon.

„Hi, Brick, was gibt's?"

„Die Mail an Kati. Eddie Zinnober hat sie mir gezeigt."

„Was ist damit?"

„Ermittelt ihr in der Richtung?"

„Klar. Allerdings sind Hassmails und Hetzkommentare inzwischen im Netz so weit verbreitet, da kannst du auch die Nadel im Heuhaufen suchen."

„Du glaubst also an den Scheiß?"

„Was genau willst du mir sagen, Brick?" An Schnauzes Tonfall erkannte er, dass der alte Kumpan zunehmend dünnhäutig geworden war.

„Denk doch mal nach. Die Inszenierung der Toten, diese bewusste Zurschaustellung mit dem Lippenstift, das stinkt doch zum Himmel. Auf Katis Rechner haben sie nicht mal ansatzweise etwas gefunden, das mit dem Thema zusammenhängen könnte."

Schnauze seufzte tief. „Die Mail ist ein klares Indiz, Brick! Ein anderes haben wir nicht. Es gibt keine Fremd-DNA am Fundort, weder an der Leiche noch im Umkreis von zwei, drei Quadratmetern. In der Lagerhalle haben wir zwar einiges gefunden, aber ob das vom Täter stammt? Weiß der Teufel! Also halten wir uns an das einzige

Indiz, das wir haben. Die Mail ist die Spur, der wir nachgehen. Will das in deinen Schädel rein oder nicht?“

Brick klickte das Gespräch weg. Ihn überfiel das unbestimmte Gefühl, dass er auf sich gestellt war. Dass der Rest der Welt gegen ihn war und er in einer Ecke stand, aus der er nicht mehr rauskommen würde. Hatten sich alle gegen ihn verschworen? Warum sah er das Offensichtliche und die anderen nicht?

Brick kamen erneut Zweifel. Warum hielt er sich nicht aus allem raus? Er lief ins Wohnzimmer. Für einen Moment wusste er nichts mit sich anzufangen. Ernsthaft, dachte er, wie weit war es mit ihm gekommen? Warum kriegte er den Arsch nicht hoch? Hatte er sein Gespür für Geschichten verloren? Seinen untrüglichen Instinkt, wie man an die entscheidenden Infos kommen konnte, der ihn sein Leben lang ausgezeichnet hatte?

Katis CD, die sie ihm in den Briefkasten geworfen hatte, fiel ihm ins Auge.

Nach Andrea Berg und den Flippers war ihm nun nach anderer Musik zumute. Was Kati ihm wohl hinterlassen hatte? Einen Mix ihrer Lieblingssongs? Er verspürte den Drang, sich ihr wieder anzunähern, mehr über sie zu erfahren. Was hatte sie gut gefunden, was hatte sie bewegt? Konnte er aus den Liedern heraushören, welcher Mensch sie geworden war? Er hatte zwar Angst, wieder in Trauer zu versinken, aber er überwand dieses Gefühl und legte die CD ein. Nachdem er auf Start gedrückt hatte, pflanzte er sich gemütlich in den einzigen Sessel im Raum und schloss die Augen in Erwartung sanfter Kati-Klänge.

Stattdessen hörte er ohrenbetäubende Kratzgeräusche, die ihn unsanft aus seiner Vorstellungswelt katapultierten. Er sprang sofort auf und schaltete den Player aus. Was war hier los? Keine Musik. Er holte die CD heraus und betrachtete sie.

Ich wollte mich nicht sang- und klanglos verabschieden.

Er hörte Katis Stimme im Ohr, die ihn mitten ins Herz traf. Sie klang wie ein Vermächtnis. Wie er sie einschätzte, hatte Katis Vermächtnis nichts mit Musik zu tun. Kati war erfüllt von der Leidenschaft fürs Schreiben. Manchmal war ihm ihr Idealismus für den Journalismus auf die Nerven gegangen.

Plötzlich machte es klick in Bricks Kopf. Er schlug sich gegen die Stirn.

Hornochse! Du bist echt ein alter Hornochse! Wie konntest du eine Minute denken …?

Blitzartig kramte er seinen Laptop aus der Tasche, den er in letzter Zeit selten hochgefahren hatte. Es gab Tage, da hatte er nicht einmal seine Mails abgerufen.

Da es ein älteres Modell war, verfügte es zum Glück über einen CD- und einen DVD-Player. Er legte die CD ein. Automatisch öffnete sich ein Ordner auf seinem Bildschirm. Bingo! Es war eine Daten-CD.

Er erkannte ein Dokument namens *Brick*. Mit einem Doppelklick öffnete er es. Seine Augen überflogen den Text. Er war auf was gestoßen. Die Quelle für alles?

Er lehnte sich zurück, begann von vorne und las eine Stunde lang. Danach war nichts mehr wie vorher.

5

Anna Frieder bewohnte ein Haus am Rande von Bad Vilbel in der Wetterau, keine zehn Autominuten vom Frankfurter Stadtrand entfernt. Die Innenstadt war bequem über die zweispurige Friedberger Landstraße zu erreichen. Neben dem Grundstück im Ortsteil Massenheim begannen die Felder, die sich bis zum bewaldeten Horizont erstreckten. Ackerflächen, unterbrochen von Grünflächen. Brick entdeckte eine Koppel für Pferde. Hinterm Haus lag ein Garten. Die Akkuratesse, mit der der grünbraune Rasen und die Apfelbäume geschnitten worden waren, war beeindruckend. Die Beete schienen für den Frühling vorbereitet zu sein. Jemand kümmerte sich intensiv um diesen Garten. Von draußen drangen gedämpfte Autogeräusche ins Haus. Nicht allzu weit entfernt schien eine Schnellstraße vorbeizuführen.

„Du scheinst gerne an Fenstern zu stehen und die Aussicht zu genießen.“ Anna Frieder saß am Esstisch und betrachtete ihn, als er sich vom Fenster wegdrehte und auf sie zukam.

„Bei mir im Gutleut blicke ich direkt auf eine Hausmauer auf der anderen Straßenseite. Mehr sehe ich nicht.“

„Klingt irgendwie traurig.“

„Ist es aber nicht. Ich wohne gerne dort."

Das Wohnzimmer war mit Steinplatten ausgelegt, auf denen pastellfarbene Läufer lagen. Der Bücherschrank und die Möbel waren in hellen Holztönen gehalten, elegant und gepflegt. Nicht zu vergleichen mit seiner Bude. Die einzigen kräftigen Farbflecke waren drei Gemälde, jeweils eines an einer Wand. Er meinte, einen Edward Hopper zu erkennen, wollte sich aber nicht festlegen. Vielleicht täuschte er sich auch. Malerei war nicht seine Kunst.

„Ehrlich gesagt habe ich mich ein wenig gewundert über deine Nachricht: *Du hast ein Rendezvous.* Das hat mir seit zehn Jahren niemand mehr geschrieben." Sie schmunzelte.

„Siehst du, darin liegt der Unterschied zwischen uns beiden. Mir hat das noch NIE jemand geschrieben."

Er nahm ihr gegenüber Platz und fuhr sich übers Kinn. Brick hatte sich rasiert und nicht mit After Shave gespart. Er trug eine nicht ausgewaschene schwarze Jeans und ein dunkelgraues Hemd. Er erinnerte sich nicht daran, wann er zuletzt solchen Wert auf seine Garderobe gelegt hatte.

„Schön hast du es hier." Er schaute sich um.

„Seit mein Mann vor zwölf Jahren ausgezogen ist, fühle ich mich einsam hier. Das Haus ist zu groß. Andererseits kann ich mich nicht davon trennen. Ich bin altmodisch. Neuerungen hasse ich. Die ganzen Erinnerungen aus den letzten drei Jahrzehnten, all das hängt im Gebälk. Und in mir. Das kannst du ruhig wörtlich nehmen."

„Du bist noch jung. Du kannst immer noch umziehen, wenn dir danach ist und dir eine schöne Wohnung nehmen. Eine kleinere mit Südbalkon, vielleicht am Grüneburgpark oder im Westend."

„Oder in Bad Homburg, Königstein oder Kronberg. Derlei Gedankenspiele habe ich schon hundertfach gehabt." Sie setzte einen Moment ab, als ginge sie alle noch einmal durch. „Bin aber hier hängengeblieben."

„Du wirst mir immer sympathischer." Er lächelte.

Sie überging seine Bemerkung. „Ich hätte ein Fläschchen Chateau Neuf du Pape, ein ausgezeichneter Wein. Oder würde ich dich damit kompromittieren?"

„Nee, lass mal. Du kannst natürlich gerne, aber ich halte mich an mein Wasser."

„Du bist sanfter geworden. Was ist los mit dir?"

„Versuchst du, Konversation zu machen oder dich bei mir einzuschmeicheln?"

„Letzteres habe ich nicht nötig. Ich hole mir schnell den Wein. Wie möchtest du dein Wasser? Sprudel, Medium, ohne? Ich hätte auch einige Säfte anzubieten."

„Gerne ohne. Also ohne alles."

„Du musst mir nichts beweisen."

„Dir nicht, aber mir."

„Du bist tatsächlich trocken. Ich dachte, du spielst mir was vor. Um mich zu beeindrucken."

„Glaub mir: Ich habe in meinem ganzen Leben noch nie jemandem was vorgespielt, um in einem besseren Licht dazustehen. Nicht meine Art. Da kannst du jeden fragen, der mich kennt."

„Glaube ich auch so."

„Weißt du, mein Lebenswandel war in den letzten Jahren kein Ruhmesblatt. Daran arbeite ich."

Sie ging hinaus und Brick versank in Gedanken. Eine der leidvollen Erfahrungen des Trinkers war es, morgens aufzuwachen und weder zu wissen, wo man sich befand, noch, wie man an diesen Ort gelangt war. Oder wie man in diesen unwürdigen Zustand hatte kommen können. Darauf wollte er auf unbestimmte Zeit verzichten. Ihm saß die nackte Angst im Genick: Ein Schluck, zwei, drei ergaben immer mehr, und kein Ende war absehbar. Er hatte sich ein wenig aus dem Sumpf herausgearbeitet und wollte nicht wieder hineinstürzen.

Mit einer Karaffe Rotem und einem Rotweinglas kam Anna zurück und stellte beides auf dem Tisch ab. Danach holte sie eine Flasche Apollinaris still und ein Glas und brachte es Brick, der sich einschenkte.

„Warum dieser Sinneswandel?", fragte sie, während sie sich setzte.

„Was meinst du?"

„Warum besuchst du mich?"

„Ich habe etwas, das dich interessieren könnte."

„Ach, es geht um die Zeitung! In meiner Naivität dachte ich schon, du hättest Interesse an mir", sagte sie mit einem Augenzwinkern.

„Ich bin auf etwas gestoßen, das mich etwas verstört hat."

„Wovon redest du?"

Sie goss einen Schluck Wein aus der Karaffe ins Glas, benetzte ihre Zunge, genoss den Geschmack und den Duft, der im Nu den Raum erfüllte, und schenkte sich nach.

„Kati hat mir ein Erbe hinterlassen."

Sie hob die Augenbrauen.

„Eine CD mit einem Ordner, in dem sie etliche Dateien aufbewahrt hat."

„Woher hast du die CD?"

„Lag im Briefkasten. Ist mir ganz banal per Post zugeflattert."

„Das heißt aber doch …"

„Sie wusste Bescheid, sicher. Ja, sie wollte es mir hinterlassen, deshalb spreche ich von Erbe."

„Um was dreht es sich?"

„Sie hat an einem Artikel geschrieben. Dazu hat sie Material gesammelt. Es sind Interviews und andere Dokumente wie Abschriften und Zusammenfassungen von Recherchen dabei."

„Und der Inhalt? Das Thema?"

„Kati behauptet, es gebe ein Netzwerk …"

„Ihr immer mit euren Netzwerken!"

„Das ist aber auch die einzige Übereinstimmung, denn hier geht es um ein rechtsextremes Netzwerk. Eine Gruppe, die scheinbar aus dem Untergrund operiert und den Umsturz plant."

Ein Augenzucken. „Das ist heiß, aber nicht ganz neu. Wir hören seit einiger Zeit von Spinnern, die Waffenlager anlegen. Diese Prepper, die Lebensmittel horten, um sich für den Fall der Fälle selbst versorgen zu können, falls die gesamte Versorgungslogistik zusammenbricht."

„Richtig." Brick nippte an seinem Wasserglas. „Aber Kati behauptet, dass es sich um eine Gruppe aus dem inneren Kreis des hessischen Staatsapparates handelt. Polizei, Bundeswehr, Verfassungsschutz. Also keine Einzelfälle, sondern systematisches Vorgehen, professionelle Planung, abgestimmtes Handeln. Sehr gute, über eine längere Zeit gewachsene Strukturen. Es soll, laut Kati, kaum eine Behörde geben, die nicht drinsteckt."

„Kannst du schon beurteilen, wie viel Substanz die Sache hat, die sie angeblich aufgedeckt hat?"

„Ich habe es bislang nur überflogen, weil mir die Zeit gefehlt hat, wollte dir aber so schnell wie möglich Bescheid geben. Ich werde es mir natürlich sehr genau zu Gemüte führen und alles lesen, aber dazu brauche ich ein, zwei Tage. So weit ich das jetzt schon überblicken kann, hat es Hand und Fuß. Ziele des Netzwerks sind vor allem Frauen, die in der Öffentlichkeit stehen. Prominente Politikerinnen, Moderatorinnen, Wissenschaftlerinnen, Aktivistinnen, die eine Angriffsfläche bieten. Das alles ist Sprengstoff. Es taugt auf jeden Fall dazu, den Mächtigen ordentlich einzuheizen. Da wird kaum ein Auge trocken bleiben."

Sie lehnte sich zurück und trank einen Schluck Wein. „Du willst es also wieder wissen."

„Ich doch nicht." Er zwinkerte ihr zu.

„Aber ich merke doch, du hast Lunte gerochen. Scheint da etwa der alte Brick durch? Dein Kampfgeist ist wieder erwacht."

„Du interpretierst da zu viel rein. Ich will vor allem Katis letzten Wunsch ..." Er schaute aus dem Fenster über die Terrasse. Stirnfalten bildeten sich. Der letzte Satz blieb unvollendet.

„Diese Kati – ich weiß so gut wie nichts über sie."

Brick verstand ihre Worte als Aufforderung. „Sie war ein bisschen wie du ..."

„Wie ich?"

„Ja, sie hat sich auch um mich gekümmert. Bei der Zeitung hat sie mir Termine verschafft. Als ich auf der Flucht vor den Starlight-Leuten war, hat sie mir Unterschlupf gewährt. Sie ist eine tolle Journalistin gewesen, aber ehrlich gesagt, so ganz bin ich nie aus ihr schlau geworden."

„Wie meinst du das?"

„In der heißen Phase, als wir die Reportage geschrieben haben, hingen wir tage- und nächtelang aufeinander. Wir haben kaum was gegessen und getrunken, wir haben weder geduscht noch die Zähne geputzt, weil wir wie besessen an dem Artikel gearbeitet haben und gar nicht daran gedacht haben."

„Lecker."

„Du sagst es. Aber was ich meine: Kati hat sich nie beschwert. Im Gegenteil, sie hat mich angetrieben, wenn ich drohte, schlapp zu machen. Sie war die treibende Kraft mit scheinbar unerschöpflicher Energie ..."

„Journalistisch gesehen war sie also wie du."

Brick ließ die Aussage im Raum stehen und starrte durchs Fenster in die beginnende Nacht hinaus.

„Und jetzt?“, erkundigte sich Anna nach einer Weile.

Er wandte sich ihr wieder zu. „Brauche ich eine Zeitung, die Katis Reportage veröffentlicht.“

„Du meinst, jetzt sofort?“

„Nein. Ich muss sicher einiges an Arbeit und Zeit reinstecken, manches überprüfen, anderes hinterfragen, vielleicht sogar neu recherchieren. Und vor allem den Artikel fertig schreiben. Es fehlen sicher noch zwanzig, dreißig Prozent. Den zeitlichen Umfang kann ich erst in einigen Tagen abschätzen.“

„Also wann?“

„Ah, Miss Ungeduld! Okay, gib mir vier Wochen, um auf der sicheren Seite zu sein.“

„Warum bietest du mir das an und nicht der Frankfurter Presse?“

„Sagen wir mal so: Mit meinem Verhältnis zur Frankfurter Presse ist es nicht zum Besten gestellt. Man könnte auch sagen, es ist nachhaltig gestört. Außerdem haben die von der Starlight-Reportage profitiert. Ich schätze zudem neue Verbindungen.“ Er prostete ihr zu.

„Verbindungen?“

„Kontakte, Allianzen, Bekanntschaften, Beziehungen.“

„Und das alles bin ich? Soll ich sein, denn ich habe ja noch nicht zugestimmt.“

„Das alles kannst du sein, wenn du magst. Also, willst du mit mir gehen?“

„Oh Gott, ich komme mir vor wie ein Teenager.“

„Darauf stoßen wir an.“ Brick beugte sich vor und erhob sein Glas. Wenig später klirrten die Gläser und hinterließen einen vielversprechenden Klang.

*

Nachts lagen sie eng aneinandergeschmiegt Löffelchen, er hinter ihr. Es war spät geworden. Irgendwann hatte Anna ihn unverblümt gefragt, ob er bei ihr übernachten wollte. Sie habe Platz in ihrem Doppelbett.

Das war ein Überfall. Er stand da wie gelähmt, schaute sie an. Irritation sprach aus seinen Augen. Er fühlte sich geschmeichelt und ängstlich zugleich. Er müsse seine jahrelang aufgebaute Schutzfassade einreißen, gab er zu bedenken, und fasste sich gleichzeitig an den Kopf: War das zwiespältig oder schon schizophren?

„Probier es!“, forderte sie ihn auf.

Schließlich stimmte er zu, was ihr ein Lächeln entlockte. „Du bist etwas hüftsteif, wenn wir zusammen sind, aber ich denke, das wird sich geben“, sagte sie.

Hüftsteif wollte er wahrhaftig nicht sein. Was hatte es ihn für eine Überwindung gekostet, sich vor Anna auszuziehen. Tollpatschig stellte er sich an. Danach rollten sich ihre Körper unter der Bettdecke zusammen. Es hatte etwas Herzzerreißendes, als er ihr offenbarte, dass er seit gut fünfzehn Jahren mit keiner Frau mehr geschlafen hatte. Seit Alina gestorben war. Und er wisse nicht, ob er dazu noch in der Lage sei.

„Ja glaubst du, mir geht es viel besser?“, erwiderte sie. „Nach meinem Mann gab es zwar ein paar Affären, aber die kannst du an einer Hand abzählen. Sie haben mich noch unglücklicher zurückgelassen, als ich vorher gewesen bin. Seitdem ist Schicht.“

„Du bist schön, du bist in den besten Jahren, hast einen tollen Job. Du kannst doch alle Männer haben, die du möchtest.“

„Oh weh! Davon verstehen Männer absolut nichts. Ich denke, wir sollten über etwas anderes reden. Erzähl mir von ihr, von Alina!“

In ihm zog sich alles zusammen. Er war nicht bereit, das wusste er augenblicklich. Hier zu liegen bei Anna hatte ihn dramatisch Überwindung gekostet. Zu mehr würde es heute nicht reichen.

„Entschuldige“, sagte er. „Ich packe es einfach nicht. Irgendwann einmal“, hängte er beschwichtigend an.

Sie schmiegte sich enger an ihn.

Er gab sich einen Ruck, wollte sich ihr weiter erklären, doch es kam nur ein leises Röcheln. Er legte seinen Kopf an ihren und schlief ein wie ein Baby.

Das Unvermeidliche folgte. Er träumte unbarmherzig. Alinas Augen, sie rasten auf ihn zu, er sah sich, wie er im Golden Gate auf dem Boden saß und die sterbende Alina verzweifelt in den Armen hielt. Er sah sich vorm Klosterkeller, als er Natascha am Boden liegend entdeckte und in ihre toten Augen blickte und kurz darauf wusste, dass sie Alinas Augen hatte, denn sie war ihre gemeinsame Tochter. Beider Augen brannten sich ihm ein, wurden größer, riefen ihn: *Brick, wo bist du? Brick? Warum lässt du uns im Stich?* Er rannte weg, wollte nicht antworten, konnte nichts sagen. Sie verfolgten ihn durch die bepissten Gossen des Bahnhofsviertels, beleuchtet von grellen Neonreklamen und roten Lichtern. *Brick, du Feigling, bleib stehen!* Irgendwann verloren sich ihre Stimmen und er dachte, er habe sie abgehängt.

Welch ein Irrtum! Ein weiteres Augenpaar tauchte in der Nacht auf. Er erkannte es auf den ersten Blick: Es gehörte Kati. Ihre Augen nahmen ebenfalls die Jagd auf ihn auf, flankiert von Alinas und Naschas Augen, die ihn hetzten, vor sich her trieben, nicht locker ließen, obwohl er alles gab, um ihnen zu entkommen. Er hatte keine Chance. Sie umringten ihn, zingelten ihn ein, fesselten ihn, sodass er nie wieder davonlaufen konnte, nie wieder! Alinas Augen, Nataschas Augen, Katis Augen. Sie blickten ihn an, schossen Hass und Verachtung auf ihn ab, weil er sich nicht ausreichend um sie gekümmert hatte. Das musste er büßen. Es war sein Ende, sein To…

In diesem Moment weckte ihn Anna. „Hast du schlecht geträumt? Du bist so unruhig."

Er kam zu sich, war schweißgebadet. Wusste sekundenlang nicht, wo er war, bis es ihm gelang, Annas Stimme einzuordnen. Er seufzte. Er lag neben ihr, war im Schlaf einen halben Meter von ihr weggewandert.

„Entschuldige", antwortete er. „Meine Dämonen, sie verfolgen mich. Ich glaube, ich werde sie nie los."

6

Am nächsten Morgen hatte Anna darauf bestanden, ihn nach Hause zu fahren, bevor sie in die Redaktion musste. Brick hatte einen schweren Tag vor sich und nicht den blassesten Schimmer, was er ihm bringen würde.

Sie verabschiedeten sich im Auto mit einem zarten Kuss und einem Versprechen.

„Wir sollten den gestrigen Abend wiederholen", sagte Anna.

„Sollten wir!", beschied er.

Er ging in seine Wohnung und stellte sich ans Fenster. Annas Wagen war weg. An der gegenüberliegenden Hauswand war ein Graffiti-Schriftzug hinzugekommen, der ihm bislang nie aufgefallen war: *Frankfurt Motherfucker, you are lost!*

Lost fühlte er sich, spürte, dass die vergangenen zwölf bis vierzehn Stunden Spuren hinterlassen hatten. Er war innerlich aufgewühlt. Lag es an Kati, am Traum? An Anna?

Anna Frieder war ihm erschienen, anders konnte er es nicht nennen. Er war in einer zermürbenden Lebenssituation und sie kümmerte sich um ihn. Das war unglaublich.

Heilige Anna.

Er setzte sich an den Laptop, fuhr ihn hoch und googelte. *Heilige Anna, Namens- und Schutzpatronin der Ehefrauen, Bergleute und Schiffer.* Und der Journalisten, dachte er und grinste. Interessant, fand er, dass er sich im Geiste noch zur Journalistenzunft zählte, auch wenn er seit dem Starlight-Buch keinen Satz mehr zustande gebracht hatte. Änderte sich gerade alles. Anna hatte ihr Interesse an Katis Story bekundet. Er würde dranbleiben. Er musste.

Die entscheidende Frage lautete: Hatte diese Story mit Katis Ermordung zu tun? Diese Feststellung schien ihm mehr als gewagt, obwohl er zugeben musste, dass ein Zusammenhang bestehen konnte. Kati blieb ihm ein Rätsel. Wieso hatte sie sich so reingekniet? Wieso hatte sie mit der Reportage eine Grenze überschritten, von der sie wusste, dass es dahinter gefährlich – sogar lebensgefährlich – werden konnte?

Sekunden später klingelte sein Handy. Er sah Schnauzes Namen auf dem Display leuchten.

„Wir haben den Typen aufgestöbert, der Kati die Mail gesendet hat“, begann Schnauze ohne jegliche Begrüßung. „Wohlgemerkt: nach ihrem Tod. Das ist sicher. War kein Problem. Ein Stümper, der nicht mal versucht hat, seine Online-Identität zu verschleiern.“

„Wer ist es?“, erkundigte sich Brick.

„Willi Kranzler. Glühender Anhänger der Reichsbürger, wohnhaft in Steinbach im Taunus.“

„Und was fangt ihr mit dieser Info an?“

„Kranzler ist zwar ein Idiot, aber er scheint nicht Katis Mörder zu sein, weil er für den Todeszeitpunkt ein glasklares Alibi hat.“

„Nämlich?“

„Chorprobe. Ja, du hast richtig gehört, er singt im Gemeindechor. Sämtliche anderen Chormitglieder können es bestätigen, etwa zwanzig waren anwesend. *De Willi, des is en gude Kerl,* solche Sprüche, massenweise. Ich sag dir, manchmal hasse ich meinen Job."

„Und was passiert jetzt mit ihm? Wenn er ein wasserdichtes Alibi hat, kann er ja schlecht der Täter sein."

„Richtig, aber es ist nach wie vor das einzige Indiz, das wir haben. Die Frankfurter Presse stellt auf jeden Fall Strafanzeige wegen Verleumdung, Beleidigung, Volksverhetzung. Ähnlich gelagerte Fälle haben gezeigt, dass er maximal eine kleine Geldstrafe zu erwarten hat. Danach verläuft die Sache im Sand."

„Na bravo! Und wir sind genauso schlau wie vorher."

„Du sagst es. Und du weißt, wie schwer es mir fällt, dir recht zu geben." Er lachte herzhaft. „Aber wir nehmen in Steinbach alle durch die Mangel, weil ich denke, da steckt mehr dahinter. Vielleicht Mittäter, Mitwisser. Ich melde mich, wenn ich was Neues habe. Bis dann."

Brick schaltete das Handy aus und legte es zur Seite. Er rieb sich die Augen, fühlte sich platt. Der Abend und die Nacht waren anstrengend gewesen, obwohl nichts zwischen ihm und Anna passiert war. Jedenfalls nichts Sexuelles. Dennoch gab es eine starke Verbindung. Das spürte er.

Dass er und Anna eine Nacht gemeinsam in einem Bett verbracht hatten, war verblüffend genug, grenzte an ein Wunder. Ein heruntergekommener Journalist, der durch den Starlight-Fall einen Überraschungscoup gelandet hatte, und eine erfolgreiche Chefredakteurin einer der anerkanntesten deutschen Tageszeitungen. Es kam ihm unwirklich vor. Rein äußerlich passte da hinten und vorne nichts zusammen. Er konnte es nicht einordnen, erinnerte sich an einen kurzen Dialog in ihrem Wohnzimmer, kurz bevor sie schlafen gegangen waren.

„Ich kann die Welt nicht ändern, vor allem nicht zum Guten", hatte er ihr gesagt.

„Doch, du kannst."

Ihre Erwiderung spornte ihn an. „Und du kannst dir die Welt nicht schnitzen, wie es dir passt."

„Doch, ich kann."

Er schüttelte den Kopf. Insgeheim, gestand er sich ein, mochte er solche Frauen. Brick überlegte, ob er sich in Anna verlieben konnte. Und sie, konnte Anna sich in ihn verlieben? Die Vorstellung war schön und beunruhigend zugleich.

Um einen klaren Kopf zu kriegen, ging er unter die Dusche. Heißkaltheißkalt. Als er aus dem Bad kam, fühlte er sich besser. Die Zeit der Ablenkung war vorbei. Es galt, sich auf Kati und ihre Story zu konzentrieren. Wie sollte er vorgehen? Es waren reichlich Dokumente und Dateien. Er knöpfte sie sich einzeln vor, um sich tiefer einzuarbeiten.

Zunächst listete Kati eine Reihe bekannter Fälle mit Todesdrohungen auf. Eine Frankfurter Anwältin hatte Drohmails erhalten, in denen die Verfasser ankündigten, ihre Tochter ‚abzuschlachten'. Eine Frankfurter Politikerin wurde in diversen Mails mit dem Tode bedroht. Desgleichen eine Kabarettistin. Über Hessens Grenzen hinaus gingen Todesdrohmails an Politikerinnen. Die meisten unterzeichnet mit *Heil Hitler, Sieg Heil oder SS-Obersturmbannführer.*

Der Hass, die Hetze, die Beleidigungen, üblen Nachreden und Verleumdungen hinterließen einen faden Beigeschmack bei Brick. Wohin sollte das führen?

Er begann, den Anfang von Katis Artikel zu studieren.

> *Dass Frauen im Internet und in den sozialen Medien bedroht werden, ist keine neue Erkenntnis. Es ist ein Phänomen, das seit Jahren um sich greift. Erfolgreiche Frauen, Frauen mit Migrationshintergrund und Frauen, die in der Öffentlichkeit stehen, werden zu Zielscheiben von Hass und Hetze, Verleumdungen und persönlichen Schmähungen. Durch Klagen lassen sich die oftmals anonymen Täter nicht abschrecken. Sie verstecken sich hinter ihren Pseudonymen, sind in einer Vielzahl der Fälle nicht rückverfolgbar und können nicht belangt werden. In diesem Bereich gibt es sowohl gesetzliche Defizite als auch Defizite bei den Ermittlungs- und Strafverfolgungsbehörden. Oder ist es nicht erwünscht, diese Defizite zu beheben?*

Brick hielt inne. Es wäre ein Hammer, wenn Kati diese These belegen könnte. Er glaubte nicht daran, war aber angefixt.

Weitreichende Recherchen der Frankfurter Presse ergeben eine neue Dimension des gesamten Komplexes. Wie eindeutig belegte Dokumente zeigen, gibt es seit Wochen eine gezielte Mailkampagne gegen prominente Frauen. Die Täter gehen strukturiert und abgestimmt vor. Inhalte der Mails ähneln sich bis in feinste Formulierungen und in die Grammatik hinein. Dahinter steckt ein weitverzweigtes Netzwerk, das gemeinsam operiert und versucht, Frauen zu diskreditieren, bloßzustellen, einzuschüchtern und ihnen Angst einzujagen, bis hin zu Todesdrohungen.

Und als sei die nachgewiesene Existenz eines solchen Netzwerks nicht Schlagzeile genug, ergaben die Nachforschungen dieser Zeitung die Herkunft der Absender. Die Mailadressen der bedrohten Frauen wurden von einem Server der hessischen Polizei abgerufen, genauer: vom Server des 1. Polizeireviers Frankfurt am Main. Zugang haben ausschließlich Mitglieder der hessischen und der Frankfurter Kriminalpolizei. Es handelt sich um eine Personengruppe, die mutmaßlich aus dem inneren Polizeizirkel heraus agiert.

An diesem Punkt hätte es brenzlig werden können. Er hielt die Spannung kaum aus. Doch hier endete der bislang ausformulierte Artikel. Das war schlecht. Namen wären elementar gewesen. Er schloss das Dokument und öffnete ein weiteres, das mit *PolMaterial* betitelt war.

Kati behauptete darin, auf die Spur von fünf Männern, genauer gesagt Polizisten, gekommen zu sein, die mutmaßlich verantwortlich waren, die hinter den Absendern stecken sollten und deren Namen sie vermerkt hatte. Sie lauteten: Anton Schweizer, Knut Wenzel, Augustus Corbin, Vladimir Müller und Oskar Peters.

Brick las sich die Namen zweimal hintereinander laut vor. Bei keinem machte es klick. Er war sicher, nie einer der Personen über den Weg gelaufen zu sein.

Kati behauptete weiterhin, sie habe Hinweise, dass es Personen in den oberen Chargen der Polizei und des Verfassungsschutzes gab, die Täter nicht nur deckten, sondern anstifteten. Sie könnten deren Auftraggeber sein. Ein ausgeklügeltes System, das es den Strippenziehern ermöglichte, gezielt gegen Andersdenkende, vermeintliche Staatsfeinde und Linksextremisten vorzugehen.

Brick pfiff dreimal durch die Zähne. Er spürte den Wind, der ihm in nächster Zeit frontal ins Gesicht fegen würde, sollte er damit an die Öffentlichkeit gehen. Mutmaßlich würden die Polizei, das Innenministerium, der Staats- und Verfassungsschutz, der Bundesnachrichtendienst und diverse andere staatliche Organe bei ihm auf der Matte stehen. Nicht unwahrscheinlich, dass sie ihn – zumindest vorübergehend – aus dem Verkehr ziehen würden.

Er musste mit Anna über die Dimension des Ganzen sprechen. Sollten sich Katis Indizien gegen diese fünf Polizisten und deren Hintermänner als Beweise herausstellen, würde das bedeuten, dass von Bediensteten einer deutschen Behörde neonazistische Todesdrohungen an Promifrauen versendet worden waren. Er musste die Identität der Fünf und alle Hintergründe überprüfen und dabei bedacht vorgehen. Offensichtlich hatten die Männer von Katis Recherchen erfahren und sie getötet. Kati musste mitbekommen haben, dass sie aufgeflogen war, sonst hätte sie nicht sämtliche Daten auf ihren Computern gelöscht und ihm die CD gesendet.

Er pustete tief durch. Harter Tobak. Das war das heißeste, was er in seinem bisherigen Leben in Händen gehalten hatte, sollte es sich nach einem Faktencheck als wahr herausstellen. Dagegen war die Starlight-Sache ein Waldspaziergang gewesen. Er würde sich unmittelbar in Lebensgefahr bringen, sollte er dem Ganzen nachgehen und es veröffentlichen. Seit Jahren ging er mit dem Gedanken schwanger, ein Testament zu machen. Höchste Eisenbahn.

Noch nie hatte er sich von einer Sache abhalten lassen, von der er zutiefst überzeugt war, dass sie an die Öffentlichkeit gehörte. Außerdem, sagte er sich, war er es Kati verdammt noch mal schuldig.

Ein Handysummen, das eine Nachricht ankündigte, brachte seine Planspiele zum Erliegen. Die folgende Lektüre ließ ihn Hals über Kopf aufbrechen.

7

Marc Konrad war 42 Jahre alt und führte seit knapp 15 Jahren seine Privatdetektei *MK Sherlock*. Rosige Zeiten waren eine Seltenheit. Die mageren Jahre hatte er überbrücken können, weil ihm Tom Anzinger großzügige Darlehen gewährt hatte, die ihn vor der Pleite bewahrten. Zweimal hatte es Spitz auf Knopf gestanden, zweimal hatte ihn Anzinger kurz vor Toresschluss gerettet. Er stand in der Schuld des Unternehmensberaters und stotterte jeden Monat einen Betrag ab. Dies würde bis zum Ende seines Lebens so weitergehen; damit hatte er sich abgefunden.

Wenn Anzinger ihn buchte, was des Öfteren vorkam, erwartete er eine bevorzugte Behandlung. Konrad ließ dann alles andere stehen und liegen, um sich seinem Anliegen voll und ganz widmen zu können. Wobei er zugestehen musste, dass die Aufträge immer interessant waren. Nie ging es um eifersüchtige Ehemänner, die ihre vermeintlich abtrünnigen Frauen beschatten lassen wollten oder um popelige Scheidungs- und Erbangelegenheiten. Sachen dieser Art waren entwürdigend und unrühmlich für alle Beteiligten. Anzingers Jobs waren anders gelagert. Sie zielten darauf, das Leben einer Zielperson auszuleuchten. Und zwar von A bis Z. Dies ermöglichte Konrad in der Regel, die Vergangenheit zu durchstöbern und tief in die Gegenwart einzutauchen, um sich ein komplettes Bild machen zu können. Dabei hatte er öfter schon das eine oder andere pikante Detail zutage gefördert, was ganze Existenzen in neuem Licht erscheinen ließ und ihm einen besonderen Kitzel verlieh.

Die neueste Zielperson war eher ein Routinefall. Zwar war er ein Halbpromi aus der Medien- und Zeitungsbranche, aber er war nicht mehr der Jüngste und wirkte abgetakelt, als habe er aufgesteckt. Noch nie hatte er einen Charakter beschatten müssen, der, wie sich nach kurzer Zeit herausgestellt hatte, so desillusioniert war. Es gab absolut nichts Weltbewegendes zu berichten, was Konrad gegenüber Anzinger ein schlechtes Gewissen verursachte. Warum suchte sich sein Auftraggeber einen solchen Langweiler aus?

Wobei auch die nüchternsten Zeitgenossen immer wieder für eine Überraschung gut waren. Konrad war auf einen Punkt gestoßen, der das Potenzial hatte, Leben in das triste Dasein der Zielperson zu bringen. Es ging um eine Frau. Es ging, im besten Falle, um Liebe.

Obwohl Konrad sich auf die Fahnen geschrieben hatte, bei all seinen Fällen eine größtmögliche emotionale Distanz zu wahren, um nicht persönlich in Dinge verwickelt zu werden, würde er es dieser Zielperson von Herzen wünschen: Liebe. Endlose Liebe. So traurig erschien ihm dieses Leben.

Konrad saß in seinem Büro, das er notdürftig in seiner Erdgeschosswohnung in Frankfurt-Heddernheim untergebracht hatte, weil er sich keine exquisiten Büroräume in der City leisten konnte. Seitdem er sich vor vier Jahren hatte scheiden lassen und seine Ex-Frau ausgezogen war, hatte er genügend Platz auf 80 Quadratmetern. Nachdem er Anzingers Nummer gewählt hatte, dauerte es keine drei Sekunden, bis der Anruf angenommen wurde.

„Ich sollte die Augen offenhalten. Und ich habe die Augen offengehalten", platzte er heraus.

„Ich höre, Herr Konrad."

„Es könnte sein, dass die Zielperson eine sexuelle Beziehung zu einer Frau eingegangen ist oder gerade dabei ist, eine einzugehen."

„Name der Frau?"

„Anna Frieder."

Zehn Sekunden herrschte Stille, bevor Anzinger nachfasste. „DIE Anna Frieder?"

„Exakt." Konrad wusste für einen Moment nicht, was er sagen sollte.

Nach einer Weile sagte Anzinger: „Lieber Herr Konrad, Sie haben gute Arbeit geleistet. Bleiben Sie weiterhin dran!"

Konrad hörte ein Klicken im Telefon. Danach war die Leitung tot.

8

Brick war seit Jahren nicht mehr am Frankfurter Flughafen gewesen. Er mochte ihn nicht, nutzte ihn nicht, flog nie weg, verreiste nie. Er hasste den Fluglärm über Frankfurt und zwischen Malle-Touristen fühlte er sich unwohl. Er mied diesen Ort.

Heute hätte er jedoch für nichts auf der Welt darauf verzichtet, an den Flughafen zu fahren, denn die Ankunft zweier Frauen, angekündigt per WhatsApp, zog ihn magisch an.

Seine Tochter Natalia hatte sie ihm geschickt, kurz bevor sie in Hamburg in den Flieger gestiegen waren. Sie und Elisa, seine ehemalige Nachbarin. Der Besuch sollte eine Überraschung sein, aber sie wollten mit dem Gepäck nicht mit den Öffentlichen ins Gutleut fahren.

Während Brick in der Ankunftshalle stand, umringt von Dutzenden Partnern und Familienmitgliedern, die sehnsüchtig ihre Liebsten erwarteten, kamen ihm Bilder der beiden in den Sinn. Wie er Natalia in der Starlight-Villa aus den Klauen der Tomovic-Bande befreit hatte. Wie Elisa im Krankenhaus gelitten hatte, nachdem Tomovics Männer sie sich vorgeknöpft hatten. Wie die beiden ihm mitgeteilt hatten, gemeinsam nach Hamburg zu gehen und ein neues Leben zu beginnen, um Frankfurt und die Geschehnisse zu vergessen. Und wie ihn Natalia gebeten hatte, mit ihr zu kommen, was er ablehnen musste. Er war hier zu Hause, er kannte nichts anderes. Frankfurt war seine Heimat, sein Schicksal. Sein Verderben.

Die ersten Passagiere kamen aus der sich automatisch öffnenden Flügeltür. Ab und zu erklang ein Seufzer oder ein spitzer Freudenschrei, wenn jemand die Person, auf die er wartete, im Tumult entdeckt hatte.

Er sah sie sofort. Sie rannten auf ihn zu, gebremst von ihren Koffern. Natalia fiel ihm um den Hals. Gleich darauf schloss sich Elisa an und drückte ihn an ihr Herz.

„Hallo Nachbar, du hast mir gefehlt!", war ihr erster Kommentar.

„Hi, Paps! Ich freue mich so." Natalia hatte ihn von Anfang an *Paps* genannt, was ihm gefiel. Sie sah fesch aus, trug die blonden Haare, die sie von ihrer Mutter geerbt hatte, kürzer, eine figurbetonte Winterjacke und knallenge Jeans, während Elisa ein bauchfreies Top unter dem offenen Mantel anhatte. Sie hatte eine skinny Figur und eine markante Oberweite. Dafür, dass sie erst knapp über zwanzig war, sah ihr Gesicht verlebt aus. Die vielen Nächte, die sie sich im Platinum an der Stange und auf St. Pauli hinter einer Absackertheke um die Ohren geschlagen hatte, zeichneten sich darin ab. Trotz allem war sie eine Hübsche; ein wilder Feger ohnehin. Und vor allem: gegen den Strich gebürstet. Wie er. Es gab Zeiten, da hätte er sie sich als seine Tochter gewünscht.

„Wie lange macht ihr Urlaub in Frankfurt?"

„Das ist kein Urlaub!“, platzte Natalia hervor. „Wir sind zurück. Der Wirt vom Blauen Peter, unser Chef, wollte zuerst Elisa an die Wäsche und dann mir. Und da uns das sicher überall so gegangen wäre, haben wir beschlossen, dann lieber in Frankfurt.“

Brick hätte heulen können. Er drückte sie an sich. Gemeinsam schlenderten sie ins Parkhaus, direkt neben der Ankunftshalle gelegen, und fuhren mit seinem alten Golf zurück in die Stadt.

„Wie geht's dir?“, erkundigte sich Natalia, als sie auf dem Weg zur Autobahn waren.

Er schaute sie kurz an. Seine erste Euphorie, die beiden wiederzusehen, verflog. Er landete hart in der Realität.

„Ich …“, begann er. Dann konnte er nicht weitersprechen.

Natalia wurde sofort hektisch. „Was ist los?“, rief sie. „Bei dir stimmt doch was nicht.“

Bis sie bei Brick zu Hause die Koffer abgestellt hatten, erzählte er von Katis Ermordung und was in den letzten Tagen vorgefallen war.

„Tut mir leid, dass ich euch mit einer solchen Nachricht empfange.“

Die zwei Frauen schauten bedröppelt aus der Wäsche. Es traf sie härter, als er erwartet hatte. Die Gedanken kreisten. Sie waren wie böse Kobolde, die sich nicht vertreiben ließen.

Beide, üblicherweise von überschäumendem Gemüt, gingen schnurstracks ins Wohnzimmer und setzten sich auf die Couch. Blass und still hörten sie ihm weiter zu, forderten ihn auf, mehr zu erzählen. Der Schock saß tief.

„Und wie geht's jetzt weiter?“

„Ich hoffe, dass die Polizei die Täter schnappt. Sicher bin ich aber nicht.“ Er verschwieg seine Theorie, nach der er die Polizei auf dem Holzweg wähnte, um die beiden nicht noch mehr zu verunsichern. Dass er seine Fühler ausgestreckt hatte, erwähnte er mit keinem Wort.

Natalia setzte sich auf seinen Schoß, umarmte ihn und drückte sich an seine Brust.

Er fühlte sich schuldig, hätte sie nicht auf diese Weise überfallen sollen. Die Stimmung war im Keller. Er sorgte für eine Aufhellung. „Ich …“, stotterte er. „Also, gestern Nacht … habe ich bei einer Frau übernachtet.“

Natalia löste sich abrupt von ihm. Die beiden schauten ihn an, als sei er ein Marsmensch.

„Nee, oder? Ne Frau! Voll schräg!“, blaffte ihm Elisa entgegen. „Und mit mir wolltest du nie vögeln. Ich glaub's nicht!“

„Ich vögel auch jetzt nicht“, bremste er sie.

„Ey, schiebst du immer noch den Film? Ist doch scheiße, also für die Frau, mein ich. Aber wenn du doch mal willst, gell, du weißt ja, dass ich auf dich stehe. Und ich muss sagen, du bist noch heißer geworden.“

Brick verdrehte die Augen. „Nullkommanix geändert. Ich dachte, das gibt sich irgendwann.“

„In Bezug auf dich gibt sich gar nix bei mir.“

„Könnt ihr eure Sexfantasien unter euch ausmachen?“, schaltete Natalia sich ein, deren Unruhe mit Händen greifbar schien. „Wer ist die Frau?“

Brick erzählte von Anna Frieder, ihrem Job und ihrer ersten Annäherung.

„Leck mich fett!“, konnte sich Elisa nicht verkneifen. „Du greifst nach den Sternen und vögelst sie nicht? Du bist echt behämmert. Die macht sich doch ruck, zuck vom Acker.“

„Schon mal was von platonischer Liebe gehört?“

„Ich brauch Alkohol oder was zu rauchen, anders halt ich das nicht aus. Hast du was?“

„Nur Reste. Bin trocken.“

„Im Ernst? Wird ja immer besser. Aber wir dürfen, oder?“

„Klar.“

Natalia erhob sich, ging in die Küche und besorgte Gläser. Brick stellte eine halbvolle Flasche Pernod und zwei Flaschen Bier auf den Tisch.

Die beiden stießen an. Brick verzichtete eisern, obwohl ihm eine Entspannung gutgetan hätte. Katis Tod schwebte wie eine unsichtbare Wolke über ihnen.

„Da kommt man zurück nach Frankfurt und denkt, alles ist okay. Dabei ist der Teufel los“, verschaffte sich Elisa Luft. „Ich glaub, meine Birne ist Matsch. So was gibt's doch nur im Film.“ Sie kippte ihren Pernod in einem Zug runter.

Brick verstand sie. Das Unerwartete löste starke Emotionen aus. Er empfand sich manchmal als zu abgehärtet.

„Wir gehen später noch raus“, meinte Natalia.

„Bisschen um die Häuser ziehen“, ergänzte Elisa.

„Wie ihr wollt. Und was habt ihr sonst vor? Ich meine ...“ Brick warf Elisa einen skeptischen Blick zu. „Du willst doch nicht etwa wieder zurück an die Stange im Platinum?“

„Quatsch mit Soße! Wie kannst du mich so was fragen?“ Sie schüttelte den Kopf.

Natalia erzählte von ihren Plänen, was Eigenes aufzumachen. Eine schnuckelige Bar oder ein Kosmetikstudio. Brick zeigte sich begeistert. Freute sich, dass die beiden sich prächtig zu verstehen schienen nach der gemeinsamen Zeit in Hamburg.

Brick quartierte sie in seinem Schlafzimmer ein. Er würde vorübergehend im Büro auf der ausziehbaren Couch übernachten. Das war zwar nicht sonderlich bequem, aber machbar für ein paar Nächte. Mittelfristig mussten sie sich über die Wohnsituation Gedanken machen.

Als Elisa und Natalia eine Stunde später in die Frankfurter Nacht entschwunden waren, setzte er sich wieder an den Laptop und widmete sich Katis Dokumenten. Er versuchte, eine Strategie zu entwickeln, wie er am besten vorgehen konnte. Katis Mörder würde er sicher nicht am Laptop finden. Er musste raus. Musste seine Kontakte nutzen. Gustav Klemm aufsuchen, der hatte seine Ohren überall. Nochmals mit Schnauze sprechen. Eddie einbeziehen. Puhhh! Ein Haufen Arbeit lag vor ihm.

Mitten in seinen Planspielen klingelte es an der Wohnungstür. Sein erster Gedanke war, dass die beiden was vergessen hatten. Doch als er öffnete, blickte er in Annas Augen, die ihn dunkel anfunkelten. Ein Lächeln lag auf ihrem Gesicht.

„So schnell wirst du mich nicht los“, eröffnete sie.

„Oh, ich habe gar nicht aufgeräumt. Komm trotzdem rein.“ Sie kam ein paar Schritte auf ihn zu. Er dachte nicht daran, Platz zu machen, stattdessen drückte er sie an seine Brust. Sie sahen sich lange und tief in die Augen,

„Ich habe etwas zu trinken mitgebracht. Zwei Flaschen Mineralwasser.“ Sie hob eine Plastiktüte hoch, damit er ihr Mitbringsel sehen konnte.

„Wie umsichtig! Zeugt von hervorragendem Geschmack.“

Sie lachte. „Ich komme gerade vom Spätdienst aus der Redaktion.“

„Ich komme gerade aus meiner Gedankenwelt. Es ging mal wieder um Kati, aber ich weiß nicht recht weiter."

„Magst du mir davon erzählen?"

„Gerne."

Sie gingen gemeinsam hinein. Gleich im Flur entdeckte Anna Elisas Frauenmantel an der Garderobe. Im Wohnzimmer standen Flip-Flops, daneben eine Frauenhandtasche. Ein Lippenstift lag auf dem Tisch.

„Hast du Besuch?"

Brick sah sich genötigt, eine Erklärung abzugeben.

„Natalia und Elisa sind überraschend aus Hamburg zurückgekommen. Eben gerade sind die Mädels rausgegangen, einen draufmachen."

„Natalia wer?"

„Meine Tochter."

„Und Elisa?"

„Herrmann, meine ehemalige Nachbarin."

Anna wandte sich um und inspizierte die Wohnung. „Und die schlafen hier?"

„Im Schlafzimmer. Ich nehme mit der Bürocouch vorlieb."

„Ganz schön eng für drei, findest du nicht?"

Er zuckte mit den Schultern.

„Ich mache dir einen Vorschlag: Wir fahren zu mir. Du nimmst ein paar Sachen mit und überlässt den beiden die Wohnung."

„Du meinst ...?" Die Überfälle häuften sich.

„Hinterlass ihnen eine Nachricht oder ruf sie an, damit sie wissen, wo du bist und wo sie dich erreichen können. Na, was ist?"

„Glaubst du nicht, dass ich dir auf die Nerven gehe?"

„Das lass mal meine Sorge sein. Wenn es so weit ist, melde ich mich. Bin ein großes Mädchen."

Er packte Klamotten, Waschzeug und Katis CD zusammen, stopfte alles in eine Tasche, klemmte den Laptop untern Arm und schrieb eine Nachricht für Natalia und Elisa, die er sichtbar auf den Wohnzimmertisch legte, direkt neben den Lippenstift.

9

Zeitunglesen gehörte zu Marc Konrads Standardprogramm. Er hielt sich politisch, kulturell und gesellschaftlich auf dem Laufenden. Das war Bestandteil seines Jobs. Als Detektiv schadete es nichts, wenn man die Lokalpolitik verfolgte. In Frankfurt bot sie genug Stoff für potenzielle Fälle. Besonders in seinem Metier. Heute aktuell, morgen ein alter Hut. Manchmal kam er nicht mehr mit. Umso wichtiger war es, regelmäßig in die Zeitung zu schauen.

Wie so oft gönnte er sich ein Feierabendbier und setzte sich in seinen Lesesessel im Wohnzimmer, von dem aus er auf die Terrasse blicken konnte. Der Nachthimmel war sternenklar.

Er blätterte den Frankfurter Lokalteil durch, um zu sehen, was es Neues in der Stadt gab. Sie berichteten wieder über den jüngsten Mord. Gestern war er der Allgemeinen nur eine Randnotiz ohne Bild wert gewesen. Er hatte sie überflogen. Heute fiel der Artikel ausführlicher aus. Konrad stockte, als er die ersten drei Zeilen hinter sich gebracht hatte. Bei dem Opfer handelte sich um eine Journalistin aus Frankfurt, von der Konkurrenz, der Frankfurter Presse. War die Berichterstattung deshalb eher dünn gewesen? Er setzte sich aufrecht hin und atmete tief durch, als er weiterlas und auf den abgekürzten Namen stieß. *Katharina N.*

Er legte die Zeitung auf den Tisch vor sich und starrte die gegenüberliegende Wand an.

„Katharina N.“, sagte er vor sich hin.

Das konnte nicht sein! Wie viele Katharina N.s gab es in Frankfurt? Ein Ziehen im Bauchbereich lenkte ihn ab. Hatte er Hunger oder war ihm der Artikel auf den Magen geschlagen?

Er trank einen Schluck Bier, ein, zwei weitere. Besser.

Danach widmete er sich wieder dem Zeitungsbericht. Las ihn gründlich von vorne. Kein Zweifel, es handelte sich bei dem Opfer um jene Redakteurin, die mit der Zielperson Benjamin Brick die heißeste Story Frankfurts der vergangenen Jahre vorgelegt und damit eine Lawine losgetreten hatte, die bis heute rollte. Vor Gericht standen mindestens zwanzig Personen, teils mit hochrangigen Posten versehen, die auf ihre Verfahren warteten. Sollte er sich die Sache genauer ansehen?

Eine Gänsehaut überzog seinen Oberkörper. Was, wenn sein Auftraggeber was damit zu tun hatte? Er spürte, wie sich alles in ihm verkrampfte, denn eines war ihm klar: Anzinger hatte eine Macht über ihn gewonnen, der er sich nicht mehr entziehen konnte. Konrad war von Anzinger abhängig. Er schusterte ihm nicht nur die meisten, sondern auch die lukrativsten Aufträge zu. Ohne Anzinger wäre es schwierig bis unmöglich, die Detektei zu halten.

Weiter mochte er momentan nicht denken. Konnte er auch nicht, denn ein Anruf lenkte ihn ab. Wer war das zu dieser Uhrzeit? Es kamen nicht viele Personen dafür in Frage. Er stand auf und griff sein Handy von der Ablage. Auf dem Display erkannte er sofort den Namen Jens Heinzmann. Sein einziger Mitarbeiter, der Mann für alle Fälle.

„Es ist schon wieder was passiert, Chef", überschlug Heinzmann sich, nachdem ihn Konrad begrüßt und gefragt hatte, was los war. „Brick hat Hals über Kopf die Wohnung verlassen und ist auf die Autobahn gefahren. Erst dachte ich, er türmt aus der Stadt, aber dann ist er zum Flughafen gefahren. Ich hab mich drangehängt. Im Parkhaus hab ich ihn leider verloren. Ich bin zwar noch durch die Ankunfts- und Abflughallen geirrt, aber das ist so groß da, er hätte überall sein können."

„Mist", sagte Konrad.

„Wie soll ich jetzt weitermachen?"

„Am besten, du überwachst seine Wohnung. Irgendwann wird er dort wieder auftauchen."

„Alles klar, Chef. Ich leg mich auf die Lauer. Aber das sind Überstunden."

„Jaja, kein Problem. Wir haben einen solventen Auftraggeber."

Konrad ärgerte sich, dass ihn Heinzmann für einen knauserigen Menschen hielt; doch er konnte es nachvollziehen. Er musste das Geld zusammenhalten. Gerne wäre er großzügiger gewesen. Das war derzeit jedoch ausgeschlossen.

Heinzmann wünschte ihm eine angenehme Nacht.

„Und schlafen Sie im Auto nicht ein!", ermahnte Konrad ihn und legte auf.

Apropos Auftraggeber. Konrad nahm einen weiteren Schluck Bier und setzte sich vor seinen Laptop, gab den Namen Tom Anzinger in diverse Suchmaschinen ein und erlebte eine Überraschung.

10

Brick stand vor Annas Bücherschrank und entdeckte auf Anhieb sein eigenes Buch über den Starlight-Fall, das im Herbst die Bestsellerlisten erobert hatte. Er zog es heraus und betrachtete es. Es wies Eselsohren auf und wirkte abgegriffen.

„Du hast doch nicht etwa daran gezweifelt, dass ich es gelesen habe?"

Anna war mit zwei Gläsern Mineralwasser hereingekommen und hatte sich hinter ihn gestellt.

„Heutzutage lesen Journalisten kaum noch Bücher ganz, wenn sie sich auf Termine vorbereiten, weil schlicht und ergreifend die Zeit fehlt." Er zögerte. „Außerdem kennst du jetzt alle Untiefen meines Lebens."

„Na, sagen wir, fast. Und, ist das so schlimm?" Sie schmunzelte und überreichte ihm ein Glas. Er schaute irritiert. „Bei einem Wein würde ich sofort einschlafen, so groggy bin ich. Erzähl mir was!"

Angeregt durch Bricks Frage, wie Anna bei der Zeitung gelandet war, redeten sie zwei Stunden bei Mineralwasser. Sie erzählte ihm, wie sie – klassisch – Publizistik in Mainz an der Johannes-Gutenberg-Universität studiert und danach ein Volontariat beim Darmstädter Echo absolviert hatte. Schließlich war sie als Blattmacherin zur Allgemeinen gegangen, wo sie als Redakteurin einen schweren Stand in den von Männern dominierten Redaktionen hatte. „Also habe ich die Ellenbogen ausgefahren. Während die Jungs um mich herum mit brillanten Reportagen und Artikeln geglänzt und Auszeichnungen eingefahren haben, war der Hintergrund mein Revier, von wo aus ich die Strippen gezogen habe", erklärte sie. Im Innendienst sei sie Stufe um Stufe höher gestiegen und über die Ressortleitung der Stadtredaktion in die Chefredaktion aufgerückt. „Ich glaube, ich war so ziemlich das Gegenteil von dir. Draußen vor Ort, an der Front, habe ich mich immer unwohl gefühlt. Von Termin zu Termin, das war nicht mein Ding. Der Schreibtisch war mein Metier."

„Hat prima funktioniert bei dir", kommentierte er. „So unterschiedlich können Karrieren verlaufen. Und mit was beschäftigst du dich den ganzen Tag?"

„Zahlen, Auflagehöhen, Aboeinbrüche, Personalabbau und Umstrukturierungen. Mit dem eigentlichen Job einer Redakteurin hat das nicht viel zu tun. Ein Interview wie mit dir bildet die Ausnahme. So was gönne ich mir ab und an. Zum eigentlichen Schreiben komme ich schon lange nicht mehr. Das überlasse ich anderen."

„Oh weh! Ich kann mir lebhaft vorstellen, mit wem und was du dich den ganzen Tag rumschlagen musst."

„Alte, weiße Männer, die ihre Pfründe mit Haken und Ösen verteidigen. Dann fahre ich meine weiblichen Krallen aus." Sie machte eine Pranke und fauchte ihn an.

„Kann ich mir nur schwer vorstellen. Bei mir bist du Miss Sanftmütig."

„Vielleicht hätte ich Schauspielerin werden sollen", konterte sie.

Sie sprachen über Hierarchien innerhalb der Allgemeinen, finanzielle Probleme der Verlagshäuser und über das Wegsterben der gedruckten Zeitung bis hin zum Niedergang der gesamten Branche.

„Kein Zuckerschlecken", meinte sie zu guter Letzt. „Inzwischen bin ich da ein Saurier. Ein paar Jahre will ich noch durchhalten, dann ziehe ich mich ins Private zurück."

„Dürfte kein Problem für dich werden. Ich meine, schau dich an und schau mich an. Du bist ein Prunkstück, ich ein alter Heini."

„Falls das ein Kompliment gewesen sein soll, gerne mehr davon."

Spät nachts zogen sie sich ins Schlafzimmer zurück und nahmen ihre Schlafhaltung im Doppelbett ein. Er hinter ihr. Sie lagen fest umschlungen und eng beieinander und küssten sich sanft.

„Ich bin erledigt", sagte sie.

„Ich auch."

„Lass uns schlafen."

„Oh ja."

Während ihr Finger seine Falte auf der rechten Wange nachzeichnete, gab sie ihm einen Gutenachtkuss.

Kaum hatte Brick die Augen geschlossen und war in einen tiefen Schlaf gefallen, störten sie ihn schon wieder, die Geister der Vergangenheit. Alinas Augen überfielen ihn erneut, jagten ihn durch die Nacht, hinein in den Gang des Golden Gate, der sich wie ein Tunnel zog, aus dem es keinen Ausweg zu geben schien. Flankiert wurden sie von Nataschas und Katis Augen, die ebenfalls die Pirsch aufgenommen hatten und ihm keine Ruhe ließen, bis sie …

Er zuckte zusammen, sodass er aufwachte. Kurz wusste er nicht, wo er sich befand. Er erhob sich, wand sich leise aus dem Bett, weil er Anna nicht wecken wollte, ging ins Wohnzimmer und stellte sich vor die Fensterfront. Schaute über die Terrasse hinaus in die Dunkelheit, die von wenigen Lichtern erhellt wurde.

Er dachte an seine letzte Liebesnacht mit Alina. Sie war aufwühlend gewesen. Ekstatisch. Doch sie hatte im Streit geendet, weil sie bereits ahnte, dass sie schwanger war, was sie um alles in der Welt hatte vermeiden wollen.

Brick verfluchte seine Erinnerungen. Warum kamen sie ihm wieder und wieder in die Quere? Sein Unmut bezog sich auf die Erkenntnis, dass weitere Bilder in ihm schlummerten, im Hinterstübchen, die sich irgendwann – zwangsläufig – den Weg an die Oberfläche freischaufeln würden. Er würde nie gefeit dagegen sein. Er konnte nichts dagegen unternehmen. Er war ein Gefangener seines Lebens, aus dem er nicht ausbrechen konnte. Das frustrierte ihn über alle Maßen.

11

Heinzmann rief ihn kurz nach seinem Schichtende an. Es war früh am Morgen und Konrad war während des zweiten Kaffees noch nicht ganz bei sich.

„Chef", sagte sein Mitarbeiter. „Die Zielperson ist die ganze Zeit nicht aufgetaucht. Aber dann sind zwei Tussis gekommen. Sie waren untergehakt, haben gesungen und auf der Straße getanzt."

„Tussis?"

„Mädels halt, Teenies oder bisschen älter. Ziemlich aufgedonnert. Als sie ins Haus der Zielperson gegangen sind, ist gleich danach das Licht in seiner Wohnung angegangen. Ich schwöre, Chef, die sind in die Wohnung der Zielperson rein, das habe ich mit eigenen Augen gesehen."

Konrad überlegte. „Zwei Frauen also, um die zwanzig?"

„Ja, Chef."

Konnte es sich um die älteste Tochter der Zielperson und um dessen ehemalige Nachbarin handeln? Seines Wissens wohnten die beiden in Hamburg. Vielleicht waren sie zu Besuch gekommen?

„Danke Heinzmann, gute Arbeit. Ich kümmere mich selbst drum, schlafen Sie sich aus!"

Er warf seinen ursprünglichen Tagesplan über den Haufen und widmete sich den beiden Frauen, um herauszufinden, ob sie nur vorübergehend blieben oder in der Stadt wieder ihren Wohnsitz haben würden. Das musste er klären. Anzinger würde ihm für diese Info ein extra Lob aussprechen.

Anzinger oder wer immer er war. Denn einen Tom Anzinger hatte er nicht ausfindig machen können im Internet. Nirgends gab es ein Anzeichen für die Existenz eines Tom Anzinger. Das war rätselhaft. Immer, wenn er an seinen Auftraggeber dachte, zog sich bei ihm alles zusammen. Er hatte sich in seine Hände begeben und aus dieser Rolle konnte er nicht mehr herauskommen. Und er stellte sich immer wieder die gleichen Fragen: Wer war sein Auftraggeber? Was trieb ihn an? Welche Machenschaften liefen im Hintergrund? Er musste seinem bösen Verdacht weiter nachgehen.

12

Brick hatte mit Anna das erste gemeinsame Frühstück eingenommen mit Kaffee, Orangensaft und Vollkornbrot mit Marmelade. Danach war sie in die Redaktion gefahren. Nachdem er den Laptop eingeschaltet hatte, spürte er sofort, dass er sich nicht konzentrieren konnte. Er war unzufrieden mit sich und hatte das Gefühl, auf der Stelle zu treten. Eines machte er sich klar: Wenn er nicht anfing, den Spuren, die Kati in ihren Dokumenten genannt hatte, nachzugehen, würde er nie vorankommen. Natürlich würde er dabei zwangsläufig einigen Leuten auf die Füße treten und Staub aufwirbeln. Daran würde kein Weg vorbei führen.

Doch er dachte nicht an Kati und nicht an ihren Mörder, den er eigentlich überführen wollte. Er dachte an Anna. War er durch die beiden Nächte mit ihr so abgelenkt, dass er das Wesentliche nicht mehr auf den Schirm bekam? Im Hintergrund lief das Radio, das

Anna zum Frühstück angestellt hatte. Sie hörte morgens gerne HR2. Er brauchte Ruhe im Kopf und schaltete es aus. Fernsehen und Radio machten ihn von jeher nervös, genau wie Zeitunglesen. Und das, obwohl er Journalist war. Oder weil?

Er nahm sich lieber mal ein Buch zur Hand und versuchte, darin zu versinken. Prompt erinnerte er sich an die Tage, in denen er während seiner Flucht vor den Starlight-Leuten bei Kati Unterschlupf gefunden hatte. Damals hatte er den Kopf freibekommen, hatte drei, vier Bücher gelesen. Bis zum Ende.

Damals waren sie sich näher gekommen, Kati und er. Nicht körperlich, sondern emotional und mental. Seit diesen Tagen waren sie mehr als Zeitungskollegen gewesen, waren Freunde geworden. Obwohl er sich bestens vorstellen konnte, dass es gottverdammt schwer war, mit dem alten Brick einen auf gut Freund zu machen oder ihn gern zu haben. Kati hatte es geschafft. Und Elisa hatte ihm damals gesagt, dass da ein bisschen mehr von Katis Seite aus gewesen war. Hatte nicht auch Kai Hawaii so was angedeutet? Musste er noch mal mit ihm reden? Konnte nicht schaden.

Er machte sich eine Notiz im Kopf und knöpfte sich endgültig die Namen der Mailversender vor, schrieb sie auf einen Zettel. Anonyme, unbeschriebene Blätter. Wie konnte er am besten an sie rankommen? Schnauze fiel ihm ein. Aber würde er auf diese Weise nicht in ein Wespennest stechen und den ganzen Polizeiladen wuschig machen? Es handelte sich ja allem Anschein nach bei den Personen um Schnauzes Kollegen. Nein, entschied er, das verbot sich. Punktum. Er musste ohne Schnauze zurechtkommen. Wobei es jemand anderen gab, der ihm oft eine Hilfe gewesen war: Klemm.

*

Sein Kumpel wohnte in Niederrad. Brick fuhr mit dem Auto hin. Sie hatten sich an der Rennbahn verabredet, die inzwischen einer Baustelle glich, auf der nicht gearbeitet wurde. Der Deutsche Fußball-Bund plante hier ein Sportleistungszentrum, doch der Inhaber der Rennbahn klagte vor Gericht gegen die Baupläne und wollte nicht freiwillig klein beigeben.

Als Brick aus dem Wagen stieg, den er unweit des Rennbahngeländes in der Niederräder Landstraße geparkt hatte, hing die Wolkendecke tief über der Stadt. Wie eine graue Plane, die so dicht war, dass kein Fitzelchen Sonne durchscheinen konnte.

Brick und Klemm hatten hier etliche Renntage live erlebt und gemeinsam Pferdewetten in den Sand gesetzt.

Von der Stippvisite bei seinem alten Freund versprach er sich Aufklärung. Der alte Haudegen hatte überall seine Ohren. Klemm war aus dem Starlight-Fall glimpflich rausgekommen und hatte obendrein keine Schulden mehr. Eine glückliche Fügung.

Schon von Weitem erkannte er ihn. Klemm wirkte fidel, als er vor Brick zum Stehen kam und ihm die Hand schüttelte.

„Hatte schon gehofft, du hättest dich endgültig zur Ruhe gesetzt", begann Klemm.

„Danke für die nette Begrüßung."

„Keine Ursache. Du willst es also noch mal wissen. Tragisch, die Sache mit Kati. Ich kannte sie zwar nicht gut, nur aus der Nacht vor der Starlight-Villa, aber sie war echt ne Nette. Wirklich schade um das Mädchen. Es trifft immer die Falschen." Er schüttelte den Kopf. Sah aus wie ein Fußballprofi nach der Verlängerung in einem verlorenen Playoff-Spiel. Die Geschehnisse schienen ihm Kummer zu bereiten.

„Keine Sorge", sagte Brick und klopfte ihm auf die Schulter. „Du weißt doch, Unkraut vergeht nicht. Komm, lass uns ein paar Meter gehen!"

Sie setzten sich gemächlich in Bewegung. Sprachen vom letzten halben Jahr und warum Brick sich nicht gemeldet hatte. Sprachen über den Starlight-Fall und sein Buch. Und über frühere Zeiten, in denen sie gemeinsam um die Häuser gezogen waren.

Brick blieb eine Weile stumm. Seine Gedanken schweiften ab in jene Nächte, in denen er randvoll, auf Speed und gedankenverloren durchs Bahnhofsviertel getaumelt war. Auf der selbstzerstörerischen Suche nach Alina hatte er alles in sich reingeschüttet, was er in die Finger kriegen konnte, bis er bewusstlos in der Gosse landete, aus der ihn Klemm nicht nur einmal rausgezogen hatte.

Klemm holte ihn in die Gegenwart zurück, erzählte, dass er sich zurückgezogen hatte. Auf der Straße im Milieu, wo er jahrzehntelang gearbeitet und sich wie zu Hause gefühlt hatte, kam er nicht mehr klar. Abstoßendes Elend. Die Junkies sahen schlimmer aus als früher, seit Crack und Crystal Meth Einzug gehalten hatten. Dabei wollte die Stadtverwaltung schon jahrzehntelang das Viertel aufmöbeln und das Milieu verdrängen. Schien nicht zu fruchten. Die Nebenstraßen der Kaiserstraße glichen mehr und mehr einer Kloake.

Sie gingen Richtung Oberforsthaus und Stadtwald. Unterwegs überreichte Brick Klemm einen Zettel.

„Sagt dir einer der Namen was?"

Klemm blieb stehen und las. Die Augenbrauen zuckten.

„Auf den ersten Blick nicht. Wer soll das sein?"

„Die Namen hat Kati recherchiert. Sie haben Drohmails an Frauen, bekannte Frauen, versendet. Teils Todesdrohungen, teils Nazigewäsch. Wahrscheinlich sind es Polizeibeamte."

Klemm pustete Luft aus und blähte dabei die Backen auf. „Ich wusste, dass du die Griffel nicht stillhalten kannst. Du bist also zurück?"

„Wird sich erweisen."

„Ganz heißes Eisen, an das du dich wagst."

„Brauchst du mir nicht zu sagen, weiß ich selber. Hat mich aber noch nie abgehalten."

„Ich sehe zu, was ich ausrichten kann. Ein ehemaliger Kollege von mir hat gute Behördenkontakte, wenn du weißt, was ich meine."

„Aber aufpassen! Die Sache ist streng geheim. Du darfst auf keinen Fall erwähnen, woher die Namen stammen. Das muss unter uns bleiben."

„Big Ben, für wie blöd hältst du mich eigentlich?"

13

Konrad griff sofort zum Telefon, nachdem er sich vergewissert hatte, was im Hause der Zielperson vor sich ging. Sein Auftraggeber nahm ab.

„Guten Tag, Herr Anzinger", begann er. Es hörte sich unterwürfig an.

„Konrad", antwortete der Angerufene, „was kann ich für Sie tun?"

„Die Zielperson. Es gibt Neuigkeiten, ich wollte nicht warten …"

„Raus damit!", schnitt ihm der Auftraggeber das Wort ab. „Ich bin sehr gespannt."

„Also, mein Mitarbeiter hatte mir berichtet, dass zwei Frauen in die Wohnung der Zielperson eingezogen sind. Das ließ mir keine Ruhe und so habe ich mich selbst davon überzeugt. Es handelt sich um die Tochter der Zielperson, Natalia Werenko, und um die ehemalige Nachbarin, Elisa Herrmann, die monatelang von der Bildfläche verschwunden waren, weil sie in Hamburg in einer Kneipe gejobbt haben. Sie haben sich nun bei der Zielperson häuslich eingerichtet. Für mich vermittelt es den Eindruck, als würden sie, zumindest vorerst, in Frankfurt bleiben."

„Gut gemacht, Konrad, wirklich gute Arbeit. Ich danke Ihnen. Liefern Sie mir bitte noch einen schriftlichen Bericht, wie immer. Das sind wertvolle Informationen. Sobald Sie weitere zusammengetragen haben, melden Sie sich unverzüglich bei mir."

„Das … heißt …" Konrad geriet ein wenig ins Schwimmen. „Das heißt also, der Auftrag soll weitergehen?"

„Bis ich sage, er ist beendet. Verstehen Sie, Konrad? Schicken Sie mir eine neue Zwischenrechnung, okay?"

„Gerne, Herr Anzinger, gerne. Alles klar, das heißt, da … da wäre noch eine Kleinigkeit …" Oh nein! Er fing an zu stottern. Wie peinlich.

„Immer raus mit der Sprache, Konrad! Was immer Sie auf dem Herzen haben."

„Ja, also, ich … habe diesen Artikel in der Zeitung gesehen …"

„Wovon sprechen Sie, Konrad? Muss ich Ihnen alles aus der Nase ziehen?"

„Diesen Artikel zu … dieser Frau, die wir beschattet haben …"

„Konrad!", dröhnte es aus dem Hörer. Die Stimme ging dem Detektiv an die Nieren. „Konrad, ich warne Sie! Und zwar nur einmal. Kümmern Sie sich nicht um ungelegte Eier! Machen Sie Ihren Job! Ich bezahle Sie schließlich fürstlich. Alles andere geht Sie nichts an. Haben wir uns verstanden?"

„Jaja, Herr Anzinger. Sehr wohl. Wie Sie möchten. Ich konzentriere mich voll und ganz auf meinen Job, auf nichts weiter, nur meinen Job!"

„Das will ich aber auch meinen. Und jetzt Schluss damit! Ich will nie wieder etwas davon hören. Sind wir uns einig?"

„Sehr einig, Herr Anzinger, sehr, sehr einig!" Untertäniger hatte er sich nie gegeben. Es klang, als mache er ein halbes Dutzend Bücklinge durchs Telefon.

Sein Gesprächspartner drückte das Gespräch weg.

Verflucht! War er zu weit gegangen? Konrad hätte sich ohrfeigen können. Warum hatte er nicht die Fresse gehalten? Er hatte die Existenz der Detektei mit einer einzigen beschissenen Frage aufs Spiel gesetzt. Nie wieder, dachte er. Aufpassen. Nie mehr leichtfertig sein. Was hatte ihn nur geritten? Es dauerte Minuten, bis er sich halbwegs gefangen hatte. Und nun? Ach ja, der Bericht, schoss es ihm durch den Kopf. Er musste ihn schreiben. Und er wollte ihn gut schreiben, besser als alle vorherigen Berichte.

14

Kai Hawaii wohnte in einer WG. Vier Namen standen auf dem Klingelschild. Die Bruchbude lag im Stadtteil Praunheim, nicht weit entfernt von Katis ehemaliger Wohnung. Brick hatte ihn morgens früh abgefangen, als Kai sich auf den Weg in die Redaktion machen wollte.

Als der Reporter ihn vorm Haus stehen sah, zuckte er zusammen. „Du schon wieder. Was willst du denn noch?"

„Antworten", erwiderte Brick. „Wir Journalisten wollen immer Antworten. Das müsstest du eigentlich wissen, auch wenn du noch ein Jungspund bist."

Kai rückte seine Basecap zurecht. Er trug eine ausgewaschene Jeans und Chucks. Sah cool aus, fand Brick. Der Kerl war ihm sympathisch. Kam aber abweisend rüber.

„Du gehst mir echt auf den Zeiger!" Kai wandte sich ab, wollte weiter und Brick stehenlassen.

Brick reagierte und stellte sich ihm in den Weg. „Moment, Freundchen! So kommst du mir nicht davon. Ich muss noch mal mit dir über Kati reden."

Kai verdrehte die Augen. „Ey Mann, kacke aber auch. Kannst du mich nicht in Frieden lassen mit deinem Scheiß? Sie ist tot, das schmerzt genug. Du solltest nicht alles wieder aufwühlen!"

„Aber Kati wird nie ganz weg sein, das weißt du. Ich muss ihren Mörder finden."

„Ich dachte echt, für so was gibt's die Polizei."

„Kati war eine besondere Person für mich. Ich kann das nicht den Stümpern überlassen. Ich will Kati …"

„Kati, Kati, Kati … Ey, echt jetzt, ich kann's nicht mehr hören. Genau wie sie früher: Brick, Brick, Brick! Während ich mit ihr zusammen war, hat sie mir ständig deinen Namen um die Ohren geschleudert. Brick hier, Brick da. Immer nur Brick, Brick, Brick. Das ging mir echt auf den Sack. Du warst sogar anwesend, wenn ich mit ihr im Bett war, verdammt!"

Brick stand da wie belämmert. Eine Weile war er sprachlos, was so gut wie nie vorkam.

Er setzte zu einer Erwiderung an, doch Kai fuhr ihm dazwischen: „Ja, du Arsch warst der Grund, warum ich mich von ihr getrennt habe. Ich hab es echt nicht mehr ausgehalten, diese Glorifizierung, dieses Aufschauen. Brick, der Tolle, Brick, der Beste. So will ich auch werden! So will ich auch schreiben können. Sie wollte dir nacheifern, sich für die Schwachen einsetzen. Den Großkopferten auf die Füße steigen. Niemals nachgeben, niemals aufstecken! So wie du! Scheiße, Mann! Dieses Anbeten hat mich so angekotzt. Es hätte nicht viel gefehlt, dann hätte sie dir einen Heiligenschein aufgesetzt."

„Aber ich …" Brick war perplex. Ihm fehlten erneut die Worte.

„Ich hasse dich! Kapiert? Ich hasse dich abgrundtief. Du hast mir Kati genommen, hast sie verhext. In Wahrheit wollte sie immer nur dich, dich, dich! Und nie mich. Das werde ich dir nie verzeihen."

Kai drehte sich abrupt um, ließ Brick stehen und rannte weg.

Wie vor den Kopf gestoßen schaute Brick ihm hinterher. Er hatte mit vielem gerechnet. Offenbar war er die ganzen Jahre blind gewesen. Natürlich hatte es zwischen Kati und ihm eine besondere Bindung gegeben. Er hatte zwar nie was Sexuelles mit ihr gehabt, aber es gab eine Art Welle, die sie gemeinsam geritten hatten. Er schlug sich an den Kopf. Seine verschrobene Wahrnehmung war ihm schon des Öfteren in die Quere gekommen. Das wusste er. Wenn er an einer Story dran war, setzte alles andere aus. Er nahm den Tunnelblick ein und registrierte rundherum nichts mehr.

Langsam setzte er sich in Bewegung, ging die paar Meter zu seinem Golf, den er auf einem Seitenstreifen geparkt hatte. Als er einstieg, schüttelte er den Kopf. Das war ne eiskalte Dusche gewesen. Vielleicht war er jetzt wach. Vielleicht gelänge es ihm nun, die ganze Sache mit anderen Augen zu betrachten. Vielleicht hatte ihn Kai einen enormen Schritt weitergebracht.

15

Das verstörende Gespräch hallte lange nach. Den ganzen Weg nach Bad Vilbel ließ Brick sich Kais Worte auf der Zunge zergehen und kam auf keinen befriedigenden Nenner, was er hätte anders machen können, um die Katastrophe zu verhindern.

Ein mulmiges Gefühl brach sich Bahn. Er übersah was. Es gab da etwas, das er nicht auf dem Radar hatte. Er musste es finden.

Zum Glück lenkte Klemm ihn ab. Er rief Brick an, als dieser vor Annas Haus vorfuhr.

„Ich konnte einen der Männer ausfindig machen."

Der Satz schoss wie Ecstasy in Bricks Blut und holte ihn auf einen Schlag aus seiner Selbstzerfleischungsmaschine raus.

Brick stieg aus und stand auf dem Bürgersteig, sah sich um, weil er Bedenken hatte, auf der Straße was Unbedachtes auszusprechen.

„Wer ist es? Kannst du am Telefon sprechen?"

„Kein Problem für mich. Also, hör zu! Sagt dir der Name Engländer was?"

„Engländer, Engländer? Du meinst den Hauptkommissar, der die Ermittlungen in Nataschas Fall geleitet hat? Dem sie später nachweisen konnten, dass er auf Tomovics Gehaltsliste stand und der daraufhin suspendiert wurde?"

„Genau der! Also weiter. Klaus Engländer ist gleich Schweizer, Anton Schweizer."

„Wie originell."

„Er operiert unter Pseudonym."

„Woher hast du das?"

„Mein Kontaktmann ist zuverlässig, glaub mir, will aber natürlich anonym bleiben. Das müsstest du am besten wissen. Hast es bei deinen Informanten ja auch immer so gehandhabt."

„Klar, entschuldige. Erzähl weiter!"

„Engländer stand wohl schon länger im Verdacht, einem rechten Netzwerk innerhalb der Polizei anzugehören. Überprüft hat das natürlich niemand. Wer auch? Die ermitteln ja nicht intern gegen ihre eigenen Leute. Jedenfalls solange nicht, bis von außen, zum Beispiel von der Politik oder der Öffentlichkeit, Druck ausgeübt wird. Und selbst dann die übliche Taktik: alles verschleiern und unter den Teppich kehren. Bei Engländer könnte es sein, dass er nach seiner Suspendierung erst richtig aktiv geworden ist. Er war wahrscheinlich not amused über seinen Rausschmiss, der Hass auf das System ist größer geworden, der Weg in die rechtsextreme Szene war vorgezeichnet."

Brick war sofort bewusst, dass er endlich einen Ansatzpunkt hatte. Er spürte ein für ihn neues Gefühl: Sehnsucht. Er wollte sofort Anna sehen, musste ihr die Neuigkeiten berichten.

Er bedankte sich bei Klemm, setzte sich wieder in den Wagen und fuhr ins Frankfurter Gallusviertel, zum Hauptsitz der Allgemeinen.

*

Als Brick in den Redaktionsräumen an den Redakteuren vorbeilief, drehten sich die meisten nach ihm um. Viele erkannten ihn sofort. Die Alteingesessenen begrüßten ihn. Ihre Gesten zeugten von Respekt.

Er ließ sich nichts anmerken. Ging weiter Richtung Annas Büro, in dem das Interview stattgefunden hatte.

Er klopfte, hörte ein leises „Herein" und öffnete die Tür.

„Welch eine Überraschung", freute sich Anna. „Hab grad an dich gedacht."

Brick betrat das Büro und blickte noch einmal zurück über seine linke Schulter. „Einige deiner Bluthunde da draußen scheinen mich tatsächlich noch zu kennen."

„Der alte Big Ben genießt in gewissen Frankfurter Journalistenkreisen einen legendären Ruf." Sie freute sich, ihn zu sehen.

Während er die Tür schloss, kam Anna auf ihn zu und nahm ihn in die Arme. Brick durchfuhr ein wohliger Schauder. Obwohl er diese Frau erst wenige Tage kannte, schien sie ihn bereits umgekrempelt zu haben. Er wäre im Normalfall nie so zutraulich gewesen. Wie schaffte sie es, dass er so handzahm wurde? Was war ihr Geheimnis?

Als hätte sie seine Gedanken gelesen, sagte sie: „Ich freue mich sehr, dich zu sehen. Welcome back in meinem Refugium."

Brick schaute sich diesmal genauer um. Ein imposanter Schreibtisch, auf dem ein Bildschirm stand, dominierte den Raum, der mehr als dreißig Quadratmeter maß. An den Wänden hingen Titelseiten früherer Ausgaben der Allgemeinen.

„Hier verbringe ich einen Großteil meines Lebens", sagte Anna und deutete mit ihrem rechten Arm eine einladende Geste an. „Nimm Platz. Was verschafft mir die Freude? Willst du mich nur besuchen? Oder hast du was auf dem Herzen?"

„Beides", erwiderte Brick. „Schön hast du es hier. Beim letzten Mal ist mir das gar nicht aufgefallen."

„Mein Rückzugsort. Hier kommt nicht jeder rein, hier habe ich weitgehend meine Ruhe, verbringe die Tage mit viel Arbeit, selbstverständlich, aber habe auch Muße, um mir über wesentliche Dinge Gedanken zu machen."

„Auch über mich?"

„Natürlich verfolge ich schon seit langer Zeit deine Arbeit, das liegt auf der Hand. Immerhin sind wir in der gleichen Branche unterwegs. Es ist sozusagen meine Pflicht, die Konkurrenz zu beobachten. Aber ich möchte, dass du eines weißt: Mir liegt nicht nur als Journalist etwas an dir, sondern vor allem als Mensch. Als Mann."

„Das habe selbst ich bereits wahrgenommen."

„Wir könnten eine Übereinkunft treffen: Lass uns versuchen, beides unter einen Hut zu kriegen. Was meinst du?"

„Damit können wir gleich beginnen, wenn du magst. Ich bringe nämlich Neuigkeiten mit."

Sie schaute ihn erstaunt an. „Setz dich!" Sie deutete auf zwei Stühle, die an einem Tisch in der linken Ecke standen. „Magst du was trinken?"

„Nein, danke. Jetzt nicht." Sie setzten sich. „Ich habe einen der Mailversender aus Katis Material identifiziert, genauer gesagt, ein Kumpel von mir hat einen Informanten, der …"

„Details!", rief sie und winkte ab. „Wer ist es?"

„Ein Hauptkommissar der Frankfurter Kripo."

Ihre schmalen Augenbrauen zuckten kaum wahrnehmbar. „Aus dem innersten Kreis der Polizei?"

„Genaugenommen ein ehemaliger Hauptkommissar namens Engländer.“ Brick gab ihr die Informationen, die er von Klemm hatte.

„Der Name sagt mir was.“

„Während des Starlight-Falls wurde er suspendiert. Stand auch bei euch in der Zeitung.“

„Was hast du nun vor?“

„Ich könnte versuchen, an ihn ranzukommen und darüber zu schreiben. Alles öffentlich machen.“

„Könnte?“

„Das würde viel Unruhe stiften. Da würden im Hintergrund Dinge losgetreten, einige Bömbchen hochgehen. Das hat das Potenzial eines riesengroßen Skandals. Und es gibt sicher unsichtbare Mächte, die nicht nur etwas dagegen hätten, sondern Himmel und Hölle in Bewegung setzen würden, um genau das zu verhindern.“

„Das hat dich doch noch nie abgeschreckt. Hast du Angst um dein Leben?“

„Das nicht. Mir geht es um etwas anderes: Wärest du bereit, mitzuspielen? Es handelt sich hier immerhin um den Staatsapparat.“

„Du meinst, weil die Allgemeine ein konservatives Blatt und sehr staatstragend ist?“

„Ich hab ein komisches Gefühl dabei. Da wollen sicher einige mitreden.“

„Lass das meine Sorge sein. Ich weiß natürlich, was das alles auslösen könnte. Aber wenn ich entscheide, es wird gemacht, dann wird es gemacht.“

„Wenn ich deine Rückendeckung habe, lege ich los.“

„Hundertprozentig. Wie willst du vorgehen?“

„Ich nehme Engländer als Aufhänger und stelle ihn zunächst ins Zentrum der Reportage. Ich kenne ihn persönlich vom Starlight-Fall, er kennt mich. Vielleicht komme ich sogar ganz nah an ihn ran. Das wäre die Basis. Dann muss ich sehen, wie sich die Sache entwickelt.“

„Welcher Zeithorizont schwebt dir vor?“

„In zwei Wochen bekommst du den ersten Text.“

„Abgemacht.“

„Abgemacht.“ Er lächelte. „Hätte ich mir nicht träumen lassen, noch mal einzusteigen. Vor allem nicht bei der Allgemeinen.“

„Die Wege des Lebens sind unergründlich“, bemerkte sie. „Das macht es ja so spannend.“

Er ließ sich ihre vielsagenden Worte durch den Kopf gehen, bevor ein breites Grinsen auf seinem Gesicht erschien. „Aber wenn ich anfange, für euch zu schreiben, dann wärst du meine Chefin."

„Und?"

„Ich kann doch unmöglich mit meiner Chefin Sex haben."

„Das wollen wir doch mal sehen!"

Sie sprang auf.

„Was hast du vor?"

„Ich mache Feierabend."

„Aber … es ist kurz nach Mittag!"

*

Die Überfälle gingen weiter. Unterschwellig hatte Brick sich die ganze Zeit danach gesehnt. Sie waren nach Bad Vilbel gefahren, und alles folgte einer Art schicksalhaften Inszenierung: Er war in ihre Arme gesunken. Sie begannen, sich gegenseitig auszuziehen, kurz nachdem sie das Haus betreten hatten, schafften es nicht bis zum Schlafzimmer, landeten im Wohnzimmer. Auf der Couch küssten sie sich sanft. Brick spürte, wie sich Dinge in seinem Inneren regten, deren Existenz er bis gestern abgestritten hätte. Irgendwann fiel die Unterwäsche. Er schaffte es, ihren BH auszuziehen, ohne umständlich an den Häkchen herumzufummeln. Bald lagen sie nackt nebeneinander. Zwei, die sich, aus welchen Gründen auch immer, über den Weg gelaufen waren und die auf eine recht zügige Weise zueinandergefunden hatten. Wie automatisch bekam er eine Erektion, was ihn wunderte. Damit hatte er nicht gerechnet. Er drang in sie ein, was er mühelos fertigbrachte, weil sie feucht und begierig war. Und nach einigen Minuten kam er in ihr.

16

Tom Anzinger war unsichtbar. Er schien ein Phantom zu sein. Marc Konrads Recherchen hatten wenig Fruchtbares zutage gefördert. Anzinger bewohnte das Luxusapartment im Westhafen, wo das letzte Geschäftstreffen stattgefunden hatte. Ansonsten hatte Konrad keinerlei Spuren gefunden. Der Mann existierte außerhalb dieser 100 Quadratmeter nicht. Weder im realen Leben noch im Internet. Er hatte online die Telefonbücher und Melderegister Frankfurts durchstöbert sowie die Zeitungsmeldungen sämtlicher Online-Medien durchforstet: Ein Tom Anzinger tauchte nirgends auf. Was wusste er von ihm? In der Anfangsphase ihrer Zusammenarbeit. hatte Anzinger ihm gegenüber erwähnt, dass er Partner in einer Unternehmensberatung war. Doch auf der Website dieser Unternehmensberatung namens *Offense*, die im Opernturm neben der Alten Oper mitten in der Stadt residierte, gab es keinerlei Hinweise über einen Mitarbeiter oder Partner namens Anzinger. Das kam Konrad bei einem Geschäftsmann von dessen Format nicht nur seltsam vor, es war zudem hochgradig unglaubwürdig. Das konnte nicht sein. Da steckte was anderes dahinter. Er musste auf jeden Fall auf der Hut sein, durfte keinesfalls riskieren, dass sein Auftraggeber von seiner Recherche das Geringste mitbekäme. Sonst wäre Schicht im Schacht. Es wäre das Ende der Detektei, sein Ende, so realistisch war Konrad. Sich das schönzureden, brachte nichts.

Er beschränkte sich darauf, anonym und im Stillen vorzugehen und alle Hebel in Bewegung zu setzen. Darin hatte er Erfahrung. Er fuhr zum Opernturm, gab sich als Blumenlieferant aus, hatte einen Blumenstrauß dabei und fragte am Empfang nach Tom Anzinger.

Da müsse eine Verwechslung vorliegen, einen Herrn Anzinger gebe es hier nicht, sagte die Dame, eine Brünette mit braunem Teint.

Er bedankte sich und verabschiedete sich mit dem Hinweis, es läge offenbar ein Fehler vor und er käme zurück, sobald dieser geklärt sei.

Da war es. Das erste handfeste Indiz, dass mit Anzingers Identität was nicht stimmen konnte.

Es gab wenige Dinge, die Anzingers Existenz belegten. Das Klingelschild am Haus im Westhafen, eine Mailadresse und eine Telefonnummer. Eines wurde Konrad schlagartig bewusst: Alle drei konnten kinderleicht gefaked sein. Kein größeres Problem.

Sein Geld bekam er in bar in einem Umschlag, entweder bei einem persönlichen Treffen oder per Post. Er hatte sich die ganze Zeit keine Gedanken darüber gemacht, warum das so war, jetzt erschien es ihm dubios. Er verfügte über keine Bankdaten von Anzinger, die er hätte überprüfen können, und rief sich den gesamten Job, jeden einzelnen Auftrag Anzingers, ins Gedächtnis. Nichts wies darauf hin, dass Anzinger ihm seinen richtigen Namen hätte sagen müssen. Warum agierte er unter einem Tarnnamen? Sicher nicht, weil er Gutes im Schilde führte.

Konrad brach der Schweiß aus. Die Ereignisse begannen, ihn zu überrollen. Sein Eindruck, er säße in einer Zwickmühle, verstärkte sich. Aus dem Magendruck, den er schon länger verspürte, war eine Grundübelkeit geworden, die er nicht mehr loswurde.

Er musste was unternehmen. Doch er wusste verdammt noch mal nicht, wo er anfangen sollte.

*

Heute war nichts los im Studio CrossFit FFM in der Hirtenstraße, das knapp 200 Meter von Bricks Wohnung entfernt lag. Klar, es war ein Dienstag, später Vormittag. Natalia Werenko mochte diese Zeiten, wenn es nicht überlaufen war. Sie hatte eine halbe Stunde Spinning hinter sich, war ausgepowert. Elisa wollte nachkommen. In Hamburg waren sie nahezu täglich im Studio gewesen, ihr Ausgleich für die durchgearbeiteten Nächte. Leute kennenlernen konnte man dort auch. Nach ihrer Rückkehr in Frankfurt hatten sie sich sofort hier angemeldet.

Auf dem Rad hatte sie andauernd an ihren Vater denken müssen. Natalia war stolz auf Benjamin Brick. Was er geleistet hatte, war phänomenal. Durch seine Reportage war das gesamte Starlight-Netzwerk aufgeflogen und vor Gericht gelandet. Er hatte nicht den Schwanz eingezogen, als es an die bedeutenden Namen der Frankfurter Politik und Gesellschaft ging. Das hatte ihn eher beflügelt, und das rechnete sie ihm hoch an. Er hatte sie, Natalia, aus Tomovics Klauen befreit. Das würde sie ihm nie vergessen. Wegen ihm konnte sie heute unbeschwert im Studio sein und trainieren.

Ein normales Leben konnte sie noch nicht führen. Zu frisch war noch alles, die Wunden nicht in Gänze verheilt. In ihrem Kopf ging es drunter und drüber, weil sie sich nicht dagegen wehren konnte, dass die Bilder der schlimmen Zeit von einer Sekunde zur anderen aufploppten und sich nicht abstellen ließen. Am liebsten hätte sie alles ausradiert. Es gelang ihr nicht. Zeitweise, vorübergehend, bis zu dem Zeitpunkt, wenn plötzlich alles wieder da war. Verdrängen war machbar, der Prozess des Vergessens konnte lange dauern. Vergeben würde sie ohnehin niemals können, denn die Bande hatte ihre Schwester Natascha auf dem Gewissen. Das ließ sich nicht verzeihen.

Dabei sehnte sie sich nach Normalität, nach einem Freund an ihrer Seite, einem Spießbürgerleben mit Eiersuche an Ostern, Sommerurlaub am Strand, Weihnachten vorm Kamin und im nächsten Jahr wieder alles von vorne. Ein bisschen Kitsch, Liebe. Sie war ein Mädchen, das die Phase der Frauwerdung übersprungen hatte. Eine richtige Jugend, in der sie sich hätte ausleben und zu sich finden können, hatte sie nie gehabt. Durfte sie nicht erleben.

Im Studio hatte sie einen Typen beobachtet, den sie süß fand. Er schaute sie manchmal an, mit Augen, in denen sie lesen konnte. Wenn sie sich nicht täuschte, hatte er Interesse an ihr. Er war ein eher schüchterner Typ, machte Krafttraining, ohne sich um die anderen zu scheren. Sie scheute sich davor, ihn anzusprechen. Wusste nicht, ob sie schon wieder bereit war, sich auf einen Mann einzulassen. Nach allem, was sie in der Escort-Branche erlebt hatte, war das die entscheidende Frage: Konnte sie sich jemals wieder einem Mann öffnen und eine normale Beziehung führen?

Natalia überlegte, was sie als Nächstes machen wollte. Ein wenig relaxen, ein paar Übungen an den Geräten.

Aus den Augenwinkeln sah sie ihn. Er kam ins Studio. Sein Body war perfekt, nicht zu viel, nicht zu wenig Muskeln. Sie liebte seine schwarzen Haare, die beim Trainieren von einer Basecap bedeckt wurden. Er war cool, aber nicht zu cool. Mister Perfect. Nachdem er aus den Umkleiden kam, ließe er seinen Blick durch den Saal mit den Geräten schweifen, blieb an ihr hängen. Er lächelte, kam jedoch keinen Schritt auf sie zu.

Was er wohl beruflich machte, wenn er um diese Zeit trainieren konnte? Welche Interessen hatte er? Hatte er eine Freundin? Sie hätte ihm gerne diese Fragen gestellt.

Elisa ließ sich Zeit heute. Natalia war gespannt, was sie von ihm halten würde. Bevor sie sich für den Bauch-Beine-Po-Kurs entschied, schaute sie sich um und sah, dass er zusätzliches Gewicht auf eine Hantel lud.

Freundchen, dachte sie, ich werde dich im Auge behalten.

KAPITEL 3

17

Der weinrote Lippenstift auf den offenstehenden Lippen zeugte von einer Art letzter Würde, während die geschminkten Augen ihr etwas Billiges verliehen. Die Farbpalette reichte von Postgelb über Tiefgrün bis Neonrot. Die Haut war nicht mehr die jüngste; winzige Fältchen zierten die Augenpartien. Die kurzen Haare waren mit Gel geglättet und glänzten. Sie trug auffällige schwarze Ohrringe, einen Minirock aus Leder und ein Bikinioberteil, das ihre Brüste wie ein Wonderbra oben hielt. Die Stöckelschuhe an ihren zarten Füßen sahen aus, als trage sie sie öfter. Ein Hauch billiger Erotik umgab sie.

In scharfem Kontrast erschien ihre Stellung. Sie lag auf der Seite, der Körper merkwürdig in sich verdreht. Arme und Beine abgespreizt.

Den rechten Oberschenkel zierte ein Wort, die Schrift in Lippenstiftoptik. *PRESSEHURE*. Versal, fett und weinrot.

In ihrer Brust klaffte ein Loch, aus dem Blut gesickert und getrocknet war. Sie atmete nicht mehr.

18

Als der Anruf kam, war es nach Mittag und Brick in seiner Wohnung. Er hatte frühmorgens weiter an Katis Artikel gearbeitet, während Anna in die Redaktion gefahren war, und sich im Laufe des Vormittags aufgemacht, Elisa und Natalia zu besuchen. Er musste Klamotten zusammenpacken, um sie nach Bad Vilbel mitzunehmen. Sie hatten gefrühstückt und sich verquatscht. Die beiden hatten über ihre Pläne gesprochen, einen Kosmetiksalon in Frankfurt zu eröffnen. Bislang scheiterten diese an der Finanzierung, wie sie es auch drehten und wendeten. Brick geriet in einen Zwiespalt. Er hätte ihnen eine beträchtliche Summe zuschießen können, aber erstens wusste er nicht, ob er davon einen Cent wiedersehen würde und zweitens wäre er dann wieder auf eine zusätzliche Geldquelle angewiesen und vom Schreiben abhängig. Die nächste Tantiemenüberweisung würde er kommendes Jahr erhalten. Ansonsten sah er keinerlei Möglichkeit, anderweitig Geld in seine Kasse fließen zu lassen. Daher wollte er zunächst abwarten, ob die beiden eigenständig etwas auf die Beine stellen konnten. Falls es sich abzeichnen würde, dass nichts ging, konnte er immer noch einspringen.

Sie sprachen über seine Situation, Anna und die Recherche für den geplanten Artikel. Gerade als er ausholen wollte, klingelte sein Handy.

Schnauze bestellte ihn nach Sachsenhausen auf den Monte Scherbelino. Ein künstlicher Berg im Stadtwald vor den Toren der Stadt, eine ehemalige Müllhalde, auf die die Stadt einen Abenteuerspielplatz gebaut hatte, der seit Jahrzehnten nicht mehr benutzt werden durfte. Es hatte sich herausgestellt, dass der Boden mit Schwermetallen und Ölen angereichert war. Daher war das gesamte Gelände weiträumig abgesperrt worden und inzwischen Teil des Umweltprojektes *Wildnis in der Stadt*.

„Was soll ich d…?“

„Du musst sofort herkommen“, fuhr ihm Schnauze über den Mund. „Also schwing die Hufe, Mann!“

So schnell, wie der Hauptkommissar das Gespräch wegklickte, konnte Brick nicht nachfragen. Er starrte das Handy an. Ein ungutes Gefühl kam in ihm hoch.

„Ich muss los!“, sagte er zu Elisa und Natalia.

„Ist was passiert?“

„Scheint so.“

*

Brick näherte sich widerwillig dem Sperrgebiet rechts der Babenhäuser Landstraße. Wenn Schnauze ihn irgendwohin zitierte, dann nicht ohne Grund. Seine Gefühle liefen Amok, als er auf dem schmalen Weg bergan auf den Monte Scherblino fuhr. Die Weiterfahrt versperrte ein rot-weißes Band. Er parkte den Golf am Rande des Weges und stieg aus. Fünfzig Meter entfernt, am Fuße der ehemaligen Deponie, lag ein winziger See, der Scherbelinoweiher, auf dem Kanadagänse herumschwammen. Im hohen Schilfgras standen

Mitarbeiter der Spurensicherung, die er an den weißen Schutzanzügen erkannte.

Etwas entfernt standen Schutzpolizisten, die das Gelände abschirmten, obwohl sich hierher sicher nur selten Passanten verirrten. Es musste sich um ein Kapitaldelikt handeln. Daran gab es keinen Zweifel. Wenn ein Mord geschehen war, wieso hatte Schnauze ihn herbestellt? Er konnte sich keinen Reim darauf machen.

Er schloss den Wagen ab und lief los. Die Hände waren in den Taschen seiner Winterjacke vergraben. Es war frisch. Brick spürte auch eine innere Kälte.

Als er sich näherte, erblickte Schnauze ihn sofort.

„Tötungsdelikt", empfing ihn sein ehemaliger Informant.

„Und was soll ich dann hier?"

„Geh noch ein paar Schritte weiter, und du wirst es sehen. Es ist die exakt gleiche Auffindesituation wie bei Kati."

Als Schnauze den Namen aussprach, zuckte Brick unwillkürlich zusammen. Das konnte doch nicht …? Nein, das war nicht möglich.

Begleitet von Schnauze wagte Brick sich weitere Schritte vorwärts. Als sie noch etwa zehn Meter entfernt waren, hob er seinen Blick. Im hohen Gras sah er eine Frauenleiche liegen. Das Gesicht erkannte er augenblicklich. Seine schlimmsten Befürchtungen bestätigten sich.

Er stoppte abrupt, ging in die Knie. Etwas in ihm stand sofort in Flammen. Eine Welt, seine Welt, brach brennend zusammen. Ein wilder Schrei entwich seinem Mund, der alle Personen im Umkreis von hundert Metern verstummen ließ.

19

Brick lag im Bett und starrte die Decke an. Es war jetzt mehrere Tage her, doch er hatte aufgehört, sie zu zählen. Es kam ihm so vor, als schlafe er gar nicht. In Wahrheit schlummerte er manchmal weg, war aber kurz darauf wieder erfüllt von den Bildern, die ihn nicht losließen. Die erste Frau, mit der er nach fünfzehn Jahren geschlafen hatte, war tot. Ermordet. Das. Konnte. Nicht. Sein. Wer hatte ihnen das angetan? Da musste was oberfaul sein. Zermürbende Gedanken, die er nicht abzuschütteln vermochte, jagten ihn von einer emotionalen Extremsituation in die nächste.

Erst Kati, nun Anna.

Ein Rettungssani hatte ihm am Fundort eine Beruhigungsspritze verpasst, ein ziemlicher Hammer, sonst wäre er nicht transportfähig gewesen. Schnauze hatte sich bereiterklärt, ihn mit seinem Golf nach Hause zu fahren und ihn dort Elisa und Natalia übergeben.

Die beiden guten Seelen kümmerten sich leidlich um ihn. Er wollte sich nicht helfen lassen, war apathisch, antwortete nicht auf Fragen, zeigte keinerlei Reaktion. Aß nichts, trank nichts, außer wenn Natalia ihm mühsam etwas einflößte.

Die Wirkung des Beruhigungsmittels war längst verschwunden. Brick wusste nicht, was er denken sollte. Empfand er Wut? Auf wen? Oder Hass? Trauer und Verzweiflung, sicher. Es kämpften viele – teils widersprüchliche – Gefühle in seiner Brust. Sie waren schwer auseinanderzuhalten, weil sie ihn alle auf einmal überfielen.

Was er wahrnahm, war Leere. Die hatte er früher des Öfteren verspürt, damals konnte er sie problemlos füllen. Job auf Job, Artikel auf Artikel, rastlos und immer auf der Suche nach der nächsten, der einen Story, die geschrieben werden musste. Heute war alles weg. Nichts übrig von dem Drang, da rauszugehen und weiterzumachen.

Er hatte die Nase voll. Der Schmerz war überwältigend, tiefer als die tiefsten Niederungen seines Selbst.

Nach Katis Tod war er beseelt von dem Gedanken gewesen, ihren Artikel zu beenden und ihren Mörder aufzuspüren.

Momentan gab es nur ein fettes Nichts.

In was war er reingeschlittert? Wieso hatte er sich auf Anna eingelassen und sie mit reingezogen? Wieso hatte er nicht rechtzeitig die Reißleine gezogen? Die Frau war über ihn gekommen. Er hätte sich nicht wehren können und war nach der ersten Runde k.o. gegangen. Brick war am Boden. Der Schmerz raubte ihm den Atem. Und er hörte ein Flüstern.

Hier, hier bin ich!

Was war das?

Im Zimmer war außer ihm niemand. Das Flüstern drang immer wieder mit Macht an sein Ohr: *Hierher, nimm mich! Trinke mich!*

Im Regal stand eine neue Flasche Pernod, die Natalia besorgt hatte, und er erkannte sofort, dass die Flasche es war, die zu ihm sprach.

Verflucht noch mal, wo war sein Echo? Wenn er es brauchte, war es nicht da. War es ihm abhandengekommen? Hatte er seine innere Stimme verloren? Er musste seinen Kompass neu justieren, suchte verzweifelt nach der Stimme, fand sie nirgends. Sie ließ ihn im Stich. Alle ließen ihn im Stich.

Der erste Schluck war gewöhnungsbedürftig. Der zweite und dritte schrie nach mehr. Der vierte und fünfte betäubte seine Sinne. Herrliches Gefühl, sanft, beruhigend. Das göttliche Getränk streichelte seine Gedanken, die wie automatisch milder wurden. Es linderte alles. Plötzlich war die Welt nicht mehr so schlimm. Er saß wie unter einer Glocke, die ihn abschirmte vor dem Bösen da draußen. Und er schüttete nach, wollte dieses Gefühl intensivieren, was ihm gelang. Er kippte die Flasche in Rekordzeit in sich rein, bis sie leer war. Ihm fielen die Augen zu. Aus seinem Inneren sprach ein Wohlgefühl, das er vermisst hatte. Wie konnte er so dumm gewesen sein, die ganze Zeit darauf zu verzichten? Das war vorbei. Ein für alle Mal. Sein Echo war tot. Es würde ihn nicht länger nerven mit seiner fiesen Fistelstimme, die ihm ein schlechtes Gewissen eingeredet hatte. Das war's! Er schlummerte selig ein und träumte vom Monte Scherbelino, vom Müll, vom Weiher, dem dreckigen Wasser, der Düsternis. Und dann war er weg.

20

Als Elisa und Natalia ihn vorfanden, lag Brick neben der Couch auf dem Boden, in Reichweite der leeren Pernodflasche. Er hatte ringsherum alles vollgekotzt, was ihm einen Mörderkater ersparen würde. Trotzdem erwachte er mit einem Schädel. Sie hievten ihn gemeinsam hoch und verabreichten ihm drei Aspirin mit Wasser.

„Was machst du für Sachen, Brick?“ Elisa betrachtete das jammervolle Etwas, das vor ihr lag.

„Wer bin ich?“, kam es lautlos über seine Lippen.

„Ein Idiot!“, rief ihm Natalia entgegen, die das Wohnzimmer betreten hatte. „Das Zeug macht es auch nicht besser.“

Sie schrubbte Boden und Tisch, damit sich der ekelhaft-saure Gestank verziehen konnte, nahm die Flasche Pernod und schmiss sie in den Mülleimer.

„Du musst unter die Dusche!“ Ihre Geste beschied ihm, aufzustehen.

„Kein Chance!“

„Jetzt fängt er wieder an, Kleinkind zu spielen“, erwiderte Elisa. „Kenn ich von früher. Da kommste nich gegen an. Er macht dicht. Seine Verteidigungsstrategie.“

„Soll machen, was er will. Ist ja schließlich alt genug. Komm, wir verduften lieber.“

„Verduften is gut.“ Sie hielt sich die Nase zu und grinste.

Die beiden kleideten sich an und waren in Windeseile aus der Wohnung verschwunden.

Brick wusste sofort, dass er wieder drauf war. Es gab nur eine Möglichkeit, all dem entgegenzuwirken: ein nächster Schluck, viele nächste Schlucke, eine nächste Pulle. Es gab nur ein Problem dabei: Weit und breit fand sich nichts zu trinken. Er hätte aufstehen und einkaufen gehen müssen.

Brick hasste Selbstmitleid, konnte sich aber nicht dagegen wehren. Er zerfloss darin. Und je länger er versuchte, sich zu erklären, was vorgefallen war, desto verwirrter wurde er.

Okay, es gab ein wunderbares Gegenmittel, ein einziges: die Wunderwaffe Pernod. Sie musste her. Also auf, wohl oder übel, und raus!

Dass er komplett neben der Spur war, merkte er spätestens, als er sich beim Anziehen den zweiten Socken über den gleichen Fuß wie den ersten zog, den rechten, sodass er mit nacktem linkem Fuß in die Sneaker steigen wollte.

Er ließ sich zurück auf die Couch plumpsen. Eine mördermäßige Melancholie überkam ihn, die sich wie ein Schleier um ihn legte und ihn zu erdrücken schien. Eine Minute später platzte die Hülle. Sein Telefon klingelte.

Wer störte? Vielleicht Natalia, die sich nach seinem Befinden erkundigen wollte. Sein Handy lag im Büro auf dem Schreibtisch. Widerwillig erhob er sich, latschte rüber.

„Es gibt Neuigkeiten.“ In Schnauzes Stimme lag Hoffnung. „Dachte, es interessiert dich.“

Brick rang mit sich. Wollte er es hören? Die Gefahr bestand, dass es ihn sofort wieder umhauen würde.

„Erzähl!", sagte er.

„Anna Frieder hat auch eine rechtsextreme Mail bekommen. Und zwar ebenso nach ihrem Ableben. Allerdings von einem anderen Mann, der wie dieser Willi Kranzler Reichsbürger ist und aus dem Vordertaunus stammt, genauer gesagt aus Oberursel. Das bedeutet, sie kennen sich hundertpro. Was sagst du nun?"

„Gibt's da ein Nest von den Brüdern?"

„Brick, reiß dich zusammen!"

Falls es irgendeinen Erkenntnisgewinn geben sollte, war er Brick entgangen. „Kennt ihr den Namen?" Brick öffnete die Schreibtischschublade und holte zwischen Papieren einen Kuli hervor. Dabei stieß er auf eine Fotografie, die er ewig nicht in den Händen gehalten hatte. Er legte das Bild neben die Tastatur und schloss die Schublade.

„Paul Salheim. Sagt dir der Name was?"

„Nö." Brick notierte ihn.

„Mails dieser Art zu versenden, das gehört für solche Pappkameraden inzwischen zum normalen Zeitvertreib."

„Wie meinst du das?"

„Läuft quasi immer gleich ab. Als Erwachsener baut man sich was auf, vögelt rum, sucht sich eine Frau, einen Job, man lässt sich scheiden. Man wurschtelt weiter, vögelt wieder rum, wird entlassen, nimmt den erstbesten Job an, wird rausgeschmissen, kommt auf keinen grünen Zweig mehr, sucht sich trotzdem was Neues, fliegt wieder raus. Irgendwann gibt man die Hoffnung auf, wird zum Zyniker oder Verschwörungstheoretiker, schimpft auf alle anderen, insbesondere Migranten, die schuld sind am eigenen Elend. Logo, man wählt rechts, schreibt in sozialen Netzwerken anonyme Hassreden, Hetze wird normal, reicht aber irgendwann nicht mehr. Also müllt man im Internet unbescholtene Bürger voll, am liebsten erfolgreiche Frauen, weil die Feministinnen und das Feindbild schlechthin sind, neben Migranten. Aber die kann man schlecht anmailen."

„So ist das also. Machst du es dir nicht etwas zu einfach?"

„So ähnlich läuft es meistens ab. Gleiches Muster, die gleichen Typen. Wir durchleuchten jetzt die komplette Truppe im Vordertaunus. Überprüfen die Alibis. Noch sind wir auf keine Verbindung zwischen den Morden gestoßen. Aber dass es eine gibt, ist offensichtlich."

„Halt mich auf dem Laufenden!"

„Wie geht's dir eigentlich?", fragte Schnauze ins Leere.

Brick hatte das Gespräch bereits beendet und das Handy beiseitegelegt. Irgendetwas störte ihn. Es waren Alinas Augen, die ihn anblickten, auf dem Bild neben der Tastatur, das er aus der Schublade genommen hatte. Eine Farbaufnahme, die er in den unseligen Tagen aufgenommen hatte. Sie zeigte Alina nachts vorm Golden Gate, die blondesten Haare der Welt beleuchtet vom Rotlicht des Bahnhofsviertels. Sie war schön; die schönste Frau, die er je gekannt hatte. Und sie hatten so wenig Zeit miteinander gehabt. Tränen stiegen ihm in die Augen. Er ließ sie laufen.

Er erinnerte sich wieder, wie er mit Alina zusammen war, kurz bevor sie schwanger geworden und abgehauen war. Ohne ihm zu sagen, dass er Vater werden würde. Er wusste von nichts, bis die Gerüchte an sein Ohr drangen. Seine Suche nach Alina und ihrem ungeborenen Kind hatte ihn bis in die Ukraine geführt und war vorm Klosterkeller in Frankfurt geendet, als er seine eigene Tochter tot aufgefunden hatte, ohne zu wissen, dass es seine Tochter war.

Der Verlust der beiden überwältigte ihn zum hundertsten Mal. Warum? Warum er? Und warum ging es immer weiter? Kati und Anna waren hinzugekommen. Er dachte an beide. Wie viel Schmerz war ein Mensch bereit zu ertragen?

Er gelangte zu der Erkenntnis, dass es nichts half. Er musste sich wieder Katis Material zuwenden. Er trank zwei Gläser Mineralwasser auf Ex und setzte sich an den Schreibtisch. Sein Kopf brummte.

Kati hatte über alle Mailversender eine biografische Notiz angelegt. Anton Schweizer, der, wie er bereits wusste, im wahren Leben Klaus Engländer hieß. Bei den anderen wusste Brick nicht, ob es sich um Klarnamen handelte oder ebenfalls um Pseudonyme. Kati hatte sie angegeben mit Knut Wenzel, Augustus Corbin, Vladimir Müller und Oskar Peters. Zu keinem der Namen gab es weitere Angaben. Keinen Lebenslauf, keine Adresse, keine Daten, nichts. Es wollte sich ihm nicht erschließen, was diese Männer mit Anna zu tun gehabt hatten. Bei Kati war der Zusammenhang klar; sie war dem geheimen Netzwerk innerhalb der Polizei auf die Schliche gekommen. Mutmaßlich war Kati von der Bande enttarnt worden und ihre Identität war aufgeflogen, sodass sie aktiv geworden waren, um Kati zu stoppen und bittere Rache zu nehmen. Nichts davon traf auf Anna zu. Sie war Lichtjahre von der Polizei und dem Netzwerk entfernt. Es gab nicht den geringsten Hinweis über einen Kontakt zwischen Anna und der Fünferbande.

Er setzte sich an seinen Laptop und schrieb alle Namen auf, zog Verbindungslinien, bastelte haarklein zusammen, was zusammengehörte und was nicht.

Anna und Kati, beide waren ermordet, auf die gleiche abscheuliche Art bloßgestellt und zur Schau gestellt worden.

Es gibt keine Zufälle!, hämmerte er in die Tastatur. *Es gibt keine Zufälle!* Mantraartig: *Es gibt keine Zufälle! Es gibt keine Zufälle! Es gibt keine Zufälle!*

Bis der Satz die ganze Seite füllte.

Es gibt keine Zufälle!

Wo war die Verbindung? Wieso waren Kati und Anna kurz hintereinander zur Zielscheibe eines rechtsextremen Netzwerks geworden?

Kannten sich die beiden Frauen persönlich? Nicht dass er wüsste. Sicher kannte Anna Katis Artikel, zumindest die Reportage, die sie gemeinsam mit Brick verfasst hatte. Kati kannte Anna Frieder dem Namen nach, vermutete er, aber waren sie sich je über den Weg gelaufen? Nichts deutete darauf hin. Es gab keine Gemeinsamkeiten zwischen Anna und Kati, außer, dass beide Journalistinnen und einer Bande krimineller Polizeibeamter ein Dorn im Auge waren. Die eine war erfahrene Chefredakteurin, die andere aufstrebende Investigativredakteurin. Beide trennten 20 Jahre. Die eine wohnte in Frankfurt, die andere in Bad Vilbel. Beide waren keine Promis. Anna und Kati passten nicht in die Reihe der angegriffenen Frauen. Die Mails, die sie erhalten hatten, stammten von verwirrten sogenannten Reichsbürgern aus dem Vordertaunus. Das war eine andere Ebene.

Es musste einen anderen Grund für ihre Ermordung geben. Er las erneut die Namen der Frauen, die Drohmails aus dem rechten Netzwerk erhalten hatten. Keine der Frauen kannte er persönlich.

Keine der Frauen kannte er persönlich … bis auf …

Als die Erkenntnis sich Bahn brach, zog sich sein Herz zusammen. Brick zitterte. Es gab ein Verbindungsglied zwischen den beiden Frauen. Und es lag nahe. Es war nur so banal, dass er die ganze Zeit den Wald vor lauter Bäumen nicht gesehen hatte.

Er. Er war es. Brick. Er kannte beide Frauen. ER war die Verbindung. Die Täter zielten auf ihn, die beiden Frauen waren Mittel zum Zweck gewesen.

Nach dieser Erkenntnis half keine Beruhigungspille mehr. Er brauchte etwas Stärkeres, das in der Lage war, seine Gefühle zu besänftigen. Teufel Alkohol. Er stand auf und ging zum Supermarkt.

21

Du brauchst Trost, mega viel Trost!

Der große Schmerzlinderer sprach zu Brick. Der Einflüsterer hatte sich wieder in seinem Kopf eingenistet. Zu dumm, dass sich sein Gegenspieler nicht mehr blicken ließ.

Brick war aufgebrochen und hatte drei Flaschen Pernod für den Hausstand besorgt, zwei davon deponierte er im Küchenregal. Eine stand auf dem Wohnzimmertisch, er trichterte sie sich schluckweise ein.

Hallo Echo, rief Brick seinen inneren Regulationsmechanismus zur Räson. *Wo steckst du? Hilf mir gefälligst! Unterstütze mich! Ich kann's gebrauchen.*

Er hörte den Schlüssel in der Wohnungstür. Natalia kam herein, setzte sich neben ihn und kuschelte sich an. Sie umarmten sich. Natalia legte ihren Kopf an seine Brust.

„Wo ist Elisa?“, fragte er sie.

„Im Studio. Da komme ich auch gerade her.“

„Willst du auch einen Schluck?“

„Ja.“

Brick schenkte ihr ein Viertelglas Pernod ein.

Sie nippte daran und schüttelte sich. „Wie kannst du das nur wie Wasser trinken?“

„Gewohnheit.“

„Dir geht's nicht gut.“ Sie blickte ihn mitleidsvoll an.

„Wir hatten uns gerade erst kennengelernt.“

Natalia nahm seine Hände in ihre.

„Ich habe es fertiggebracht, mich ihr ein wenig zu öffnen. Und dann das.“ Brick ließ den Kopf in den Nacken fallen, starrte zur Decke.

„Es tut mir wirklich sehr, sehr leid für dich. Für euch.“ Natalia drückte seine Hände fester. Kurz darauf durchbrach sie die Stille. „Ich bin auch traurig.“

„Was ist los?“ Er senkte den Kopf und schaute ihr in die Augen.

„Ich vermisse Mama.“

„Die du nie gekannt hast.“

„Stimmt nicht. Ganz kurz, zumindest kann ich mich ein wenig an sie erinnern. Seit ich wieder in Frankfurt bin, muss ich öfter an sie denken.“

„Ich denke ständig an sie. Sie geht mir nicht aus dem Kopf, glaub mir.“

„Nach so langer Zeit?“

„Sie war etwas Besonderes.“

Natalia löste sich aus seinen Armen und schaute ihn ernst an. „Weißt du eigentlich, wer sie getötet hat?“

„Nein.“ Seine Augen starrten ins Leere. „Einer aus der Rockergang, wahrscheinlich einer der Hells Angels. Es war ein Schusswechsel im Eingangsbereich des Golden Gate. Die Angels haben den Laden überfallen. Wir wollten gerade heimgehen. Es ging sehr schnell. Schüsse fielen. Leute rannten umher. Die Situation war unübersichtlich.“

Sie ließ sich wieder in seine Arme gleiten.

„Ich stand monatelang neben mir. Konnte keinen klaren Gedanken fassen. Alinas Tod hat alles überlagert. Er verfolgt mich bis heute. Bis in meine Träume.“

Er nahm einen weiteren Schluck Pernod.

„Die Polizei hat sicher Ermittlungen aufgenommen. Aber ob sie tatsächlich nach dem Mörder gesucht haben? Keine Ahnung. Ich habe nie danach gefragt. Niemand hätte sie mir zurückbringen können, verstehst du?“

Natalia nickte.

Brick bekam es mit der Angst zu tun. Natalia hatte alte Wunden aufgerissen. Der Mord an Alina hatte ihn geprägt fürs Leben. In den Tiefen seines Bewusstseins war er präsent, in seinen Albträumen kam er zum Vorschein. Er musste verhindern, dass er sich wie ein

Geschwür in ihm einnistete und er beginnen würde, dem nachzugehen, wonach ihn Natalia gefragt hatte: Wer war Alinas Mörder?

Diese Frage musste er aus Selbstschutz ausblenden. Er musste das Eintauchen in die Hölle der Vergangenheit vermeiden. Das schwor er sich.

Er hatte genügend andere Dinge am Hals. Katis und Annas Mörder finden. Katis Reportage vollenden und veröffentlichen. Eine Strategie, die immer ging, wenn er kein Konzept hatte, hieß Offensive. Er musste diesen ganzen Haufen aufscheuchen. Lunten legen, Feuer entfachen. Ein Name schlich sich in seinen Kopf: Klaus Engländer. Er könnte der Brandbeschleuniger sein. Es käme auf einen Versuch an. Seine Adresse hatte er, und es hatte sich genügend Wut in ihm aufgestaut, um diesem Wichser an den Karren zu pinkeln.

*

Nachdem Elisa die Wohnungstür hinter sich ins Schloss geworfen hatte, erzitterte das ganze Haus.

„Fuck!“, schrie sie, sodass Brick und Natalia, die noch immer eng umschlungen auf der Couch saßen, aufschreckten. „Dass ich mich immer wieder von solchen Arschlöchern kirre machen lasse.“

„Was ist los?“, rief Natalia und riss die Augen auf.

Elisa betrat eine Sekunde später das Wohnzimmer. „Ach, so ein Penner im Studio! Hat mir die ganze Zeit auf die Titten geglotzt. Bis ich es satt hatte und gegangen bin.“

„Warum hast du ihm keine gescheuert?“, fragte Brick.

„Frag ich mich auch. Ey Alter, so ein Shitbolzen! Ich bin echt so dumm.“

Natalia räkelte sich, als sei sie durch Elisas Worte aufgeschreckt worden. „Wer ist es denn gewesen? Kennst du ihn?“

„Nie gesehn!“

„Etwa so ein junger Typ, zwanzig vielleicht, schwarze leicht gewellte Haare, durchtrainiert?“

„Schön wär’s! Nee, nee, der Typ ist älter, mindestens 35, Bauchansatz, schütteres Haar. Für den wird’s echt Zeit, dass er trainiert. Obwohl, da ist eh nix mehr zu retten!“

„Ach so“, bemerkte Natalia. Sie klang erleichtert.

„Ich hatte keine ruhige Minute, echt jetzt, der hat's mir total verleidet. Fuck! Ich brauch was zu rauchen, damit ich runterkomme. Habt ihr was da?"

Beide schüttelten im Gleichklang den Kopf.

„Dann wenigstens Alkohol."

„Pernod?", bot Brick an.

„Immer dieses Zeug, bäh!"

„Was anderes haben wir nicht."

„Heute ist echt nicht mein Tag."

22

Marc Konrad legte die Zeitung weg und atmete tief ein. Er hatte den Artikel über Anna Frieders Ermordung dreimal gelesen. Anna Frieder war jene Person, mit der Benjamin Brick, der extrem menschenscheu war, eine Art Beziehung aufgebaut hatte. Oder aufbauen wollte. Nun war sie tot. Konrad hatte seinem Auftraggeber, der mutmaßlich nicht Tom Anzinger hieß und dessen richtigen Namen er nicht in Erfahrung hatte bringen können, über den sich anbahnenden Kontakt des Journalisten und der Chefredakteurin ausführlich informiert.

In den vorigen Berichten war Katharina Neubert Thema gewesen, mit der Brick ebenfalls eine Art Beziehung pflegte, wenn auch keine Liebesbeziehung, sondern eine kollegiale. Katharina Neubert, genannt Kati, war ebenfalls tot aufgefunden worden.

Und das Auffälligste: Beide Leichen waren auf die gleiche Weise aufgebahrt und zurechtgemacht gewesen. Das stand zwar nicht in der Zeitung, darüber berichteten die Medien nicht, weil die Kripo Täterwissen nicht preisgab. Aber Konrad hatte Kontakte zur Frankfurter Polizei. Er hatte seinen Informanten – wie nebenbei, rein aus Interesse – gefragt, nachdem er den Artikel gelesen hatte, ob es zwischen beiden Morden Ähnlichkeiten gebe. Der Informant hatte ihm die Auffindesituation der Leichen geschildert. Kein Zweifel: Das war ein Ritual. Sie waren beide wie Prostituierte hergerichtet worden und ihre Körper trugen den Schriftzug *Pressehure*.

Konrad zählte eins und eins zusammen. Sah er Gespenster? Es gab einen Zusammenhang zwischen den Morden, das stand für ihn inzwischen außer Frage. Vielleicht sogar einen zwischen seinen Berichten und dem Ableben der beiden Frauen.

Diese Erkenntnis war ein Schock, der sich wie eine Schlinge um seinen Hals legte und ihm Atemnot verschaffte. Mein Gott! Was hatte er getan?

Mehr und mehr drängte sich ihm eine Frage auf: Wer war sein Auftraggeber? Wer war dieser Mensch, dem er permanent Infos lieferte, deren Protagonisten kurz darauf tot aufgefunden wurden?

Konrad war manchmal naiv und manchmal pragmatisch. Selten verspürte er ein schlechtes Gewissen wegen seines heiklen Jobs. Aber er war eines gewiss nicht: blind. Ihn konnte niemand für dumm verkaufen. Ihm konnte niemand weismachen, das eine habe mit dem anderen nichts zu tun. Auch nicht ein Herr Fragezeichen, alias Anzinger. Nach Anna Frieders Tod und der Info über das Aussehen der Opfer stand das für ihn felsenfest.

Konrad konnte nicht weitermachen, als sei nichts geschehen. Auf keinen Fall konnte er mit Tom Anzinger über diesen Sachverhalt reden. Da waren ihm strikt die Hände gebunden. Anzinger würde ihm nicht mehr trauen und ihm im Nu jegliche Aufträge entziehen. Das lag auf der Hand. Was er andererseits nicht konnte, war, weiterhin an Tom Anzinger Berichte zu schicken, mittels derer Personen unmittelbar in Gefahr gerieten. Damit machte er sich zum Mittäter. Das konnte er nicht verantworten. Wenn er nur eine Sekunde daran dachte, zog sich alles in ihm zusammen. Er war nie der abgebrühte, skrupellose Typ gewesen, der er hätte sein müssen in diesem Business. Das war sein Schicksal.

Er brauchte dringend Klarheit, und er sah nur einen Weg: Benjamin Brick. Er musste ihn kontaktieren, mit ihm reden, ihm alles darlegen. Seine Meinung einholen. Erst danach konnte er eine Entscheidung treffen, wie er weiter verfahren würde.

Hinzu kam: Er hatte Lust, sich persönlich mit diesem Urgestein von Journalisten zu unterhalten. Er war gespannt, was Brick ihm zu sagen hatte.

23

Klaus Engländer wohnte in einem Reihenhaus in Frankfurt-Eckenheim. In dem langweiligen Stadtteil im Norden der Stadt gab es nichts, was Brick anziehend fand. In der einzigen erwähnenswerten Kneipe, dem Homburger Hof, gab es ihm zu viel Apfelwein, mit dem er rein gar nichts anfangen konnte. Immerhin war die Küche gut, die Frankfurter Schnitzel mit Grüner Soße empfehlenswert. Früher war er ab und zu mal dort gewesen, aber das war schon sehr lange her.

Als Brick die Engelthaler Straße, die Hauptstraße des Viertels, entlangfuhr, wusste er genau, warum. Tristesse, wohin er blickte. Es gab ein paar kleinere Geschäfte und nur wenige Kneipen. Am Rande lagen die Wohnsiedlungen mit ihren in die Jahre gekommenen Einfamilienhäuschen. Der Stadtteil wirkte wie aufgebaut und in Vergessenheit geraten, an manchen Stellen wie tot.

Engländers Revier. Aufmerksamkeit zog hier niemand auf sich. Die ideale Homebase für seine Online-Machenschaften oder das Headquarter des Netzwerks. Unauffällig, vernachlässigt, abgelegen, sozusagen nicht existent für den gemeinen Frankfurter. Hier kam man nicht vorbei, hier musste man gezielt hinfahren. Wer machte das freiwillig?

Brick jedenfalls nicht, allenfalls gezwungenermaßen, wie heute. Als er die Steinkleestraße durchfuhr bis zur Sigmund-Freud-Straße und sich einen Parkplatz suchte, fiel ihm auf, dass alles gleich aussah. Er hatte Mühe, sich nicht zu verirren. Es gab nichts, was herausstach. Einen trostloseren Stadtteil hatte er lange nicht mehr betreten.

Kaum eine Menschenseele war auf der Straße. Eine Mutter mit Kinderwagen. Den Lada eines Klempnerbetriebes erkannte er anhand des Schildes am Wagen. Er bog um die Ecke und war hinter der nächsten wieder verschwunden.

Brick musterte das Reihenhäuschen, das sich in nichts von einer Million anderer Reihenhäuschen in Deutschland unterschied. Er stieg eine Treppe mit fünf Stufen empor und klingelte an einem Schild, auf dem der Name *Engländer* zu lesen war.

Keine Minute später blickte er ihm in die Augen.

„Sie?“ Klaus Engländer stand in der geöffneten Tür und hatte Brick sofort wiedererkannt. „Sie … hatte ich weiß Gott nicht erwartet.“ Seine Tonlage changierte zwischen überrascht und feindselig.

Der ehemalige Hauptkommissar war unübersehbar gealtert. Graue Haare, ein Vollbart. Brick fragte sich, ob er ihn früher im Polizeidienst auch schon getragen hatte. Ein harter Hund, das war sein Ruf. Äußerlich entsprach er ihm. Sein Gesicht erinnerte Brick an eine Dogge.

„Die Freizeit scheint Ihnen nicht zu bekommen“, erwiderte Brick und betrachtete den Mann eingehender.

Engländer trug eine schlabbrige Jogginghose, Adiletten und einen Pullover mit hohem Kragen.

„Sie hingegen haben sich kein bisschen verändert. Immer noch der gleiche Zyniker und Kackbolzen wie früher. Was wollen Sie, Brick?“

„Mit Ihnen reden.“

„Ich aber nicht mit Ihnen.“

„Sagt Ihnen der Name Katharina Neubert etwas?“

Engländer schaute die Straße runter. Es schien ihm höchst unangenehm zu sein, hier an der Tür mit Brick zu reden und dabei gesehen zu werden.

„Soweit ich weiß, liegt die auf dem Friedhof Praunheim. Das Grab müsste noch frisch sein.“

Engländers Antwort versetzte Brick einen Stich, aber er ließ es sich nicht anmerken.

„Und soweit ich weiß, hat sie vor ihrer Ermordung an einer Reportage gearbeitet, in der auch Ihr Name fällt.“

Der Konter saß, das merkte Brick sofort. Der Ex-Polizist starrte ihn an, schien mit einem Male nervös zu werden. Hatte er beim ersten Versuch ins Schwarze getroffen? Engländer hatte offensichtlich Kenntnis von Katis Investigativprojekt.

Brick wollte sich die Chance nicht entgehen lassen. Öl ins Feuer gießen war genau sein Ding. Diesmal nicht so gepfeffert, dafür umso subtiler und pointierter: „Pardon, natürlich nicht Ihr richtiger. Aber ich nehme an, mit dem Namen Anton Schweizer sind Sie bestens vertraut.“

Engländer zuckte merklich zusammen. Damit hatte er nicht gerechnet. Volltreffer, dachte Brick. Er sah seinem Gegenüber an, dass er mit seiner Vermutung richtig lag.

Doch Engländer wollte sich keine Blöße geben. „Wo immer Sie auftauchen, Brick, machen Sie Probleme. Aber ich schwöre Ihnen: Wenn Sie nicht Ihre Schmierfinger von der Sache lassen, kriegen Sie nicht nur Probleme, sondern es wird das Letzte sein, in das Sie sich jemals eingemischt haben."

Die offene Drohung erstaunte Brick. Dass sich Engländer so weit aus dem Fenster lehnen würde, hätte er nicht erwartet. Umso besser. Ein bisschen Provokation konnte ihn vielleicht dazu verleiten, Fehler zu machen.

„An Ihrer Stelle wäre ich etwas demütiger, Herr Engländer. Ich habe Sie an den Eiern, und das wissen Sie", schürte er die glimmende Glut.

Statt einer Erwiderung folgte der nicht nett gemeinte Abschiedsgruß. „Verpiss dich, Journaillenratte!"

„Genau das hatte ich gerade vor. Schönen Tag noch, Herr Schweizer!"

Brick sah zu, dass er Land gewann.

Er hetzte zu seinem Wagen zurück, stieg ein und atmete dreimal tief ein und aus. Dem hatte er eingeheizt. War es klug gewesen, so vorzugehen? Spielte vorerst keine Rolle. Es mangelte an Alternativen. Er hatte ins Nest gestochen und musste beobachten, was passieren würde. Vielleicht würde ihm der Laden um die Ohren fliegen. Alles war denkbar. Künftig galt es, besonders wachsam zu sein.

Sein Handy klingelte. Unbekannte Nummer, wie er dem Display entnahm. Engländer, vermutete er, würde sich nicht hinreißen lassen, ihn kurz nach seinem Besuch anzurufen. Das wäre ein Eingeständnis von Schwäche. Falls es nicht der Ex-Bulle war, wer könnte es sein? Bricks Neugier siegte.

„Benjamin Brick."

„Marc Konrad. Sie kennen mich nicht, Herr Brick. Dafür kenne ich Sie umso besser. Ich bin Privatdetektiv. Störe ich Sie?", ratterte die fremde Stimme in bester Dieter-Thomas-Heck-Manier herunter.

Stille. Das kam reichlich überraschend. Ein Schnüffler. Was hatte das wieder zu bedeuten?

„Wie man's nimmt."

„Ich habe Infos für Sie und möchte mit Ihnen darüber reden. Können wir uns vielleicht treffen? Es wäre wichtig."

„Wichtig für wen?"

„Für Sie, für mich. Für alle Beteiligten."

Der Typ hörte sich schräg an, aber nicht unseriös. Brick wollte ihn nicht sofort abwürgen.

„Um was geht es?"

„Das möchte ich Ihnen lieber nicht am Telefon sagen, wenn Sie verstehen." Dass er über vermeintlich brisantes Material nicht am Telefon plaudern wollte, zeugte von Professionalität. „Aber ich könnte Ihnen zwei Stichworte nennen."

„Ich bitte darum."

„Katharina und Anna."

In Brick zog sich alles zusammen. Seine Gefühle liefen Amok. Was hatte dieser Schnüffler mit den beiden zu tun, verdammt? Am liebsten wäre er aus der Haut gefahren, durchs Telefon gesprungen und hätte dem Arsch den Hals umgedreht. Doch die Sache war zu heikel, um auszurasten. Er nahm sich zusammen und antwortete in sachlichem Tonfall: „Ich bin interessiert. Wann und wo?"

24

Pläne, die kurzfristig über den Haufen geworfen wurden, konnte Brick nicht ausstehen. Ihm blieb jedoch keine Wahl. Er musste sich mit Marc Konrad treffen, auch wenn er ihn nicht kannte und dies eine gewisse Gefahr barg. Als Treffpunkt hatte Brick auf einem öffentlichen Platz bestanden, der von allen Seiten einsehbar war.

Während Brick sich dem Justitiabrunnen mitten auf dem Römer näherte – er kam aus der Bendergasse, vom Eingang der Kunsthalle Schirn, weil er von dort oben die beste Übersicht über den Platz vorm Frankfurter Rathaus hatte –, erkannte er schon von Weitem einen Mann, der offensichtlich auf jemanden wartete.

Er trug einen langen Mantel, darunter Hemd und Jeans, schaute ständig aufs Handy, drehte sich um die eigene Achse und ließ seinen Blick über den Römerberg und das Rathaus schweifen. Er schien hochgradig nervös zu sein.

Drumherum wimmelte es von ausländischen Touristen, mit Basecaps, teuren Kameras und Einkaufstüten aus der Frankfurter Goethestraße.

Brick schlängelte sich durch die Menge und achtete darauf, mit niemandem zusammenzuprallen. Zielstrebig bahnte er sich einen Weg zum Brunnen, bis er auf der anderen Seite stand, Konrad genau gegenüber. Dort hielt er inne und beobachtete den Detektiv eine Weile.

Aus der Nähe sah er eher langweilig aus. Kein durchtrainierter James-Bond-Typ, keine Sherlock-Holmes-Pfeife, kein Philipp-Marlowe-Hut und kein Hercule-Poirot-Bart. Er war unscheinbar, was in diesem Business enorme Vorteile mit sich brachte.

Von der Seite schlich Brick an ihn heran und sprach ihn an. „Konrad, ich hoffe, unser Zusammentreffen rechtfertigt meinen kleinen Ausflug in die überfüllte Innenstadt."

Der Detektiv fuhr zusammen. „Hallo, Herr Brick. Sie wollten doch einen belebten Platz. Oder wollen wir lieber woanders …?"

„Wir bleiben hier."

Sie musterten sich gegenseitig.

„Erzählen Sie! Warum wollten Sie mich sprechen?"

„Ja nun", begann Konrad und schaute sich ängstlich um. „Ich beschatte Sie seit einiger Zeit." Sofort fügte er erklärend hinzu: „Für einen Auftraggeber. Ein ganz normaler Job für mich, dachte ich jedenfalls am Anfang."

Bricks Augenbrauen hoben sich. „Und dann?"

„Ich liefere meinem Auftraggeber Berichte, und da stehen natürlich auch Namen drin. Die beiden Namen, die ich Ihnen am Telefon genannt habe, tauchten in den Berichten an meinen Auftraggeber auch auf."

Brick wusste nicht recht, worauf Konrad hinauswollte. „Und weiter?"

„Jeweils einige Tage, nachdem ich die Berichte abgeliefert hatte, musste ich in der Zeitung lesen, dass die beiden Frauen, die ich namentlich in den Berichten genannt habe, tot sind. Ermordet. Das kommt mir merkwürdig vor."

„Und jetzt sehen Sie einen Zusammenhang zwischen den Berichten und dem Ableben der beiden Frauen?"

„Sie nicht?"

„Und welchen?"

„Eben darum stehen wir hier: Ich weiß es nicht. Ich bin in gewisser Weise ratlos. Helfen Sie mir weiter!"

Brick zögerte. Es war verdächtig, resümierte er, aber für alles gab es eine Erklärung.

„Wer ist Ihr Auftraggeber?"

„Genau das ist es eben, worüber ich mit Ihnen reden wollte."

„Dann tun Sie es!"

„Ich arbeite für einen Mann namens Tom Anzinger."

Brick überlegte kurz. „Nie gehört."

„Es gibt ihn auch nicht."

„Wie bitte? Sie haben doch gerade behauptet …"

„Ja und nein. Es gibt ein Klingelschild mit dem Namen im Westhafen. Es gibt eine Mailadresse, eine Telefonnummer. Ich habe den Mann auch dreimal getroffen."

„Na also."

„Den Mann, den ich für Anzinger gehalten habe. Bis ich anfing, nachzuforschen. Es gibt keine anderen Anzeichen, dass ein Mann namens Tom Anzinger existiert. Weder in der Unternehmensberatung, die er mir genannt hat, noch im Melderegister. Weder im Internet noch im Telefonbuch oder im Sozialversicherungsverzeichnis noch sonst wo. Ich habe einiges auf die Beine gestellt, glauben Sie mir, ich kenne mich in diesem Metier aus. Aber ich konnte nirgends sonst einen Tom Anzinger ausfindig machen. Verstehen Sie?"

Brick blickte skeptisch. „Also hat er Ihnen einen falschen Namen genannt."

„Steht für mich zweifelsfrei fest. Die entscheidenden Fragen sind aber erstens: warum?"

„Weil er was zu verbergen hat."

„Das haben Sie jetzt gesagt. Ich hätte es vielleicht etwas anders formuliert, aber inhaltlich gebe ich Ihnen völlig recht." Er setzte kurz ab. „Und zweitens: Wer verbirgt sich hinter dem Tarnnamen?"

„Haben Sie es herausgefunden?"

„Leider nein. Und ich möchte nochmals betonen, ich bin nicht ganz ungeschickt darin, Leute aufzutreiben. Gehört schließlich zu meinen Standardjobs. Aber mir erschließt sich bislang nicht, wer Anzinger wirklich ist."

Je mehr Brick hörte, desto weniger konnte er diese ganze Sache, dieses Gespräch hier mit Konrad einordnen. „Wieso erzählen Sie mir das alles?"

„Ich …“ Konrad wollte sich offenbaren, aber ihm versagten kurzfristig die Worte.

„Bestimmt nicht, weil ich so ein lieber Mensch bin“, bemerkte Brick stattdessen. „Immerhin werden Sie von Ihrem Auftraggeber bezahlt, sind eigentlich zu Loyalität verpflichtet und vor allem zu Stillschweigen.“

„Das sehe ich genauso. Es ist … Wie soll ich es sagen? Ich habe ein Scheißgefühl bei der Sache. Das trifft es am ehesten.“

Brick nickte. „Ich auch. Und ich bin Ihnen sehr dankbar, dass Sie mich informiert haben.“ Seine Gedanken überschlugen sich. „Ich muss es mir durch den Kopf gehen lassen.“

„Dafür habe ich volles Verständnis.“

„Ich habe einige Kontakte. Vielleicht kann ich sie nutzen.“

„Machen Sie das!“

„Wo kann ich Sie am besten erreichen?“

Konrad holte seine Visitenkarte heraus. „Jederzeit gerne.“

„Ich melde mich auf jeden Fall bei Ihnen. Danke nochmals.“

„Nichts zu danken. Es musste einfach raus.“ Sie verabschiedeten sich mit einem Händedruck. Marc Konrad drehte sich auf dem Absatz um und verließ den Römerberg in Richtung Eiserner Steg.

Brick blieb stehen und schaute dem Mann hinterher, vor dem er, was immer herauskommen würde, den größten Respekt hatte. Diese Nummer hier war ihm sicher nicht leicht gefallen. Es schien in dem Business Leute mit Moral zu geben. Ihn mussten in jedem Fall heftige Gewissensbisse plagen.

Seinerseits war er unschlüssig, wie er die Lage bewerten sollte. Was hatte das alles zu bedeuten? Die Situation nahm an Komplexität zu und wurde zu einer Größe, die sich immer schwerer handhaben ließ.

Brick schaute sich um, aber er entdeckte niemanden, der ihm verdächtig vorkam. Er steckte die Visitenkarte ein und setzte sich in Bewegung. Da er sichergehen wollte, dass er nicht verfolgt wurde, entschied er sich für einen Zickzacklauf. Er überquerte die Braubachstraße, lief an der Paulskirche vorbei, bog an der Berliner rechts ab, schlug einen Bogen um das Museum für Moderne Kunst und erreichte schließlich wieder die Braubach und das Parkhaus Neue Altstadt, in dem sein Wagen stand. Im Innenstadtbereich war es unmöglich, einen freien Parkplatz zu ergattern.

Er benötigte fünfzehn Minuten durch den Theatertunnel und über die Gutleutstraße, bis er zu Hause ankam. Während er den Golf abschloss, blickte er sich erneut um. War er nervös? Eine diffuse Unbehaglichkeit hatte sich seit Konrads Offenbarungen in ihm breitgemacht. Er musste geschickt vorgehen. Andernfalls würde die Hölle losbrechen.

Natalia stand in der Küche am Herd und kochte Spaghetti, als er die Wohnung betrat.

„Pesto Basilikum oder Arrabiata?“, rief sie ihm entgegen.

Elisa nahm den letzten Zug eines Joints und drückte ihn im Aschenbecher aus. „Beeil dich mit ner Antwort, Ben, wir haben Hungäääää.“

„Pesto Pernod“, antwortete er mit dünner Stimme.

„Eieiei! Du klingst, als sei dir was über die Leber gelaufen.“ Elisa schaute ihn fragend an.

„So ähnlich. Ich habe gerade erfahren, dass jemand die letzten Wochen einen Privatdetektiv auf mich angesetzt hatte. Dummerweise weiß ich nicht, wer.“

Das Essen stand zehn Minuten später auf dem Küchentisch.

„Erzähl doch mal!“, sagte Elisa, während sie sich Spaghetti auf die Gabel rollte und diese anschließend in den Mund schob. „Wie bist du darauf gekommen?“

Brick spürte einen dicken Kloß im Hals. „Ich komme eben von einem Treffen mit genau jenem Detektiv, der mich beschattet.“ Er trank Pernod und gurgelte ihn im Rachen.

Natalia, die gerade Pesto auf Bricks Pasta geben wollte, hielt inne. „Klingt irre.“

„Ist es auch.“

„Du hast dich also mit ihm …? Das versteh ich nicht.“

„Ich auch nicht“, erwiderte er.

„Da ist doch was oberfaul“, bemerkte Elisa. „Sieht ein Blinder mit Krückstock.“

„Ganz koscher kommt es mir auch nicht vor, aber er macht einen soliden Eindruck und behauptet, er sei von einem Typen mit falschem Namen beauftragt worden. Nach dem Essen werde ich etwas rumtelefonieren. Dann sehen wir weiter.“

Brick schlang seine Spaghetti hinunter, lobte Natalias Kochkunst und zog sich zurück. Die beiden Ladies schnatterten über das Kosmetikstudio, das es galt, ins Leben zu rufen.

Klemm ging beim ersten Klingeln ran.

„Big Ben, ist was passiert?"

„Wie kommst du darauf, dass was passiert sein sollte?"

„Ich bin es nicht gewohnt, dass du dich so häufig meldest."

„Ja und nein. Hör zu." Brick schilderte im Schnelldurchlauf seine Begegnung mit Konrad und endete mit einer Frage: „Sagt dir der Name Tom Anzinger was?"

„Hmmm." Klemm ließ sich Zeit, was Brick nervös werden ließ. „Marc Konrad, das kann ich dir schon mal sagen, ist ne kleine Nummer in der Szene. Gilt als zuverlässig, aber auch als Verlierer. Stand wohl mehrfach vor der Pleite."

Klemm kaute auf einem Zahnstocher, was Schmatzgeräusche erzeugte und Brick in den Wahnsinn trieb. „Kannst du bitte mal mit dem Geschmatze aufhören!"

„Ist ja gut." Klemm nahm den Zahnstocher aus dem Mund. „Also Tom Anzinger. Ehrlich gesagt, hab ich den Namen noch nie gehört. Was mich sehr, sehr stutzig macht, zumal er einen Privatdetektiv auf dich angesetzt haben soll. Weißt du, Frankfurt ist ein Dorf. Jaja, ich weiß, bevor du dich aufregst, Klischee pur, aber jedes Klischee birgt auch einen Hauch Wahrheit in sich, und Frankfurt ist echt winzig. In bestimmten Kreisen kennt jeder jeden und jeder bekommt alles mit. Und wenn der Typ so einen Aufriss macht, müsste er eigentlich zu den dicken Fischen gehören."

„Wieso ‚eigentlich'?"

„Er kann nicht dazu gehören, weil mir der Name absolut nix sagt. NIENTE!"

„Ergo?"

„Er operiert unter falscher Flagge."

„Er hat sich also eine zweite Identität verschafft. Genau das vermutet Konrad auch."

„Schlaues Bürschchen, dein Detective! Wobei, so schlau auch wieder nicht, es ist ja offensichtlich."

„Was schlägst du vor?"

„Ich kann mich natürlich umhören, wie gehabt. Aber versprechen kann ich nix."

„Gibt es ne andere Möglichkeit?"

Klemm dachte nach. „Was meinst du: Traut dir Konrad?"

„Ich weiß nicht. Wieso?"

„Versuch über ihn Anzingers Daten zu bekommen, also die Sachen, die du vorhin genannt hast."

„Adresse, Mail, Telefonnummer. Und dann?"

„Drehst du den Spieß um. Mach ein Treffen mit diesem Pseudo-Anzinger aus und verpass dir einen neuen Namen."

„Unter welchem Vorwand sollte er sich mit mir treffen?"

„Du hättest Neuigkeiten zu Benjamin Brick. Scheint ihn ja brennend zu interessieren, was du so treibst, sonst würde er dich nicht beschatten lassen."

„Klemm, du alter Fuchs!" Brick war immens beeindruckt.

„Ein ganz gerissener. Aber nur, wenn es unbedingt sein muss, hahaha." Brick konnte sich Klemms fettes Grinsen bestens vorstellen.

„Es gibt nur einen Haken bei der Sache", sagte Brick.

„Und der wäre?"

„Konrad muss die Daten rausrücken."

„Streng dich halt ein bisschen an, mein Freund!"

„Du mich auch", sagte Brick, bedankte sich bei seinem alten Kumpel und versprach, sich bald wieder zu melden.

Kurzerhand verschob er den Anruf bei Schnauze, den er ursprünglich ins Auge gefasst hatte. Ihn konnte er jederzeit anzapfen. Erst musste er sich ein schlüssiges Konzept überlegen, wie er Konrad am besten überzeugen konnte. Würde nicht einfach werden, dafür war Konrad zu sehr Profi, aber er hatte dessen Verunsicherung gespürt. Vielleicht würde ihm der Detektiv aufgrund seines schlechten Gewissens beistehen. Das war ein Ansatzpunkt, dort konnte er ihn packen.

Bricks Augen fielen zu. Es war nach 23 Uhr, er war geschafft. Er trank einen letzten Schluck Pernod. Langsam kam die Sache ins Rollen. Er gelobte sich, dranzubleiben und nicht ständig abzudriften.

Er hörte die Tür aufgehen und dachte zuerst, es sei Natalia. Doch es war Elisa, die zu ihm kam und ihn umarmte.

„Ich bin geil", hauchte sie ihm ins Ohr.

Das hatte ihm noch gefehlt. „Ich aber nicht. Jedenfalls nicht auf eine zwanzigjährige Göre. Außerdem bin ich müde."

„Menno, du weißt doch, dass ich auf dich stehe. Ich bring dich bestimmt auf Touren."

„Du könntest meine Tochter sein."
„Immer dieselbe Leier!"
„Such dir jemand anderen."
„Nee, danke."
„Warum?"
„Ich hasse Männer."
„Ich bin auch einer."
„Du bist ein Brick." Sie lachte schelmisch.
„Da draußen laufen Tausende von Frankfurtern rum." Er zeigte aus dem Fenster. „Da gibt's jede Menge netter Jungs drunter. Sicher auch einen für dich."
„Bin für ne Weile bedient von Männern." Sie blickte ihn ernst an. Das war sonst nicht ihre Art.
„Ich verstehe. Was sie dir angetan haben … Es tut mir wirklich leid."
Elisas Ernst hielt nicht lange an. „Nur bei dir könnte ich schwach werden." Sie fauchte ihn an und zeigte ihr Böses-Mädchen-Lachen, das Brick an alte Zeiten erinnerte, wenn sie morgens bei ihm Unterschlupf gesucht hatte, um nicht allein schlafen zu müssen. „Zum Beispiel, wenn du Sehnsucht nach Anna hast: Nimm einfach mich! Ich bin zwar nicht sie, aber ich geb mir Mühe, okay?" Sie tupfte ihm auf den Schädel.
„Du hast ne Meise, und zwar ne ganz große." Er zeigte ihr einen Vogel.
„Erzähl mal was Neues."
„Du warst heute gar nicht im Studio, oder?"
„Nö."
„Wieso nicht? Ist doch dein zweites Wohnzimmer geworden."
„Gestern war dieser Typ da, du weißt schon. Der Gaffer. Ich weiß nicht, ich fühl mich fast schon beobachtet."
„Das ist ätzend. Hast du dich bei der Leitung des Ladens beschwert?"
„Die meinen, ich soll mich nicht so anstellen."
„So kenne ich dich gar nicht. Früher hättest du den Typen ausgeknockt."
„Ich glaub, ich hab Schiss." Kleinlauter hatte er sie nie erlebt.
„Schiss?"
„Na, wenn das so'n Schizo ist, der mir draußen auflauert?"
„Oje. Also hat es doch Spuren hinterlassen."

„Narben. Klaro."

„Kein Wunder. Die Sache hängt dir noch in den Klamotten. Komm mal her!" Er öffnete seine Arme, wollte sie trösten.

„Oh ja, ficken!", sagte sie und schmiss sich ihm um den Hals.

„So war das eigentlich nicht gemeint."

„Alter Falter, Brick! Du bist wirklich ne fiese Nummer. Ich lass dich jetzt in Ruhe, aber das heißt nicht, dass ich aufstecke."

Sie stakste hüftschwingend aus dem Zimmer und er sah ihr lange hinterher. Er nahm ein weiteres Glas Pernod. Drei Minuten später fiel er ins Bett und ein sanfter Schlaf überfiel ihn. Der große Linderer hatte seinen Job erledigt.

KAPITEL 4

25

Der hellrote Lippenstift auf den dicken Lippen schimmerte im Kontrast zur weißen Gesichtshaut. Die grell geschminkten Augen starrten leblos zur Decke. Der Mann hätte eine Rasur vertragen, Viertagesstoppeln zierten seine Wangen und sein Kinn. Die braunen Haare waren nach oben gegelt und standen ab. Er trug lange Ohrringe. Sein Körper war nackt bis auf einen BH und einem knappen Damenslip, aus dem rechts und links Körpermasse quoll. Die Stöckelschuhe, in die jemand seine Füße gezwängt hatte, schienen zwei Nummern zu klein zu sein.

Der Mann gab ein jämmerliches Bild ab. Seine Arme hingen schlaff zur Seite, seine Beine waren abgespreizt. Die Szene sah bizarr aus.

In seiner Brust klaffte ein Loch, aus dem Blut gesickert war. Der Mann atmete nicht mehr.

26

Tiefer hatte Brick lange nicht mehr geschlafen. Er war noch schlaftrunken, als Schnauze in sein Schlafzimmer eindrang und ihn unsanft weckte. Er schüttelte ihn an den Schultern und tatschte ihm auf die Wange. Brick schlug mit den Armen um sich.

„Zieh dir was an und komm mit“, begrüßte ihn der Hauptkommissar.

Brick gähnte ausgiebig.

„Los komm! Wir haben keine Zeit.“

„Sach ma, spinnst du?“

„Ich erklär’s dir später. Jetzt sieh erst mal zu, dass du hochkommst!“

Brick schaute ihn aus Augenschlitzen an. „Was … willst du von mir?“

„Wir machen ne Spritztour."
„Für den Rheingau ist mir das Wetter zu schlecht."
„Für das, was ich dir zeigen werde, wären Sonnenschein und ein warmer Frühlingstag das falsche Ambiente."
„Sondern?"
„Nasskalter Nieselregen im November."
„Scheiße!"
„Trifft es schon eher."
Brick erhob sich aus dem Bett und streckte alle Glieder. Wie er Schnauze kannte, würde er keinen Pieps sagen, bis sie dort angekommen waren, wohin er mit ihm wollte. Er löcherte ihn nicht weiter.
Seufzend spritzte er sich ein paar Tropfen Wasser ins Gesicht, putzte Zähne, schlüpfte in Jeans und Sneaker, zog eine Sportjacke an und darüber einen Mantel. Bevor sie das Haus verließen, trank er einen Schluck Mineralwasser.
Sie fuhren am Hauptbahnhof vorbei, ließen die Festhalle und das Senckenbergmuseum links liegen und hielten sich schnurstracks nördlich auf der zweispurigen Rosa-Luxemburg-Straße. Bis Brick endgültig den Faden verlor und nicht mehr wusste, wohin ihn Schnauze bringen würde.
Die Stadt flog am Fenster vorbei. Er war zu tranig, um Gebäude und Plätze zu erkennen. Was hatte Schnauze mit ihm vor? Sein Verhalten kam ihm seltsam vor. Es musste wieder was passiert sein, das war klar.
Am Nordwestzentrum fuhren sie von der Schnellstraße ab, durchquerten halb Heddernheim in Richtung Eschersheim und parkten kurz vor der Nidda. Als sie ausstiegen, konnte Brick das Flussufer erkennen. Er schaute sich um. Nettes Fleckchen. Er war ewig nicht hier gewesen.
Schnauze ging zu einem fünfstöckigen Mehrfamilienhaus, wie sie für Frankfurt typisch waren. Brick folgte ihm. Im Erdgeschoss betraten sie eine Wohnung. Er erkannte sofort die Mitarbeiter der Spurensicherung. Innerlich zog sich alles bei ihm zusammen. Offensichtlich ging es wieder um ein Kapitalverbrechen.
Schnauze schnappte ihn am Arm und positionierte ihn so, dass ihm der Grund ihres Herkommens geradewegs ins Auge fiel. Auf

dem Boden vor ihnen lag eine männliche Leiche. Spätestens jetzt war er hellwach.

Den rechten Oberschenkel des Mannes zierte ein Wort in einer Schrift in Lippenstiftoptik. *SCHNÜFFLERSTRICHER.* Versal, fett und grellrot.

Brick erkannte Marc Konrad, der keinen Mucks mehr von sich gab.

Ein Arzt beugte sich über die Leiche und maß ihre Temperatur. Ein Polizist fotografierte den vermeintlichen Tatort, ein anderer schrieb Notizen in ein Heft.

Brick war nie der feinsinnigste Typ auf Erden gewesen, aber das hier sprengte selbst seinen Gefühlskompass. Er machte einen total konsternierten Eindruck, trat einen Schritt zurück und wäre beinahe in einen Sessel, der hinter ihm stand, gesackt, wenn ihn Schnauze nicht unter den Armen gepackt und gestützt hätte.

„Geht's?", fragte Schnauze.

„Geht schon." Bricks Stimme klang jämmerlich. Das hatte er nicht kommen sehen. Dementsprechend dünnhäutig fühlte er sich.

Du hebst bei jeder Scheiße den Finger, dachte er.

„Was sagt dir die Aufmachung des Opfers?" An Schnauzes gesamtem Auftreten las Brick ab, dass der Hauptkommissar Antworten von ihm verlangte. Relevante Antworten. Mit halbgarem Gequake würde er sich nicht zufriedengeben.

Brick musste sich sammeln. Er räusperte sich, sonst hätte er keinen vernünftigen Ton über die Lippen gebracht. „Die gleiche … Handschrift wie bei … bei Kati und … und Anna Frieder", stotterte er.

„Klug beobachtet. Nachahmungstäter können wir zu 99,9% ausschließen. Unserer Kenntnis nach ist nichts an die Öffentlichkeit durchgedrungen." Schnauze blickte ihn forschend an. „Kennst du den Typen?"

„Wie kommst du darauf?" Bricks Augen weiteten sich. Er sah seinen ehemaligen Polizeiinformanten erstaunt an.

„Kannst du bitte meine Frage beantworten! Kennst du ihn?"

„Ich kenne ihn nicht."

„Du willst mir also weismachen, dass du ihn nicht kennst!" Schnauzes Stimme hob sich.

„Ja."

„Und wieso steht dann dein verfluchter Name und deine beschissene Nummer eingekreist drüben im Büro auf seiner Schreibtischunterlage? Sieht ziemlich frisch geschrieben aus, wenn du mich fragst. Also?“ Er verschränkte die Arme vor seiner Brust. Schnauze war tierisch sauer, kein Zweifel. Er würde ihn notfalls in die Mangel nehmen.

„Also, kennen ist zu viel gesagt …“

„Raus mit der Sprache!“, brüllte Schnauze ihn an, sodass sich alle Köpfe im Raum zu den beiden umdrehten.

„Okay. Ich habe mich gestern mit ihm getroffen“, gab Brick zu, weil er wusste, dass er sonst aus dieser Nummer nicht mehr rauskommen würde. „Aber ich schwöre dir, ich habe ihn da zum allerersten Mal gesehen.“ Er hob die Hand wie zum Schwur.

„FUCK!“, rief Schnauze. „Was läuft hier, Brick? Erklär's mir!“

„Alle wollen immer, dass ich ihnen was erkläre. Ich weiß es doch selbst nicht.“

„Was spielst du hier für ein Spiel?“

„Jetzt werd mal nicht albern!“

„Und wieso hast du dich mit ihm getroffen? Er war ein Privatschnüffler!“

„Nicht zu übersehen. Steht ja auf seinem Oberschenkel.“ Brick erläuterte Schnauze in kurzen Worten den Grund des gestrigen Treffens.

„Er will dich also beschattet haben und erzählt es dir brühwarm. Soso. Da stimmt doch was nicht. Das ist doch offensichtlich! Und vor allem: Warum lässt dich jemand beschatten? Ausgerechnet dich?“

Brick schaute Schnauze ratlos an.

„Du ziehst hier irgendwas ab, Brick, und lässt mich komplett im Regen stehen. Aber das geht so nicht!“

„Schnauze, wenn ich etwas wüsste, wärst du der Erste, der es erfährt, glaub mir!“

„Glaube ist was für Schafe. Ich brauche was Handfestes. Ich will von dir hören, was hinter der Beschattung steckt. Wer ist sein Auftraggeber?“

„Das wüsste ich auch gern!“

Schnauze drehte sich abrupt um. Wenn er in diesem Moment eine Vase zu fassen bekommen hätte, wäre sie mit ziemlicher Sicherheit schmetternd gegen die Wand geflogen und vor ihren Füßen zerschellt.

„Verdammt noch mal!“, schrie er. „Drei Leichen innerhalb weniger Tage. Drei Leichen, die uns vorgeführt werden, die allesamt ein und derselbe Täter auf dem Gewissen hat. Drei Leichen und nicht den Hauch einer Spur. Und du erzählst mir nur Scheiße, Scheiße und noch mal Scheiße! Ich könnte so was von kotzen!“ Seine Ansprache war ergreifend.

„Jetzt mach aber mal halblang!“, plusterte Brick sich auf. „Was denkst du eigentlich, wie es mir bei der ganzen Sache geht, hä? Ich fühl mich noch beschissener als du, glaub mir!“

Inzwischen schrien sie sich an.

„Aber du weißt mehr, das spüre ich. Jedenfalls mehr, als du zugeben willst. Und das ärgert mich nicht nur, das geht mir ganz gewaltig auf den Zeiger.“ Schnauze drehte sich auf den Hacken um und schoss aus dem Zimmer. Brick blieb zurück. Er blickte in verblüffte, teils belustigte Gesichter. Schnauzes Spusi-Kollegen mussten über den Infight, den sie live miterlebt hatten, schmunzeln. Kam an einem Leichenfundort nicht alle Tage vor.

*

Brick holte tief Luft und versuchte, sich zu besinnen. Das widersprach seiner Natur. Es half nichts, er musste diesen unerfreulichen Disput hinter sich lassen. Es gab Wichtigeres, um das er sich kümmern wollte. Vielleicht fand er hier in der Wohnung einen Hinweis über Anzinger. Seine Adresse, seine Nummer.

Brick blickte sich bedächtig um. Von Schnauze keine Spur. Er hatte das Büro erwähnt. Brick schlich sich hinaus und huschte über den Flur. Gegenüber stand eine Tür offen. Er linste hinein, niemand drin. Regale mit Ordnern an den Wänden, ein Schreibtisch. Hier war er goldrichtig.

Auf die Schreibtischunterlage waren, neben seinem Namen und seiner Adresse, etliche Zahlen und Worte geschrieben. Er las alles, aber von Anzinger gab es keine Spur. Brick ging zum Regal. Die Ordner schienen fein säuberlich geordnet und beschriftet zu sein, alphabetisch. B wie Berichte. Es waren mindestens fünfzig Ordner in drei Reihen übereinander. Verflixt! Ihm fehlte die Zeit. Weiter.

Die Schreibtischschubladen waren verschlossen. Einen Papierstapel blätterte er durch. Es waren hauptsächlich Zeitungsartikel neueren Datums.

Ein Geräusch schreckte ihn auf. Jemand schob die Tür auf. Eine Frau der Spurensicherung. „Wissen Sie, wo Thilo steckt?"

Brick wandte sich ihr zu: „Keine Ahnung, sorry."

Die Frau verschwand, wie sie gekommen war. Husch, husch. Er war wieder allein. Lange konnte es nicht mehr dauern, bis Schnauze auftauchen würde.

Sein Blick fiel auf den Papierkorb. Der Klassiker, schoss es ihm durch den Kopf. Es lagen wenige zerknüllte Zettel darin. Er holte sie raus und ließ sie in seiner Hosentasche verschwinden.

Eine Sekunde später stand Schnauze im Raum. „Dich kann man echt keine Sekunde allein lassen. Was schnüffelst du hier rum?"

„Ich spiele Detektiv. Quatsch! Ich wollte mich irgendwie nützlich machen."

„Hast du es dir überlegt?"

„Was?"

„Du willst also nicht damit rausrücken?"

„Aber, wenn ich es dir doch sage …"

„Spar dir dein Gesülze! Ich kann's echt nicht mehr hören. Du bist und bleibst der Sturkopf, den ich kenne. Ein hartherziges, scheinheiliges Arschloch. Immerhin willst du nicht nett rüberkommen, das würde mir nämlich gerade noch fehlen."

Sein harscher Tonfall ging Brick zunehmend auf die Nüsse. „Monologe bin ich von dir gar nicht gewohnt. Was ist in dich gefahren?"

„Ich bin tierisch genervt, falls dir das noch nicht aufgefallen ist. Und zwar von dir!"

„Bevor alles noch komplizierter wird … Fährst du mich zurück? Ich muss nachdenken. Einiges recherchieren. Vielleicht weiß ich heute Abend mehr. Ich melde mich, versprochen, beim heiligen Pernod!" Er hob die Hand erneut zum Schwur.

27

Seine gesamte Hoffnung steckte in seiner Hosentasche. So weit war es gekommen.

Kaum hatte er zu Hause die Tür hinter sich geschlossen und festgestellt, dass er allein war, holte er die aus dem Papierkorb entwendeten Zettel hervor und strich sie glatt.

Eine Rewe-Quittung, ein Computerausdruck mit Zahlen, sah nach einer Art Monatsbilanz aus. Zwei Werbeflyer, ein dünnes Programmheft des Galli-Theaters und mehrere kleinere Papierstücke mit Notizen. Schien so, als habe Konrad ein größeres Blatt in Stücke gerissen. Brick versuchte, die Einzelteile zusammenzupuzzeln, was einigermaßen gelang. Worte waren zu entziffern. Er hatte es mit einer Art Liste zu tun, die überschrieben war mit „to do 30319". Bei der Zahlenfolge handelte es sich eindeutig um das Datum des gestrigen Tages. Der Liste war zu entnehmen, was Konrad erledigt hatte, denn es waren fünf Punkte durchgestrichen: Rewe, Post, Bank, Friseur, Bilanz Q1. Schien ein strukturierter Mensch gewesen zu sein.

Es gab offene Posten, zu denen er entweder nicht gekommen war oder vergessen hatte, sie durchzustreichen: Squash, BB Justitia, TA Karpfen 12.

Den Sporttermin schien er nicht wahrgenommen zu haben. Der nächste Punkt konnte das Treffen mit ihm, Benjamin Brick, am Justitiabrunnen bedeuten. Und TA, überlegte er, könnte für Tom Anzinger stehen. Hatte er seinen Auftraggeber im Anschluss über das Treffen informieren wollen? Und was bedeutete Karpfen 12? Bestimmt war hier nicht die Rede vom Karpfen an Heiligabend, denn der lag Monate in der Zukunft. Eine hippe Bar? Die verpassten sich gerne schräge Namen. Vielleicht der Treffpunkt mit Anzinger in einem dieser neuen In-Schuppen, die überall wie Pilze aus dem Boden sprossen und schneller wieder dichtmachten, als man drei Pils trinken konnte. Er musste Elisa und Natalia fragen; die trieben sich in der Szene rum.

Er wählte Natalias Handynummer.

„Hi Paps, was gibt's?"

„Wo seid ihr?"

„Shoppen. Vorher waren wir im Studio. Wir sind in ner Stunde zurück."

„Lasst euch ruhig Zeit. Ich hab nur eine Frage: Sagt dir der Name Karpfen 12 was? Vielleicht eine neue Bar, ein Bistro oder eine andere Location?“

„Nö, nie gehört. Moment, ich frag Elisa.“ Im Hintergrund hörte er die beiden tuscheln. „Sie sagt, auf keinen Fall ne neue Bar.“

„Irgendeine andere Idee, was Karpfen 12 sein könnte? Und jetzt sag bitte nicht ein Fisch mit zwölf Gräten.“

Sie lachte. „Also, ich weiß es nicht. Nie gehört. Elisa!“, rief sie und fragte ihre Freundin. „Sie weiß auch nix. Wozu brauchst du das?“

„Nur so ne Frage. Wir sehen uns.“

„Tschaui. Bis später.“

Wenn man die Mädels mal brauchte. Er legte das Handy weg. Fisch war seine Leidenschaft. Er dachte ans *Melilla*, den Fischimbiss hinterm Hauptbahnhof. Weltklasse. Karpfen 12? Ein neues Fischgeschäft mit der Hausnummer 12 vielleicht? Er setzte sich an den Laptop und gab *Fischgeschäft Karpfen 12* ein. Kein Treffer. Er scrollte runter. Nichts.

Er stutzte. Karpfenweg. In Frankfurt. Er klickte den Stadtplan an. Der Karpfenweg lag keine zehn Minuten zu Fuß von seiner Wohnung entfernt. Im Westhafen. Er klatschte sich mit der offenen Handfläche an den Kopf. Hatte nicht Konrad von einem Klingelschild im Westhafen gesprochen? Er erinnerte sich. Anzingers Wohnung. Treffer!

Brick stand sofort auf, nahm seine Schlüssel, setzte eine Basecap der Eintracht auf und verließ die Wohnung. Er machte einen Spaziergang, schlenderte über die Zanderstraße in den Bachforellenweg. Vor lauter Fisch wurde ihm ein wenig übel. Lieber Meeresfrüchte. Er nahm den Flußkrebssteg und landete am Anfang des Karpfenwegs. Zwangsläufig fiel sein Blick ins Innere des Hafenbeckens, wo ein paar Boote lagen. Dort gab es die sogenannte Marina, eine Segelschule. Da unten war er Tomovic, Chef des Starlight-Netzwerks und Verkörperung des leibhaftigen Bösen, zum ersten Mal persönlich begegnet. Rückblende im Kopf. Die Bilder von damals kaperten im Nu seine Gedanken. Brick versuchte, sie abzuschütteln. Tomovic war tot, die Sache lag hinter ihm. Er wollte sie keinesfalls wieder auflodern lassen.

Nummer 12 war das fünfte sechsstöckige Haus mit Luxusapartments direkt am Main, am Hinterausgang jeweils mit privatem Bootsanlegesteg. Ab dem zweiten oder dritten Stockwerk war die Sicht über den Fluss sicher spektakulär. Linker Hand lag die Skyline. Nette Location, dachte Brick, hier wohnen die Schönen und Reichen. Hierher verirrte er sich nie.

Er stellte sich ans Maingeländer, blickte sich unauffällig um. Vereinzelt waren Passanten unterwegs. Ein Pärchen machte eng umschlungen einen Spaziergang am Fluss. Ein Pizzalieferant trug einen Karton zur Nummer 8, ein Lieferantenfahrzeug eines Wäscheservices fuhr vor der Nummer 10 vor, parkte. Eine Frau stieg aus, sie öffnete die Heckklappe.

Brick zog sein Handy heraus und spielte Tourist, indem er die Umgebung fotografierte. Klick, klick, klick. Wie zufällig knipste er Haus Nummer 12, dem er sich unauffällig, Schritt für Schritt, näherte. Und da er das Handy in der Hand hielt, machte er, nachdem er dicht genug dran war, ein Bild von den Klingelschildern. Eines fiel ihm spontan ins Auge, es war das oberste und das einzige, bei dem die Buchstaben versal geschrieben waren: ANZINGER.

Er legte den Kopf in den Nacken und blickte an der Fassade hoch. Sechster Stock. Puhh! Asche ohne Ende musste der Typ haben. Der traumhafte Blick kostete sicher Hunderttausend on Top.

Er prüfte die gläserne Haustür. Verschlossen, wie nicht anders zu erwarten. Weil auf der hinteren Seite des Gebäudes ebenfalls eine Tür war, die zum Steg führte und durch die Licht fiel, konnte er ohne Spiegelungen in der Scheibe hineinsehen. Es gab einen Aufzug und einen Treppenaufgang. Keine Menschenseele zu sehen. Die Luft war rein.

Er wandte sich ab, schlenderte ein Haus weiter zur Nummer 14. Verharrte eine Weile. Was konnte er tun? Er sah sich wieder um. Hier war tagsüber wenig los. Zu hoffen, dass jemand in diesem Moment aus der Nummer 12 kommen und er hineinschlüpfen konnte, wie man es aus zig Filmen kannte, war sinnlos. Sollte er alle Klingeln betätigen? Vielleicht öffnete ja jemand. Obwohl: Die High-Society war extrem reserviert, wenn es um ihr Wohneigentum ging. Und dass es sich hier um Eigentums- und nicht um Mietwohnungen handelte, war sonnenklar.

Brick seufzte gereizt. „Schöner Mist“, sagte er vor sich hin. Er sah keine Möglichkeit, hier vorwärtszukommen und Anzinger, oder wer immer sich hinter dem Namen verbarg, aufzuspüren. Das war schade. Er brauchte eine neue Strategie. Immerhin wusste er jetzt, wo Konrads Auftraggeber wohnte. Konnte diese Information hilfreich sein? Und wenn ja, wie? Auf die Schnelle fiel ihm nichts ein.

Er wollte sich gerade abwenden und den Heimweg antreten, als er aus den Augenwinkeln eine monströse schwarze Limousine mit gespiegelten Scheiben wahrnahm. Sie hielt unmittelbar vor der Nummer 12.

Brick wurde augenblicklich flau im Magen. Dieses Bild erinnerte ihn an Szenen aus der Vergangenheit. Es sah nach Organisierter Kriminalität aus. Mafia, Zuhälter, irgendeine große Nummer.

Blitzartig trat er zur Seite und versteckte sich hinter einer Hausecke. Den Zoom seiner Handykamera hatte er noch nie benutzt. Er versuchte, ein halbwegs scharfes Bild des Autokennzeichens zu machen, was aus dieser Entfernung – circa vierzig Meter – kein Kinderspiel war. Er justierte eine Weile und drückte dreimal auf den Auslöser, als sich die hintere rechte Tür des Wagens öffnete.

Ein Mann stieg aus. Die Limousine fuhr wieder an, drehte in Höhe des Flußkrebsstegs und preschte Sekunden später an ihm vorbei in Richtung Innenstadt.

Der Mann stand inzwischen vor dem Hauseingang. Brick war so überrascht gewesen, dass er vergessen hatte, Bilder von dem Mann zu schießen, was er nun nachholte. Von vorne erwischte er ihn nicht mehr, aber von der Seite. Stattlicher Typ, mindestens 1,85 Meter, trug einen teuren schwarzen Anzug, ein weißes Hemd und Krawatte. Die Haare nach hinten gegelt, graumelierte Schläfen, brauner Teint, keine Brille. Sekunden später war er in der Nummer 12 verschwunden.

War er es? War das Anzinger?

Sein Bauchgefühl sagte ihm, dass er einen Treffer gelandet hatte.

*

Zwanzig Minuten später saß Brick zu Hause am Schreibtisch vor seinem Laptop und übertrug die Bilder seines Handys auf den Rechner. Es dauerte zwei Minuten, bis er alle einzeln durchklicken konnte.

Natalia und Elisa waren inzwischen heimgekommen und saßen vor der Playstation im Wohnzimmer.

Die Bilder des Kennzeichens waren allesamt nicht zu gebrauchen. Hängen blieb Brick bei den letzten, die den Mann, mutmaßlich Anzinger, in Ganzkörpergröße zeigten, verschwommen. Brick hatte nah an dessen Gesicht gezoomt, um eine brauchbare Großaufnahme hinzukriegen. Die verpixelten Bilder ärgerten ihn maßlos. Mit seiner Kamera, eine professionelle Canon EOS 1D, hätte er spielend perfekte

Bilder schießen können. Dass er sie brauchen würde, hatte er nicht geahnt.

Mit einem Grafikprogramm versuchte er, die Bilder schärfer zu stellen. Vergebens. Der Mann war zwar in voller Körpergröße zu sehen, als er sich Richtung Hauseingang bewegte, das Gesicht blieb jedoch unscharf. Auch die Porträtaufnahmen gaben keine bessere Qualität her. Er hätte sich am liebsten in den Arsch gebissen.

Elisa näherte sich und schaute ihm über die Schulter.

Ein Déjà-vu überkam Brick. Vor neun Monaten hatte er die Bilder seiner toten Tochter Natascha, von der er damals noch nichts gewusst hatte, am Rechner betrachtet. Ihre Augen waren ihm bekannt vorgekommen; kein Wunder, sie hatte die gleichen Augen wie ihre Mutter Alina. Und genau in diesem Moment, als ihm das bewusst wurde, war ebenfalls Elisa angekommen und hatte ihn von hinten umarmt.

Eine fette Gänsehaut zog sich über seinen gesamten Rücken. Welch eine Erinnerung. Schön und schrecklich zugleich.

„Was treibst du, Brick?“, flüsterte sie ihm ins Ohr. Dann sagte sie in normalem Tonfall: „Den kenne ich.“ Sie deutete mit dem Zeigefinger aufs Laptopdisplay.

„Wie jetzt?“ Brick fuhr herum. „Wen kennst du?“

„Den Anzugträger da … auf deinem Rechner.“

„Woher, verdammt?“, schrie er. Ihm brach der Schweiß aus.

„Ey, bleib ma cool, Mann!“ Sie näherte ihr Gesicht dem Bildschirm und prüfte ihre Aussage. „Yo, bin sicher. Er ist es.“

„Wer?“

„Hab ich zusammen mit Tomovic gesehen.“

Ein Satz, der bei Brick ein inneres Erdbeben auslöste. Fast wäre er vom Stuhl gefallen. Er musste sich an der Lehne festhalten.

Elisa hatte jahrelang im Stripclub Platinum an der Stange getanzt. Brick hatte sie dafür kritisiert, bis er es irgendwann aufgegeben und nichts mehr gesagt hatte. Elisa hatte ihren ganz eigenen Sturkopf, darauf beharrte sie und das würde sich nie ändern. Durch den Job kannte sie viele, die sich im Milieu rumtrieben, hatte Kontakte bis in die oberen Etagen. War ne Weile her. Aber Fakt war, dass sie Tomovic kannte. Es lag im Bereich des Möglichen, dass sie diesen Mann, der sich Anzinger nannte, mit ihm zusammen gesehen hatte.

„Ey, Brick. Stimmt was nicht mit dir? Du guckst so komisch.“

Sein Gesichtsausdruck schien nicht der intelligenteste zu sein. Sie hatte ihn mit ihrer Aussage dermaßen überrumpelt, dass er Schwierigkeiten hatte, gefasst zu bleiben.

„Mit Tomovic. Bist du sicher?“ Er starrte Elisa an.

„Wenn ich’s dir sage. Zwei- oder dreimal. Die waren zusammen im Club. Das erste Mal – lass mich überlegen – muss so drei Jahre her sein. Und dann Anfang letztes Jahr noch mal. Muss aber was Geschäftliches gewesen sein. Für die Girls hatten die kein Auge.“

„Du meinst, er war ein Geschäftspartner von Tomovic, oder wie soll ich das verstehen?“

„Jedenfalls kein Club-Kunde. Ich glaube, dem gehörte selbst ein Laden, vielleicht ein FKK-Club oder so was. Was weiß denn ich?“

Brick war wie paralysiert und konnte die Augen nicht von ihr lassen. „Sein Name. Weißt du, wie er heißt?“

„Keinen Schimmer.“

„Versuch dich zu erinnern. Das ist verflucht wichtig jetzt.“ Ein Hauch Panik schwang mit.

„Seinen richtigen Namen kenne ich nicht, absolut sicher …“

„Und warum betonst du das ‚richtigen‘ so?“

„Manchmal hab ich einen Spitznamen gehört, ich muss mal nachdenken.“ Sie griff sich an die Schläfe.

„Ich bitte darum! Elisa, du würdest mir echt einen riesigen Gefallen tun.“

„Jaja, is schon gut. Also … Brandy, ja, ich glaub, das war’s. Sie haben ihn Brandy genannt.“

„Brandy? Wieso Brandy? Hat er immer Brandy getrunken, Weinbrand?“

„Keine Ahnung. Dich fragt ja auch niemand, ob du Big Ben genannt wirst, weil du London so geil findest, oder?“

„Brandy …“ Er ließ sich den Namen durch den Kopf gehen. Fehlanzeige. Er hätte schwören können, dass er ihn aus Elisas Mund zum ersten Mal hörte.

„Hundertpro. Brandy war der Name.“

„Sagt dir den Name Anzinger was?“, brachte er über die Lippen, „Tom Anzinger?“

„Nie gehört!“, platzte sie heraus und gab ihm einen Knutscher auf die Wange. „Ich geh wieder rüber. Kommst du mit? Wir wollen einen Film schauen. Darfst auch einen aussuchen.“

Er schwieg, war wie weggetreten.

„Brick! Hey, hast du gehört?“

„Nee, nee, lass mal. Ich hab zu tun.“

„Ey Alter, wo ist mein Brick? Komm ma wieder in den Quark!“

Sie drehte sich hüftschwingend um und ließ ihn nachdenklich am Schreibtisch zurück.

Was hatte das alles zu bedeuten?

Je mehr er herausfand, desto unwirklicher wurde es.

Kati tot, Anna tot, Konrad tot. Konrad hatte ihn beschattet. Im Auftrag eines Mannes, der sich Anzinger nannte und sich als Unternehmensberater ausgab. Was definitiv Fake war. Elisa hatte den Typen wiedererkannt, er schien Tomovic zu kennen und im Milieu unterwegs gewesen zu sein. Keine kleine Nummer, so erweckte es den Anschein.

Zum Henker, warum ließ solch ein Typ jemanden wie ihn, Brick, beschatten?

Wieso gab es plötzlich wieder einen Zusammenhang mit dem Rotlichtmilieu und damit mit seiner letzten Reportage?

Und wieso mussten jene Personen sterben, die entweder unmittelbar darin involviert waren, wie Kati, oder die direkten Kontakt zu Brick hatten?

Ein megamieses Gefühl machte sich in seinem Magen breit. Es gab dafür nur einen Schluss, eine halbwegs vernünftige Erklärung, und die war extrem bitter.

Brick dämmerte, dass er die Zielscheibe des Ganzen war. Sie wollten ihn fertigmachen. Wollten ihn zerschmettern, indem sie Personen töteten, die er kannte oder mit denen er zusammenarbeitete.

Um was aber ging es tatsächlich? Worin lag die Motivation, ihn ins Visier zu nehmen? Welches Motiv hatte derjenige, vermeintlich dieser Anzinger oder Brandy, oder wie immer er hieß?

Er musste es herausfinden und schwor sich, diesen Typen ausfindig zu machen und ihm das Handwerk zu legen, auf welche Art auch immer. Und wenn es das Letzte wäre, was er auf Erden zu erledigen hatte. Dieses Arschloch durfte damit nicht durchkommen.

Er stand auf, brauchte dringend was zu trinken. Ein Glas Pernod. Vielleicht würde ihm das helfen, von dem ganzen Albtraum etwas runterzukommen. Und er könnte endlich mal weinen.

TEIL II

KAPITEL 5

28

„Er ist hier aufgetaucht."

„Wie meinst du das?"

„Es hat geklingelt, und als ich die Haustür aufmache, steht das Arschloch vor mir und grinst."

„Wir müssen ruhig bleiben."

„Aber das Stück Scheiße weiß was. Hat komische Andeutungen gemacht."

„Was schlägst du vor?"

„Du kennst ihn. Er gibt nie Ruhe und hat Kontakte, die er anzapfen kann. Das ist mir zu heiß gerade. Am besten, wir halten ein paar Tage die Füße still, bis sich die Wogen geglättet haben. Danach schlagen wir zu."

„Abgemacht! Wir tauchen eine Weile ab und agieren aus dem Untergrund. Die Operation läuft weiter wie geplant. Ich melde mich."

29

Der Frühling hielt langsam Einzug in Frankfurt. Während erste Blätter sprossen und überall frisches Grün und zarte Knospen sichtbar wurden, fühlte Brick sich matt und grau. Ihm fehlte die Energie, die er in der kurzen Zeit mit Anna verspürt hatte. Alles weg. Die Tiefschläge hatten ihm zugesetzt. Trauer schwebte über ihm und ergriff sein Herz. Packte es, zerquetschte es.

Es war nicht nur die Trauer über den Verlust zweier geliebter Frauen und einer Person, die ihm wohlgesonnen gewesen war, auch wenn er ihn ausspioniert hatte. Brick war extrem enttäuscht von sich selbst. Je mehr er herausfand, desto klarer schien sich die Tatsache vor ihm aufzutürmen, dass er all diese Morde hätte verhindern können, wäre er nicht ständig um sich und seine Problemchen gekreist und hätte er früher die Augen aufgemacht.

Nun hatte er die Quittung serviert bekommen. Der Tod von drei Personen war seine Strafe.

Es musste endlich Schluss sein mit diesem blinden Leben, der Selbstzentrierung, dem Rückzug vor der Welt. Vor allem wollte er seine alte Zielstrebigkeit zurück. Er wollte wieder hinschauen, genauestens, keine Anstrengung mehr scheuen, die richtigen Schlüsse ziehen und klug handeln.

Aus diesem Grund klingelte er jetzt an Klemms Wohnungstür im vierten Stock in der Niederräder Bruchfeldstraße. Brick erhoffte sich Antworten. Wer, wenn nicht Klemm, konnte den Spitznamen Brandy im Milieu gehört haben?

Die Haustür unten hatte offen gestanden. Ungute Erinnerungen überkamen ihn. Hier in dieser Wohnung hatten ihn einst zwei Gorillas aus Tomovics Security-Truppe vermöbelt. Er war zwar mit heiler Haut davongekommen, hätte aber auch im Krankenhaus landen können. Oder auf dem Friedhof.

Er war nervös, als Klemm ihm die Tür öffnete. Ausnahmsweise hatte Brick sich vorher angemeldet.

„Der Papiertiger“, empfing ihn der Freund.

„Guter Witz! Weißt du, wann ich die letzte Zeile veröffentlicht habe?“

„Ich will es gar nicht wissen. Komm rein!“

Brick betrat die verwinkelte Bude, in der sich nicht das Geringste getan hatte seit seinem letzten Besuch vor neun Monaten.

Sie setzten sich an den runden Küchentisch. Klemm aß eine Scheibe Bauernbrot mit Handkäs und trank Apfelwein pur.

„Was hast du auf dem Herzen? Am Telefon hast du irgendwie … hektisch geklungen.“

„Hektisch ist das falsche Wort. Ich bin aufgewühlt. Die Toten …“

„Hab’s in der Zeitung gelesen. Was ist da los?“ Klemm kaute genüsslich auf einem Krüstchen, sein Liebstes.

Ohne zu zögern warf Brick den Namen in den Raum: „Brandy. Was sagt dir das?“

Klemm hob die Augenbrauen. „Meinst du Weinbrand?“

„Nein, als Spitzname. Denk an früher, ans Rotlicht!"

Klemms Miene erhellte sich sofort, als sei der Groschen gefallen. „Na klar, kenn ich. Wieso? Was willst du von dem?"

„Ich brauche seinen richtigen Namen. Will wissen, wer das ist."

„Roland Brand. Das ist vielleicht ne Type!" Klemm schüttelte den Kopf und trank sein Glas aus, bevor er sich aus einem Dreier-Bembel nachschenkte.

„Willst du auch?", fragte er Brick.

„Damit kannst du mich jagen! Ist mir zu sauer. Aber zurück zu diesem Roland Brand …" Als Brick den Namen aussprach, meinte er, ihn doch schon einmal gehört zu haben.

„Dem gehört der Temple of Love."

„Dieser FKK-Club in Fechenheim?"

„Genau. Allerdings weiß ich nicht, wie lange noch."

„Wie meinst du das?"

„Er steht vor Gericht."

Brick griff sich an den Kopf. „Logo! Ich Idiot. Der stand auf der Starlight-Liste. Einer von denen, die mit Tomovic Geschäfte gemacht haben."

„Kann man wohl sagen. Deine Reportage hat ihn abgesägt. Das war für ihn der Absturz. Soweit ich gehört habe, wird er angeklagt wegen Zuhälterei und Prostitution Minderjähriger. Aber er hat sicher noch mehr Dreck am Stecken."

„Er läuft aber frei rum."

„Kann gut sein, dass er auf Kaution draußen ist. Wieso interessierst du dich für ihn?"

Brick fasste in Kurzform die Ereignisse der letzten Tage zusammen.

Klemm zuckte mit den Schultern. „Also nennt er sich Anzinger. Vielleicht will er komplett abtauchen, wer weiß? Was er zurzeit treibt, weiß ich nicht, da bin ich überfragt. Ich hab länger nichts von ihm gehört. In Frankfurt kriegt er bestimmt kein Bein mehr auf den Boden. Sein Ruf ist ruiniert. Und daran bist du schuld!" Klemm lachte herzhaft.

Er war die Quelle, die Brick benötigt hatte. „Und früher? Wie war er da?"

Klemm überlegte. „Ich weiß nicht, wie er es geschafft hat, aber er gehörte ne Weile zum inneren Zirkel im Milieu. Richtig Asche hat er mit dem FKK-Club gemacht. Vorher war er einfacher Puffbesitzer. Hatte drei, vier Wohnungspuffs laufen, aber die bringen's in Frankfurt nicht. Die gesamte Szene tummelt sich im Bahnhofsviertel oder in der Breiten Gasse. Trotzdem hat er sich innerhalb von wenigen Jahren einen Namen gemacht. Und dann begann sein Aufstieg in die höchsten Kreise mit dem Temple of Love."

„Elisa hat mir erzählt, sie habe diesen Brandy mit Tomovic zusammen gesehen."

„Die Mischpoke kennt sich. Einige sind sich spinnefeind, andere arbeiten zusammen, wenn sie erkennen, dass Kooperationen mehr Cash bringen."

„Pack schlägt sich, Pack verträgt sich."

Klemm nickte. „Brand war nie die ganz große Nummer wie Tomovic. Er hat sich an ihn rangehängt, wollte von dem Glamour und Ruhm was abhaben. Man sollte ihn jedoch keinesfalls unterschätzen. Wenn du auf der Karriereleiter im Milieu so weit aufgestiegen bist, musst du schon eine gewisse Skrupellosigkeit an den Tag gelegt haben."

„Und einiges auf dem Kerbholz."

„Außerdem brauchst du Kontakte und einen guten Riecher für Angestellte; also die Lakaien, die die Drecksarbeit machen."

Brick ließ sich das Gesagte durch den Kopf gehen. Er schwieg eine Weile und starrte Löcher in die Luft, während Klemm das letzte Stück Handkäs mit dem Messer gekonnt auf dem Brot platzierte. „Ich Idiot dachte, die Starlight-Episode sei abgeschlossen." Brick seufzte tief.

„Ich hatte schon befürchtet, dass noch was nachkommt", antwortete Klemm. „Ich kenne die Szene, leider. Aber dass alles so heftig wird …"

Brick machte Anstalten zu gehen. „Danke für alles." Er erhob sich.

„Nichts zu danken. Aber immer sachte mit den jungen Pferden, oder hast du es eilig?"

„Wieso?"

„Ich hätte noch was für dich." Klemm schluckte den letzten Bissen runter und schob den Teller zur Seite.

„Immer raus damit!" Brick ließ sich zurück auf den Stuhl sinken.

Klemm sah ihn an. „Ich bin noch nicht dahinter gekommen, was das alles zu bedeuten hat und ob es zusammenhängt. Aber ich glaube, du bist in Gefahr. Vor allem, wenn ich mir das noch mal durch den Kopf gehen lasse, was du mir gerade über diesen Brand erzählt hast."

Bricks Augenbrauen hoben sich. „Red nicht so um den heißen Brei!"

„Pass auf: Du erinnerst dich an diese Namen von Kati, die kleine Liste, auf der auch Engländers Tarnname steht?"

„Bin ja nicht senil. Noch nicht, jedenfalls."

„Mein Kontaktmann bei der Bullerei schwört, dass die anderen Namen auf der Liste auch Tarnnamen sein müssen, weil es sie bei der Frankfurter Polizei weder gibt noch jemals gegeben hat. Er hat nachgeforscht. Vorsichtig natürlich. Ich habe vor dreißig Minuten mit ihm telefoniert."

„Interessant."

„Geht noch weiter. Es hat ihm keine Ruhe gelassen. Er hat sich die Namen genauer angeschaut. Über einen einzigen ist er gestolpert. Knut Wenzel."

„Aha, wieso?"

„Es gab einen Kollegen bei der Kripo, der jahrelang in Engländers Team gearbeitet hat als sein Assistent. Und der hieß Kurt Hensel."

„Knut Wenzel, Kurt Hensel. Klingt ähnlich. Aber wieso ‚gegeben hat'?"

„Weil dieser Hensel auch suspendiert wurde. Genau wie Engländer im Zuge deiner Reportage. Scheint an Engländers Machenschaften beteiligt gewesen zu sein."

Brick saß reglos da und starrte Klemm an. Er wirkte mit einem Male blass wie ein Leichentuch.

„Brick, hallo! Hallo!" Klemm packte ihn an der Schulter. „Hat's dir die Sprache verschlagen?"

Brick berappelte sich rasch. „Ja, kann man wohl sagen."

„So viele Zufälle auf einmal, das kommt mir spanisch vor", kommentierte Klemm, leerte sein Gerippte und ließ ein genussvolles „Ahhhh" ertönen.

„Absolut. Das kann unmöglich sein." Brick hatte Schwierigkeiten, einen klaren Gedanken zu fassen.

„An deiner Stelle würd ich mir Sorgen machen. Kann nicht schaden, wenn du in nächster Zeit vorsichtig bist."

30

Brick war noch wie vor den Kopf gestoßen, als er zehn Minuten später Klemms Wohnung verließ, vorm Haus auf der Straße stoppte und sich umsah. Die Welt schien normal weiterzulaufen. Alles sah wie immer aus auf der Bruchfeldstraße im Frankfurter Stadtteil Niederrad. Passanten gingen in Einzelhandelsgeschäfte einkaufen, holten Geld auf der Sparkasse, warfen Sendungen in den Briefkasten vor der Post oder stiegen an der Haltestelle in die Straßenbahn ein.

Alles schien wie immer zu sein. Eigentlich hätte alles gut sein können. Doch Brick wusste es besser. Er spürte tief in seinem Inneren, dass eine Veränderung stattgefunden hatte. Es lag was in der Luft. Etwas, das nur er wahrnehmen konnte. Es war der Geruch des Bösen, der ihn umgab. Es roch nach Ärger, nach Wut und Angst. Er hatte das Gefühl, einen Schweißausbruch zu bekommen, und das Ende März bei knapp 8 Grad Celsius.

Die Hinweise verdichteten sich, dass was Großes im Hintergrund lief, und zwar etwas, das sich gegen ihn richtete. Er konnte es nicht länger ignorieren, dass es jemand auf ihn abgesehen hatte und dass es ihn irgendwann treffen würde. Die Lage spitzte sich zu.

Er musste über seinen Schatten springen und Schnauze informieren. Es gab keinen anderen Weg mehr. Sein alter Golf Cabrio war wenige Meter weiter geparkt. Er stieg ein und reihte sich in den mäßigen Verkehr ein. Während der Fahrt Richtung Alleenring überdachte er noch einmal die letzten beiden Wochen. Himmel und Hölle! Herrgott noch mal! Nach der kräftezehrenden Zeit mit der Starlight-Sache, die ihn beinahe das Leben gekostet hatte, war er zur Ruhe gekommen. Er hatte Anna kennengelernt, hatte einen soliden, nahezu bürgerlichen Lebensstil angenommen mit einem Echo im Kopf, das ihn in den richtigen Momenten maßregelte. Und er hatte zum ersten Mal in seinem Leben ein Polster auf dem Konto, das ihm auf absehbare Zeit Sicherheit geben würde. Sein Bankberater hatte sich bei ihm gemeldet und wollte ihm ein Girokonto mit hohem Dispo anbieten. Es war jener Bankberater Drohlfs, der ihm vor nicht langer Zeit aufgrund seiner klammen Finanzsituation nur ein Guthabenkonto zugestanden hatte. Nach Bricks drittem Fernsehauftritt war dieser Drohlfs in der Filiale hündisch angewackelt gekommen. Brick hatte ihn abblitzen lassen und um ein Gespräch bei seinem

Vorgesetzten gebeten. Der Bankberater war augenblicklich ins Stottern geraten, dabei hatte Brick sich nur einen Scherz erlaubt. Niemals würde er ein Gespräch mit einem Banker wahrnehmen. Inzwischen verfügte er über ein gefülltes Konto und ein Depot, in dem drei, vier Aktienfonds lagen. Die genaue Anzahl interessierte ihn nicht. So weit, so spießbürgerlich.

Läuft, hätte er noch vor zwei Wochen gesagt. Nun brach alles unter ihm weg. Das mühsam errichtete Fundament bröckelte. Die Ruhelosigkeit war zurück und riss ihn mit wie ein Sog, dem niemand entkommen konnte.

Bei mäßigem Verkehr dauerte die Fahrt von Niederrad zum Polizeipräsidium fünfzehn Minuten. Er parkte auf dem Besucherparkplatz und kündigte am Empfang an, wer er sei und dass er dringend mit Thilo Frost sprechen müsse.

Fünf Minuten später sah er ihn eine Treppe herunterkommen. Schnauze stoppte unmittelbar vor ihm und schaute ihn ernst an.

„Können wir normal reden?“, begann Brick zaghaft.

„Wieso nicht?“

„Ich hab das Gefühl, du bist immer noch angefressen.“

„Lass uns erst mal hier rausgehen.“

Sie gingen hinaus auf den Besucherparkplatz und stellten sich abseits zwischen zwei parkende Wagen.

„Wie sollte es mir sonst gehen nach drei Toten in so kurzer Zeit?“, begann Schnauze. „Was erwartest du? Dass ich allen sage, wie lieb ich sie hab? Kein Stück, Mann! Ich hab niemanden mehr lieb, solange wir die Arschlöcher nicht im Bau haben. Auch dich nicht.“ Schnauze holte ein Päckchen Kippen raus und zündete sich eine an. Er zog zwei-, dreimal tief und fest und ließ den Rauch in der Stadtluft aufgehen.

„Tolle Voraussetzung für unser Gespräch“, erwiderte Brick und schaute düster drein.

„Jetzt hör mir mal zu: Du kommst hierher, also weiß ich, dass du in der Scheiße steckst oder kurz davor bist, dich irgendwo reinzumanövrieren.“

„Angefressen. Sag ich doch! Aber sei's drum.“ Brick legte eine kurze Pause ein. „Also: Kati hatte mir eine CD per Post geschickt, als sie noch lebte. Kurz darauf wurde sie ermordet.“

Thilo Frosts Augen signalisierten Alarm. „Was ist auf der CD?“

„Eine angefangene Reportage und weiteres Material. Heißes Zeug, es geht um ein rechtes Netzwerk innerhalb der Polizei, das übelste Beschimpfungen, auch Todesdrohungen, per Mail verschickt."

„Scheiße!" Schnauze blickte ihn an, als sei er ein Wesen von einem fremden Planeten, das soeben auf die Erde herabgestiegen war. „Warum hast du mir das nicht längst erzählt?", fragte er schließlich in gemäßigtem Tonfall.

„Hallo?" Bricks Stimme klang schrill. „Ich sagte *innerhalb* der Polizei, ein rechtsextremes Netzwerk *innerhalb*, und das Erste, was ich mache, ist, zu einem Polizisten zu gehen? Nee, oder?"

„Ich bin nicht nur Polizist, Brick. Ich bin dein Freund. Ein alter dazu. Ich dachte, das weißt du. Aber genau das ist dein Problem. Warum hast du so wenig Vertrauen zu mir? Wir kennen uns ewig und arbeiten seit Jahrzehnten zusammen."

„Ich wusste, dass du ausflippen wirst."

„Wenn ich ausflippe, sieht das ganz anders aus. Glaub mir! Aber ich würde gerne verstehen, wie du tickst, Brick. Erklär's mir!"

„Was gibt's da zu erklären?"

Schnauze rollte die Augen. „Okay, also zurück zu Kati. Was steht in den Dokumenten drin?"

„Namen."

„Welche?"

„Tarnnamen. Mir ist es aber gelungen, zwei zu identifizieren. Ich weiß jetzt, wer mutmaßlich dahintersteckt. Über den ersten dürftest du fast schon glücklich sein."

„Wer ist es?"

„Engländer."

„Klaus Engländer?" Thilo Frosts Gesichtsfarbe wechselte ins Blassgraue.

„Exakt. Er hat sich das Pseudonym Anton Schweizer verpasst. Schon mal über den Weg gelaufen?"

„Nein. Und weiter?"

„Sagt dir der Name Kurt Hensel was?"

„Hensel, Hensel … Moment, war der nicht in Engländers Team?"

„Richtig, er operiert jetzt mit ihm. Und zwar unter dem Namen Knut Wenzel."

„Wie originell!"

„Genau deshalb konnten wir ihn auch enttarnen. Den Rest der Truppe kenne ich nicht, aber ich kann dir drei weitere Pseudonyme geben."

„Danke." Schnauze schloss sekundenlang die Augen. „Mann, Mann, Mann! Das muss ich erst mal verarbeiten."

„Ist noch nicht alles." Brick stockte.

Schnauze riss die Augen auf. „Wie bitte?" Bevor Brick weitere Enthüllungen losließ, kochte Schnauze bereits. Brick spürte es. Schnauze gab sich zwar Mühe, sich nichts anmerken zu lassen, aber er war ein mieser Schauspieler. Er ahnte, dass er kurz davor war, wertvolle Informationen zu bekommen. „Sprich es aus, komm schon! Egal was. Hauptsache, du sagst es endlich!"

„Ich weiß, wer mich hat beschatten lassen."

„Ich wusste es!" Schnauzes Augen blitzten jetzt gefährlich.

„Bevor du aus der Haut fährst … Sagt dir der Name Anzinger was, Tom Anzinger?"

„Nein, wieso?"

„Weil Anzinger Konrads Auftraggeber ist."

„Tom Anzinger?"

„Genau. Noch nie gehört?"

„Nein. Aber …" Thilo Frosts Stirn zeigte Furchen.

„Du denkst doch an irgendwas. Das sehe ich dir an."

„Jaja, da könnte was dran sein. Moment." Er wehrte Brick ab, weil er scharf nachdachte. „Wir sind da auf zwei Mails gestoßen, die Willi Kranzler und Paul Salheim bekommen haben. Du weißt, wen ich meine, Vordertaunus …?"

„Sicher. Die Reichsbürger, die Mails an Kati und Anna gesendet haben. Und?"

„Sie haben die Drohmails im Auftrag geschrieben und dafür je 300 Euro kassiert. Das geht aus zwei Mails hervor, die wir in ihren gelöschten Accounts wiederherstellen konnten."

„300 Euro? Lächerlich! Und was hat das mit Anzinger zu tun?"

„Weiß ich noch nicht. Aber Absender war eine Mailadresse, die lautet TA@doomboy.ru. Wir haben recherchiert und alle Hebel in Bewegung gesetzt, aber unsere IT konnte nur einen russischen Server ausfindig machen, von dem aus sie verschickt wurden."

„Und jetzt denkst du …?"

„TA könnte für Tom Anzinger stehen."

31

Beschwingten Schrittes verließ Natalia das Fitnessstudio und bog in die Gutleutstraße ab. Sie hatte deutliche Fortschritte gemacht, allerdings nicht nur, was ihr Training betraf. Er hatte sie angesprochen. Sie hatte sich so sehr gewünscht, mit ihm zu plaudern. Heute war es passiert. Auf dem Weg zu den Umkleiden wäre sie fast mit ihm zusammengeprallt. Einen Moment hatte sie ihn im Verdacht gehabt, den Zusammenprall provoziert zu haben. Hatte er sie abgepasst, um mit ihr ins Gespräch zu kommen? Keine schöne Vorstellung, denn das würde bedeuten, dass er keinen Mumm hatte, sie auf normale Weise anzusprechen. Oder war er total schüchtern?

Sie hatte rasch ihre Gedanken verdrängt, als er bemerkte: „Puhhh, ganz schön knapp."

Okay, sie hatte in ihrem Leben schon intelligentere Sätze gehört, wenn es um einen Flirt ging. Immerhin war es kein dummer Anmachspruch. Für den Anfang gab sie sich damit zufrieden und nickte. „Ich wollte gerade duschen gehen."

Er schaute sie perplex an. Falls er es geplant hatte, schien er nicht gut vorbereitet zu sein. „Oh, dann will ich dich nicht länger aufhalten. Du hast es sicher eilig."

Sie stellte sich vor ihn und schaute ihn an. Er sah weg. Seine Wangen röteten sich. Okay, eindeutig Mister Shy! Da half alles nichts, da musste sie ran.

„Du bist oft hier."

„Fast jeden Tag."

„Sieht man." Sie lächelte. „Dann sehen wir uns jetzt sicher öfter."

„Cool!"

Sie hob die Hand wie zum Gruß und wollte weitergehen, als er anhängte: „Wie heißt du?"

„Natalia."

„Cool."

„Und du?"

„Ingo." Er schmunzelte. „Bis bald, Natalia."

Sie lächelte zurück.

Unter der Dusche lief die Szene mehrmals in ihrem Kopfkino ab. Verdammt krampfig hatte sie sich angestellt, verflixt. Sie musste mit Elisa reden, die zu Hause auf sie wartete.

*

Als sie den Schlüssel in die Tür des Mietshauses steckte, nahm sie aus den Augenwinkeln einen Schatten wahr. Da war jemand. Ein Schrecken fuhr ihr in die Glieder. Sie blickte sich um, konnte aber niemand entdecken. Zwanzig, dreißig Meter entfernt standen Bäume vorm Spielplatz an der Rottweiler Straße. Hatte sich jemand dahinter versteckt?

Sie schloss rasch die Haustür auf, huschte hinein und rannte die Treppen zum ersten Stock hinauf. Im Nu war sie in der Wohnung, warf ihre Sporttasche in die Ecke und platzierte sich am Fenster hinterm Vorhang.

Elisa, die mitbekommen hatte, dass Natalia nach Hause gekommen war, kam von hinten an. „Hey, was'n los?"

„Psssst!", raunte Natalia über die Schulter und legte den Zeigefinger auf die Lippen. „Ich glaub, da draußen ist jemand."

„Siehst du Gespenster, oder was?" Elisa beugte sich nach vorne, um einen Blick durchs Fenster zu werfen. „Ich seh nix."

Sie wollte sich gerade abwenden, als Natalia sie am Ärmel ihres Sweatshirts griff. „Doch, doch, da rechts, hinterm Baum."

Elisa löste sich von Natalia, trat nach vorne und drückte ihr Gesicht dicht an die Scheibe, um besser sehen zu können. Hinter dem ersten Baum, in der Mitte zwischen Rutsche und Schaukel, bewegte sich was. „Du hast recht, da ist jemand."

„Ich ruf die Bullen."

„Quatsch! Du weißt doch gar nicht, ob der wegen uns da steht."

„Na und? Ich fühle mich bedroht."

„Ich hab ne Idee. Wir rufen Brick an. Okay?"

Natalia konnte sie nicht zurückhalten. Elisa war schon weggehuscht und hatte Bricks Nummer mit ihrem Handy gewählt. Eigenartigerweise hörten sie es klingeln, laut und deutlich. Es war Bricks Handymelodie.

Sie hatten nicht bemerkt, dass er in die Wohnung gekommen war. „Na, ihr Hühner!", sagte er, während er das Wohnzimmer betrat.

„Ich hab dich gerade angerufen."

„Und ich hab deine Nummer auf dem Display gesehen. Was willst du?"

„Wir werden verfolgt. Besser gesagt: Natalia. Draußen steht jemand hinterm Baum. Ich hab ihn auch gesehen."

Brick zögerte keine Millisekunde. Er drehte sich auf den Hacken rum, stürzte aus der Wohnung und nahm beide Beine in die Hand. Er rannte in Richtung des Platzes, auf dem der trostlose Kinderspielplatz angelegt war, der aussah wie ein Stillleben in Beton und auf dem drei Bäume ihr kümmerliches Dasein fristeten.

Natalia und Elisa schauten sich eine Millisekunde verdutzt an. Dann setzten sie sich ebenfalls in Bewegung und versuchten, Brick auf den Fersen zu bleiben.

Der Beobachter schien mitbekommen zu haben, dass jemand auf ihn aufmerksam geworden war. Kaum war Brick ein paar Meter in seine Richtung gelaufen, wandte er sich blitzartig um und suchte das Weite. Er stolperte, nachdem er den ersten Sprint angezogen hatte, hätte sich beinahe auf die Fresse gelegt und konnte sich gerade noch mühsam auf den Beinen halten. Trotzdem war er flotter unterwegs als Brick, der nach sechzig, siebzig Metern bereits japste wie eine alte Dampflok. Null Kondition eben. Nach weiteren zwanzig Metern blieb Brick stehen und hechelte nach Luft. Sein Brustkorb brannte wie Feuer. Sprints in seinem Alter? Keine gute Idee.

Natalia und Elisa waren zu spät losgerannt und sahen den Flüchtenden nur noch von Weitem. Er bog Richtung Mainufer ab, wo es nahezu unmöglich war, ihm auf den Fersen zu bleiben. Auf Bricks Höhe blieben sie stehen. Auch sie keuchten, wenn auch nicht so heftig wie Brick.

„Mist!", schrie Elisa und wandte sich an Brick, der verzweifelt nach Luft schnappte. „Ein Studiobesuch könnte dir nix schaden."

„Noch mehr tolle Ratschläge auf Lager?", krächzte er.

„Jede Menge. Aber jeden Tag nur einen." Sie grinste.

„Ich glaub, den kenne ich", sagte Natalia und wandte sich ihnen zu. „Ich hab ihn zwar nur von hinten gesehen, aber das war doch dieser Typ, weißt du, der aus dem CrossFit."

„Wen meinst du?"

„Na diesen Gaffer!"

„Allmächtiger!", schrie Elisa. „Also doch ein Schizo! Ich hab's euch gesagt. Ein Stalker-Serienkiller-Vergewaltiger …" Die Worte hallten durchs Gutleutviertel. Nachbarn starrten das Trio fassungslos an.

„Kommt, wir gehen zurück. Den kriegen wir sowieso nicht mehr."

Auf dem Rückweg im Zeitlupentempo dachte Brick nach. Sein Instinkt sagte ihm, dass da was faul war. Entweder war das ein geiler Spanner gewesen – oder die beiden wurden beschattet. Falls Letzteres zutraf, obwohl Konrad tot war, bekümmerte ihn das stark. War das ein zweiter Privatdetektiv? Wer hatte ihn beauftragt?

Im Wohnzimmer ließ Natalia sich auf die Couch gleiten. „Mir ist ganz wuschig", sagte sie.

„Vom Rennen?", wollte Elisa wissen.

„Quatsch!", entgegnete Natalia unverhohlen. „Wenn ich an Ingo denke."

„Und wer verdammt ist Ingo?"

„Der süße Typ aus dem Studio, du weißt schon, Mister Shy. Hab heute zum ersten Mal mit ihm gequatscht."

„Waaaaaas?", schrie Elisa sie an. „Und du sagst nix! Erzähl! Sonst wird dir gleich noch ganz anders." Sie warf sich auf sie und nahm sie in den Schwitzkasten.

32

Brick war in Gedanken, als er in die Wohnung zurückkam. Das Geschnatter der beiden Girls holte ihn zurück in die Gegenwart. Sie kicherten und schienen Spaß zu haben. Der Verfolger war vergessen.

Im Präsidium hatte Brick Thilo Frost alles erzählt, was er über Tom Anzinger wusste. Er hatte auch dessen richtigen Namen Roland Brand und den Spitznamen Brandy erwähnt. Der Hauptkommissar hatte ihm versprochen, sich unverzüglich um die Sache zu kümmern.

Jetzt saß er hier wie im Leerlauf. Sein Motor stotterte. Er hasste dieses Gefühl, weil er wusste, dass er was unternehmen musste. Allerhöchste Eisenbahn. Aber was konnte er tun? Er fühlte Panik aufkommen. Früher wäre der Griff zur Pernodflasche automatisch erfolgt. Heute versuchte er, sich von den bösen Geistern zu befreien und war Gott dankbar, dass er keine Stimmen mehr in seinem Kopf hörte.

Er begnügte sich mit einem Mineralwasser. Hatte Durst und genoss es nach dem kurz zuvor eingelegten Sprint. Für so etwas war er nicht gemacht. Sein ganzes Leben nicht. Er war mehr der Langstreckler, derjenige, der Ausdauer bewies, wenn er an einer Sache dran war und die Kondition aufbrachte, die letzten Meter bis ins Ziel mit zusammengebissenen Zähnen zurückzulegen. Wäre er nicht Journalist geworden, würde er Ultraläufe absolvieren.

Wieder einmal starrte er die Wand an. Das kam in letzter Zeit zu häufig vor, er musste aus diesem Muster ausbrechen. Er schleppte sich mühsam in sein Büro, wobei ihm alle Knochen wehtaten. Auweia! Um seine Gesamtkonstitution war es alles andere als berauschend bestellt.

Okay, Konzentration. Er rief sich die vergangenen Tage wieder ins Gedächtnis. Die Morde, die Erkenntnisse, die Hintermänner, die Gespräche mit Klemm und Schnauze. Es ratterte in seinem Gehirn. Er blieb hängen bei Konrad, dem dritten Opfer. Und es machte klick. Die Berichte! Konrad hatte ihm am Justitiabrunnen erzählt, dass er über die Beschattungen Berichte schrieb und sie bei Roland Brand, alias Tom Anzinger, ablieferte. Aufgrund dieser Berichte hatte Brand die Morde geplant, das war nicht unwahrscheinlich. Falls Brick sie in die Hände bekäme, könnte er vielleicht Brands weitere Vorgehensweise erraten. Es käme auf einen Versuch an. Und natürlich wäre es auch ein Vorteil zu wissen, welche Informationen Brand über ihn hatte und welche nicht.

Sollte er Schnauze anhauen? Lieber nicht. Der Kollege war in letzter Zeit zu sensibel drauf, wenn es um ihr Verhältnis ging.

Auf eigene Faust war besser.

Die Kripo hatte sicher Konrads Laptop beschlagnahmt. Doch der Detektiv hatte, soweit sich Brick entsann, die Berichte in Ordnern abgeheftet. Mit ein bisschen Glück standen sie noch in der Wohnung. Er musste sofort los.

*

Zwanzig Minuten später war er in Heddernheim. Er fand einen Parkplatz direkt vorm Haus, stieg aus seinem Golf und blickte sich vorsichtig um. Alles wie immer, auffällig unauffällig. Gut. Er schloss den Wagen ab und lief zum Haus. Die Eingangstür war zu, aber es half nichts, er musste rein. Entschlossen hämmerte er auf alle Klingeln. Durch die Gegensprechanlage hörte er zwei unterschiedliche Stimmen, die sich erkundigten, wer da sei.

„DHL", entschied er sich spontan für den Klassiker.

Der Summer ertönte. Er schlüpfte ins Haus. Zum Glück lag Konrads Wohnung im Erdgeschoss. Vor Jahren hatte er von Schnauze mal einen Dietrich bekommen, der nicht bei allen Schlössern funktionierte. Während er um zwei Fahrräder herumbalancierte, zog er ihn aus der Hosentasche.

Augenblicklich zuckte er zurück. Blieb stehen.

Das Polizeisiegel war aufgebrochen. Die Tür stand einen Spaltbreit offen. Es war jemand eingebrochen. Eindeutig. Er steckte den Dietrich wieder ein und drückte die Tür vorsichtig mit dem Ärmel auf.

Im Wohnungsflur entdeckte er niemanden. Er ließ seine Blicke von links nach rechts schweifen. Alle Türen, die abgingen, standen offen. Zwei, drei flinke Schritte und er war drin. Es roch nach abgestandener Luft und einem Hauch Rasierwasser.

Er blickte sich um.

„Hallo", rief er.

Eine der Türen öffnete sich. Schneller als Brick gucken konnte, wurde er über den Haufen gerannt, Er fiel nach hinten um, rammte mit dem Kopf gegen eine Wand und blieb ein paar Sekunden benommen liegen. Aus den Augenwinkeln erhaschte er gerade noch einen Blick auf einen flüchtenden Mann, der eine Jeans, eine dunkelblaue Wintersteppjacke und schwarze Stiefel trug.

Autsch! Das würde eine fiese Beule geben. Er rubbelte sich über den Hinterkopf. Seine Sicht wurde wieder klarer. Er rappelte sich auf. Kam zum Stehen, wacklig, doch es ging. Er trat einen Schritt hinaus ins Treppenhaus, schaute sich um. Alles ruhig. Er ging wieder hinein, schloss die Wohnungstür und betrat den Raum, aus dem der Mann gekommen war.

Konrads Büro. Ordner waren aus dem Regal genommen und auf den Boden geschmissen worden. Lose Blätter flogen im Raum herum. Jemand hatte wohl die gleiche Idee wie er gehabt. Zum Glück war er rechtzeitig eingetroffen. Es konnte gut sein, dass derjenige auf etwas anderes scharf gewesen war.

Er überflog die Berichtsordner. Konrad war ein ordentlicher Mensch gewesen. Gut für Brick. A wie Anzinger fand er im Nu.

Knapp die Hälfte des Ordners war mit Papier voll. Konrad schien akribisch Buch geführt zu haben. Der erste Bericht war datiert auf den 5.1.2019. Gut drei Monate her.

Sollte er Schnauze informieren? Ja, entschied er. Während er sein Handy zückte und Schnauze anrief, begann er zu lesen.

33

Es dauerte weit über eine halbe Stunde, bis Schnauze eintraf. Brick hörte Schritte im Flur und kam aus dem Büro auf ihn zu.

„Wo bleibst du denn?"

Schnauzes Blick war nicht einzuordnen, seine Tonlage umso besser. „Was zum Teufel treibst du hier?"

„Du, ich bin hier zufällig vorbeigekommen", gab sich Brick unschuldig und legte einen Schuss Ironie in seine Stimme, „und was muss ich sehen: Siegel weg, Tür auf."

„Willst du mich verarschen? Was soll der Scheiß?"

„Also gut, ich geb's zu. Ich bin ein böser Einbrecher."

„Quark mit Soße. Brick, was ist los mit dir?"

„Ich wollte mich hier in Ruhe umschauen. Immerhin war das Opfer monatelang mein Schatten. Ich wollte mir ansehen, was er über mich rausgefunden hat. Vielleicht wusste er Dinge über mich, die ich selbst nicht weiß." Brick legte eine joviale Miene auf.

„Was auch immer dich hergeführt hat: Es ist illegal, dass du dich in dieser Wohnung aufhältst. Und das weißt du sehr gut."

„Blödsinn! Ich habe einen Einbruch entdeckt und die Kripo verständigt, also bin ich meiner Bürgerpflicht nachgekommen."

„Du willst mir also weismachen, dass nicht du eingebrochen bist?"

Brick war ehrlich konsterniert. „Schnauze, hey, jetzt bleib mal auf dem Teppich! Wofür hältst du mich? Die Tür stand offen, als ich ankam. Da musste ich quasi reingehen und nachschauen. Und batsch! Hat mich jemand umgerannt und ist geflüchtet. Hier, guck dir das an!" Er drehte seinen Hinterkopf zu Schnauze. „Bin an die Wand geknallt, draußen im Flur. Riesenbeule, tut weh!" Er wischte mit zwei Fingern über die Stelle und ertastete Blut, das er Schnauze vor dessen Nase präsentierte. Alles rot.

„Du musst sowieso dringend zum Psychodoc, da kannste das gleich mit verarzten lassen. Bei dir stimmt nämlich im Oberstübchen was nicht, und zwar ganz gewaltig!“

„Glaubst du etwa, ich ramme meinen Kopf selbst an die Wand? Warum vertraust du einem alten Freund nicht?“

„Dasselbe hatten wir schon mal. Du erinnerst dich?“ Schnauze betrat das Büro und erkannte sofort die Unordnung. Er wandte sich wieder an Brick. „Hast du den Typen wenigstens erkannt, der abgehauen ist?“

„Du glaubst mir also doch.“

„Ich will mal nicht so sein. Aber ich schwöre dir bei Gott: Wenn ich rausfinde, dass du hier … Ach, lassen wir das! Also, was hast du gesehen?“

„Nix. Ging zu schnell. Ich hab ihn nur noch ne Millisekunde von hinten gesehen. Jeans, Winterjacke und Stiefel. Das war's.“

„Okay, ich ruf die Spusi. Vielleicht finden wir neue Fingerabdrücke.“

„Äh, Schnauze. Kann sein, dass ich das eine oder andere …“

„Brick, Brick! Du bist echt nicht zu retten!“ Schnauze wählte eine Nummer und sprach eine Minute mit den Kollegen, bevor er sich wieder zu Brick umdrehte. „Ich geb dir einen guten Rat: Halt dich in nächster Zeit verdammt zurück. Diesmal krieg ich deinen Kopf noch aus der Schlinge, aber das kann ich dir nicht mehr länger garantieren.“

„Die Firma dankt. Du bist so großzügig zu mir.“ Der Unterton war nicht zu überhören.

„Das ist absolut nicht witzig, Brick! Absolut nicht. Du bringst mich in Teufels Küche mit deinem Scheiß.“ Er schüttelte den Kopf, wandte sich ab und ließ seinen Blick durch die Wohnung schweifen. „Es gibt übrigens Neuigkeiten zu Anzinger Schrägstrich Brand.“

„Echt?“ Brick klang hoffnungsvoll.

„Der Vogel ist ausgeflogen. Wir haben uns das Apartment im Karpfenweg 12 vorgeknöpft. So gut wie leer. Sieht unbewohnt aus. Er scheint es lediglich für einige ‚Geschäftstermine‘ benutzt zu haben.“ Schnauze malte zwei Anführungszeichen in die Luft.

„Also hat er sich verpisst“, bemerkte Brick.

„Er scheint aber nicht der Einzige zu sein.“

„Wer denn noch?“

„Wir haben unserem Ex-Kollegen Engländer einen Besuch abgestattet. Auch er ist spurlos verschwunden. Beide sind zur Fahndung ausgeschrieben.“

Bevor Brick den nächsten Satz aussprach, plagten ihn Gewissensbisse. „Ich glaube, ich weiß warum …“

„Warum was?“

„Warum sie abgetaucht sind.“

Schnauze sah ihn scharf an. „Ich höre!“

„Ich war bei … Also, ich meine, ich habe Engländer auch einen Besuch abgestattet“, antwortete Brick zögerlich.

„Du hast was?“ Schnauze schnaubte wie ein Bulle auf der Weide, der kurz davor war, eine Kuh zu besamen.

„Ich wollte ihn unter Druck setzen. Wollte, dass er weiß, dass jemand hinter ihm her ist … Was weiß denn ich …“ Brick machte einen bedröppelten Eindruck.

„Hat ja bestens geklappt. Brick, du bist so ein Arschloch! Du hast die Vögel aufgescheucht und jetzt sind sie ausgeflogen und über alle Berge. Bombig!“

Mit einem Mal hellte sich Bricks Gesicht auf. Er schien eine Art Erleuchtung zu haben. „Aber das würde ja bedeuten …“ Er konnte seine Erkenntnis kaum fassen.

Schnauze schien zu merken, was mit Brick los war. Er zählte eins und eins zusammen. „Du meinst … Brand und Engländer stecken unter einer Decke, oder?“

„Ich glaub, mich laust der Affe!“

KAPITEL 6

34

Er wartete auf die Jungs. Schaute auf die Uhr. Seine Ungeduld stieg. Treffpunkt war 15 Uhr gewesen. Es war genau 15.30 Uhr. Und wenn er eines hasste, waren es Abweichungen vom Plan.

Er schritt im Raum umher. Die Dielen knarzten. Der Raum befand sich in einem alten Holzhäuschen, das unauffällig am Waldrand stand. Ehemaliges Forsthaus, ideale Lage für ihr Vorhaben. In der Nachbarschaft lag ein Basaltwerk. Unliebsame Nachbarn gab es keine und Spaziergänger verirrten sich nur selten an diesen Ort. Trotzdem war das Häuschen gut erreichbar, weil fünfzig Meter weiter ein befestigter Weg verlief, von dem ein Pfad abzweigte, der bis unmittelbar vor die Eingangstür führte.

Ein Blick aus dem Fenster auf den schmalen Parkplatz signalisierte ihm, dass alles ruhig war. Keine Menschenseele zu sehen. Wo blieben sie?

Zwei Journalistinnen und der Detektiv waren bisher über die Klinge gesprungen, wobei er sich über die erste am meisten gefreut hatte. Die Fotze hatte maßgeblichen Anteil an Bricks Reportage und der Aufdeckung des Starlight-Netzwerks gehabt, mit allen bekannten Folgen für ihn: Rausschmiss, Degradierung, Erniedrigung.

Wenn er daran dachte, fing sein Herz an zu flattern und Schweiß trat auf seine Stirn. Er musste an sich halten, sonst wäre er ausgerastet. Tomovic hatte das perfekte System aufgebaut; niemand hätte es auffliegen lassen, weil alle mit drinsteckten. Polizisten, Wirtschaftsleute und Politiker wurden mit Geld und Mädchen geschmiert und alle waren zufrieden. Tomovic hatte ihm ein beachtliches monatliches Salär bezahlt plus stundenweisen Spaß in einem seiner Etablissements. Er hatte profitiert, die Jungs hatten profitiert, alle hatten profitiert. Win, win, win. Die Gegenleistung fiel recht simpel aus: Informationen aus dem inneren Kreis der Polizei, Verdachtsmomente, Razzien, dies und jenes. Das war's.

Und dann war alles in die Luft geflogen, weil ein lausiger, versoffener Schmierfink von einem Journalisten daherkam, zusammen mit seiner karrieregeilen, hyperaktiven Kollegin, und mit einer einzigen beschissenen Reportage das komplette Ding aus den Angeln hebelte.

Draußen tat sich nichts, dafür klingelte sein Prepaidhandy. Die Nummer ließ ihn innehalten. Furchen machten sich auf seiner Stirn breit.

„Warum rufst du mich an? Wir hatten doch vereinbart …"

„Ich habe neue Infos für dich", fiel ihm der Anrufer ins Wort. „Ich sende dir heute noch Material zur nächsten Zielperson."

„Aber wir wollten doch die Füße stillhalten?"

„Unsere alte Quelle ist versiegt, aber ich habe eine neue angezapft. Die wird bald sprudeln."

„Wovon redest du?"

„Lass das meine Sorge sein. Der Weg ist vorgezeichnet und ich gedenke, keinen Millimeter davon abzuweichen."

„Wir machen ihn fertig! Ich will die Drecksau leiden sehen!"

„Das ist der Plan."

„Wann legen wir wieder los?"

„Wir müssen abwarten. Noch fehlt mir das nötige Material."

„Das gefällt mir nicht. Wenn wir zu lange untätig bleiben …"

„… wiegt er sich in Sicherheit", sprach der Anrufer dazwischen, „und wir haben noch leichteres Spiel. Vertrau mir! Wir brauchen nur ein wenig Geduld."

„Geduld ist Kinderkacke. Aber mir bleibt zurzeit nichts anderes übrig. Du meldest dich?"

„Sobald ich Neues weiß."

Missmutig klickte er das Gespräch weg und checkte draußen die Umgebung. Endlich. Ein Range Rover und ein Jeep kamen angefahren und parkten nebeneinander direkt vorm Haus. Da waren sie, sein Rudel heißer Wölfe.

Keine Minute später trat einer nach dem anderen ein.

„Willkommen in der Kommandozentrale, Jungs!", begrüßte er seine Mannschaft. Vier Männer. Vier Untergebene. Vier Mitstreiter, die ihm gegenüber zu tausend Prozent loyal waren. Er hatte Jahre gebraucht, sie zu finden und zu formen. Jetzt fraßen sie ihm aus der Hand.

Er klatschte jeden Einzelnen ab und wies ihnen den Weg in die Stube, wo er einen Snack und Getränke vorbereitet hatte.

„Frikadellen und Kartoffelsalat, hausgemacht, mögt ihr doch, oder? Habt ihr schon Hunger? Zu trinken gibt es Malzbier und Wasser. Alkohol lassen wir bleiben, bis alles vorbei ist. Wir brauchen einen klaren Kopf. Danach lassen wir es krachen."

Die Männer nickten, während sie sich an den Holztisch setzten. Er betrachtete sie. Sie machten einen fitten Eindruck: muskulös, kräftig, gut ausgebildet, bei wachem Verstand. Alle trugen Kampfmontur in Schwarz. Waffen hatten sie keine dabei. Brauchten sie nicht. Ihr Lager befand sich unter ihnen, im geheimen Keller des Waldhauses. Dort gab es noch einen großen Vorrat an Lebensmitteln und Getränken. Zur Not konnten sie hier spielend überwintern, bis das Schweinesystem geknackt war. Einer der Männer, Ortwin Keller, hatte Kontakte in die hiesige Prepper-Szene und kannte sich mit der Jagd, haltbaren Lebensmitteln und deren Lagerung aus, was enorm hilfreich war. Er war gleichzeitig mit seinen 56 Jahren der älteste und erfahrenste Polizist der Fünfergang. Ein anderer, Daniel Quandt, war ein Waffennarr, er hatte für die Grundausstattung gesorgt. War Spurensicherer und Spezialist darin, keine zu hinterlassen. Volker Mahler war ein Computerfreak, ein Nerd und Hacker, der das technische Equipment zusammengestellt hatte. Und Kurt Hensel war die treue Seele, ihm würde er bis in den Tod vertrauen. Zusammen waren sie sein Rudel.

„Wie im Vorfeld besprochen. Ihr habt eure Handys ausgeschaltet. Ich sammele sie ein und gebe euch dafür jeweils ein Prepaidhandy. Ich nutze ab heute auch eins. Nur wir untereinander und unser Auftraggeber kennen die Nummern, die schon einprogrammiert sind." Er ging von einem zum anderen, hielt die Rechte hin. Sie drückten ihm kommentarlos ihre Handys in die Hand. Er verteilte die Übergangshandys und setzte sich zu ihnen.

Der erste Bissen war kaum heruntergeschluckt, da fing es an.

„Ich weiß, du kannst es nicht leiden, wenn wir Fragen stellen, aber …", sagte Quandt.

Engländer blickte ihn ernst an. „Raus mit der Sprache! Was hast du auf dem Herzen?"

„Du weißt ja, dieser Brand, Roland Brand. Ich trau dem nicht über den Weg."

„Lass das meine Sorge sein. Ich hab ihn im Griff, glaub mir!"

„Aber diese Type … So ein gelackter, aalglatter Scheißzuhälter!"

„Wenn ich nur an ihn denke, muss ich kotzen", pflichtete ihm Keller bei.

„Warum machen wir mit ihm gemeinsame Sache?", wollte Mahler wissen.

Was lief hier, eine Verschwörung? Bisher hatte er die Jungs bestens im Zaum gehalten. Sie gehorchten ihm aufs Wort. Wurden sie aufmüpfig? Das musste er unterbinden, am besten feinfühlig und mit handfesten Argumenten. „Weil er die Kontakte hat, die wir nicht haben", antwortete Engländer. „Er ebnet uns den Weg, versteht ihr? Ist enorm wichtig für uns. Ohne ihn kämen wir nicht dahin, wohin wir wollen. Aber keine Sorge, Jungs. Natürlich ist er nur Mittel zum Zweck. Sobald wir ihn nicht mehr brauchen, servieren wir ihn ab." Er grinste feist. „Ich hoffe, ihr wisst, wie ich das meine." Seine ausgeprägten schwarzen Augenbrauen hoben sich, als wolle er seine Worte unterstreichen. Mehr wollte er nicht preisgeben. Freilich hatte er ihnen den wichtigsten Part verschwiegen. Die Jungs hatten ja keine Ahnung davon, wie viel der ganze Spaß kostete. Das Kapital dafür hatte er von Brand. Er hatte eine gute Summe ausgehandelt. Im Gegenzug war es ihr Auftrag, die Zielperson nicht nur zu eliminieren, sondern sie im Vorfeld zu zerstören.

Zwei Fliegen mit einer Klappe. Erstens wurde er denjenigen los, den er mit Abstand am meisten hasste auf diesem Planeten. Zweitens legte er den Grundstock für den Umsturz des Schweinesystems. Dies war ihr eigentliches Ziel. Es musste was passieren in diesem Land. Die Zeit war reif. Sie waren bestens präpariert für den Tag X.

„Eine Hand wäscht die andere, versteht ihr? Ein Zweckbündnis, mehr nicht", ergänzte er eine Weile später, nachdem niemand mehr nachgefragt hatte. Sicher war sicher, denn er wurde das Gefühl nicht los, dass weiterhin eine gewisse Skepsis in ihren Mienen lag. Daher ergriff er nach dem Essen ein weiteres Mal das Wort. „So Freunde, was wir bis jetzt veranstaltet haben, war Vorgeplänkel. Ab sofort werden wir ihm richtig wehtun. Und ich schwöre euch, so wahr ich Klaus Engländer heiße: Brick wird den Tag verfluchen, an dem er geboren worden ist!"

35

In der Zeit nach den harten Tagen, als Brick sich vom Milieu erholen wollte, hatte er sich eine Weile mit Buddhismus beschäftigt. Viel war davon nicht hängengeblieben: Buddha meinte, erinnerte er sich, dass die Menschen oftmals die falschen Gedanken dachten, weil sie ignorant waren, und aufgrund ihres Egos falsch handelten. Was zwangsläufig und langfristig zu einer desillusionierten Existenz führen musste.

Das traf auf ihn zu. Unbestritten. Was Brick bei Buddha vermisste, war jedoch die Lösung oder wenigstens der Ansatz einer. Entweder er hatte Buddha missverstanden oder er hatte zu früh aufgehört zu lesen. Nirgends war ein Weg zu erkennen.

Doch auf eines hatte sich Brick immer verlassen: Je tiefer er im Schlamassel saß, desto eher tauchte ein Strohhalm auf, an dem er sich herausziehen konnte. Auch jetzt schien es wieder so zu kommen.

Beim Lesen von Konrads Berichten hatte Brick seit längerer Zeit wieder einmal das Gefühl gehabt, in seinem Element zu sein. Er war zweifellos an etwas dran, hatte eine Spur, konnte weiter recherchieren. Es war wie früher. Sein gesamter Körper war in Alarmbereitschaft, voller Adrenalin. Es war wie ein Kick, eine Art Startschuss. Es ging wieder los. Das spürte er.

In den 35 Minuten, bis Schnauze in Konrads Wohnung eingetroffen war, hatte er nicht alle Seiten des Ordners lesen können. Deshalb hatte er nach fünf Minuten abgebrochen und den Rest mit dem Handy im Blitzlichtmodus fotografiert. Es waren an die 100 Doppelseiten gewesen.

Als er wieder zu Hause war, hatte er die Bilder auf den Laptop überspielt, einzeln auf DIN-A4 ausgedruckt und abgeheftet, sodass er nun eine drei Zentimeter dicke Mappe vor sich liegen hatte. Er begann zu lesen. Fünf Stunden später hatte er Konrads Berichte genauestens studiert und zog für sich ein persönliches Fazit.

Marc Konrad war vom Detektiv zum Lakaien geworden. Er hatte Anzinger jene Informationen geliefert, die dieser benötigte, um die Morde begehen oder beauftragen zu können. Anfangs waren es banale Erkundigungen bei Zuhältern, Nutten oder Geschäftspartnern gewesen, das übliche Tagesgeschäft eines Detektivs. Später Beschattungen und Rund-Um-Die-Uhr-Observationen. Eine Person war zur Zielscheibe geworden: er, Benjamin Brick. Konrad hatte seine gesamte Zeit mit dem Journalisten verbracht und ihn von A bis Z durchleuchtet. Dadurch hatte Anzinger Material über Brick in die Hände bekommen, das weit über sein eigentliches Leben hinausging. Der erste Part las sich wie ein biografischer Roman. Dafür hatte Konrad Talent gehabt. Er hatte die wichtigsten Bezugspersonen wie Thilo Frost, Eddie Zinnober und Gustav Klemm zusammengefasst, Bricks Stärken und Schwächen, seine Gewohnheiten, seine Fehler. Später hatte Konrad sich auf die Personen, mit denen Brick enger zu tun hatte, fokussiert. Dadurch war Anzinger zwangsläufig auf Kati und Anna aufmerksam geworden. Konrad hatte ihm die beiden wie auf dem Präsentierteller serviert. Irgendwann war Konrads Pendel umgeschlagen, und zwar in jenem Moment, als er realisiert hatte, dass er zum Handlanger eines Mörders geworden war. Offensichtlich hatte Anzinger erkannt, dass Konrad drohte, abtrünnig zu werden, und ihn ebenso eliminieren lassen.

Das alles war für Brick beim Lesen schwer zu ertragen. Jede Zeile flößte ihm neue Pein ein. Jede Zeile spürte er körperlich. Es las sich teilweise wie eine Gebrauchsanweisung für einen Mörder.

Und eines wurde ihm bei der Lektüre nochmals schonungslos vor Augen geführt: Er hatte sich mit der Starlight-Reportage Feinde gemacht. Feinde, die mächtig waren. Feinde, die sich rächen wollten. Feinde, die alle Hebel in Bewegung setzen würden, um ihm ans Leder zu gehen. Wie konnte er die ganze Zeit dermaßen naiv gewesen sein und glauben, der Kelch würde an ihm vorübergehen? Als ihm dieser Umstand bewusst wurde, traf er ihn wie ein Pfeil. Es tat höllisch weh, seine Eingeweide zogen sich zusammen, Angst kroch ihm in den Nacken.

Eines war nun sonnenklar: Er brauchte einen Masterplan, eine Abwehrstrategie gegen Brand und Konsorten, und es gab nur eine Möglichkeit, einen solchen zu entwickeln. Er musste sich in seine Gegner hineinversetzen, in ihre Köpfe eindringen, denken wie sie, die Logik ihres Handelns entschlüsseln. Was würden sie als Nächstes tun? Wer stand noch auf der Liste? Denn dass sie nicht aufhören würden, war klar.

Er nahm sich erneut die Berichte vor und machte sich bewusst, dass Brand über die neuesten Entwicklungen bestens im Bilde war, besser als er selbst. Elisas Gaffer kam ihm wieder in den Sinn und ihm kam ein schrecklicher Verdacht: Brand hatte einen neuen Bluthund engagiert.

36

Die Schlafgemächer lagen im oberen Stockwerk. Ein Zimmer hatte er für sich reserviert, die beiden anderen musste sich sein Wölfequartett teilen. Es gab Feldbetten und Schlafsäcke, zwar unbequem, für Tage oder wenige Wochen würde es jedoch gehen. Sie waren nicht hier für einen erholsamen Wellnessurlaub.

„Wie lange wollen wir uns hier verstecken?“, fragte Keller, nachdem sie die Schlafkammern inspiziert hatten.

„Wie verstecken uns nicht, wir warten ab“, erklärte Engländer, weil Aufklärung besser war als Missmut. Missmut führte zu Aufmüpfigkeit. „Das ist ein Unterschied. In letzter Zeit haben wir viel Staub aufgewirbelt. Sobald er sich gelegt hat, geht’s wieder los.“

Sein Rudel war bissig, heiß auf den nächsten Einsatz. Er konnte sie kaum bremsen. Sie brannten darauf, einen neuen Auftrag auszuführen. Er musste zusehen, dass die Stimmung nicht kippte und sie mürrisch wurden. Dafür war bislang alles zu gut gelaufen. Ungeduld war eine der schlimmsten Gefahren. Ungeduld löste Fehler aus. Fehler waren Gift.

„Wir …“ Er wollte beschwichtigende Worte anhängen, als sein Handy in der Hosentasche vibrierte. Er zog es heraus und blickte aufs Display. „Moment.“ Er lief die steile Holztreppe hinunter, trat vor die Haustür und nahm das Gespräch an.

„Ja?“

„Die neuen Erkenntnisse machen einen etwas abweichenden Weg möglich und es wäre fatal, ihn künstlich hinauszuzögern“, sagte der Anrufer.

„Seit wann entscheidest du allein, wann und wer das nächste …?“

„Wir entscheiden natürlich zusammen“, unterbrach der andere ihn schroff. „Wie immer. Ich maile dir gleich die Unterlagen. Schau dir das Material unvoreingenommen an. Dann reden wir drüber.“

„Das passt mir nicht.“

„Du wirst sehen, dass ich mit meiner Einschätzung richtig liege."
„Also gut, schick rüber", erwiderte er nach einer Weile. „Aber nächstes Mal sprechen wir die Vorgehensweise vorher ab."
„In Ordnung. Ich melde mich."

37

Brick hatte Gewissheit. Nachdem er die Berichte gelesen hatte, war ihm eines sonnenklar: Natalia und Elisa waren im Visier der Täter und daher in akuter Gefahr. Sie standen mit Sicherheit auf der Todesliste. Sein Kopf lief Amok, ein Gefühl, als explodiere er in der nächsten Sekunde. Schleunigst musste was passieren. Himmel und Hölle würde er in Bewegung setzen, um diese Mistkerle zu stoppen. Wie sollte er sie aufhalten? Personenschutz für die Girls? Schnauze würde ihn auslachen. Nicht einmal A-Promis bekamen in Deutschland Personenschutz der Polizei ohne umständliche Behördenanfragen. Von den hohen Kosten ganz abgesehen. Die Frustration über diese Erkenntnis stand ihm ins Gesicht geschrieben. Was konnte er sonst tun? Gab es präventive Schutzmaßnahmen? Er musste dringend mit ihnen reden. Wo waren sie überhaupt?
Mitten in seine Überlegungen hinein hörte er das Handy klingeln. Er erkannte Thilo Frosts Nummer.
„Was gibt's?", nahm er das Gespräch an.
„Dieser Hensel", sagte Schnauze, „war so was wie Engländers Vasall. Hat alles für ihn gemacht. Der hätte auf Engländers Befehl hin auch den Hof sauber geleckt."
„Woher weißt du das?"
„Hab meine Antennen ausgefahren. Einige hier kennen ihn noch persönlich."
„Noch?"
„Er ist nicht mehr im Dienst, genauso wie Engländer. Wurde nahezu zeitgleich mit ihm suspendiert."
„Warum?"
„Tut mir leid, aber die Personalakte ist ‚unter Verschluss'. Ich konnte sie nicht lesen, wird schwierig überhaupt ranzukommen."
„Was bedeutet ‚unter Verschluss'?"

„Ein behördlicher Vermerk, der den Zugang der Akte nur für bestimmte Personen regelt."

„Also Geheimsache. Was könnte dahinterstecken?"

„Da kann ich nur spekulieren. Auffälligkeiten, die die Öffentlichkeit nichts angehen. Rechtsextreme Umtriebe, Straffälligkeiten. Solche Dinge."

„Passt ins Bild. Bei Engländer ist es ja genauso." Er holte tief Luft. „Aber mal was anderes. Es gibt ein Problem."

„Warum kommt mir dieser Satz aus deinem Mund bekannt vor?"

„Nach deinen Scherzen ist mir gerade gar nicht. Pass auf!" Brick erläuterte Schnauze seine Theorie, dass Natalia und Elisa akut gefährdet waren, unter Personenschutz gestellt oder von der Bildfläche verschwinden müssten.

„Moment, Moment, nicht so schnell", bremste Schnauze. „Wie kommst du darauf?"

Brick gab ihm einen Abriss von Konrads Berichten und welches Fazit er daraus gezogen hatte.

„Da kannst du sogar recht haben", sagte Schnauze kleinlaut. „Aber Personenschutz krieg ich niemals durch, never. Das brauchen wir nicht einmal probieren."

„Wartet ihr eigentlich immer erst, bis jemand gelyncht wird?"

„Halt mal den Rand, gell! Weißt du, was Personenschutz rund um die Uhr kostet?"

„Ich weiß nur, was es ohne kostet: zwei Menschenleben."

„Das interessiert aber zurzeit keinen Staatsanwalt. Für die gibt es nicht einmal eine konkrete Bedrohungslage, von einer Todesdrohung mal ganz abgesehen. Oder haben Natalia und Elisa was in der Art erhalten?"

„Aber so ein Popanz ist ihnen auf den Fersen, man könnte auch sagen: Er wurde auf sie angesetzt. Das ist offensichtlich. Und wenn du dir die Gemengelage mit den drei anderen Toten anschaust, reicht ein bisschen gesunder Menschenverstand dicke aus, um zu wissen, was als Nächstes passieren wird."

„Das wissen du und ich. Aber erklär das mal so einem Sesselfurzer! Keine Chance."

„Ist ja gut, hab's verstanden. Aber das Problem ist nicht aus der Welt. Was schlägst du vor?"

„Wo sind die beiden gerade?"

„Keine Ahnung."

„Was?", brüllte Schnauze. „Wieso weißt du nicht, wo sie sind?"

„Weil ich sie gerade suchen wollte, als du angerufen hast."

„Dann sieh zu, dass du sie findest. Sie sollten vorerst das Haus nicht verlassen. Am besten, jemand bleibt bei ihnen. Hast du eine Idee, wo sie vorübergehend unterkommen könnten?"

„Nein."

„Dann würde ich mir an deiner Stelle schnell was überlegen." Nach einer kurzen Pause fügte er hinzu: „Und wenn du sie gefunden hast, meld dich wieder. Bis dann, tschüss!"

Nachdem Brick das Handy auf dem Tisch vor sich abgelegt hatte, fuhr er sich durchs Gesicht. Elisa und Natalia. Er musste sie schützen. Nataschas, Katis und Annas tote Gesichter erschienen ihm vor seinem geistigen Auge. So weit durfte es nicht kommen. Niemals! Ihm wurde schwindelig. Er musste die beiden finden.

38

Klaus Engländer starrte den Hirschkopf an. Ein Achtender. Das stattliche Geweih hing an der Stirnwand des Raumes. Es war das letzte Überbleibsel des Försters, der das Haus knapp zwei Jahrzehnte bewohnt und es an Engländer vor anderthalb Jahren verkauft hatte.

Engländer konnte seinen Blick nicht von dem Tierkopf abwenden, zu gefangen war er von seinen Gedanken. Seine Starre hatte wesentlich mit den neuen Berichten zu tun, die er per Mail bekommen hatte. Zwei Stunden saß er bereits vor seinem Laptop und studierte sie. Sie waren ausführlich und penibel geschrieben. Gute Arbeit. Alles schien hieb- und stichfest zu sein.

Dennoch rührte sich Widerstand in ihm. Er hatte das Gefühl, übergangen worden zu sein. Von Anfang an hatten sie Wert auf Abstimmung gelegt, immer gemeinsam Pläne entworfen und in die Tat umgesetzt. Bislang war es gut gelaufen. Jetzt scherte Brand aus. Verfolgte er eine eigene Strategie? Und wenn ja, welche?

Eigentlich sprach nichts gegen Brands Vorschlag der neuen Vorgehensweise. Die Interpretation der Berichte legte sie sogar nahe. Trotzdem nahm Engländers Unbehagen zu.

Warum konnten sie nicht noch ein paar Tage ins Land ziehen lassen? Warten war zwar unbequem, aber auch eine Tugend. Den richtigen Zeitpunkt abzuwarten, hatte noch niemandem geschadet. Zu frühes, unüberlegtes Handeln konnte tödlich enden. Sie hatten die Vereinbarung getroffen, unterzutauchen, damit sich die Wogen glätten konnten. Brand war drauf und dran, sie zu brechen. Er hatte Blut geleckt. Ungeduld übermannte ihn. Oder hatte sich Leichtsinn in seinem Kopf eingenistet? Wie viel Risiko war er bereit, in Kauf zu nehmen? Gefährdete er damit nicht die gesamte Operation?

Zusätzlich zu den Berichten ließen ihm die letzten Telefonate mit Brand keine Ruhe. Es passte ihm ganz und gar nicht, feste Absprachen mir nichts dir nichts über Bord zu werfen. Er spürte ein inneres Aufbäumen. Hatten die Jungs recht? Ihre Vorbehalte gegenüber Brand hatten sie deutlich zum Ausdruck gebracht.

Seine Gedanken schnürten ihn ein. Wenn er eines abscheulich fand, war es ein Tunnelblick aufgrund äußerer Einflüsse. Er musste dringend den Kopf wieder freibekommen. Kurzerhand klappte er den Laptop zu und trommelte sein Rudel zu einer Besprechung zusammen.

Er schilderte Brands Abweichen vom eingeschlagenen Weg. Die Unschärfen, die damit einhergingen. Sein aufkommendes Unbehagen. Er weihte sie in seine Gedankenspiele ein. Machte den Vorschlag, die Zügel anzuziehen. Legte ihnen seine Beweggründe dar.

Sie hörten ihm geduldig zu. In ihren Gesichtern erkannte er zunächst Unmut über die neueste Entwicklung. Er spürte ihren Rückhalt, als er geendet hatte. In ihren Augen sprühten Funken. Sie drückten Entschlossenheit und einen starken Willen aus. Gemeinsam trafen sie eine Entscheidung. Sie würden das Ruder übernehmen und dabei besonnen und entschieden vorgehen.

Er konnte sich auf sein Rudel verlassen.

39

Erst wählte er Natalias Handynummer, danach Elisas. Beide gingen nicht ran. Schienen beschäftigt zu sein. Im CrossFit an den Geräten? Es lag gleich um die Ecke. Hatten sie einen Kurs belegt, Spinning? Er sprang auf und schnappte sich seine Jacke.

Keine fünfzehn Minuten später erreichte er das Studio in der Hirtenstraße und spähte durch ein Fenster in das hohe Gebäude, eine ehemalige Fabrikhalle. Er erkannte diverse Personen, die sich mit Hanteln oder auf einer Drückbank abkämpften. In der Überzahl Männer, vereinzelte Frauen.

Er ging hinein, schmuggelte sich am Empfang vorbei, wo gerade niemand arbeitete. Nach einem 360-Grad-Blick stellte er fest, dass von seinen beiden Girls jede Spur fehlte. Er inspizierte rasch noch die Umkleideräume und den Toilettenbereich. Nichts.

Weil er hektisch durch die Halle rannte, fiel er einem der Trainer auf, der ihn ansprach. Er beschrieb die beiden. Sein Gegenüber schüttelte den Kopf. Er kenne die beiden vom Sehen, sie seien aber heute nicht hier gewesen.

Sicher? Sicher!

Brick wählte nacheinander nochmals beide Nummern, ließ es vier-, fünfmal läuten. Die Handys klingelten, aber wieder ging niemand ran.

Verfluchter Mist! Was konnte er tun? Er rief Schnauze an.

„Kann sie nicht finden. Im Fitnessstudio sind sie nicht. Sie gehen auch nicht ans Handy." Seine Stimme hatte einen panischen Tonfall.

„Brick, Brick. Du machst hier alles rebellisch, verdammt! Bleib cool, anders funktioniert es nicht."

„Du hast gut reden!"

Schnauze schien nachzudenken. „Okay, gib mir ein paar Minuten. Ich komme. Wir treffen uns bei dir."

Brick war enttäuscht und machte sich auf den Rückweg. Sie trafen zeitgleich vor Bricks Haustür ein.

„Haben die beiden nicht gesagt, was sie heute vorhaben?", begann Schnauze ohne Begrüßung.

„Ich bin doch nicht ihr Kindermädchen."

Schnauze sah schlecht aus. Bleiches Gesicht, Augenringe. Die Mordserie schien ihm zuzusetzen. „Weiß ich selbst."

„Sie können überall sein."

„Okay, was machen wir?"

„Kannst du sie zur Fahndung ausschreiben?"

Schnauze schaute ihn lange an. „Du hast immer noch keine Ahnung vom Polizeidienst, und das, nachdem du über zwanzig Jahre mit mir unterwegs warst." Er petzte die Lippen zusammen. „Stell dir mal vor, wir lassen nach allen Personen fahnden, von denen man kurzfristig nicht weiß, wo sie sich aufhalten. Dafür bräuchten wir Millionen Polizisten." Er schüttelte den Kopf.

Brick winkte ab. „Ach, vergiss es!" Er schnaufte. „Mach einen besseren Vorschlag!"

„Es gibt nur zwei Möglichkeiten. Entweder wir hocken uns hier hin und warten, bis die Ladys von alleine wieder auftauchen ..."

„Eher sterbe ich."

„Dann bleibt uns nichts anderes übrig, als alle Orte und Plätze abzuklappern, wo sie eventuell sein könnten."

In Bricks Kopfkino lief augenblicklich ein Film ab: Er sah sich über die Zeil hetzen, den Eisernen Steg überqueren, den Goetheturm erklimmen und durchs Waldstadion flitzen. Er sah sich im Schnelldurchgang die gesamte Stadt durchkämmen.

„Aussichtslos!" Er seufzte. „Trotzdem müssen wir es anpacken. Irgendwas müssen wir versuchen. Uns bleibt nichts übrig. Ich kann mich unmöglich hier hinsetzen, sonst drehe ich durch."

„Vorschlag: Probier es noch mal auf den Handys. Falls sie immer noch nicht rangehen, starten wir."

Brick drückte kurz hintereinander die Schnellwahltasten der beiden. Das Tuten verhallte im Nichts.

Schnauze sah ihn besorgt an. „Okay, wo fangen wir an?"

40

„Ich habe mit den Jungs gesprochen. Die Sache geht in Ordnung."

„Sehr gute Nachricht. Wann kann die Operation über die Bühne gehen?"

„Wir sind einsatzbereit."

„Ich maile noch einige Instruktionen."

„Alles klar."
„Damit nichts schiefgehen kann."
„Es wird nichts schiefgehen."
„Es wird ihn bis ins Mark treffen."
„Das will ich hoffen."
„Gut. An die Arbeit!"

41

Zwei Stunden später hatten sie alle Orte abgeklappert, die Brick eingefallen waren. Die Innenstadt, das gesamte Gallus, Gutleutviertel und Sachsenhausen. Ihm fiel kein anderer Ort mehr ein, an dem sich die beiden aufhalten könnten, und resignierte.

Sie standen auf dem Römer, blickten sich ein letztes Mal um, waren kurz zuvor durch die Neue Altstadt gelaufen. Wobei Brick nicht recht wusste, warum, denn er konnte sich beim besten Willen nicht vorstellen, was die beiden hier verloren hatten. Sightseeing war weder Natalias noch Elisas Ding.

„Sie wollen einen Kosmetiksalon eröffnen", sagte Brick plötzlich.

„Weißt du, wo?"

„Nein, davon war noch nie die Rede. Vielleicht schauen sie sich einen potenziellen Laden an?"

„Und warum gehen sie nicht mal kurz ans Telefon?"

„Hast du auch wieder recht."

„Brechen wir ab!", sagte Schnauze. Brick nickte.

Sie setzten sich Richtung Parkhaus in Bewegung. Brick hätte alle Flüche dieser Welt auf einmal herausschreien mögen, stattdessen beschränkte er sich auf: „Ich schwör dir, wenn den beiden was pass…"

„Hör auf!", fuhr ihm Schnauze über den Mund. „Denk nicht mal dran! Es gibt sicher eine einfache Erklärung. Wir fahren zurück, dann sehen wir weiter."

Auf dem gesamten Heimweg schwieg Brick. Er war in den Beifahrersitz gesackt, konnte den Film in seinem Kopf nicht abstellen. Sein Gedankengerüst brach zusammen. Gerade hatte er sich noch damit beschäftigt, den Tätern auf die Spur zu kommen, jetzt waren seine Tochter und seine ehemalige Nachbarin spurlos verschwunden.

Wegen Erfolglosigkeit geschlossen, schoss es ihm durch den Kopf.

Zu Hause in seiner Wohnung angekommen, pflanzte er sich in einen Sessel und gab keinen Mucks von sich.

„Ich bin überzeugt, dass sie bald auftauchen werden", versuchte Schnauze ihn aufzumuntern.

„Spar dir dein Mitgefühl für jemand anderes! Für mich ist es zu schade."

„Ich hätte nicht gedacht, dass ich mal so weit gehen würde, aber jetzt …"

Schnauze stand auf, ging in die Küche und kam kurz darauf mit einer angebrochenen Flasche Pernod und einem halben Glas Wasser zurück, das er mit dem Anisschnaps auffüllte. Er reichte es Brick, der ihm einen dankbaren Blick zuwarf.

„Trink! Ich kann diese Hoffnungslosigkeit in deinem Gesicht nicht länger ertragen. Noch ist nicht gesagt, dass …"

„Bitte, Schnauze, ich bitte dich wirklich! Hör auf mich vollzu…"

„Jaja, schon gut", grätschte der ihm dazwischen. „Ich wollte dir sowieso noch was anderes erzählen. Bisschen Ablenkung kann nicht schaden."

Brick trank einen weiteren Schluck und schaute ihn gespannt an.

„Die Tarnnamen der anderen Personen auf Katis Liste konnten wir noch nicht endgültig identifizieren, aber wir haben weiter ermittelt und es gibt einen Verdacht."

„Aha!" Brick setzte sich auf.

„Neben Hensel gibt es drei weitere Polizisten, die bei der Kripo Frankfurt gearbeitet und, zumindest zeitweise, Klaus Engländer unterstanden haben."

„Wieso haben?"

„Alle drei wurden innerhalb der letzten beiden Jahre vom Dienst suspendiert."

„Ach nee! Also könnte es sich tatsächlich um ein Netzwerk von Engländers Speichelleckern handeln."

„Die er nach Dienstaustritt um sich geschart hat. Sie alle verbindet Rache aufs System."

„Dieser Engländer, hattest du früher mal mit ihm zu tun?", hakte Brick nach.

„Nur sporadisch."
„Was weißt du über ihn?"
„Was meinst du?"
„Charakter, Herkunft, Mentalität, Gesinnung."
„Harter Bursche, wenn du mich fragst."
„Was heißt das genau?"
„Er war Feldwebel beim Militär, hatte sich verpflichtet, bevor er zur Kriminalpolizei gewechselt ist. Es wird gemunkelt, dass seine herrische Art nicht so gut ankam beim Bund, weil er zu sehr aneckte. Die Kripo hat damals aber loyale Führungspersönlichkeiten gesucht. So landete Engländer in Frankfurt und hat sich schnell hochgearbeitet. Bis zum Rang eines Kommissars, später sogar bis zum Hauptkommissar."
„Und warum hat er nicht die ganz große Karriere gemacht?"
„Sein Talent lag darin, Teams aufzubauen und Arbeit zu delegieren."
„Kommt ihm jetzt zugute."
„Richtig, aber er hat auch zwei Schwachstellen."
„Und die wären?"
„Geld und junge Nutten."
Brick blickte ihn aufmerksam an. „Darüber ist er gestolpert."
„Tomovic hat es erkannt und eiskalt ausgenutzt. Die perfekte Verführung. Diesem Reiz konnte der Prinzipienreiter mit strammer Gesinnung nicht widerstehen."
„Also ein korruptes Arschloch wie Millionen andere", kommentierte Brick.
„Nur die halbe Wahrheit. Du vergisst diesen umstürzlerischen Habitus. Das hebt ihn von anderen ab. Ich schätze mal, dass Brand leichtes Spiel bei Engländer gehabt hat. Alle, die durch die Zerschlagung von Starlight aufgeflogen waren, standen ja namentlich in der Zeitung und wurden wochenlang verhöhnt. Engländer genauso. Als korrupter Bulle gab er ein perfektes Ziel für Schmähungen ab. Das hat ihn sicher in seiner Ehre gekränkt und Brand konnte ihn gut ködern. Er brauchte jemanden, der seinen Racheplan umsetzt. Vielleicht kannte er Engländer sogar von früher. Die Namen von Beamten, die sich schmieren lassen, sprechen sich im Milieu schnell rum. Also kontaktiert ihn Brand, sie verabreden sich, sie reden über die Starlight-Katastrophe, machen einen gemeinsamen Feind aus: näm-

lich dich. Sie schmieden einen Plan, Brand unterbreitet Engländer ein verlockendes Angebot. Engländer hat die Logistik und die Leute, um den Plan durchzuführen, Brand stiftet das Kapital. Eine Hand wäscht die andere.“

Bricks Gesichtszüge verhärteten. „Wenn du es aussprichst, klingt es so verdammt … einleuchtend.“

„Hat ne Weile gedauert, bis ich mir das zusammenreimen konnte. Aber so oder so ähnlich muss es gelaufen sein.“ Er setzte kurz ab. „Übrigens gibt es noch was, das ich vorhin erfahren habe. Roland Brand ist gestern nicht vor Gericht erschienen.“

„Wie?“

„Er hatte einen Anhörungstermin beim Richter, den er nicht wahrgenommen hat.“

„Und was schließt du daraus?“

„So was macht er nicht ohne Grund, weil er sich dadurch Ärger einhandelt. Und da er clever ist und das genau weiß, muss es ein triftiger Grund gewesen sein.“

„Und welcher?“

„Vielleicht ist er tatsächlich abgetaucht, wie Engländer, und agiert jetzt aus dem Untergrund.“

„Dazu ist er aber nicht der Typ.“

„Denk mal an die fast leere Wohnung im Westhafen.“

Bricks Skepsis steigerte sich. „Nehmen wir mal an, das stimmt alles, was du gerade gesagt hast. Dann verstehe ich aber eine Sache immer noch nicht.“

„Und die wäre?“

„Wie zum Teufel ist Kati an die Liste mit den Namen gekommen? Woher hatte sie diese Infos? Wer war ihre Quelle?“

„Sie muss einen Informanten gehabt haben. Die Frage ist, wer war das?“

„Der müsste doch zwangsläufig aus dem innersten Zirkel der Polizei kommen. Und selbst da kommst du nicht ohne Weiteres an sensible Daten ran, oder?“

„Richtig.“

„Wie würdest du vorgehen, wenn du was über interne Machenschaften bei der Kripo oder über diese Mailschreiber herausfinden wolltest?“

„Das ist die Gretchenfrage. Das ist nämlich gar nicht so einfach innerhalb der Polizei, weil du jede Sekunde auffliegen oder dich zumindest enorm verdächtig machen kannst."

Brick grübelte. „Gehen wir mal einen Moment davon aus, dass der Informant nicht bei der Polizei ist."

„Du meinst, ein Externer?"

„Ja, ein Hacker, der von außen ins System eindringt."

„Nicht ausgeschlossen, aber schwierig." Brick dämmerte was. Kati hatte jemanden gekannt, der dazu in der Lage gewesen wäre. Ein Computerspezialist, der für die Frankfurter Presse arbeitete, ein Nerd und Hacker. Dieser Typ hatte ihnen die Starlight-Listen aus dem Netz besorgt. Mario Kaspar war sein Name, und Brick grübelte, ob er ihn mit ins Boot holen könnte.

Schnauze schaute auf die Uhr. „Oh weia. Ich muss dringend zurück ins Präsidium." Nach einer Abschiedsgeste hielt er noch mal inne. „Sobald du was hörst von den beiden, gib mir Bescheid!"

Brick schien mit seinen Gedanken schon ganz woanders zu sein. Der Kommissar winkte ab. Keine fünf Sekunden später war er verschwunden. Die Wohnungstür fiel mit einem Knall hinter ihm ins Schloss.

Das Gespräch mit Schnauze geisterte lange durch Bricks Kopf. Er musste die richtigen Schlüsse ziehen, dabei hatte er viele andere Dinge an den Hacken. Er hätte Katis Reportage weiterschreiben, die Spur der Täter verfolgen, Mario Kaspar kontaktieren müssen. Das Wichtigste war jedoch, Natalia und Elisa aufzutreiben.

Kapitel 7

42

Der knallrote Lippenstift auf den Lippen war im rechten Mundwinkel verschmiert. Die grell geschminkten Augen starrten leblos zur Decke. Das Opfer trug Hängeohrringe, war nackt bis auf einen rosa Slip, einen rosa BH und rosa Söckchen, die einige Nummern zu klein zu sein schienen, was den Anblick noch makaberer machte.

Der Körper lag auf dem Rücken und wirkte in sich verdreht. Ein Arm lag oberhalb des Kopfes und verlieh ihm eine Art Heiligenschein, der andere dicht an der Hüfte. Die Beine lagen halb übereinander, eines war angezogen, das andere gestreckt.

Auf dem Bauch prangte ein Wort, die Schrift in Lippenstiftoptik. PRESSEFREUND. Versalien, fett und rot.

In der Brust des Opfers klaffte ein Loch, aus dem Blut gesickert war. Aus dem Mund drang kein Atem mehr.

43

Tock, tock, tock! Es klopfte an Bricks Gehirn und riss ihn in die Gegenwart zurück. Nanu, war das Echo erwacht? Dabei hatte er keinen Gedanken an Alkohol verschwendet und außer dem Schluck von Schnauze nicht einen Milliliter zu sich genommen. Oder war es was anderes? Richtig. Sein Handy vibrierte. Natalia, durchzuckte es ihn. Ein Blick aufs Display machte die Hoffnung blitzartig zunichte.

„Brick", meldete sich Thilo Frost, als er das Gespräch annahm. Wie der Kommissar seinen Namen aussprach, hatte etwas Unheilvolles. Etwas, das wie ein schweres Unwetter überm Meer am Horizont drohte. „Bin auf dem Weg zu dir …"

„Du bist doch eben erst gefahren … Sag bloß nicht, dass …" Brick versagten die Worte.

„Leider, Brick. Ich hole dich in zehn Minuten ab."

Ein Summen erklang in der Leitung. Brick hielt das Handy noch eine Weile ans Ohr gedrückt und konnte sich nicht vom Fleck rühren. Er saß da wie in Schockstarre. Was auch passiert war, es musste etwas Schreckliches sein.

Die Welt um ihn herum begann zu beben. Er fühlte sich, als würden seine restlichen Energien erstickt. Tausende Bilder fluteten sein Hirn, prasselten auf ihn ein, weckten arge Befürchtungen. Er hätte einen Schutzwall gebraucht, hätte gerne einen Pernod genommen, hätte sich am liebsten in Luft aufgelöst.

Die letzten Reserven in seinen Depots verflüchtigten sich, als es klingelte.

Schwerfällig, mit dem Gedanken ans Unvermeidliche, erhob sich Brick und wankte zur Wohnungstür, die er langsam öffnete. Schnauzes Gesichtsausdruck nahm ihm die letzte Kraft. Der Freund packte ihn an den Schultern und führte ihn aus dem Haus zu seinem Wagen.

Wie in Trance saß er auf dem Beifahrersitz, versuchte sich mit aller Macht nicht auszumalen, was ihn gleich erwarten würde. Es misslang. Eine Träne schlich sich aus seinem rechten Auge.

Schnauze sagte etwas zu ihm, doch es drang nicht zu Brick durch.

Es lief immer wieder auf das Gleiche hinaus: Letztendlich brach einem das Leben das Herz. Ein Satz, den er mal irgendwann gelesen hatte, er wusste nicht mehr, wo. Zeit seines Lebens hätte er ihn unterschrieben.

Sie wollten ihn zerstören und hatten es geschafft. Wenn …

Er verbot sich, weiterzudenken. Klopfte mit der geballten Faust gegen seinen Schädel. Tock, tock, tock!

War es ein Traum? Ein Albtraum? Er hoffte, aufzuwachen.

Minuten später parkte Schnauze den Wagen. Als Brick ausstieg, kam ihm die Gegend bekannt vor. Er konnte sie nicht direkt zuordnen, wusste aber, dass er viele Male hier gewesen war. Die Straße mit den Straßenbahnschienen, die Haltestelle, der Rewe, die Sparkasse, die Post. Was wollte Schnauze hier? Warum hatte er ihn hergebracht? Es musste sich um einen Irrtum handeln, ein riesengroßes Missverständnis.

Aus den Augenwinkeln nahm er ein Straßenschild wahr. Bruchfeldstraße. Das war doch in Niederrad?

Schnauze hakte ihn unter und zog ihn ins Haus, die Treppen hinauf, die er schon zigfach erklommen hatte.

Die Wohnungstür im vierten oder fünften Stock, er brachte es nicht mehr zusammen, stand offen. Schrammen zeigten ihm an, dass sie gewaltsam aufgebrochen worden war. Er erinnerte sich an eine Begegnung im Inneren der Wohnung mit zwei Stiernacken, die ihn verdroschen hatten, bis Blut spritzte und er sich fühlte wie ein Schweizer Käse mit Löchern.

Das hatte er überlebt. Blieb eine Frage: Was zum Teufel wollten sie hier? Für einen Anstandsbesuch hatten sie verdammt noch mal keine Zeit.

„Das ist doch …?“, waren die ersten Worte, die Brick über die Lippen brachte.

„Hab ich versucht, dir zu verklickern während der ganzen beschissenen Fahrt. Aber du hörst mir ja nie zu.“

Tatsächlich war kein Wort aus Schnauzes Mund in seinem Hirn angekommen.

Geradeaus ging es ins Wohnzimmer. Als Brick den ersten Blick durch die offene Tür warf und einen reglosen, zurechtgemachten Körper auf dem Boden liegen sah, brach erneut eine Welt in ihm zusammen. Er schwankte wie in seinen besten Pernodzeiten. Schnauze stützte ihn.

„Meine Fresse“, sagte er zu Brick gewandt. „So etwas hat niemand verdient, erst recht nicht Gustav. Ausgerechnet er …“

44

„Was machst du denn für Sachen, Paps?“

Die Stimme kannte er. Als sich der Nebel vor seinem Gesicht lichtete, blickte er in blaue Augen. Alinas Augen. Endlich war er im Himmel angekommen. Was Schöneres konnte er sich nicht vorstellen.

Gleich darauf nahm er eine weiße Umgebung wahr. Er lag in einem Bett, neben ihm piepsten Geräte. Schläuche hingen in ihm drin. Ein Krankenhaus.

„Wie bin ich …?“

„Du bist in Gustavs Wohnung umgekippt", erklärte Natalia. „Und jetzt liegst du im Markus-Krankenhaus, wohin sie dich abtransportiert haben, und schläfst seit knapp 24 Stunden."

„Aber …" Das Sprechen machte ihm Mühe. Seine Stimme klang krächzend.

„Nix aber", hörte er eine andere Frauenstimme sagen. Jemand stand hinter Natalia und schaute auf ihn herab. „Die haben dich abgeschossen. Du bleibst gefälligst liegen. Ich würd mich ja gern ankuscheln, aber in deinem Zustand bringt das eher nix." Es war Elisa. Ihre Charmeoffensive zündete nicht.

„Woher …?"

Natalia wusste augenblicklich, worauf er hinauswollte. „Wir waren auf dem Friedhof bei Natascha und danach zum Schwimmen. Ich wollte Elisa zeigen, wo meine kleine Schwester begraben liegt. Am Grab haben wir unsere Handys lautlos gestellt, damit wir niemanden stören. Danach sind wir ins Rebstockbad gefahren und waren in der Sauna. Das hat insgesamt drei, vier Stunden gedauert. Erst da hab ich gesehen, dass du mich angerufen hast."

Brick sackte in sich zusammen. Welch eine Last war von ihm genommen. Doch die Erinnerung an Klemm und was sie mit ihm gemacht hatten, kämpfte sich wie ein Pitbull zurück in sein Bewusstsein.

„Ihr … seid in Gefahr", presste er angestrengt hervor.

Natalia reichte ihm einen Becher. „Hier, trink einen Schluck. Du hörst dich verheerend an."

„Was …?"

„Hagebuttentee."

„Pfui Deibel!" Brick schüttelte sich und wurde augenblicklich wacher.

„Der … Zusammenhang bin ich. Die Verbindung …", sagte er. Es hörte sich kryptisch an.

Beide Frauen sahen ihn mit weit aufgerissenen Augen an.

„Versteht ihr? Die Verbindung zwischen den Morden … Jemand will mich treffen. Mich!"

„Wovon redest du?", fragte Natalia.

„Er fantasiert!", platzte Elisa heraus. „Zu viel Pernod."

„Leider nein!" Er versuchte, sich aufzurappeln. „Hilf mir!" Natalia stützte seinen Rücken ab. Er brachte es fertig, sich nahezu aufrecht hinzusetzen. In der nächsten Viertelstunde erläuterte er den beiden mit schlaffer Zunge die neuesten Erkenntnisse, die er gemeinsam mit Thilo Frost erlangt hatte.

„Ihr müsst eine Weile von der Bildfläche verschwinden. Nennt es, wie ihr wollt. Ich habe sonst keine ruhige Minute mehr."

Stille. Die ohnehin gedrückte Stimmung im Zimmer wurde noch schlechter.

„Und wie stellst du dir das vor? Wohin sollen wir denn?" Natalia schien ratlos.

„Wir können uns ja schlecht in Luft auflösen", schlug Elisa in die gleiche Kerbe.

„Wären wir doch lieber in Hamburg geblieben", sagte Natalia.

Der Satz seiner Tochter schmerzte Brick über alle Maßen. Sie hatte verdammt recht. Es wäre das Beste gewesen. Aber den desaströsen Verlauf der letzten beiden Wochen hätte niemand vorhersehen können.

„Jammern hilft uns nicht weiter. Wir müssen nach vorne blicken", stellte Brick fest. Er versuchte, Mut und Entschlossenheit auszustrahlen. „Ich sehe zwei Möglichkeiten. Entweder wir fragen Schnauze, ob er euch irgendwo unterbringen kann. Er hat auf jeden Fall die meiste Erfahrung mit solchen Situationen."

„Oder?" Natalia klang nicht begeistert von der Idee.

„Ich habe einen Schlüssel von Annas Wohnung in Bad Vilbel. Dort könntet ihr vorübergehend untertauchen."

„Da ist doch der Hund begraben", kommentierte Elisa.

„Es geht nicht um Spaß bei der Sache", sah sich Brick genötigt zu ergänzen. „Es geht um euren Schutz. Auch wenn es mir schwerfällt, aber es bringt ja nichts, um den heißen Brei zu reden. Ihr steht mit Sicherheit auf deren Liste."

„Und was machst du? Soweit ich das verstanden habe, bist doch du die eigentliche Zielscheibe."

Die Ratlosigkeit in Natalias Augen überrumpelte ihn. Er strich ihr übers Haar. „Richtig. Aber diese perfiden Schweine haben sich wohl vorgenommen, mir die größtmöglichen Schmerzen zu bereiten, indem sie sich zuerst mein persönliches Umfeld vorknöpfen."

„Du meinst, bevor sie sich dich zur Brust nehmen?" Elisas Frage traf es auf den Punkt.

„So jedenfalls denke ich es mir. Wir müssen den Tatsachen ins Auge sehen. Wegducken is nicht. Ich weiß, es ist deprimierend und schwer auszuhalten. Aber wir haben es bislang mit unsichtbaren Gegnern zu tun, die klug und strategisch vorgehen. Die wissen, was sie tun. Und die vor allem skrupellos sind. Darauf müssen wir uns einstellen. Auch vom Kopf her."

Er blickte die beiden Frauen an, die in ihren jungen Jahren schon einiges erlebt hatten. Sie starrten desillusioniert in die Luft wie Schaufensterpuppen, sahen blass, hilflos und ohnmächtig aus.

Elisa regte sich als Erste. „Wir stecken also in der gleichen Scheiße wie vor neun Monaten", brachte sie es auf den Punkt.

„Ich fürchte, so kann man es sagen." Brick war geschockt von seinem Eingeständnis.

„Lass uns eine rauchen gehen. Dann kann ich besser denken." Natalia holte ein Päckchen Zigaretten und ein Feuerzeug aus ihrer Umhängetasche.

„Kluges Kind!", bemerkte Elisa und schloss sich ihr an.

„Seid vorsichtig!"

Sekunden später war Brick allein im Zimmer, lehnte sich zurück ins Kissen und gähnte. Er fühlte sich, als könne er die nächsten drei Jahrzehnte durchschlafen.

Himmelhergottsakrament! Wie er das hasste, keinen richtigen Rat zu wissen. Diese Ohnmacht. Diese Ausweglosigkeit.

Die Ruhe um ihn herum machte ihn verrückt. Die Gedanken schweiften ab. Wie gerne würde er noch ein einziges Mal mit Gustav um die Rennbahn spazieren und mit ihm über die gemeinsame Jugendzeit palavern. Wie gerne würde er in seiner Bude am Tisch sitzen mit diesem sauren Geruch in der Nase und ihn dabei beobachten, wie er sich aus einem Bembel ein Geripptes einschenkte. Wie gerne! Noch einmal mit ihm über Alina sprechen, die er Gustav vor etwas mehr als zwanzig Jahren vorgestellt hatte. Oder übers Milieu, über den Dreck in den Gossen, den schönen Schein des Rotlichts, die Frankfurter Eintracht oder die Fleischwurst von Frau Schreiber in der Kleinmarkthalle. Weil es verdammte Hacke niemanden mehr gab, mit dem er über diese Dinge sprechen konnte.

Nichts davon würde je wieder in Erfüllung gehen.

Er musste Abschied nehmen. Abstand gewinnen. Zu sich finden. Und zwar sofort. Er hatte keine Zeit mehr zu verlieren. Jeder Tag, der verging, war ein verlorener und brachte ihn der Konfrontation näher. Und dass es eine geben würde, spürte er. Der Weg war vorgezeichnet. Eine Frage blieb: Würde er es fertigbringen, wieder aufzustehen? Würde er erneut die Kraft aufbringen, sich gegen die Übermacht zu wehren? Oder war er diesen Leuten in Wahrheit wehrlos ausgeliefert?

Die Ohnmacht flaute langsam ab. Der Zorn wuchs.

Er musste sich sammeln. Das funktionierte bei ihm, wenn er schrieb. Wenn er seine Gedanken zu Papier brachte, ordnete, festzurrte. Auf diese Weise konnte er in den Angriffsmodus wechseln, der es ihm eventuell ermöglichen würde, die richtige Spur zu finden.

Vielleicht, überlegte er, war es das Beste, sich mit seinen beiden Girls aus dem Leben komplett zurückzuziehen und endlich Katis Reportage fertigzuschreiben. Die Idee hatte was. Er wäre eine ganze Zeit abgelenkt und aus der Schusslinie. Vielleicht würde sich die Situation beruhigen. Eine Art Deeskalationsstrategie. Mit ein wenig Glück würden sowohl die Öffentlichkeit als auch die Strafverfolgungsbehörden auf die Bande aufmerksam werden. Da es sich bei Engländer und seinem Trupp um ehemalige Polizisten handelte, konnte er sich vorstellen, dass sie aktiv werden würden.

Es gab einen Haken bei seinen Überlegungen, einen nicht zu verachtenden, der sich zu einem echten Problem ausweiten konnte. Nach Annas Tod brauchte er eine Zeitung, die Katis Reportage veröffentlichen würde. Die Allgemeine schied aus, da hatte er ohne Anna keinen Fuß in der Tür. Ergo kam nur die Frankfurter Presse in Frage, genaugenommen sein Freund Eddie. Er musste ihn kontaktieren. Zurzeit waren seine Verbindungen zur obersten Etage jedoch nicht die besten. Sein letzter Auftritt in der Redaktion war ihm schemenhaft in Erinnerung geblieben. Er war sich darüber im Klaren, dass er keinen sympathischen Eindruck hinterlassen hatte. Einen Versuch war es dennoch wert. Es blieb ihm kaum eine andere Chance.

*

Während Elisa und Natalia seit über zehn Minuten rauchten, ging die Tür auf und Schnauze platzte mitten in Bricks Gedankenspiele.

„Wieder fit?", fragte Frost, als er vor dem Bett zum Stehen kam. Ohne eine Antwort abzuwarten, überreichte er Brick eine Reisetasche. „Hier! Klamotten und was zum Lesen aus deiner Wohnung. Damit dir nicht langweilig wird."

„Glaubst du etwa, ich bleibe noch länger hier?"

„Die Ärzte sagen, sie wollen dich ne Weile beobachten."

„Mich?"

„Wen denn sonst? Du müsstest dich mal hören!"

„Das bisschen Kratzen im Hals …" Er wollte sich mit Schwung aufsetzen, doch ein Schwindel warf ihn augenblicklich zurück ins Kissen.

„Mega fit, sag ich da nur. Du solltest dir echt ein wenig Zeit gönnen."

Brick starrte ihn feindselig an. „Zeit, die ich nicht habe."

„Was hast du denn vor?"

„Die Täter finden, liegt doch auf der Hand. Wenn ihr schon nix Brauchbares ermittelt …"

„Mensch Brick, du mit deinen Hummeln im Arsch. Kannst du uns gefälligst mal in Ruhe unsere Arbeit machen lassen? Ständig musst du dazwischengrätschen. Ich hab's satt."

Statt klein beizugeben, fühlte Brick sich wie angestachelt durch Schnauzes Rüffel. Danke dir, mein Motivator, sagte er sich. Du baust mich immer so auf! „Ihr müsstet doch schon mehr rausgefunden haben. Es kann doch nicht sein …"

„Brick, Brick", fuhr Schnauze ihm über den Mund. „Dir errichten sie bestimmt irgendwann ein Denkmal für Hartnäckigkeit. So penetrant kann eigentlich niemand sein. Das Einzige, was ich dir sagen kann, ist, dass Roland Brand endgültig abgetaucht ist. Vor Gericht ist er nicht erschienen und er ist nirgends auffindbar. Die Fahndung läuft."

„Na also, geht doch!"

„Flotte Sprüche, nix dahinter. Die Kärnnerbeit überlässt du anderen."

„Na, na, na, jetzt aber mal halbla…"

„Ist doch wahr. Ich hab mir die Obduktionsberichte und die Berichte der KTU zu allen Opfern genauestens zu Gemüte geführt. Eins steht außer Frage: Der oder die Täter sind allesamt Profis. An den Tatorten und Fundorten ist nicht die kleinste Spur hinterlassen worden. Keine DNA, wirklich absolut nichts, das darauf hinweisen könnte, dass überhaupt jemand anderes vor Ort gewesen ist."

„Ein klares Zeichen dafür, dass es sich bei den Tätern um die Ex-Polizisten von Katis Liste handelt. Wer, wenn nicht die, wissen, wie man einen Tatort porentief rein verlässt? Ohne die geringste Spur?"

„Deine Theorie in allen Ehren. Aber uns fehlt ein Indiz, von einem Beweis ganz zu schweigen."

„Dafür habt ihr das Motiv. Sie wollen mich fertigmachen!"

„Wenn du dir da mal nichts zusammenreimst."

„Wie meinst du das? Das liegt doch auf der Hand."

„Wir müssen konkrete Ermittlungsergebnisse abwarten. Zwei der fünf sind zwar identifiziert, aber wie vom Erdboden verschluckt. Und was ist mit dem Rest der Truppe? Von denen existieren nur Tarnnamen. Sonst haben wir nichts in der Hand."

„Du hast doch drei weitere Handlanger von Engländer erwähnt …"

„Da sind wir noch dran."

Brick spürte, dass sie sich in eine Sackgasse manövriert hatten. Sie kamen keinen Millimeter vorwärts. „Okay, anderes Thema, genauso wichtig. Was machen wir mit Natalia und Elisa? Sie müssen für eine Weile an einem sicheren Ort untergebracht werden. Fällt dir was ein?"

„Wo sind die beiden?"

„Rauchen, draußen vor der Klinik."

„Also gut. Es gibt einige Polizeiwohnungen in oder um Frankfurt. Nix Luxuriöses natürlich. Dort werden Kronzeugen, Tatzeugen oder ähnliche Personen untergebracht, bis eine dauerhafte Lösung gefunden wird. Manche verbringen da mehrere Wochen. Könnte ich organisieren."

„Perfekt. Wann?"

„Am besten sofort. Oder spricht was dagegen?"

„Im Gegenteil. Je früher, je besser."

„Lass mich kurz telefonieren!" Frost trat vor die Tür, ließ sie halb offenstehen. Nach einer Minute kam er wieder herein, im Schlepptau hatte er die beiden Frauen.

„Alles geritzt. Wenn ihr einverstanden seid, bringe ich euch in fünfzehn Minuten hin", sagte er zu ihnen gewandt. „Nette kleine Wohnung. Da habt ihr eure Ruhe und seid sicher."

Elisa und Natalia schauten sich mit skeptischen Mienen an.
„Wie lange müssen wir da bleiben?“, erkundigte sich Natalia.
„Das kann im Moment niemand sagen. Aber wir hoffen natürlich, nicht allzu lange.“
„Okidoki“, sagte Elisa. „Wir wollen ja ohnehin zusammenziehen, da können wir schon mal testen.“
„Wo liegt die Wohnung?“, wollte Brick wissen.
„Das bleibt geheim. Sicher ist sicher. Nur ich weiß es. Je mehr Ohren es mitkriegen, desto gefährlicher wird es. Aber ihr könnt natürlich telefonieren oder euch schreiben. Du darfst sie aber nicht besuchen, falls du beschattet wirst.“
Brick war nicht begeistert, aber was sollte er machen? Nach kurzer Überlegung nickte er zustimmend.
Natalia und Elisa wirkten nun erleichtert.
„Is ja nicht für lange, Paps.“ Natalia ging zu ihm ans Bett und umarmte ihn. Elisa stellte sich neben sie und schloss sich ihrer Freundin an. Sie drückten ihn, sodass er kaum mehr Luft bekam. Beide verdrückten Tränen.
„Ist ja gut!“ Zu viel Emotionalität hielt er nicht aus.
„Bevor wir hier um die Wette heulen“, schaltete sich Frost ein, „würde ich vorschlagen, dass wir den Abflug machen. Je eher wir die Sache über die Bühne bringen, desto besser.“
Sie verabschiedeten sich. Küsschen folgte auf Küsschen.
„Du bist bestimmt bald wieder am Start“, tröstete ihn Elisa. Was auch kommen mochte, er war unendlich dankbar, die beiden zu haben.
„Passt auf, dass euch niemand folgt!“, gab er ihnen mit auf den Weg.
„So was hab ich schon hundertmal gemacht“, beruhigte ihn Schnauze.
Hinter dem Trio fiel die Tür zu. Brick starrte ihnen lange nach. Die weiße Türoberfläche verschwamm vor seinen Augen. Er wurde schläfrig. Endlich fielen ihm die Augen zu und er schlief friedlich ein.

*

Als Brick erwachte, war es Nacht. Er wusste nicht, wie spät es war und hatte keine Kraft, auf sein Handy zu schauen. Er musste die ganze Zeit an Anna denken. Sein Herz zog sich zusammen. Ihr war es gelungen, seine Schale zu knacken, und das nach kurzer Zeit. Sie hatte es geschafft, dass er sich ihr öffnete, ihr Einblicke in seine Gefühlswelt gewährte. Nichts war davon übrig geblieben.

Er war so froh, dass er Natalia gefunden hatte. Sie wärmte sein Herz. Und Elisa – auch wenn es merkwürdig schien – war seine wichtigste Bezugsperson in den letzten fünf Jahren gewesen. Er hatte väterliche Gefühle für sie; sie war seine Ersatztochter.

Leider hatte er nie die Gelegenheit gehabt, mit seinen Töchtern Engelchen flieg! zu spielen, ihnen Radfahren beizubringen oder mit ihnen Hausaufgaben zu machen. Er wollte so vieles nachholen, wollte Natalia und Elisa endlich die Aufmerksamkeit schenken, die sie verdienten.

Obwohl die Nacht noch nicht vorüber war, konnte er nicht mehr einschlafen. Er holte seinen Laptop hervor. Im Internet stieß er auf einen Artikel über Hass im Netz, der ihm klarmachte, dass dringend etwas geschehen musste.

Der Weg würde ein steiniger werden, ein beschwerlicher, vielleicht ein blutiger oder unmöglicher. Dessen war sich Brick bewusst. Er musste ihn trotzdem gehen.

Er klappte den Laptop zu und griff sich die Tüte, die Schnauze ihm mitgebracht hatte. Zog ein Buch hervor, das er bei Kati gelesen hatte, als er für ein paar Tage bei ihr untergeschlüpft war. ‚Elementarteilchen' von Michel Houellebecq. Er erinnerte sich an die Zeit bei Kati und daran, dass er an diesem Buch gescheitert war. Bringt der mir ausgerechnet den Houellebecq mit, dachte Brick.

Er nahm ihn sich erneut hervor.

Den Anfang überblätterte er und stieg dort ein, wo er vermeintlich aufgehört hatte zu lesen. Kaum war er zwei, drei Seiten weiter, stieß er auf eine Stelle, die ihn berührte, ja erschütterte. Sie sprach ihm aus der Seele, weil er den Inhalt dieser wenigen Zeilen erlebt hatte. Mit Anna.

Unser Unglück erreicht erst dann seinen Tiefpunkt, wenn die in greifbare Nähe gerückte praktische Möglichkeit des Glücks erblickt worden ist.

Als er den Satz zu Ende gelesen hatte, einen der ergreifendsten und traurigsten, den er je gelesen hatte, war er wie vom Donner gerührt. Er begann zu weinen.

45

Da es für die beiden Girls nun einen anderen Plan gab, entschloss sich Brick, selbst ein paar Tage in Annas Wohnung unterzuschlüpfen. Als er zwei Tage später aus dem Krankenhaus entlassen wurde, packte er in seiner Wohnung ein paar Klamotten zusammen, kaufte im Supermarkt Lebensmittel und Getränke und fuhr mit seinem Golf nach Bad Vilbel. Was mochte mit Annas Haus geschehen? Er kannte ihre Familienverhältnisse nicht. So weit waren sie nicht gekommen.

Als er das Haus betrat, schlug ihm Stille entgegen. Als Erstes nahm er ihren Geruch wahr. Er schnupperte Anna in jedem Quadratzentimeter Luft. Seine Schritte führten ihn geradewegs in ihr Schlafzimmer. Er zog sich aus und legte sich ins Bett, in dem sie Sex gehabt hatten. Nach über 15 Jahren Enthaltsamkeit. Es war schön gewesen, überwältigend. Er hätte sich auf sie einlassen können, hätte ein neuer Mensch werden können. Daraus war nichts geworden. Stoff für eine Tragödie.

Er wälzte sich auf dem Laken herum und vergrub sich in die Decke. Hier roch er sie noch intensiver: ihren zarten Duft, den er so mochte. Der ihn von Anfang an betört und angezogen hatte.

Obwohl sie tot war, war sie bei ihm. Er war ihr dankbar. Sie hatte ihn verwandelt. Hatte ihm gezeigt, dass er nicht verloren war und eine dem Leben zugewandte Seite in ihm geweckt. Weder destruktiv noch todessehnsüchtig. Die Gleichgültigkeit gegenüber dem Leben war ihm durch sie abhandengekommen.

Doch bereits wieder wurde er auf eine harte Probe gestellt. Er musste sich dieser Herausforderung stellen, sonst würde er keinen inneren Frieden finden. Insgeheim wusste er, dass ihm nichts anderes übrig blieb. Es lief auf eine Entscheidung hinaus. Seine Feinde hatten Witterung aufgenommen und würden keine Ruhe geben. Das spürte er, und auf sein Gespür konnte er sich verlassen.

Die Aufarbeitung der letzten Zeit hatte er sich vorgenommen. Hier war er ungestört, hier hatte er Zeit, sich in Katis Reportage und seine Recherchen zu vertiefen.

Vorher wollte er auf Nummer sicher gehen und Eddie kontaktieren, um mit ihm die Vorgehensweise zu klären, wenn die Reportage vorliegen würde.

Schwermütig erhob er sich, zog sich an. Nach dem ersten Klingeln nahm Eddie den Anruf entgegen.

„Brick, Brick", begann er. „Du steckst wieder mittendrin, was?"

„Hast es also schon gehört."

„Und ob! Wie könnte ich nicht? Das mit Gustav … Eine riesige Scheiße. Mit den anderen natürlich auch. Ich kann mir das gar nicht erklären."

„Dann lass es mich mal versuchen …"

Brick gab Eddie in den nächsten zehn Minuten einen Abriss der letzten Wochen. Seitdem er Katis CD gefunden hatte, hatte er kein Wort mehr mit Eddie gewechselt. Er erzählte ihm, was er zwischenzeitlich herausgefunden hatte und betonte, dass er explosives Material in Händen hielt, das er aufs Papier zu bringen gedachte.

„Ich hab geahnt, dass etwas in der Art dahintersteckt. Um was es geht, wusste ich natürlich nicht. Und wie stellst du dir das jetzt vor?"

„Ich schreibe die Reportage in Katis Namen, ergänzt durch alle Hintergründe und Entwicklungen seit ihrem Tod, und du veröffentlichst sie. So wie früher. Wir reißen ihnen den Arsch auf. Na, was meinst du? So einfach kann das Leben manchmal sein."

„Aha." Eddie schwieg eine Weile.

„Was ist los? Gibt's ein Problem?"

„Von meiner Seite aus nicht."

„Aber?"

Er räusperte sich. „Ich muss die Oberen einweihen."

Den Zahn musste er ihm ziehen, überlegte Brick. „Um die hast du dich doch früher auch nicht geschert."

„Aber jetzt ist die Lage anders. Deine Schreibe, dein Biss – die Kombination ist einzigartig, dazu das Thema. Das ist Sprengstoff allererster Güte. Wir legen uns nicht nur mit der Polizei und den Behörden an, sondern wahrscheinlich auch mit dem Verfassungsschutz und damit dem Staat. Das muss alles hieb- und stichfest sein. Dafür halte ich nicht meine alte Birne hin."

Das passte Brick gar nicht in den Kram. „Denk an meine Starlight-Reportage. Du kannst nur gewinnen. Entweder die neue schlägt genauso ein, dann wirst du der gefeierte Star der Zeitung –ach, was sage ich, der gesamten Journaille. Oder wir stechen in ein Wespennest, scheuchen den Staatsapparat mit allem Pipapo auf und die machen denen ordentlich Druck. Dann fliegst du zwar eventuell raus, aber du gewinnst den Ruhestand, vielleicht einen wichtigen Journalistenpreis, viel Zeit und die Genugtuung, die Arschlöcher auf deine alten Tage noch mal richtig gefickt zu haben. Wie hört sich das an?"

„Verrückt wie immer. Du änderst dich nie."

„Worauf du einen lassen kannst."

„Okay, Deal! Aber versprich mir, auf dich achtzugeben. Ein toter Brick hätte mir gerade noch gefehlt. Ich möchte weiß Gott keinen Nachruf auf dich schreiben müssen, wozu die mich hundertpro verdonnern würden."

„Unkraut vergeht nicht. Ich melde mich."

Brick klickte das Gespräch weg. Eine Hürde weniger. Sein erster Triumph.

Er versuchte, diese Gedanken wieder abzuschütteln und setzte in der Küche, in der er mit Anna gefrühstückt hatte, eine Kanne Kaffee auf. Es war erst 15 Uhr, der ganze Tag lag noch vor ihm. Er hatte Zeit und musste die richtige Einstellung finden. Mit einer Tasse Kaffee machte er sich an die Arbeit, nahm am Wohnzimmertisch mit Blick hinaus auf den Garten Platz, klappte den Laptop auf und legte los.

Es dauerte eine Weile, bis er tief versunken war und seine Finger über die Tastatur flogen.

Ein Ton riss ihn wieder heraus. Es war das akustische Zeichen dafür, dass eine Mail angekommen war. Bei Anna wählte sich sein Laptop automatisch ins WLAN ein, das hatte er vergessen. Er ärgerte sich einen Moment über die Ablenkung und überlegte, wie er die Verbindung kappen könnte.

Leider war nun seine Neugier geweckt. Er wechselte von seinem Schreibprogramm in seinen Mailordner. Die Betreffzeile elektrisierte ihn sofort.

Wir liefern, was du haben willst, stand dort zu lesen.

Er war verwirrt. Die Mailadresse kannte er nicht. Die Endung hatte er Tage zuvor gehört. Sie endete mit den gleichen Buchstaben wie die Adressen des rechtsextremen Netzwerks, von denen die Mails an die Promifrauen versendet worden waren.

Die Mail enthielt keine Ansprache, sondern einen Link und schloss mit den Worten: *Mit einem Klick kannst du live dabei sein. Heute, 18 Uhr.*

Eine Unterschrift oder einen Absender suchte er vergebens.

Nachdem er die Mail dreimal gelesen hatte, sah er nur eine Möglichkeit. Umgehend informierte er Schnauze.

*

Anderthalb Stunden später saßen Brick und Thilo Frost gemeinsam vorm Laptop und diskutierten, was die kryptische Botschaft in der Betreffzeile bedeuten mochte. Sie kamen auf keinen gemeinsamen Nenner. Während der Kommissar die Sache nicht so wichtig nehmen wollte oder sie für einen Scherz hielt, konnte sich der Journalist mit dieser Sichtweise nicht anfreunden. Und zwar nicht wegen des Inhalts, sondern wegen des Absenders.

„Diese Leute“, sagte er mit Nachdruck, „belieben nicht zu scherzen. Sie gehen klug und zielgerichtet vor. Demnach droht uns hier irgendwas.“

„Nur was?“

„Ich wette, wir werden es bald erfahren. Jedenfalls stinkt hier etwas ganz gewaltig, und ich rede nicht von dem Furz, den ich gerade gelassen habe.“ Keine Millisekunde später hängte er an: „Wie geht es eigentlich Natalia und Elisa?“

„Wohlauf. Mach dir keine Sorgen!“

Brick nickte. „Mach ich nicht.“

Die Minuten bis zum 18-Uhr-Termin zogen sich wie flüssiger Stahl. Ihr Gespräch versiegte. Genug Themen hätten sie gehabt, doch die Anspannung war enorm. Brick hatte eine weitere Kanne Kaffee gekocht und sie tranken ihn mit Milch in kleinen Schlucken, damit sie sich wenigstens an der Tasse festhalten konnten, wenn nichts anderes greifbar war. Es fiel ihnen zunehmend schwer, ruhig auf ihren vier Buchstaben sitzen zu bleiben.

Dann war es so weit. Pünktlich um 17.59 Uhr blickten sie sich ein letztes Mal tief in die Augen in Erwartung von etwas Ungeheuerlichem. Gleich darauf wandte sich Brick seinem Laptop zu und klickte auf den gemailten Link.

Es öffnete sich eine Internetseite, in deren Mitte ein rechteckiges Fenster zu sehen war. Das Datum des heutigen Tages wurde in der rechten oberen Bildecke angezeigt, darunter lief die Uhrzeit mit. Ihnen war sofort bewusst, dass es sich um einen Livestream handelte.

Offensichtlich sahen sie Bilder aus der Kameraperspektive. Sie filmte eine beige Wand, die zwei Drittel des Bildes einnahm. Ein Gemälde, abstrakte Kunst, eine schlichte Tapete. Das linke Drittel offerierte ihnen einen Blick durch eine Glastür, die wahrscheinlich auf einen Balkon führte. Hausdächer am Horizont, davor Baumkronen. Das Haus schien an einem Fluss zu stehen.

„Das ist doch ...“ Brick dachte an die Betreffzeile: *Wir liefern, was du haben willst,* und es schien, als wolle er sich aufraffen, das alles zu erklären. Stoppte wieder, denn ein beginnender Kameraschwenk ließ ihn innehalten. Auf die Sekunde um 18 Uhr setzte sich die Kamera nach links in Bewegung. Wie in Zeitlupe. Dadurch rückte mehr von der Tür und der Fensterfront ins Bild. Es wurde klar, dass vor dem Haus der Main entlangfloss.

„Du meinst, das ist ...“, wollte Schnauze Bricks Äußerung fortsetzen, doch er sprach nicht weiter. Die Fensterfront glitt langsam rechts aus dem Bild. Stattdessen kam wieder eine Wand zum Vorschein. Wobei das eigentlich Wichtige, was ihre Blicke augenblicklich fesselte, sich vor der Wand abspielte. Zwei Meter vor ihr stand ein Stuhl. Auf dem Stuhl waren Füße zu sehen, die in schwarzen Halbschuhen steckten. Die Füße gehörten zu Beinen, die eine Anzughose trugen und die sich fortsetzten in einen Oberkörper, der ein weißes Hemd trug. Die Arme waren nicht zu sehen, sie schienen hinter dem Rücken der Person zusammengebunden zu sein. Folgte man dem Oberkörper aufwärts, kam ein Hals, der von einer Schlinge umhüllt zu sein schien. Auf dem Hals saß ein Kopf mit nach hinten gegelten schwarzen Haaren und einem Männergesicht, das einen Dreitagebart aufwies. Der Mund war mit einem festen Klebeband verschlossen, das um den Hinterkopf führte. Die Augen waren vor Entsetzen weit aufgerissen. Die Schlinge um den Hals war ein Seil, einen halben Zentimeter dick. Es reichte vom Hinterkopf bis zur Decke, wo es an einem massiven Haken festgezurrt zu sein schien.

Die Kamera schwenkte solange nach links, bis der gefesselte Mann auf dem Stuhl in der Mitte des Bildes angelangt war. Die Bewegung endete abrupt. Die Kamera zoomte näher, sodass Sekunden später der Oberkörper und der gesamte Kopf zu sehen waren.

Brick saß mit offenem Mund da. Schnauze war wie gebannt von dem Anblick.

„Die … wollen … doch … nicht … etwa …?“, ruckelte und stotterte es aus seinem Mund, bis ihm die Worte fehlten. Er hatte in seinen Jahrzehnten bei der Kripo einiges mitansehen müssen, was er nicht hatte sehen wollen. Einen Mord live vorgeführt zu bekommen, raubte ihm die Stimme. Und sämtliche Illusionen.

„Den kenne ich“, sagte Brick wie aus heiterem Himmel. „Ich kenn den Mann.“ Vor lauter Fassungslosigkeit brachte er es nicht fertig, den Mund wieder zu schließen.

Schnauze schien eine Weile länger zu brauchen, bis es ihm dämmerte. „Ist das nicht …?“ Er setzte wieder ab. „Das ist doch …“

46

„Wir sind so weit, Chef, und erwarten deinen Befehl.“

Engländer blickte auf den Bildschirm vor ihm. Am meisten Spaß machten ihm die funkelnden Augen von dem Arschloch. Sie spiegelten keine Angst wider, es war nackte Panik. Der blanke Horror hatte den Großkotz erfasst. Mit einer solchen Aktion hatte der Idiot nicht gerechnet. Er hatte den Bogen überspannt, alles an sich reißen wollen. Alles bestimmen. Nicht mit ihm! Jetzt bekam er die Quittung. Sein Ende sollte ihm eine Lehre sein, die ihm aber nichts mehr bringen würde, es sei denn, er konnte sie im Jenseits gebrauchen. Wobei die Hölle sein Zuhause sein würde.

Engländer genoss die letzten angstvollen Sekunden im Leben seines bisherigen Mitstreiters, bevor er in sein Handy sprach. „Ihr könnt loslegen!“

Im selben Augenblick dachte er bereits an die Zukunft und hatte dieses Kapitel abgehakt. Er musste den neuen Kontaktmann sprechen. Das war ihm bislang verwehrt geblieben. Nun hatte er freie Hand. Die nächsten Schritte mussten wohlüberlegt sein.

47

Keine drei Stunden hatte es gedauert, bis es ihnen in der Polizeiwohnung zu eng und zu langweilig geworden war. Inzwischen begannen Natalia und Elisa zu realisieren, dass sie einer Selbstisolation, die einem Gefängnis glich, zugestimmt hatten. In dieser beschissenen Einzimmerwohnung mit der hässlichsten Tapete der Welt – ein Senfgelb, das an einigen Stellen in ein Orange überging – gab es nichts außer zwei Einzelbetten, zwei Stühlen, einem Minitisch und einer Küchenecke mit Kühlschrank. Ein seltsamer Geruch nach unbewohnten Räumen lag in der Luft. An den Wänden hing nicht ein einziges Bild. Als letzte Verbindung zur Außenwelt waren ihnen die Handys geblieben. Surfen, Bilder anschauen, wegklicken oder liken war auf Dauer öde.

Elisa erhob sich mühsam von der Couch, als sei sie eine alte Frau. Sie trat ans Fenster und schaute hinaus. „Fuck, wo sind wir hier überhaupt? Hast du aufgepasst während der Fahrt?"

„Nö. Keine Ahnung, wohin Schnauze uns gebracht hat. Ich hab auch kein Straßenschild oder so gesehen."

Elisa presste ihr Gesicht dicht an die Fensterscheibe, um weit nach rechts und links schauen zu können. „Ich seh auch keins. Ich weiß nicht mal, in welchem Stadtteil wir sind." Da die Wohnung im ersten Stock lag, konnte sie nicht über die Dächer blicken und kein markantes Gebäude ausmachen. Sie erkannte eine Baumallee, eine Ladenzeile mit einem Dönerladen und einem persischen Imbiss. An der Ecke befand sich eine Postfiliale. Daneben eine Bank. sie konnte einen Teil des Schildes über der Eingangstür sehen. Auf dem Bürgersteig liefen Passanten mit Plastiktüten herum. Offenbar gab es in der Nähe einen Supermarkt. „Google doch mal!"

Natalia nahm sich ihr Handy. „Tja, Mist!", sagte sie nach einer Weile. „Unser Standort wird zwar angezeigt, irgendwo im Norden Frankfurts, aber die Straße scheint zu klein zu sein. Den Namen find ich nirgends."

Elisa drehte sich vom Fenster weg und wandte sich Natalia zu. „Ich geh da jetzt raus und klär mal, wo wir eigentlich sind."

„Nee, oder? Das kannst du doch nicht machen!"

„Und ob! Muss ja niemand wissen" Elisa zuckte mit den Schultern, begann zu kichern und lief Richtung Wohnungstür.

„Elisa!“, rief ihr Natalia nach. Sie sprang auf und stellte sich der Freundin in den Weg. „Scheißidee! Echt jetzt.“

„Quatsch. Mich kennt hier niemand. Wir können gar nicht auffliegen.“

Natalia schien einen Moment abzuwägen, bis sie zustimmte. „Aber pass auf, sonst kriegen wir Ärger mit Paps und Schnauze.“ Sie ließ Elisa passieren und sah aus den Augenwinkeln, wie sich hinter ihrer Freundin die Tür schloss. Ihr Magen meldete blitzartig ein ungutes Gefühl. Aber wie Elisa drauf war, hätte sie sie sowieso nicht daran hindern können, versuchte sie sich zu beruhigen.

Kaum war Elisa aus der Wohnung, meldete Natalias Handy eine eingehende WhatsApp. Nanu, hatte Elisa etwas vergessen? Beim Blick aufs Display sah sie keinen Namen, dafür eine Nummer, die sie nicht kannte. Nicht unterdrückt.

Ich bin's, Ingo, las sie. *Du warst länger nicht im Studio, hab mir von Melli am Empfang deine Nummer geben lassen. Sie hat sie zum Glück rausgerückt, ohne dass ich sie quälen musste☺. Was treibst du und warum kommst du nicht mehr? Hat dir unser letztes Gespräch nicht gefallen? Würde mich freuen, wenn du dich meldest …*

Natalias Herz blieb fast stehen. Seine Worte berührten sie. Zu wissen, dass er an sie gedacht hatte, war mehr, als sie sich erhoffte. Ein Wermutstropfen blieb: Warum meldete er sich ausgerechnet, während sie hier in diesem Gefängnis in Isolationshaft saß? Wie crazy war das? Das Schicksal meinte es nicht gut mit ihr. Was sollte sie ihm antworten? Sie überlegte hin und her. Normalerweise war sie locker und spontan, in diesem Fall fiel es ihr schwer. Ihr Hirn fühlte sich an wie Matsch und in ihrem Magen flatterten Schmetterlinge umher.

Sollte sie ihn einweihen? Wie vertrauensvoll war er? Sollte sie ihn in die Wohnung einladen? Oder lieber vertrösten?

Ihre Gedanken sprangen wie Steinböcke von Fels zu Fels. Ein wenig bockig, dennoch mit sicherem Tritt. Was Elisa konnte, konnte sie schon lange. Wenn Ingo wusste, wo sie waren, was würde das ändern? Nichts! Er war eine Bekanntschaft aus dem Fitnessstudio. Sie mussten ihm ja nicht die Wahrheit sagen, konnten sich eine Geschichte ausdenken, warum sie hier eingepfercht waren.

Sie würde ihn so gern sehen. Mit ihm reden. Mit ihm …

Warum dachte sie plötzlich an solche Dinge? Das war hier in dieser Minibude ein Ding der Unmöglichkeit, zumal Elisa bald wieder zurückkehren würde.

Ein weiteres Mal las sie seine Zeilen. Er konnte sich gut ausdrücken und war charmant, das hatte sie bei ihrem Gespräch im Studio bereits festgestellt. Etwas schüchtern war er, okay, es hatte ihn sicher Überwindung gekostet, ihr die Nachricht zu schicken. Das musste belohnt werden, entschied Natalia, nahm ihr Handy und begann zu schreiben.

Hi Ingo. Musste kurzfristig untertauchen, bisschen mystery. Ich würde dich gern sehen, ist bisschen tricky, es gibt nämlich ein klitzekleines Problem, muss ich erst klären … Meld mich, cu Knutscher.

48

Brick und Schnauze wussten, was kommen würde. Ihre Anspannung hätte kaum größer sein können. Sie hörten ein Geräusch, wie ein Schlag auf Holz. Im gleichen Augenblick sackte der Oberkörper ab, fiel nach unten, pendelte, und der Kopf kam mittig ins Bild. Jemand, der nicht zu erkennen gewesen war, weil er sich unterhalb des Bildausschnitts befand, hatte den Stuhl, auf dem Roland Brand gestanden hatte, weggetreten.

Die Kamera zoomte dichter ans Gesicht heran. Was folgte, war kaum zu ertragen. Ein Todeskampf, den sie live mitverfolgten. Das Gesicht lief augenblicklich hochrot an. Aufgrund der abgeschnittenen Luftzufuhr durch die Schlinge um den Hals versuchte Brand verzweifelt Luft zu bekommen, er japste, er zappelte, das Gesicht blähte sich voller Panik auf. Er röchelte, doch je mehr er röchelte und zappelte, desto enger zog sich die Schlinge. Er wurde noch röter, aufgepumpter, panischer. Es wirkte, als explodiere er gleich, während seine Augen aussahen, als sprängen sie gleich aus den Höhlen. Sie verloren ihren Glanz, das Funkeln wich dem Entsetzen. Der knapper werdende Sauerstoff blähte den gesamten Kopf auf, der unabwendbare Tod spiegelte sich langsam in den Augen wider. Die Gewissheit über das nahende Ableben gewann die Übermacht. Dann war da nur noch Hoffnungslosigkeit. Das Sterben hatte längst eingesetzt, der Widerstand brach, das Zappeln hörte auf. Das Leben entwich.

Das gesamte Prozedere dauerte keine drei Minuten. Brick und Schnauze kam es unendlich lange vor. Mitansehen zu müssen, wie ein Mensch auf diese grausame Weise starb, war nicht bloß ein Schock, es lähmte jedwedes Gefühl. Es war das pure Grauen. Wie zur Salzsäule erstarrt, saßen sie vor dem Laptop und konnten ihre Blicke nicht abwenden.

Bis es Brick nicht mehr aushielt und aufsprang. Sein Weg führte ihn an Annas gut bestückte Bar. Er merkte, dass er zitterte, als er die einzelnen Flaschen anhob und die Etiketten betrachtete. Pernod war keiner zu sehen. Es tat auch was anderes. Er nahm eine Flasche Williams, einen Weinbrand und zwei Stamper.

„Auch?", fragte er, als er wieder vor dem Tisch stand, an dem Schnauze saß.

„Doppelten", antwortete Schnauze. Es klang nach Niederlage auf der ganzen Linie.

„Welchen?"

„Beide!"

„Auweia!"

„So was schlägt mir auf den Magen. Auch noch nach Jahrzehnten bei der Polizei."

„Wär auch schlimm, wenn nicht."

Brick schenkte ein, zunächst den Willi, meinte es gut. Sie kippten ihn hinab. Danach genehmigten sie sich den Weinbrand. Bevor sie, zur Sicherheit und inneren Stärkung, einen letzten Williams folgen ließen.

Schnauze schüttelte sich, Schnaps war er nicht gewohnt. Jetzt tat er gut.

Brick war schon wieder im Analysemodus. „Was mir nicht in den Kopf will: wieso Roland Brand? Die vorherigen Opfer, klar, das haben wir bestimmt richtig erkannt. Aber dieser Brand? Wo ist das Motiv? Warum musste er sterben? Wofür?"

Schnauze sah ihn lange an. „Denk mal nach. Es gibt nur eine Erklärung dafür."

„Und die wäre?"

„Ab jetzt ist Engländer der alleinige Chef."

„Du meinst …?"

„Vielleicht haben sie sich in die Wolle gekriegt. Vielleicht ist Brand Engländer auf die Füße getreten, vielleicht gab es Streit, vielleicht wollte Brand zu viel, wurde ihm zu mächtig …“

„Kann sein. Es gibt aber eine weitere Möglichkeit: Engländer hatte von Anfang an geplant, Brand aus dem Weg zu räumen, um seinen Führungsanspruch zu unterstreichen. Und zwar genau in dem Moment, als er ihm nicht mehr nützlich sein konnte. Er hat ihn als Handlanger benutzt und nie als gleichwertiges Mitglied der Gruppe betrachtet.“

„Gute Überlegung. Seine Persönlichkeit macht beide Motive plausibel. Ich kenne ihn recht gut von früher. Er ordnet sich nie freiwillig unter. Selbst neben sich kann er nur schwer jemanden ertragen.“

„Also müssen wir uns auf einiges gefasst machen.“

„Worauf du einen lassen kannst.“

Und als seien Schnauzes Worte nicht Gewissheit genug, meldete Bricks Mailordner mit einem Piepton eine eingehende Mail. Er schnappte sich den Laptop und las vor:

Wo immer du bist, was immer du tust – wir kriegen dich!

49

Die Operation im Westhafen lief noch, als Klaus Engländer zum Telefon griff und die Nummer des neuen Informanten wählte. Soweit er mitbekommen hatte, handelte es sich bei diesem Jens Heinzmann um einen Mitarbeiter des toten Detektivs Konrad. Er hatte nie zuvor mit ihm gesprochen und wollte ihm klarmachen, dass er einen neuen Befehlsgeber in Kauf nehmen musste. Außerdem wollte er sich ein Bild von Heinzmann machen. Er arbeitete grundsätzlich nur mit Leuten zusammen, die hundertpro zuverlässig und loyal waren. Engländer agierte ihm gegenüber unter seinem Tarnnamen.

„Heinzmann“, meldete sich eine Stimme, die Engländer nicht passte. Sie klang unsicher und schüchtern. Was war denn das für ein Typ?

„Hier spricht Anton Schweizer. Sie wissen, wer ich bin?“

„Äh … jaja“, beeilte sich Heinzmann zu sagen. „Herr Anzinger hat mich informiert.“

„Gut. Sie arbeiten ab heute für mich, ausschließlich für mich. Anzinger gibt es nicht mehr. Haben wir uns verstanden?“

„Aber …“

„Nichts aber! Sie befolgen meine Anweisungen und berichten direkt an mich. Tom Anzinger können Sie aus Ihrem Kopf streichen, er existiert nicht mehr. Und ich wünsche keine Nachfragen. Ist das bei Ihnen angekommen?“

„Ja.“

„Gut. Bringen Sie mich kurz auf den Stand Ihrer Nachforschungen.“

„Gerne, wo … fange ich am besten an?“

Der Typ nervte ihn bereits nach zwei Minuten über alle Maßen. Was hatte Konrad da für eine Flachpfeife engagiert? Wenn der seine Observationen genauso durchführte, Prost Mahlzeit! Er musste sich ihn dringend zur Brust nehmen.

„Selbstverständlich interessiert mich unsere Zielperson.“

„Ja natürlich … Da ich ja wusste, dass die Zielperson in der Bruchfeldstraße auftauchen würde, um Abschied zu nehmen von seinem ältesten Weggefährten, habe ich mich dort vorm Haus postiert.“

„Kluge Entscheidung“, ließ Engländer einfließen. Bei Heinzmann schien nicht alles verloren zu sein. Vielleicht taugte er für mehr. Er schien mitzudenken, was man heutzutage nicht bei jedem voraussetzen durfte. Er konnte ihnen nützlich sein. „Und weiter?“

„Ich … bin dann dem Notarztwagen gefolgt, in den er von zwei Rettungssanis auf einer Liege gebracht wurde. Die Fahrt ging nach Ginnheim zum Markus-Krankenhaus. Dort habe ich mich auf die Lauer gelegt, und es dauerte nicht lange, bis drei bekannte Gesichter aufgetaucht sind.“

„Wer?“

„Erst dieser Hauptkommissar, dieser Frost.“

„Thilo Frost?“ Ein alter Bekannter von Engländer, den er in unguter Erinnerung hatte. Typ Wadenbeißer, in die Jahre gekommen und auf dem absteigenden Ast bei der Kripo. Jedenfalls, wenn er seinen Informanten trauen konnte.

„Genau. Er fuhr mit seinem Wagen vor, ziemlich dicht hinter dem Krankenwagen, und ist in der Klinik verschwunden. Später kamen per Straßenbahn die Tochter und die ehemalige Nachbarin der Zielperson."

Heinzmann schien ein guter Beobachter zu sein. Engländer wollte ihm eine faire Chance geben. „Und wie ging es dann weiter?"

„Ich bin natürlich auf meinem Posten geblieben und habe gesehen, dass die beiden Frauen zum Rauchen nach draußen kamen und dann wieder reingingen. Das alles ging so lange, bis dieser Frost mit den beiden Frauen in seinem Wagen weggefahren ist."

„Und Sie hinterher?"

„Nein."

„Wieso nicht?" Engländer war erbost, versuchte aber, seine Gefühle im Zaum zu halten.

„Mein Auftrag lautete, die Zielperson zu beschatten. Da können Sie den Herrn Anzinger fragen." Wenn du wüsstest, dachte Engländer, schwieg jedoch zu den Vorfällen der letzten Stunde. „Das hat er mir aufgetragen, ich schwöre", beendete Heinzmann seine Rechtfertigung.

Engländer konnte ihn schlecht dafür maßregeln, dass er Brands Befehl genau ausgeführt hatte. Auch wenn er Heinzmann Totalversagen seines gesunden Menschenverstandes attestieren musste. Also lenkte er wieder ein. „Wenden wir uns noch mal der Zielperson zu. Haben Sie weitere Informationen sammeln können?"

„Und ob! Die Zielperson war noch eine Weile im Krankenhaus und wurde dann entlassen."

„Und sie befindet sich jetzt wo?"

„Darauf wollte ich gerade hinaus. Sie ist nämlich in Bad Vilbel in der ehemaligen Wohnung dieser Chefredakteurin. Sie wissen, wen ich meine?"

„Bin im Bilde."

„Und er hat Besuch bekommen dort. Von diesem Hauptkommissar Frost."

„Und woher wissen Sie das?"

„Ich bin vor Ort. In Bad Vilbel vorm Haus. Schräg gegenüber parke ich."

Schien seinen Job gewissenhaft auszuführen. Sie konnten ihn definitiv gebrauchen. „Danke, Herr Heinzmann."

„Soll … ich … hier …?", stotterte der Aushilfsdetektiv.

„Sie machen jetzt erst mal Feierabend und schlafen sich aus. Ich melde mich bald bei Ihnen mit neuen Anweisungen."

„Äh, Entschuldigung … "

„Was ist?"

„Naja, ich werde immer direkt nach den Jobs bezahlt … Übernehmen Sie das jetzt? Oder wer?"

„Jaja, das übernehme ich. Keine Sorge, Sie bekommen Ihr Geld. Und zwar cash. Das Geld wird an Sie versendet."

„Aber …"

„Dieses Wort will ich nie wieder hören, verstanden?"

„Ja."

„Können Sie mir Ihre Adresse mailen?"

„Mache ich. Ich brauche nur …"

„Meine Mailadresse sende ich Ihnen. Bis bald."

Engländer legte auf. Er musste erst einmal das Gehörte verarbeiten. Eines stand fest, Heinzmann würde er sich warmhalten. Und Brick brauchte Feuer. Sie würden ihm weiter einheizen. Er war gespannt, wie er die letzte Leiche verkraften würde. Engländer schnappte sich seinen Laptop und tippte eine neue Botschaft: *Wo immer du bist, was immer du tust – wir kriegen dich!*

Die heiße Phase hatte begonnen.

50

Kaum war Elisa zur Wohnungstür hereingekommen, bestürmte Natalia sie und wollte den Straßennamen und die Hausnummer von ihr wissen.

„Hey, hey, was issen los mit dir?", wehrte Elisa Natalias Drängen ab. „Is was passiert?"

„Nö." Natalia ließ von ihr ab, hockte sich mit angezogenen Beinen auf einen Stuhl, der mitten im Zimmer stand und legte eine Unschuldsmiene auf.

„Du guckst so komisch", erwiderte Elisa. „Sag schon!" Sie stellte sich breitbeinig vor ihre Freundin und stemmte die Hände in die Hüfte.

„Erst will ich unsere genaue Adresse wissen."

„Und wozu brauchst du die?"

Sie grinste. „Zum Pizza bestellen."

„Ne Pizza? Nie im Leben! Mir machst du nix vor. Dafür kenn ich dich zu gut. Wenn du so schaust, führst du was im Schilde."

Natalia war hin- und hergerissen. Elisa hatte sie durchschaut. Sie musste ihr Geheimnis offenbaren. „Ingo hat sich gemeldet." Ein Lächeln erschien auf ihrem Gesicht. Ein Lächeln, das mehr verhieß als Freude. Ein Ausdruck von Glückseligkeit.

„Du meinst DER Ingo aus dem Studio?"

Natalia nickte.

„Ich fass es nicht! Du flirtest mit ihm und wir schmoren hier …" Während sie sprach, zeichneten sich Nachdenkfältchen auf ihrer Stirn ab. „Du hast doch nicht etwa …?"

Natalias Augen vergrößerten sich. „Was?"

„Ihm gesagt, wo wir sind."

„Näääää. Weiß ich doch selbst nicht."

„Aber du willst es ihm sagen, deshalb soll ich dir die Adresse stecken. Is doch so?" Sie plusterte sich vor Natalia auf.

„Und wenn?"

Elisa schien über die letzte Frage nachzugrübeln. „Würdest du unseren Standort preisgeben."

„Ach, und du streunst draußen rum, wo dich jeder sehen kann. Immerhin sind wir in den letzten Tagen beobachtet worden. Schon ma drüber nachgedacht?"

„Niemand kann wissen, wo wir sind. Schnauze hat uns sicher hierhergebracht. Aber wenn du Ingo unser Versteck ausplauderst … Du kennst ihn doch gar nicht."

Natalia stand auf, stellte sich ans Fenster und schmollte. „Bin schließlich alt genug, um zu wissen, was ich mache und was nicht."

Elisa kam von hinten und umarmte sie. „Nicht sauer sein! Weiß ich doch, ich dachte nur … Aber andererseits würde ich dann die Romanze von Anfang an mitkriegen. Irgendwie cool!"

„Was laberst du da?"

„Du willst ihn ficken, gib's zu!" Natalia blickte sie empört an. „Schauspielerin hättste nicht werden können. Ich gönn's dir ja, aber dann müsst ihr euch ein Hotel suchen. Ich schau euch bestimmt nicht dabei zu."

„Was du wieder denkst! Ich will ihn sehen, mit ihm reden, sonst nix."

„Hey Alte, lüg dir nicht in die Tasche. Is mir auch egal. Du musst wissen, was du tust. Wir sind in der Walter-Hesselbach-Straße. Müsste Preungesheim sein. Die Häuserzeile gehörte zu ner ehemaligen Ami-Kaserne und wurde dann saniert. Hab kurz mit dem Typ vom Imbiss gelabert. Der vercheckt Dope." Sie holte ein Tütchen mit Gras raus und nannte Natalia die Hausnummer.

Elisa hatte noch nicht richtig ausgesprochen, da stürzte Natalia bereits an ihr Handy und schickte eine WhatsApp raus.

„An wen schreibst du?"

„Dreimal darfst du raten!"

Sie drückten sich.

„Willst du auch einen Zug?" Elisa nahm zwei Papers und leckte sie an.

51

Stunden nachdem er den Todes-Livestream angesehen hatte, war Brick immer noch erschüttert und konnte kaum einen klaren Gedanken fassen. Mit dem Video war eine neue Eskalationsstufe angebrochen. Dem größten Optimisten musste klar sein, welche Gangart ihre Gegner drauf hatten. Sie waren nichts anderes als skrupellose Verbrecher, die vor nichts und niemandem zurückschreckten und niemals anhalten würden, bis sie ihr Ziel erreicht hatten.

Obwohl Brick alles andere als blauäugig war und in dieser Hinsicht einiges erlebt hatte, wirkte diese Erkenntnis wie ein Schock, dem er sich nicht zu entziehen vermochte. Dabei hätte er einen freien Kopf gebraucht, um die nächsten Schritte zu planen. Dies erschien gerade unmöglich.

Er saß da, als habe man ihm den Lebensnerv abgeklemmt. Er war in eine Art Todesspirale hineingeraten und musste einen Weg hinaus finden, um sich von dem ganzen Wahnsinn zu befreien und sich und seine beiden Frauen zu schützen. Außer Natalia und Elisa hatte er niemanden mehr. Okay, Schnauze und Eddie gab es, doch das war was anderes.

Wenn man vom Teufel spricht, dachte Brick, als sein Handy klingelte und er den Namen las.

„Gibt's was Neues, Schnauze?"

„Aber hallo! Wir haben alle Personen, die unserer Meinung nach zu Engländers Netzwerk gehören, enttarnt."

„Du meinst ...?", fragte Brick ungläubig.

„Hör einfach zu, ja. Wir können die Tarnnamen realen Namen zuordnen und sind uns mittlerweile sicher, dass sie übereinstimmen. Okay, also die Namen auf Katis Liste lauten Anton Schweizer, Knut Wenzel, Augustus Corbin, Vladimir Müller und Oskar Peters."

„Anton Schweizer und Knut Wenzel kennen wir."

„Richtig, dabei handelt es sich mit hundertprozentiger Sicherheit um Klaus Engländer und Kurt Hensel. Die beiden sind persönlich involviert, weil sie noch während der Starlight-Fall für Furore sorgte vom Polizeidienst suspendiert und danach entlassen wurden. Von Engländer wissen wir einiges: 52 Jahre alt, in Dortmund geboren, 30 Jahre Polizeidienst auf dem Buckel, zuerst in Essen, danach in Frankfurt. Weshalb er in die Stadt kam, bleibt unklar. Kurt Hensel ist so etwas wie der persönliche Vertraute, man könnte auch Lakai sagen, von Engländer. Er ist 43 Jahre alt und wohnt in Seckbach."

„Okay, weiter! Wer sind die anderen?"

„Hinter Augustus Corbin, Vladimir Müller und Oskar Peters verbergen sich die Personen Daniel Quandt, Volker Mahler und Ortwin Keller. Letzterer wohnt seit Kurzem in Sossenheim und ist 49 Jahre alt. Volker Mahler ist Russlanddeutscher, 50 Jahre alt, seine Familie ist vor mehr als zwei Jahrzehnten nach Deutschland übergesiedelt. Er wohnte in Bad Hersfeld, war rasch in den Polizeidienst eingetreten und nach Frankfurt gezogen. Der Einzige, der aus dem Rahmen fällt, ist Daniel Quandt. Er ist mit Abstand der jüngste aus der Polizistenriege. Erst 28 Jahre alt und vor 13 Monaten von der Polizeihochschule in Kaiserslautern zur Frankfurter Kripo gewechselt. Er strebte eine Laufbahn als Kommissar an."

„Und was macht dich so sicher, dass es sich um die drei handelt?"

„Wir haben sämtliche Polizisten der Frankfurter Kripo überprüft, die in den letzten beiden Jahren suspendiert worden sind. Die drei waren in einen Vorfall verwickelt, der hohe Wellen geschlagen hat. Ein Video war aufgetaucht, in dem sich ein Schwarzer gegen seine Verhaftung gewehrt hat. Das Trio hat die Verhaftung vorgenommen.

Und nicht nur das: Als der Schwarze nicht spuren wollte, haben sie ihn krankenhausreif geprügelt. Er hat bleibende Schäden davongetragen. Das Ganze fand im Bahnhofsviertel statt."

„Engländers Revier."

„Du sagst es. Er war der verantwortliche Vorgesetzte, der die Jungs aber nicht schützen konnte. Er hat zwar alles versucht, aber sie wurden ebenfalls ganz schnell vom Dienst suspendiert. Die Sache war intern zu heiß."

„Davon habe ich noch nie gehört." Bricks Augenbrauen hoben sich. „Das hätte doch an die Öffentlichkeit gelangen müssen?"

„Eben. Ist es aber nicht. Man hat von Anfang an dafür gesorgt, den Fall komplett unter den Teppich zu kehren. Der Deal war, die drei zu entsorgen. Im Gegenzug blieb der Vorfall unter Verschluss. Da hat Engländer mitgespielt, weil er die drei vor Strafverfolgung schützen wollte. In Zeiten, wo man in den Medien jeden Tag von strukturellem und systemischem Rassismus innerhalb der hessischen Polizei liest, wären sie vorm Kadi gelandet."

„Das wäre Wasser auf die Mühlen aller Polizeikritiker gewesen. Kati hätte sich die Finger danach geleckt."

„Geleckt ist gut, es könnte nämlich geleakt worden sein."

„Wie meinst du das?"

„Zunächst hat man die drei aus dem Dienst entfernt und niemand hat was davon mitbekommen. Aber warum tauchen sie auf Katis Liste auf? Jemand muss zumindest die Tarnnamen durchgesteckt haben. Und jetzt bist du dran!"

„Wer, wissen wir noch nicht. Aber Fakt ist: Engländer hat seine Chance erkannt und sie unter seine Fittiche genommen. Er hat ihnen geholfen, eine neue Identität aufzubauen und sie dazu gebracht, sich ihm und Hensel anzuschließen."

„Dürfte für ihn nicht allzu schwierig gewesen sein. Immerhin hat er ihnen dadurch eine neue Perspektive geboten."

„Und es handelt sich um Profis, bestens ausgebildete und erfahrene Polizisten, die vertraut sind im Umgang mit Waffen. Die wissen, wie man an einem Tatort keinerlei Spuren hinterlässt."

„Also perfekt für seine Truppe", ergänzte Brick.

„Genau. Sie haben sich immer mehr radikalisiert, und während sie aus dem Untergrund operierten, den Systemsturz planten, die Logis-

tik aufbauten und hetzerische Mails versendeten, konnte er schön seinen persönlichen Rachefeldzug gegen dich in die Tat umsetzen."
„Die perfekte Tarnung."
„Hensel wusste er sowieso an seiner Seite. Und die anderen drei konnte er nach Belieben manipulieren."
„In dieser Phase hat er Roland Brand kontaktiert und eingebunden."
„Weil er wusste, dass Brand, wie er selbst, hart getroffen war von deiner Starlight-Reportage. Er musste sich ja vor Gericht verantworten und hat die Konzession für seinen FKK-Club verloren. Seine Rotlicht-Karriere ist komplett den Bach runtergegangen."
„Gemeinsam haben sie den Plan entwickelt, mich auf die Hörner zu nehmen. So könnte es abgelaufen sein. Und was fangen wir jetzt damit an?"
„Wir haben ihre Adressen überprüft. Alle sind Singles oder geschieden und leben allein. Ihre Häuser und Wohnungen werden observiert. Bislang ist niemand dort aufgetaucht."
„Die Vögel sind also tatsächlich ausgeflogen."
„Und deshalb sind alle seit einer Stunde zur Fahndung ausgeschrieben."
„Dann wollen wir hoffen, dass ihr bald fündig werdet."
„Je früher, desto besser. Ich melde mich, sobald es Neuigkeiten gibt."
„Mach das. Ach, noch kurz: Natalia und Elisa geht's gut?"
„Sicher. Ich hab nichts Gegenteiliges gehört."
„Na dann!"
Sie legten auf. Brick sank zurück in sein Sesselkissen. Er atmete tief ein und aus. Ein erster Hoffnungsschimmer. Was fing er mit den neuen Informationen an? Er hatte bereits eine Idee. Ein vielversprechender Ansatz. Dafür musste er dringend Eddie anrufen.

52

Zuerst war nur der Kopf zu sehen, dann schob er den gesamten Körper nach, stellte sich aufrecht hin und schloss die Tür hinter sich.

Schon eine halbe Stunde nach Natalias Nachricht war Ingo in der Polizeiwohnung eingetroffen.

„Hi“, sagte er.

„Hi“, sagte Elisa und erntete einen fragenden Blick von Ingo. „Natalia kommt gleich, ist noch im Bad, sich aufhübschen.“ Sie legte ein feistes Grinsen an den Tag. Unverhohlen musterte sie Natalias Schwarm von oben bis unten, von unten bis oben und wieder zurück. „Hab dich schon mal im Studio gesehn.“

„Ich dich auch“, antwortete Ingo knapp.

Klarer Minuspunkt. Was fand Natalia nur an dem? Okay, er war fluchtartig aufgebrochen, um sie hier zu besuchen. Pluspunkt. Rein äußerlich kamen weitere hinzu: guter Body, breite Schultern, längere Haare, ein nettes Lächeln. Naja, nett war der kleine Bruder von Scheiße. Es tat ihr sofort leid, dass sie so dachte und sie verbesserte sich: ein smartes, unaufdringliches Lächeln.

„Du darfst dich gern setzen, wenn du willst.“

„Ach ja, danke.“ Er steuerte auf einen Stuhl zu, blickte sich dabei um. Seine Augen huschten hin und her. Die kahle Wohnung kam ihm offensichtlich merkwürdig vor. „Sehr geschmackvoll eingerichtet.“ Er lächelte. „Und hier wohnt ihr also?“

„Toll, gell! Besonders die gelbe Tapete find ich echt … crazy schick.“

„Schrill, würd ich sagen. Muss man aufpassen, nicht blind zu werden. Puhhh! Nee, sag mal, ihr wohnt doch nicht hier?“

„Natalia wird enttäuscht sein, wenn's dir nicht gefällt.“ Sie konnte es nicht länger verhindern, dass sie lachen musste, was ihr Flunkern verriet.

„Ich glaub dir kein Wort.“

„Okay, wir stehen unter Polizeischutz“, platzte Elisa raus. „Is ne Polizeiwohnung.“

„Ihr steht was?“

„Hast mich schon richtig verstanden. Bisschen crazy. Kann dir Natalia später noch erzähl…“

„Was kann ich ihm erzählen?“, kam es aus dem Bad. Kurz darauf schoss Natalia ziemlich aufgebretzelt um die Ecke. Sie hatte ordentlich Parfüm aufgelegt. Im Nu breitete sich der süßliche Duft in den wenigen Quadratmetern aus.

„Hey, hey“, sagte Ingo. „Du siehst cool aus.“

Elisa wäre vor Fremdscham am liebsten im Erdboden versunken. „Schleim, schleim!“, kommentierte sie und verzog das Gesicht.

Natalia sah das anders. „Danke schön. Du auch.“ Sie strahlte Ingo an.

„Komm gerade vom Training. Bin groggy.“

„Magst du was trinken?“

In diesem Moment fühlte sich Elisa zum ersten Mal deplatziert. Wohin sollte sie sich verkrümeln? Sie konnte sich nicht in Luft auflösen. Oder verduften. War nicht drin. Zu dumm. Die ganze Zeit den beiden Turteltäubchen bei ihrem Ringelreihen zuschauen konnte sie aber auch nicht. Auf Dauer erst recht nicht. Das stand fest.

„Gern“, antwortete Ingo. „Ein kaltes Wasser.“

„Was anderes haben wir auch nicht.“ Natalia ging an den Kühlschrank und holte eine Flasche Mineralwasser heraus.

„Stimmt es, was deine …“

„Ich heiße Elisa.“

„Ingo.“ Er streckte ihr die Hand hin.

„Hi Ingo.“ Elisa ergriff sie. „Ich würd euch am liebsten allein lassen …“

„Quatsch!“, fuhr ihr Natalia über den Mund. „Du bleibst schön hier. Setz dich einfach hin! Magst du auch einen Schluck? Oder lieber einen Tee?“

Knapp drei Minuten später saßen Ingo und Elisa an dem schmalen Tisch. Natalia hatte sich auf eines der Betten gepflanzt.

„Ganz schön spartanisch hier“, sagte Ingo und schaute sich nochmals um.

„Wir wollen hier nicht überwintern.“ Elisa war genervt. Er ritt wieder auf dem Thema rum. Das vertrug sie nicht. Es ging ihr zunehmend gegen den Strich.

„Erzähl doch mal!“, sagte Ingo und wandte sich Natalia zu. „Was soll das Ganze? Warum seid ihr hier?“

Natalia wollte zunächst nicht mit der Sprache heraus, wollte Ingo aber auch nicht anlügen. Dafür mochte sie ihn schon zu sehr. Nach und nach erzählte sie ihm die Einzelheiten. Dass Brick ihr Vater war, dass es Todesfälle gegeben hatte, dass sie in Gefahr schwebten und hier untergebracht waren. Vorübergehend.

Ingo hörte aufmerksam zu und musterte sie die ganze Zeit über. Elisa versuchte, aus seinen Augen zu lesen. Es waren keine Ausziehblicke. Er wollte sie nicht flachlegen, jedenfalls nicht gleich. Er schien eher besorgt zu sein und sich in ihre Situation hineinzudenken, was seine erste Bemerkung bestätigte, nachdem Natalia geendet hatte.

„Verdammt. Da steckt ihr ganz schön tief drin. Glaubt ihr, dass die Bullen die Sache im Griff haben?"

Natalia zuckte mit den Schultern. „Bisher können wir uns nicht beschweren. Und der Kommissar, der uns hierhergebracht hat, ist ein guter Freund meines Vaters."

„Ach so." Es klang, als sei er ein wenig beruhigt.

„Also ehrlich gesagt", schaltete sich Elisa ein. „Ich weiß nicht so recht, was ich von Schnauze halten soll."

„Von wem?", wollte Ingo wissen.

„Schnauze, der Spitzname des Polizisten", erklärte Natalia. Elisa nahm Natalias Blicke wahr, die an Ingo klebten. Oh no! Sie hatte keinen Bock, den beiden beim gegenseitigen Schmachten zuzuschauen. Das Ganze wurde peinlich, bis zur Schmerzgrenze. Sie war der Grund, warum die beiden ihre Triebe nicht ausleben konnten. Und es gab keine Möglichkeit, daran was zu ändern.

Die folgende Stille legte sich wie eine schwere Rüstung auf ihr Gemüt. So mies hatte sie sich lange nicht gefühlt. Es gab kein Entrinnen.

„Was machen wir jetzt?", fragte sie in die Runde.

Statt einer Antwort ertönte ein Klingeln. Es war Ingos Handy. Er schaute aufs Display. „Ein Kumpel von mir, da muss ich kurz ran." Er nahm den Anruf entgegen. Antwortete dreimal mit Ja, zweimal mit Nein, wieder mit Ja. Nach einem letzten Nein legte er auf. „Sorry!", merkte er an.

Elisa kam der Anruf merkwürdig vor. „Wie lange trainierst du schon im CrossFit?", fragte sie.

„Erst drei Monate. War vorher woanders."

„Und wo?"

„Nordend. Bin aber jetzt ins Gutleutviertel gezogen."

„Und was machst du sonst so?"

„Wird das jetzt ein Verhör?" Er grinste.

„Elisa!", ermahnte Natalia sie mit scharfer Stimme. „Jetzt lass ma gut sein. Wie soll sich Ingo denn vorkommen?"

„Mir doch egal. Ich will wissen, mit wem ich es zu tun habe."

Elisas Erwiderung kam schroff rüber, daher hob Ingo wie zur Beschwichtigung beide Hände. „Okay, okay. Ich beantworte gerne deine Fragen. Hab nix zu verbergen, wenn du das meinst. Ich bin selbstständig. Im Sommer leite ich einen Kletterpark im Taunus, im Winter jobbe ich als Skilehrer in den Alpen, und wenn zu wenig Schnee liegt, mache ich Urlaub und gehe zum Fußball. Zufrieden?"

„Na, hoffentlich zur Eintracht", sagte Elisa.

„Schwarz-weiß-rot oder tot!", erwiderte Ingo mit ernster Miene.

„Ist das so ein Hooligan- oder Ultras-Spruch?", hakte Natalia nach, die ihn noch nie gehört hatte.

„Stammt von mir. Wenn ich mit meinen Jungs um die Häuser ziehe, scherzen wir oft." Er lächelte.

Natalia schien mit dem Gehörten zufrieden. Sie wirkte entspannt. Elisa fragte nicht weiter nach. Sie hätte sich eine etwas längere Geschichte gewünscht, damit sie sich sein Leben besser vorstellen konnte. Ingo war wohl mehr der stille Typ, dem man alles aus der Nase ziehen musste. Sie gab vorerst auf und seufzte. Stattdessen meinte sie: „Oh Gott, ist das langweilig."

„Wie lange soll das hier gehen?", erkundigte sich daraufhin Ingo.

„Wenn wir das wüssten!", platzten beide Frauen gleichzeitig heraus und begannen loszuprusten.

53

Im Forsthaus am Basalthang hätte die Stimmung nach der erfolgreichen Operation im Westhafen nicht ausgelassener sein können. Die Mitglieder des Netzwerks waren sich einig darüber, dass es richtig gewesen war, Brand auf solch innovative Weise losgeworden zu sein. Die Vorfreude auf neue Einsätze war riesig. Sie gierten nach weiteren Abenteuern. Dafür mussten sie ein neues Ziel orten.

Seit mehr als zwanzig Minuten saß Volker Mahler am Laptop und tippte auf der Tastatur herum. Der Computerspezialist der Truppe hatte sich Zugang zum Server der Kripo verschafft. Er war in der Lage, sämtlich Akten, Daten und Namen anzuzapfen und, entscheidend, er konnte Handys orten lassen. Von der technischen Seite war das heutzutage kein Problem mehr, sofern das Handy eingeschaltet war. Er benötigte lediglich die IMEI-Nummer, die Seriennummer des Handys. Diese konnte ermittelt werden, wenn die Telefonnummer und der Name des Handybesitzers vorlag. Die rechtliche Seite brauchte sie nicht zu jucken, die Ortung bekam niemand mit.

Klaus Engländer sprang um ihn herum und zeigte erste Anzeichen von Nervosität. „Ich dachte, das geht schneller."

„Immer langsam mit den jungen Pferden!", konterte Mahler. „Bin gleich so weit." Er klickte theatralisch auf drei, vier weitere Tasten. Ein Bildschirm öffnete sich und er drehte den Laptop einige Grad nach links, damit Engländer bessere Sicht aufs Display hatte. Ein Stadtplan wurde angezeigt.

„Was ist das?", fragte der Chef.

Mahler deutete mit dem Finger auf eine Stelle. „Beide Handys sind hier in diesem Funkmast eingeloggt. Ecke Marbachweg, Homburger Landstraße. Müsste Preungesheim sein."

„So?", sagte Engländer. „Geht's genauer?"

„Nein."

„Was ist in diesem Gebiet?"

„Mischgebiet. Wohnungen und Gewerbe."

„Irgendwas Markantes?"

„Im nördlichen Frankfurt waren früher die Ami-Kasernen. Wenn du von Vilbel in die Stadt fährst, rechterhand der ganze Bereich. Wurde alles saniert und zu Wohnraum umgebaut."

„Ami-Kasernen?" Klaus Engländer runzelte die Stirn. Er grübelte. Das Stichwort sagte ihm was, aber er kam nicht drauf. Vor längerer Zeit war er mal dort gewesen. Er schnappte sich einen Stuhl und studierte den Stadtplan, zoomte näher heran, las die Straßennamen. Blieb an zwei, drei hängen, die ihm bekannt vorkamen. Plötzlich leuchteten seine Augen auf und seine Miene erhellte sich. „Ich glaube, ich weiß, wo die sind. Wird ja auch Zeit, dass sich mein jahrzehntelanger Polizeidienst irgendwann auszahlt."

54

Brick berichtete Eddie am Telefon von den Fortschritten der Ermittlung und dass er Katis begonnene Reportage innerhalb der nächsten Tage zu Ende schreiben wolle.

Die Information, dass die Identität aller Polizisten des Netzwerks aufgeflogen war, hatte ihm einen Schub gegeben. Er betonte gegenüber Eddie, dass die Reportage unerlässlich sei, um öffentlich Druck aufbauen zu können. Weitere Medien würden auf den Zug aufspringen und damit einer Vertuschung innerhalb der Polizei zuvorkommen. Er schloss mit dem Bekenntnis, dass es ihm auch ein persönliches Anliegen sei, Katis Vermächtnis zu Ende zu bringen und der Welt zu präsentieren. Ihr Name solle nie in Vergessenheit geraten; es mache ihn stolz, mit ihr gearbeitet zu haben.

Die beiden kannten sich ewig. Brick spürte im Verlauf des Gespräches, dass Eddies Herz weich wurde. Der Chefredakteur hatte die taffe Journalistin gemocht und stets protegiert. Der Verlust für die Frankfurter Presse war unersetzlich und würde sich künftig negativ bemerkbar machen. Umso notwendiger war diese letzte Reportage als Erinnerung an Kati sowie als Mahnmal, welchen Gefahren Journalisten heutzutage ausgesetzt waren.

„Ich hab das Go der oberen Etage“, sagte Eddie.

„Wow!“, platzte Brick dazwischen.

„Wann kannst du liefern?“, wollte Eddie wissen.

„Gib mir 24 Stunden. Dann bin ich mit dem ersten Teil durch. Den können wir sozusagen vorab veröffentlichen. Die Fortsetzung braucht etwas Zeit. Dort will ich auch die weitere Entwicklung einarbeiten und ein persönliches Fazit ziehen. Ich melde mich.“

„In Ordnung.“

Brick legte auf. Es galt keine Zeit zu verlieren. Er kochte sich einen Kaffee und fing an zu arbeiten. Knüpfte nahtlos an die von Kati verfassten Zeilen an, fügte die neuen Geschehnisse hinzu, nannte alle Namen und rundete sie mit einigen eigenen Betrachtungen ab.

Nachdem er die erste Version beendet hatte, stellte er sich auf dem Handy den Wecker und legte sich zwei Stunden aufs Ohr. Wieder wach, brühte er sich erneut eine Kanne Kaffee. Auf absehbare Zeit würde es keinen Schlaf mehr geben.

Er wälzte all seine Notizen, die er sich im Laufe der letzten beiden Wochen gemacht hatte, fügte weitere Aspekte in die Reportage ein und begann, den gesamten Text von vorne zu lesen. Beim Redigieren änderte er noch ein paar Details, sorgte für sprachlichen Feinschliff und gab sich am Ende mit dem Ergebnis zufrieden. Sicher waren schon brillantere Schriftstücke veröffentlicht worden, aber hier ging es um etwas anderes. Die Sache war megaheiß, hatte enorme Wichtigkeit für die Öffentlichkeit und für ihn persönlich. Es ging nicht um Perfektion, es ging darum, zu liefern.

Gegen Morgen klickte er auf den Sendebutton und atmete befreit durch. Eddie hatte nun den Sprengstoff in der Hand. Er konnte die Bombe platzen lassen.

55

Gute Jungs hatte er da rekrutiert. Wirklich ausgezeichnete Jungs. Sie waren zuverlässig, loyal und in der technischen Umsetzung der Operationen unschlagbar. Er war stolz auf sie.

„Bevor wir das Finale starten, haben wir einen kleinen Job zu erledigen“, erklärte Engländer und ließ seinen Blick über die Gesichter seiner Jungs schweifen.

„Warum bringen wir die Ratte nicht sofort um?“, fragte Daniel Quandt, was Engländer aus zweierlei Gründen Unbehagen bereitete. Erstens war Quandt der Aufmüpfigste von allen. Engländer spürte dessen unbändigen Willen und musste höllisch aufpassen, dass Quandt keine Alleingänge machte und das Gesamtprojekt verdarb. Zweitens passte ihm die Zwischenfrage generell nicht in den Kram. Es gab Prinzipien, und zu denen gehörte, dass der Anführer erst aussprechen durfte, bevor die anderen zum Zug kamen.

Engländer wollte jedoch in der derzeitigen Situation keinen Zwist heraufbeschwören. So antwortete er pragmatisch: „Weil er dann viel zu gut wegkäme.“

Er nahm sich vor, in nächster Zeit ein Auge auf Quandt zu haben. Zur Not würde er die Zügel straffen. Keinesfalls durfte er ihn verlieren; mit seinen Waffenkenntnissen und seiner Erfahrung im operativen Einsatz war er für die Truppe überlebensnotwendig.

„Verstehe!“, antwortete Quandt. „Du willst ihn richtig grillen. Willst ihn weichkochen, bis er winselt. Erst dann reißen wir ihm die Eingeweide raus.“

„Schön formuliert.“ Engländer klatschte in die Hände. Lob kam ihm selten über die Lippen. Hier war es angebracht, um Quandt zu besänftigen. Er würde recht bald seine Lektion lernen. Zudem konnte er dadurch bei den anderen in der Truppe Zweifel an Quandts Loyalität zerstreuen. Nur Hensel folgte ihm kompromisslos. Für ihn würde er die Hand ins Feuer legen. Alle anderen waren tapfere und prächtige Jungs, doch er kannte sie zu kurz, um bis zu ihrem Kern vorzudringen. Im Laufe der Operation würde sich das bessern.

Niemand – weder Quandt noch ein anderer – würde ihn von seinem Weg abbringen. Das schwor er sich. Er würde ihn eisern durchziehen. Komme, was wolle.

„Weitere Fragen oder Anmerkungen?“ Engländer schaute in die Runde, seine Augen glänzten wie Stahl. Sie sollten spüren, was in ihm vorging. Niemand wagte es mehr, ein Wort zu sagen. „Gut, dann lasst uns mal in medias res gehen. Der Einsatz startet morgen früh und wird wie folgt ablaufen …“

Engländer beugte sich nach vorne zum Laptop, öffnete einen Stadtplan und begann, die einzelnen Schritte der Operation detailliert zu erklären.

56

„Brick, du bist so ein Arschloch!“, meldete sich Schnauze früh am nächsten Morgen. „Ich liefere dir Namen auf dem Präsentierteller und du hast nichts Besseres zu tun, als sie ruck, zuck öffentlich zu machen. Hast du auch nur einmal drüber nachgedacht, dass du damit die Ermittlungen gefährden könntest? Mal ganz davon abgesehen, dass du mich in ein schlechtes Licht rückst, weil alle unsere Verbindung kennen. Wenn ich ne Abmahnung kriege, bist du schuld.“

Brick war erst halb wach und dementsprechend noch nicht voll aufnahmefähig.

„Jetzt beruhig dich mal!“, blaffte er zurück. „Ich hab’s gemacht, um dich zu schützen. Du weißt doch selbst, wie das in den letzten

Jahren gelaufen ist. Da wird so lange diskutiert, gemacht und getan, bis alles zerredet ist und die Sache im Sande verläuft. Das ist jetzt hinfällig, weil Medien und Öffentlichkeit genau hinschauen und der Polizei auf die Füße steigen."

„Hättest du trotzdem vorher mit mir absprechen müssen", grummelte Schnauze weiter. An seinem Tonfall erkannte Brick, dass er mit seiner Analyse ins Schwarze getroffen hatte. Schnauze musste einsehen, dass dies der beste Weg gewesen war.

„Nächstes Mal", antwortete Brick und verkniff sich einen Lacher.

„Du mich auch." Das folgende Schweigen brachte sie wieder zusammen, auf Linie. Es gab, abgesehen von der Reportage und ihren Folgen, nicht wenige weitere Probleme zu bewältigen.

Eines davon war Schnauze just vor dem Telefonat auf den Tisch geflattert. Es ließ ihn ratlos zurück. Das war der zweite Grund, warum er Brick angerufen hatte. „Es gibt noch was. Wir haben eine neue Leiche. Ein Mann. Passt in die Reihe, so schön geschmückt und geschminkt wie er ist."

Brick war augenblicklich wie elektrisiert. „Waaaas?", brüllte er ins Telefon. „Warum sagst du das nicht gleich?"

„Weil wir den Toten nicht kennen. Also beruhige dich!"

„Wie meinst du das?"

„Wir haben keinen Hinweis auf seine Identität, bis auf das Wort Schnüfflerhure, das auf seinen Oberschenkel geschmiert ist."

„Also auch ein Detektiv?"

„Möglich."

„Wo habt ihr ihn gefunden?"

„Im Frankfurter Ostend. Uhlandstraße genau genommen, quasi direkt an der S-Bahn-Haltestelle Ostendstraße."

„Ostend?", sinnierte Brick. „Sagt mir nix. Ich kenne niemanden von dort."

„Da gibt es so ne Art Unterstand für Fahrräder. Zwischen den Drahteseln ist der arme Kerl abgelegt worden. Hübsch zurechtgemacht, hatte ich ja schon erwähnt. Hundertpro die gleichen Täter."

„Engländer und Konsorten."

„Ich maile dir gleich ein Bild der Leiche, vielleicht kennst du ihn ja. Und ich bitte dich, es diskret zu behandeln. Ich hoffe, du weißt, was ich meine."

„Aber ja, Schnauze, kennst mich doch."

„Eben!“

Schnauze schickte die Mail ab und Brick öffnete sie sofort auf seinem Laptop. Er betrachtete das Bild des Opfers, der in einem Verschlag für Fahrräder lag. Zunächst nahm er das Offensichtliche wahr: Schminke, Dessous, Nacktheit. Er zoomte näher heran, nach oben, inspizierte das Gesicht. Unter der Bemalung schien ihm die Person bekannt vorzukommen, er konnte sie jedoch nicht zuordnen. Plötzlich entwich ein Schrei seinen Lippen. „Ich hab's!“, rief er.

„Prima, dann leg mal los!“

„Der Typ hat Natalia und Elisa beobachtet. Im Studio. Elisa hat ihn Gaffer genannt. Irgendwann hat er Natalia sogar bis vor meine Haustür verfolgt und sich hinter einem Baum versteckt. Ich wollte ihn überraschen, bin raus und ihm nachgerannt, aber er war zu schnell.“

„Oder du zu langsam, alter Bock“, sagte Schnauze und kicherte. „Bist ja nicht mehr der Allerfitteste.“

„Weiß ich selber. Und was fangen wir jetzt damit an?“

„Das muss ich erst sacken lassen. Weißt du zufällig, wie er heißt?“

„Woher denn? In Konrads Unterlagen müsste was zu finden sein. Er hat ja offensichtlich für ihn gearbeitet.“

„Danke für den Hinweis. Das lass ich recherchieren.“

„Was, meinst du, könnte die Aktion bedeuten?“ Nachdenklich kratzte sich Brick an der Schläfe.

Schnauze schwieg eine Weile und schien die Gesamtsituation zu überdenken. „Nach Konrad und Brand scheinen sie jetzt alle zu beseitigen, die irgendwie mit drinhängen und über Informationen verfügen.“

Brick kam durch Schnauzes Vermutung eine Idee. „Also alle, die zu viel wissen und ihnen gefährlich werden könnten, weil sie ihre Identitäten kennen oder Kontakt zu ihnen hatten und wir durch sie Rückschlüsse auf ihren Aufenthaltsort ziehen könnten.“

„Rischtisch! Könnte tatsächlich das Motiv sein. Engländer ist ein gerissener Kerl. Der weiß, was er tut.“

„Leider“, sagte Brick. „Leider, leider.“ Es hörte sich resigniert an.

57

Ortwin Keller stürmte ins Forsthaus, wo seine Kameraden beim Frühstück saßen, und warf eine Ausgabe der Frankfurter Presse auf den Tisch. Der etwas über fünfzigjährige Mann wirkte gehetzt und schwitzte. „Beim Tanken hab ich die Überschrift gelesen. Schaut euch diese Scheiße an!"

Daniel Quandt kaute auf einem Brot, Volker Mahler nippte an seinem heißen Tee. Beide blickten ihn erstaunt an. Engländer griff sich die Zeitung. Beim ersten Satz hätte er am liebsten das Wurstbrot wieder ausgekotzt. *Rechtsextremes Netzwerk der Frankfurter Polizei enttarnt.* Er las ihn vor und seine Truppe hörte ihm gebannt zu.

> *Dass Frauen im Internet und in den sozialen Medien bedroht werden, ist keine neue Erkenntnis. Es ist ein Phänomen, das seit Jahren bekannt ist und um sich greift. Erfolgreiche Frauen, Frauen mit Migrationshintergrund und Frauen, die in der Öffentlichkeit stehen, sind Zielscheibe von Hass und Hetze, Verleumdungen und persönlichen Schmähungen. Durch Klagen lassen sich die oftmals anonymen Täter nicht abschrecken. Sie verstecken sich hinter ihren Pseudonymen …*

Bis hierhin blieben die Kameraden am Tisch still. Als Engländer weiterlas, gelangte er an eine Stelle, die sie aufhorchen ließ:

> *Die Mailadressen der bedrohten Frauen wurden von einem Server der hessischen Polizei abgerufen, genauer: Es war der Server des 1. Polizeireviers Frankfurt am Main. Zugang haben ausschließlich Mitglieder der hessischen und der Frankfurter Kriminalpolizei. Es handelt sich um eine Gruppe von Personen, die mutmaßlich aus dem inneren Polizeizirkel agiert.*

Quandt konnte sich nicht länger zurückhalten. „Fuck!", brüllte er und schlug mit der offenen Hand auf die Tischplatte. „Was wissen die noch alles?"

„Cool bleiben!", rief Engländer und beschwichtigte ihn mit einer Geste der rechten Hand.

Wie die Frankfurter Presse aus internen Polizeikreisen erfuhr, agierten die Mitglieder des Netzwerks unter Pseudonymen, deren Klarnamen jetzt offengelegt werden konnten. Es handelt sich um fünf ehemalige Polizisten der Frankfurter Kripo: Klaus Engländer, Kurt Hensel, Daniel Quandt, Ortwin Keller und Volker Mahler. Allesamt wurden sie im Laufe des vergangenen Jahres vom Dienst suspendiert oder aus dem Polizeidienst entlass…

Als Engländer Quandts Namen ausgesprochen hatte, sprang dieser von seinem Stuhl auf, umrundete den Tisch und riss dem Chef die Zeitung aus der Hand, als wolle er überprüfen, ob der Chef sich einen Scherz mit ihnen erlaubte. Er konnte ums Verrecken nicht glauben, seinen eigenen Namen in einer Zeitung vorzufinden.

„Woher kennen die Penner unsere echten Namen?“, schrie er eine Frage in den Raum, die den anderen ebenfalls auf der Zunge zu liegen schien. Nervös tauschten sie Blicke aus, bis auf Engländer, der die Zeitung wieder seelenruhig an sich nahm und den Artikel zu Ende las.

„Was wollt ihr eigentlich? Wir sind jetzt berühmt!“, bemerkte Engländer ironisch und hoffte, es würde bei seinen Leuten so ankommen.

Da hatte er sich getäuscht. „Bullshit! Dass wir so schnell auffliegen, hatte ich nicht auf dem Zettel“, ereiferte sich Quandt.

„Aber es war euch doch hoffentlich klar, dass die Kripo irgendwann unsere Identitäten ermitteln würde. Sind ja nicht alles Hohlköppe bei der Frankfurter Polizei“, bemerkte er in einem Ton, als habe er die Weisheit mit Löffeln gefressen. „Aus genau diesem Grund sind wir ja untergetaucht. Ich schätze mal, dass sie bei unseren Wohnungen schon vorstellig geworden sind und sie observieren lassen.“ Er blickte scharf in die Runde. „Wir haben uns darauf eingestellt, dass genau das passieren wird. Wenn man es schwarz auf weiß liest, wirkt es erst mal wie ein Schock. Aber das gibt sich.“

Quandt, der unmittelbar neben ihm stand, deutete mit dem Finger auf den Namen des Verfassers der Reportage. „Da steht Katharina Neubert … Aber die haben wir doch als Erste kaltgemacht.“

„Richtig. Schau mal, was kleingedruckt drunter steht.“ Er hielt ihm die Zeitung näher vors Gesicht.

Quandt las für alle vor. „Redaktionelle Mitarbeit: Benjamin Brick.“

„Diese Zecke!“, kommentierte Mahler.

„Wir hätten ihn gleich erledigen sollen“, rief Quandt.

„Dann hätte ein anderer den Artikel veröffentlicht“, würgte Engländer die aufkommende Diskussion ab. „Spielt auch keine Rolle. Wir müssen uns nur darauf einstellen. Als Nächstes werden sie Bilder von uns veröffentlichen. Darauf müssen wir reagieren.“

„Und wie willst du das anstellen?“

„Wir verändern unser Äußeres. Schneiden uns die Haare ab. Alle, die einen Bart tragen, rasieren ihn ab, alle, die keinen Bart tragen, lassen sich ab heute einen wachsen. Wir gehen nur noch mit Basecap nach draußen, und vor allem halten wir die nächsten Tage die Füße still.“

„Und wie und wann machen wir weiter?“

„Genau nach Plan. Wir ändern unsere Strategie keinen Millimeter.“

58

Ingo hatte es sich zur Angewohnheit gemacht, die beiden Mädels jeden Tag zu besuchen. Heute hatte er zum Frühstück Brötchen mitgebracht.

Natalia freute sich wie ein kleines Mädchen. Sie konnte zwar nicht mit ihm rummachen, doch es genügte ihr vorerst, dass er bei ihr war. Sie sprachen über das Studio, das Training, über Frankfurt, die Eintracht und die Ultras, über die Stadt und was sie zu bieten und nicht zu bieten hatte. Irgendwann waren sie erschöpft. In dieser Enge gingen einem rasch die Themen aus. Es fehlten neue Eindrücke.

Elisa fühlte sich zunehmend wie das fünfte Rad am Wagen. Natürlich gönnte sie Natalia ihren Spaß. Dass sie welchen hatte, war nicht zu übersehen. Aber verschwinden konnte sie nicht. Das war leider keine Option. Schade. Eine Weile dachte sie darüber nach, ob sie neidisch auf Natalia war, kam aber zu der Erkenntnis, dass dies nicht der Fall war. Sie hatte abgeschlossen mit Männern. Zu viel hatten sie ihr angetan während ihrer Zeit an der Stange im Platinum. Die Starlight-Gorillas hatten ihr den Rest gegeben. Und ihre Avancen gegenüber Brick waren nie total ernst gemeint. Wobei, bei ihm würde sie es auf einen Versuch ankommen lassen.

Je länger sie über alles nachdachte, desto unwohler fühlte sie sich. Ihr fehlte die Abwechslung, die Unterhaltung. Mit Ausnahme von Schnauze war niemand aufgetaucht. Er hatte den Kühlschrank vollgemacht mit Joghurt, Gemüse, Käse, Wurst und Cola. Das war zwei Tage her. Plötzlich wusste Elisa eines: Sie musste hier raus. Nichts konnte sie mehr aufhalten.

Sie sprang auf. „Ich hau ab!“, rief sie den beiden zu.

„Elisa!“, brüllte Natalia. Ingo schaute verwirrt aus der Wäsche. Natalia stellte sich vor die Tür. Endlich stand auch Ingo auf und positionierte sich neben ihr, um Elisa den Weg zu versperren.

Natalia zückte augenblicklich ihr Handy. „Paps, Elisa hält es nicht mehr aus, sie will weg. Sie will raus, hörst du?“ Sie hörte sich panisch an. Elisa versuchte, an Ingo vorbeizukommen, der sie mit beiden Händen packte und festhielt.

„Was ist da los bei euch?“, rief Brick aufgeregt.

„Äh, wir haben Besuch.“

„Ihr habt was?“ Brick sprang wie eine Furie auf. „Spinnt ihr denn völlig?“

„Nur Ingo. Er versucht gerade, Elisa aufzuhalten.“

„Wer zur Hölle ist Ingo?“

„Aus dem CrossFit.“ Hinter vorgehaltener Hand flüsterte sie ins Handy. „Du weißt doch, den ich so heiß fand.“

„Ich kann das nicht glauben …“ Brick fühlte sich, als würde er gleich durchdrehen. „Was, wenn Ingo nicht der ist, der er vorgibt zu sein?“

„Quatsch, Paps.“ Und wieder flüsterte sie, sodass es niemand im Raum mitbekam. „Ingo ist harmlos. Er steht auf mich, jedenfalls ein wenig, glaube ich.“ Sie schmunzelte. „Aber was sollen wir denn jetzt machen?“

„Versuch Elisa zu beruhigen!“

„Keine Chance, ich glaube, sie packt es einfach nicht mehr.“

„Gib sie mir, auf der Stelle!“

Natalia drückte Elisa das Handy in die Hand.

„Brick, alter Motzknochen!“, begann Elisa, die sich gefangen zu haben schien.

Er schnitt ihr sofort das Wort ab. „Elisa, du machst mich fertig!“

„Würd ich ja gern, aber du lässt mich nicht ran.“

Sie konnte es nicht lassen, und den Ernst der Lage kapierte sie nicht im Entferntesten. „Hör mir mal zu! Du bleibst mit deinem Arsch, wo du bist. Ist das klar? Ihr müsst durchhalten." Seine Stimmlage war schärfer ausgefallen, als er geplant hatte.

„Is ja gut, Brick. Aber du bist nicht mein Sugardaddy, von dem ich mich rumkommandieren lasse." Nach einer kurzen Pause fügte sie hinzu: „Kannst du wenigstens mal herkommen und mir drei, vier Joints mitbringen? Mir ist das Gras ausgegangen. Ich brauche moralische Unterstützung."

„Kann ich nicht. Die Gefahr ist viel zu groß. Wenn mir jemand folgt, fliegt alles auf. Das können wir nicht riskieren. Und Schnauze kann ich schlecht sagen, dass er deinen Drogenkurier spielen soll. Das musst sogar du einsehen."

„Ach, fuck!"

Er bemühte sich um einen sanften Tonfall. „Meine kleine Elisa." Die letzte Möglichkeit, an sie ranzukommen. „Fluchen kannst du wie ne Große." Er lachte.

„Nicht witzig, Brick. Echt nicht. Wie lang soll der Scheiß noch gehen?"

„Kann ich dir nicht sagen. Noch ne Weile."

„Meinst du Tage, Wochen oder Monate? Echt jetzt, das ist doch bekloppt. Das stehn wir nie durch. Und das weißt du auch."

„Bin kein Hellseher. Niemand weiß, was passieren wird. Die Kripo ermittelt im Akkord, die Reportage ist raus, wir hoffen auf Kurzschlussreaktionen. Kann sein, dass alles ganz schnell geht."

„Fuck!"

„Du wiederholst dich."

„Und du gehst mir auf den Sack!"

Sie drückte das Gespräch weg und Natalia das Handy in die Hand. „Okay, okay. Ich bleib hier." Sie hob beide Hände: „Aber eins sag ich euch: Lange mache ich das nicht mehr mit. Ganz bestimmt nicht!"

59

Brick war müde, wie immer, wenn er eine Reportage beendet und veröffentlicht hatte. Die Motivation war weg, er fiel in ein Loch. Doch das durfte er sich jetzt nicht erlauben. Er musste hellwach sein, denn seine Gegner waren es zweifellos. Zumal er nun endgültig Bescheid wusste: Engländer ging im wortwörtlichen Sinne über Leichen. Er machte alles dem Erdboden gleich, was ein Risiko für ihn darstellte, um sein eigentliches Ziel nicht zu gefährden: Rache an ihm, Brick.

Hinzu kam der Ärger mit Elisa. Sie drehte durch. Er glaubte nicht daran, die Lage noch länger kontrollieren zu können. Ein, zwei Tage, dann war Sense und Elisa würde endgültig türmen. Sie war ein Mensch, den man nicht über Wochen festsetzen konnte. Isolation bedeutete Folter für sie. Dafür war sie zu impulsiv, zu freiheitsliebend und zu versponnen in ihren Ideen. Darüber musste er dringend mit Schnauze reden.

Sein Handy klingelte. Zunächst dachte er an Natalia und dass Elisa doch abgehauen sein könnte, bis er Schnauzes Namen auf dem Display erkannte. Wenn man an den Teufel dachte …

„Heinzmann", sagte Schnauze. „Jens Heinzmann war sein Name."

„Wovon redest du?"

„Das letzte Opfer. Wir haben den Namen aus Konrads Unterlagen. Er war freiberuflicher Mitarbeiter der Detektei und hat für ihn Beschattungsjobs übernommen."

Brick bemühte sich, Schnauze zu folgen. So ganz gelang ihm das nicht, denn Elisa war in seinem Kopf. „Das passt. Aber bringt uns das irgendwie weiter?"

„Das allein nicht. Aber hör zu. Er hat auch nach Konrads Dahinscheiden weitergearbeitet."

Plötzlich sprang Bricks Denkapparat an. „Stimmt. In der Zeit hat er Natalia und Elisa beobachtet, wenn auch recht ungeschickt und plump."

„Eben. Aber freiwillig und umsonst wird er das kaum gemacht haben. Also brauchte er einen neuen Auftraggeber. Und dreimal darfst du raten, wer das gewesen ist."

„Roland Brand alias Tom Anzinger."

„Voilà! Wir haben eine Liste mit Anrufen von Heinzmanns Handy. Eine der Nummern ist die von Roland Brand. Er hat Heinzmann offensichtlich Jobs beschafft."

„Und weiter?"

„Noch nichts. Aber es gibt natürlich viele unbekannte Nummern auf der Liste, die wir noch nicht zuordnen können. Wir werten gerade alles aus. Das dauert ein wenig."

„In Ordnung. Und jetzt zum Wichtigsten: Wir müssen über Elisa und Natalia reden."

„Was ist mit den Hühnern?"

„Elisa ist am Ausflippen und will raus aus der Wohnung. Außerdem haben sie Besuch."

„Sie haben was?"

„Genauso hab ich auch reagiert. Am besten, du schwingst deinen Arsch hoch und schaust vor Ort nach dem Rechten."

„Mach ich. Gleich nachdem wir aufgelegt haben."

„Wir werden die beiden Frauen nicht viel länger dort halten können. Denk dir was Neues aus!"

„Wieso ich? Als hätte ich nicht genug am Hals. Was treibst du eigentlich?"

„Ich philosophiere vor mich hin."

„Nach Witzen ist mir gerade nicht!"

„Wie sieht's denn eigentlich bei euch aus, nachdem die Reportage jetzt draußen ist?"

„Da sprichst du was an. Wir haben keine ruhige Minute mehr. Das ist hochpolitisch. Die Oberen machen Druck und zerfleischen sich gegenseitig. Einerseits wollen sie es unter den Teppich kehren, andererseits wissen sie, dass das nicht mehr möglich ist, nachdem sämtliche Medien auf den Zug aufgesprungen sind und ihnen die Hölle heiß machen."

„So schlimm?"

„Du weißt doch genau, dass jemand den Kopf dafür hinhalten muss."

„Die Frage ist, wer?"

„Das kann sogar ne Ministeraffäre werden. Im Innenministerium brennt es lichterloh, sogar der Ministerpräsident ist involviert. Die werden es aber abwälzen auf unseren Polizeipräsidenten und den Oberbürgermeister. Es kann jeden erwischen. Ich sag dir, so sind die noch nie aufgemischt worden. Die rennen hier rum wie aufgescheuchte Hühner. Ein Bienenschwarm ist nichts dagegen. Panik pur!"

„So soll es sein, oder was meinst du, warum ich den ganzen Mist mache?"

„Deine Motive sind mir ehrlich ein Rätsel, aber wenn dir dabei einer abgeht … Mir soll's recht sein. So, ich würde vorschlagen, ich mache mich jetzt auf den Weg zu den Girls."

„Halt mich auf dem Laufenden, verstehst du?"

„Bin ja nicht senil."

„Noch nicht, Schnauze, noch nicht. Irgendwann trifft es uns alle."

60

Er konnte sein Rudel nicht länger hinhalten. Sie wurden zunehmend nervös. Nervosität war kein guter Ratgeber in ihrer Situation. Genauso wie Lagerkoller und Rivalität, die zwangsläufig entstand, wenn fünf Kerle auf engstem Raum tagelang beisammen waren und kaum Auslauf hatten. Engländer war zu sehr Realist, um das nicht einzusehen. Aus diesem Grunde hatte dieser Heinzmann über die Klinge springen müssen. Erstens war Engländer zu der Überzeugung gelangt, dass er ihnen nicht mehr von Nutzen sein konnte, nachdem sie den Aufenthaltsort von Brick und seinen beiden Frauen herausgefunden hatten. Zweitens brauchte das Rudel was zu tun, eine Art Beschäftigungstherapie. Da war ihm Konrads Lakai gerade recht gekommen. Ein Mitwisser weniger.

Noch über einen weiteren Punkt war er sich klar geworden: Sie hatten keine Zeit mehr, Gras über die Sache wachsen zu lassen. Sie mussten handeln. Am besten sofort.

Er ließ sie im größten Raum des Forsthauses antreten. Obwohl sie hier nicht bei der Armee waren, standen die Jungs wie festgeschraubt stramm in einer Reihe vor ihm. Niemand rührte sich. Sie hatten ihre schwarzen Kampfanzüge abgelegt und trugen sportliche Alltagskleidung. Jacken, Jeans, Turnschuhe, Basecaps. Keiner würde sie als die erkennen, die sie waren. Normalität war der beste Schutz, den es gab.

Es hatte gedauert, bis er sich an die geschorenen Glatzköpfe gewöhnt hatte. Für ihre Zwecke fand er sie angemessen. Es grenzte sie zusätzlich ab. Schwor sie aufeinander ein. War ein äußeres Zeichen ihrer Zusammengehörigkeit, ein Erkennungsmerkmal, das den Teamgedanken förderte.

Es herrschte Stille. Seine Augen wanderten von einem zum nächsten. Wärme und Stolz lagen in seinem Blick. Vertrauen war in dieser Phase unersetzlich.

Er musste den Endspurt einläuten. Ein Kribbeln in seinem Magen signalisierte ihm Vorfreude. Er würde Genugtuung bekommen und seine Rache in vollen Zügen auskosten, wie er es sich tausendfach in seinen Träumen ausgemalt hatte.

„Jungs", sagte er. „Wir treten in die finale Runde ein. Seid ihr bereit?"

Die Gesichter zeigten Zuversicht. „Bereit!", erklang es aus vier Kehlen gleichzeitig.

„Es läuft ab wie zigfach besprochen." Er legte eine letzte Pause ein. „Dann los!"

Sie setzten sich in Bewegung. Stiegen in den Range Rover. Quandt war der Fahrer. Engländer nahm auf dem Beifahrersitz Platz. Der Rest der Truppe saß hinten.

Im Wagen sagte niemand ein Wort. Konzentration. Die Anspannung stieg parallel zu jedem Kilometer, den sie ihrem Ziel entgegenfuhren. Ihr Einsatzort hieß Preungesheim.

61

Als Thilo Frost den Schlüssel ins Schloss der Wohnungstür steckte, hatte er ein merkwürdiges Gefühl. Und nach dem ersten Schritt in die Wohnung, wusste er, dass was nicht stimmte. Er blickte sich um.

„Natalia?"

Im Raum war niemand zu sehen. Sein Augenzucken signalisierte ihm, dass etwas ganz und gar aus dem Ruder gelaufen war.

„Elisa?", brüllte er und stürmte gleichzeitig los. Er öffnete die Badezimmertür, warf einen Blick hinein. Leere strahlte ihm entgegen.

„Verfluchter Mist!"

Er warf die Tür hinter sich zu, hechtete verzweifelt durch den Raum und schaute sogar unterm Bett nach. Natürlich war ihm klar, dass es aussichtslos war. Kein Lebenszeichen von den beiden. In der winzigen Bude hätten sie sich auch gar nicht verstecken können. Sie waren verschwunden.

Ein Anflug von Panik, wie er ihn lange Zeit nicht mehr erlebt hatte, überfiel ihn. Waren sie entführt worden? War Elisa abgehauen, wie es Brick prophezeit hatte, und Natalia war ihr gefolgt? Brick hatte von diesem Besucher gesprochen. Waren sie gemeinsam getürmt? Er musste Brick verständigen.

„Ich hasse meinen Job!“, rief er, während er aus dem Haus hetzte. Er ließ seinen Blick nach rechts und links die Straße entlangschweifen. Auch hier keine Spur von den beiden. Das hatte ihm noch gefehlt. Er musste die Mistgören ausfindig machen. Schnauze zückte sein Handy. „Brick“, rief er, „sie sind weg!“

„Wie jetzt?“

„Die Wohnung ist ratzekahl leer. Sie sind nicht da!“

„Ich verstehe nicht.“

„Solltest du aber, und zwar schleunigst. Deine Tochter und Elisa sind nirgends auffindbar. Hast du es jetzt kapiert?“

„Ich hab’s geahnt.“

„Bringt uns nicht weiter. Was machen wir?“

„Ich ruf sie an.“

„Okay. Danach meldest du dich umgehend wieder. Ich warte hier.“

„Alles klar“, hörte Schnauze noch, dann klickte es im Handy und die Verbindung war beendet. Er hätte ausrasten können. Nie lief es normal. Es war wie ein Fluch. Ein verdammter Fluch! Wenn man sich auf Brick einließ, lief es nie glatt. Nie! Das war wie ein Gesetz.

62

Als sie den Zielkorridor erreichten, erkannte Engländer auf den ersten Blick seinen ehemaligen Kollegen Frost, Thilo Frost. Wie viele Jahre hatte er mit ihm im Kommissariat auf dem Buckel? Er wusste es nicht mehr. Sein altes Leben lag zu lange zurück. Sie hatten gemeinsam Dienst geschoben, aber er war mit Frost nie warm geworden, weil er ahnte, dass er eine verdammte Zecke war und als Informant für Benjamin Brick arbeitete. Seine Vermutung hatte sich als korrekt herausgestellt. Leider erst, nachdem der Starlight-Clan aufgeflogen war. Zu spät für ihn. Engländers Job war nicht mehr zu retten gewesen, er steckte zu tief drin mit Tomovics Schmiergeldzahlungen und den Nutten, die er sich ab und zu mal gönnte. Das war ihm sofort klar gewesen. Sie hatten ihn trotz seiner Verdienste abserviert wie faules Gemüse. Ihm war nur der totale Rückzug geblieben. Brick hatte ihm alles vermasselt, die Karriere, sein Leben. Der Hass hatte immer weiter zugenommen, gleichzeitig die Rachegedanken. Das sollte der Schreiberling büßen. Für Engländer hatte festgestanden, dass er einen tragfähigen Plan brauchte, eine Strategie, wie er Brick fertigmachen konnte. Eins hatte das andere ergeben. Er hatte seine Sturmtruppe aufgebaut. Brand kontaktiert. Sie waren in den Untergrund gegangen.

Jetzt standen sie kurz vor ihrer größten Genugtuung.

Frosts Anblick machte ihm Sorgen. Er wieselte auf dem Bürgersteig umher, schaute sich hektisch um, wirkte fast panisch.

Engländer signalisierte Quandt, dass er an dem Haus mit der Wohnung vorbeifahren sollte. Fünfzig Meter weiter fanden sie einen Parkplatz.

Engländer nahm ein Fernglas aus dem Kasten in der Mittelkonsole, drehte sich nach rechts und beobachtete, was Frost vor dem Haus trieb. Es schien, als warte er auf jemanden.

Warum war sein Ex-Kollege überhaupt hier? Zum ersten Mal seit Beginn der gesamten Operation lief es nicht nach Plan. Etwas Unvorhergesehenes war geschehen. Improvisieren war angesagt. Engländer war innerlich erzürnt, versuchte aber, es vor den Jungs zu verbergen und Ruhe und Konzentration auszustrahlen.

Thilo Frost telefonierte ein, zwei Minuten und lief währenddessen auf dem Bürgersteig auf und ab. Es war etwas passiert, das ihn körperlich mitnahm. So hatte er ihn noch nie erlebt.

Engländer entschied, auszuharren und die Szenerie weiter zu beobachten. Frost nahm ein neues Gespräch an. Er nickte, schüttelte den Kopf, lief hin und her, konnte keine Sekunde stillstehen. Er redete maximal zwei Minuten mit dem Anrufer, bevor er sich in seinen Wagen setzte, der unmittelbar vor dem Haus im Halteverbot geparkt war, und davonfuhr.

Engländer verfolgte ihn mit dem Fernglas, bis er an der ersten Kreuzung rechts abbog und nicht mehr zu sehen war.

Die Luft schien rein zu sein. Seine Jungs hatten während der gesamten Phase keinen Mucks von sich gegeben. Das nannte er Disziplin. Disziplin und Vertrauen. Sie wussten, dass sie sich auf ihn und seine Entscheidungen verlassen konnten.

Zuerst wollte er einen der Jungs hinschicken, disponierte aber um, denn er wollte sich selbst ein Bild von der Lage verschaffen. Sicherheitshalber wartete er einige Minuten. Dann stieg er aus, überprüfte die Straße in beiden Richtungen, konnte nichts Auffälliges erkennen und marschierte bedacht los.

Am Haus angelangt, drückte er alle Klingeln bis auf die der Polizeiwohnung, die er zum Glück von früher kannte. Vor Jahren war er einmal hier gewesen, um zwei Kronzeugen, die einen Unterschlupf brauchten, herzubringen.

Aus der Gegensprechanlage knackte es. „Ja?"

Die Briefkästen waren im Treppenhaus. „Die Post."

„So spät heute."

Der Summer erklang, er drückte forsch die Tür auf und verschwand im Hausflur. Blieb stehen, sah nach oben. Die Wohnung lag im ersten Stock. Zehn, zwölf flinke Schritte brachten ihn direkt vor die Wohnungstür. Hier wartete eine weitere Überraschung auf ihn. Die Tür war angelehnt. Sofort ging er in Alarmbereitschaft, spannte alle Muskeln an. Hatte Frost in der Hektik vergessen, die Tür zu schließen? Das wäre zwar unprofessionell, würde jedoch exakt seinen Gemütszustand, den er auf dem Bürgersteig gezeigt hatte, widerspiegeln.

Wie in Zeitlupe, ohne das geringste Geräusch zu verursachen, schob er die Tür Millimeter für Millimeter auf. Er schärfte seine Sinne, schlüpfte hinein und fand sich in einem kleinen Raum wieder, an den er sich dunkel erinnern konnte. Ein Blick nach rechts, einer nach links. Keine Menschenseele zu sehen. Vier, fünf rasche Schritte, er warf einen Blick ins Bad. Die Erkenntnis wuchs: Die Weiber waren ausgeflogen. Das war der Grund, warum Frost sich so auffällig verhalten hatte.

Engländer boxte sich in die offene Handfläche. Jemand hatte ihnen einen Strich durch die Rechnung gemacht. Dieser Jemand würde dafür bezahlen, so wahr er Klaus Engländer hieß. Er fluchte innerlich. Alles von vorne. Sie mussten die Handys der Frauen neu orten. Das Equipment befand sich im Forsthaus. Zornig trat er den Rückzug an. Sie mussten ihren Plan ändern.

63

Das Loft lag in einer stillgelegten Fabrikhalle und nahm eine ganze Etage ein. An der einen Seite war eine Kletterwand mit Sprossen angebracht, die bis knapp unter die fünf Meter hohe Decke ging. Der Raum war lichtdurchflutet, die lange Front der Wohnung zierten sechs riesengroße Fenster. Die Wände der Stirnseiten waren aus blankem Stein, auf dem Boden lagen honigfarbene Dielen.

Frei atmen, dachte Elisa. Sie schaute sich bewundernd um. „Hammer", rief sie. „Warum hast du uns nicht früher hierhergebracht?"

Sie lief wie aufgedreht durch den ellenlangen Raum, betrachtete alles, sprang auf die erste Sprosse vor ihr an der Wand und versuchte, hochzuklettern. Rasch bemerkte sie, dass es nicht einfach war. Nach zehn Sekunden gab sie wieder auf.

„Du hast Talent", kommentierte Ingo und lächelte.

„Und du sei nicht so nett zu uns, sonst gewöhnen wir uns dran." Bissige Bemerkungen rauszuhauen war ihre Lieblingsbeschäftigung. Ein Terrain, auf dem sie sich bestens auskannte.

Natalia war seit ihrer Ankunft stumm geblieben. Sie hatte Ingo vom ersten Augenblick an gemocht. Nun waren ihre Gefühle explodiert. Sie waren kaum mehr zu bändigen.

Mitten im Loft stand ein Doppelbett, zwei mal zwei Meter. Elisa stellte sich davor und stemmte die Hände in die Hüfte. „Okay, ihr bekommt die Spielwiese, aber wo soll ich pennen? Hier kann ich mich nirgends verkrümeln." Sie suchte nach einem Schlupfwinkel, denn sie ahnte, was in diesen vier Wänden heute und die nächsten Tage passieren würde. Eine Sexorgie, an der sie nicht teilnehmen würde.

„Irrtum", antwortete Ingo und lief seelenruhig in Richtung der durch eine Theke abgetrennten Küche. Unmittelbar daneben öffnete er eine Tür. „Voilà, mein Gästezimmer!"

Elisa rannte hin und warf einen Blick hinein. Es gab ein Bett, eine Couch, einen Schreibtisch und einen Flachbildschirm an der Wand. Eine Art Zwitter zwischen Büro, Abstellkammer und Aufenthaltsraum.

„Fünf Sterne Luxus, is ja irre!" Sie hüpfte auf die Couch, sprang wie Pippi Langstrumpf auf und ab und ließ die Beine fliegen. „Ein Zimmer nur für mich! Hast du auch nen Whirlpool?"

„Dafür hat's noch nicht gereicht."

„Was soll ich dann in dieser Absteige?" Sie grinste übers ganze Gesicht.

„Nebenan ist eine Zwei-Sterne-Pension, du kannst es dort versuchen."

„Hmmm …" Sie fasste sich an die Schläfe, als würde sie ernsthaft darüber nachdenken. „Ich glaube, dann bleib ich lieber auf dem Trockenen und geb mich vorerst mit den beengten Verhältnissen in dieser Kammer des Grauens zufrieden."

„Wie du willst. Nur ein Angebot."

Natalia stand der Mund offen angesichts der Größe und der Einrichtung. Sie hatte sich im Nu eingelebt, ließ sich mit dem Rücken aufs Bett fallen und hätte sich am liebsten in die Kissen gekuschelt. Mit Ingo natürlich, doch das hatte Zeit. Erst mal war es schön, raus aus der zermürbenden Enge zu kommen. Apropos. Auweia. Wenn Brick das erfahren würde … Sie konnte sich lebhaft vorstellen, wie er mit ihr schimpfen würde. Er musste sich Riesensorgen machen. Angst hatte er sowieso, nicht nur um sie, auch um Elisa. Ihr schlechtes Gewissen zerfraß ihren Schädel. Sie konnte ihn nicht länger im Ungewissen lassen. Nein, das konnte und wollte sie ihm nicht antun.

Ruck, zuck schnellte sie auf und griff nach ihrem Handy. Just in dem Moment, als sie wählen wollte, klingelte es.

„Hi Paps", rief sie erfreut, als sie Bricks Nummer erkannte, „wollt dich gerade anrufen, deshalb bin ich auch so schnell dran." Sie lachte.

„Seid ihr von allen guten Geistern verlassen?"

Der Tonfall holte sie im Nu auf den Boden der Tatsachen zurück. „Äh Paps, ich wollte es dir …"

„Wo zum Teufel steckt ihr?"
„Weißt du, Ingo hat es nur gut gemeint."
„Wer zur Hölle ist Ingo?"
„Hab ich dir doch erzählt. Ingo aus dem Studio. Ich weiß noch nicht mal seinen Nachnamen." Ihre Stimme senkte sich. „Aber wir sind irgendwo im Gutleut. In seinem Loft." Das letzte Wort hauchte sie nur noch.
„Und was hat euch dahin verschlagen?"
„Ingo hat gemerkt, dass Elisa ausbüxen würde, wenn sie nur fünf Minuten länger in der Polizeiwohnung hätte bleiben müssen. Also hatte er die Idee, uns zu ihm zu fahren. Und da sind wir nun. Es ist wirklich mega." Sie blickte sich wieder um und ihr Herz begann, heftiger zu schlagen.
„Ist dir eigentlich klar, was ihr uns für einen Schrecken eingejagt habt? Mir ist fast das Herz stehengeblieben."
„Ja Paps, ich …"
„Nix Paps! Nächstes Mal rufst du mich gefälligst vorher an. Verstanden?"
„Klaro! Ich mach's wieder gut. Ehrenwort! Aber jetzt weißt du erst mal Bescheid, okay. Oder ist sonst noch was?"
„Nö, eigentlich nicht. Ich muss Schnauze schnell Bescheid geben, sonst leitet der ne Großfahndung im gesamten Rhein-Main-Gebiet ein."
„Cool Paps, und bis später." Sie legte auf und atmete tief durch. Insgeheim war sie happy, so glimpflich davongekommen zu sein.
Ingo bemerkte ihre Erleichterung und trat ans Bett. „Alles klar bei dir?"
„Ja … und nein. Irgendwas dazwischen." Ihre Worte entsprachen zu hundert Prozent ihrem derzeitigen Gemütszustand.
Er setzte sich zu ihr, nahm ihre Hand. „Mit wem hast du telefoniert?"
„Mit meinem Paps. Weißt du, er macht sich Sorgen."
„Du hättest ihn vorher informieren sollen."
„Jetzt fang du auch noch an!" Sie schaute ihn böse an. „Klaro, weiß ich auch. Aber es ging alles so schnell, und schwupps waren wir hier."

Elisa kam aus ihrem Zimmer und schien sichtlich glücklich zu sein. Die letzten Sätze des Dialogs hatte sie mitbekommen. „Wenn Brick Ärger macht, übernehme ich ihn. Bei mir wird er handzahm."

„Du wickelst ihn ganz schön um den kleinen Finger", antwortete Natalia. „Du musst mir unbedingt dein Geheimnis verraten, wie du das anstellst."

Ingo sprang auf und klatschte in die Hände. „So, ich wollte ein bisschen an der Wand trainieren. Habt ihr Lust? Ich zeig euch einige Griffe und Tritte. Mal schaun, wer es als erster an die Decke schafft …" Beide Frauen stießen Jubelschreie aus und rannten hinter ihm her zur Kletterwand.

In den nächsten zwei, drei Stunden, die nur von Trinkpausen unterbrochen wurden, zeigte Ingo ihnen die nötige Körperspannung, übte Beinarbeit, Griffe und den richtigen Körperschwerpunkt. Bei ihm sah alles mühelos, fast schwebend aus. Er trat leise auf, griff präzise zu und schwang sich zur Veranschaulichung einen Meter aufwärts, bevor er wieder umdrehte und sich zu Boden ließ.

Die Frauen waren derart fasziniert und überwältigt, dass sie die Zeit vergaßen. Ihr Ehrgeiz war geweckt. Natalia stellte sich dabei als die geschicktere Kletterin heraus. Einmal schaffte sie es bis unterhalb der Decke. Elisa fluchte durchs ganze Loft, wenn sie es wieder einmal verbockt hatte.

Es war inzwischen Abend geworden. Draußen war es dunkel. Ingo wollte was zu essen bestellen. Sie entschieden sich für asiatisch.

„Ich muss vorher duschen", sagte Elisa.

„Ich auch", schloss sich Natalia an.

„Hast du noch was zum Anziehen?", fragte Elisa.

„Nö. Du?"

„Ich fahr nach Hause und hol uns was, okay?"

„Was heißt fahren?"

„Ich bestell ein Taxi, das dauert von hier nur vier, fünf Minuten bis zu Bricks Wohnung."

Natalia schaute sie nachdenklich an.

„Was soll schon passieren?"

„Okay", stimmte sie zu.

„Schau mal vorne aus dem Fenster", sagte Ingo. „Gleich links ist ein Taxistand."

Elisa ging an die lange Fensterfront. „Cool, da steht eins. Ich fahr gleich los."

„Was willst du essen?", fragte Ingo.

„Irgendwas mit Ente", antwortete Elisa, verabschiedete sich und war schon durch die Tür. Schnurstracks steuerte sie das einzige Taxi weit und breit an, stieg ein und hockte sich auf die Rückbank hinter den Fahrer.

„Werftstraße", sagte sie nach vorne. „Sie können ruhig Gas geben."

Der Fahrer blieb still, blickte lange in den Rückspiegel.

„Na, was is nu?" Elisa trommelte auf die Sitzlehne vor ihr. Dachte kurz an Natalia und Ingo. Was die wohl trieben? Ob sie es trieben, unter der Dusche, während sie Klamotten holte?

Der Fahrer wandte seinen Blick von ihr ab. Glück gehabt, dachte sie, sonst hätte sie ihm die Zunge rausgestreckt. Er startete den Wagen, fuhr gemächlich auf die Straße. Blickte sie wieder im Rückspiegel an.

Roch sie penetrant nach Schweiß? Waren ihre Haare strubbelig? Was wollte der Affe? Irgendetwas stimmte mit dem Typen nicht.

„Hey", rief sie in Richtung Fahrersitz. „Glotz mich nicht dauernd an, sondern lieber auf die Straße!" Sie wandte den Kopf ab, schaute hinaus. Das Gutleutviertel sauste vorbei. Aus den Augenwinkeln musterte sie den Taxifahrer, der bisher keinen Pieps von sich gegeben hatte. Er trug eine Basecap, darunter Glatze. Breites Kreuz, muskelbepackte Oberarme. Auf seinem Nacken waren die Ausläufer eines Tattoos zu erkennen, das sich womöglich großflächig über den gesamten Rücken schlängelte. Sie kannte diese Art Mann, wusste, dass sie mit dieser Spezies nichts, rein gar nichts zu tun haben wollte. Irgendetwas sagte ihr, dass mit ihm nicht alles koscher war. Solche Taxifahrer gab es nicht in der Realität.

Gehörte er etwa zu den Männern, die Brick jagten und …

Sie wollte nicht weiterdenken. Als wäre sie nicht schon genug durchgeschwitzt, traten ihr Schweißperlen auf Stirn und Oberlippe. Ein eindeutiges Zeichen, dass ihr Körper Amok lief. Zudem stellte sie fest – und hätte sich deswegen beinahe in die Hose gemacht –, dass sie ihr Handy nicht mitgenommen hatte. Verflucht! Sie war zu überstürzt aufgebrochen.

Okay, hier half nur eines: cool bleiben. Gute Miene zum bösen Spiel machen. Vielleicht bildete sie sich alles nur ein. Der Wagen fuhr exakt die vorgegebene Route. Was sich im nächsten Moment als Irrtum herausstellte, denn der Fahrer hätte rechts abbiegen müssen.

„Hey, verdammt!", rief sie wieder von hinten. „Wohin fährst du?" Sie schlug ärgerlich auf die Kopflehne direkt vor ihrem Gesicht.

Von vorne kam das erste Geräusch. Es war anders, als sie erwartet hatte. Es war ein Lachen, das schaurig klang. Mehr ein Grunzen, ein unterdrücktes Verhöhnen. Es klang wie: „Häääã, häääã, häääã, häääã" und sie hatte das Gefühl, es wollte nicht mehr aufhören. Sie verfluchte die Sekunde, in der sie eingestiegen war. Sonnenklar, dass sie schnellstens raus musste. Dass es um Leben oder Tod ging. Mit aller Wucht, die sie aufbringen konnte, donnerte sie dem Typen beide Hände gegen den Hinterkopf und schrie aus Leibeskräften: „Halt sofort an, du Ratte! Halt den beschissenen Wagen an!"

Mit einer solchen Reaktion hatte der Fahrer nicht gerechnet. Er hatte sich unverwundbar vorne in seinem Taxi gefühlt, zumal eine Frau hinten saß. Außerdem unterschätzte er die Kraft, die Elisa in den Schlag gesteckt hatte. Er knallte mit dem Kopf nach vorne gegen das Lenkrad und trat volle Kanne auf die Bremse, sodass der Wagen ausscherte und er die Kontrolle über die Lenkung verlor. Das Taxi glitt rechts auf den Bürgersteig, rammte mit dem rechten Vorderlicht einen Laternenpfahl und blieb endlich stehen. Aus der Motorhaube zischte es. Mit einem gezielten Griff an die linke Wagentür verriegelte der Fahrer den Wagen. Fast zeitgleich schlug er mit dem rechten Arm um sich und traf Elisa an der Schläfe.

Elisa zuckte zurück. Ihre Gedanken schossen auf der Suche nach einer Lösung aus diesem Albtraum hin und her. Jede Sekunde zählte jetzt. Es galt, rasch zu handeln. Sie rüttelte und zerrte am Türgriff. Verschlossen. Sie musste den Typen schachmatt setzen. Ihr Blick wanderte über die Rückbank und die hintere Auflage. Nichts, was sie benutzen konnte. Ihr blieb einzig die Kraft ihrer Arme und Hände.

Sie saß hinter ihm und er war massig, sodass er sich vorne kaum bewegen konnte. Das war ihr Vorteil. Den musste sie nutzen. Wie eine Furie schoss sie vor, krallte beide Arme um seinen Hals und riss den Mann nach hinten. Er krachte mit dem Hinterkopf volle Granate gegen die Kopflehne. Sie stützte sich mit den Füßen am Vordersitz ab und erhielt einen unerwarteten Energieschub, hielt die Kehle des Mannes umschlossen und zog ihn immer weiter zurück. Wie ein Klammeräffchen hing sie an ihm. Unter keinen Umständen würde sie ihn wieder loslassen. Wenn sie ihn töten musste, würde sie ihn töten.

Während sie all dies in die Tat umsetzte, schrie sie wie am Spieß, verlieh sich dadurch Superkräfte und spornte sich weiter an.

Der Mann schien von ihrer Schnelligkeit und dem Überraschungsmoment überrumpelt zu sein. Er brauchte Sekunden, bis er realisierte, was mit ihm geschah. Zu lange. Gerade hatte er sich noch als Held gesehen, der den anderen aus der Truppe die Göre im Forsthaus auf dem Präsentierteller servieren würde. Jetzt quollen ihm die Augen raus, weil er so wenig Luft bekam. Er japste, fauchte, versuchte sich umzudrehen. Doch die Hände um seinen Hals waren fest wie ein Schraubstock und gaben keinen Millimeter nach. Vor seinen Augen verschwamm alles. War das der Sauerstoffmangel? Er hatte jahrelang trainiert, Gewichte gestemmt, Muskeln aufgebaut; all das nützte ihm hier, in dieser eingeklemmten Situation, einen Scheißdreck. Er konnte sich nicht einmal umwenden, denn sie hatte ihn so verklemmt, dass er weder nach links noch nach rechts schauen konnte. Sie schrie ihm permanent ins Ohr wie eine Bestie. Er bekam einen Hörsturz. Innerlich ahnte er zu diesem Zeitpunkt bereits, dass er keine Chance mehr hatte. Er begann zu zucken. Seine Lungen brannten, weil sie keinen Sauerstoff mehr bekamen. Er wurde schlaff. Sein Körper gehorchte ihm nicht mehr; ein befremdliches Gefühl, das er nicht kannte. Ein letztes Mal noch blähte er sich auf, seine Brust hob sich und seine Augen sprangen weit hervor. Sie waren rot unterlaufen. Sein Gesicht drohte zu platzen. Bis zum bitteren Ende.

64

„Die Mädels machen mich fertig." Thilo Frost sprach in sein Handy und wirkte völlig desillusioniert.

„Und mich erst!" Brick stand in der Bad Vilbeler Wohnung am Fenster und seufzte. Er hatte Schnauze sofort angerufen, um ihm mitzuteilen, dass er Natalia erreicht hatte.

„Sie sind also bei einem Typen im Gutleut?"

„Kannst du diesen … diesen Ingo mal überprüfen?" Er nannte ihm die spärlichen Angaben, die er von seiner Tochter am Telefon bekommen hatte. „Natalia muss ja nichts davon mitbekommen."

„Wieso?"

„Sonst wird sie sauer. Ich glaube, sie mag ihn."

„So läuft der Hase. Aber du traust dem Hasenbraten nicht, oder wie soll ich das verstehen?"

„Irgendwas stört mich daran."

„Welcher Vater verliert schon gerne sein Töchterlein an einen Studioboy?"

„Spar dir deine Sprüche und tu einmal, was ich dir gesagt habe."

„Als hätten wir nicht genug Baustellen. Aber gut. Lässt sich wohl nicht vermeiden. Ich geb's meinem Assistenten."

„Und was gibt's sonst Neues?"

„Die Ermittlungen laufen, die Fahndung nach Engländer und Konsorten auch. Noch keine Ergebnisse."

„Halt mich auf dem Laufenden!"

„Bis später."

Brick legte das Handy weg und sah eine Weile hinaus über die Wetterauer Felder. Die Weite, sie beruhigte ihn. Der Himmel hing tief, es sah nach Regen aus. Er hatte das Bedürfnis, mit einem normalen Menschen zu reden. Anna fehlte ihm. Und Kati. Die beiden wären in diesem Moment die richtigen Gesprächspartnerinnen. Er vermisste sie sehr. Klemm weilte nicht mehr unter ihnen. Blieb allein Eddie. Der alte Haudegen war mit den Auswirkungen von Katis Reportage beschäftigt. Apropos. Er hatte länger nichts mehr gehört.

Eine Minute später hatte er Eddie an der Strippe. „Wie läuft's?", erkundigte er sich.

„Big Ben, wenn ich deine Stimme höre, ist alles gut."

„Klang auch schon mal anders. Kannst dir dein Gesülze sparen, auch wenn ich euch mal wieder den Arsch gerettet habe. Oder sind die Verkaufszahlen nicht in die Stratosphäre gestiegen?"

„Bleib mal auf dem Teppich! Wir haben tatsächlich mehr Zeitungen verkauft, aber so wild ist es diesmal nicht. Wird halt vieles übers Internet gelesen. Das ist ja das Dilemma bei uns. Wir verdienen damit zu wenig Geld."

„Trotz hoher Klickzahlen, Anzeigenerlöse, E-Paper, Online-Abos und wie der ganze Kram heißt?“

„Tropfen auf den heißen Stein.“

„Dann seid ihr nicht zu retten.“

„Die Regierung verhandelt gerade über ein Subventionspaket für Zeitungsverlage. Gießkannenprinzip. Jeder kriegt was, anteilig nach Auflagenhöhe. Würde helfen.“

„Bevor wir ganz abschweifen“, hakte Brick ein. „Wie sind denn die Reaktionen aus der Politik und dem Polizeipräsidium?“

„Es zieht Kreise. Die ersten Köpfe rollen schon, weitere werden folgen.“ Eddie lachte verschmitzt. „Das passt denen nicht in den Kram. Für morgen Vormittag ist eine PK angesetzt mit dem Oberbürgermeister, dem Innenminister und dem Polizeipräsidenten.“

„Die obere Riege also. Da brennt der Baum.“

„Die müssen die Hosen runterlassen. Zum Vertuschen ist es zu spät.“

„Genau dafür arbeiten wir das ganze Jahr über.“

„Du meinst, WIR arbeiten dafür, während sich Herr Brick elf von zwölf Monaten einen Lenz macht. Und genau darüber wollte ich auch mit dir sprechen. Ich hätte dich heute noch angerufen. Du wolltest doch nachlegen?“

„Was meinst du?“

„Na ja, du hast den Spaß angestoßen, andere ernten jetzt deine Früchte.“

„Lass sie ruhig, die Geier! Ich hab’s für Kati getan. Außerdem hab ich gerade genug am Hals.“

„Verstehe.“

„Du verstehst gar nix.“

„Aber hattest du nicht von einem Fortsetzungsartikel gesprochen?“

„Darüber reden wir ein andermal, muss ich erst noch durch meine alten Gehirnwindungen jagen.“

„Brick, ich …“

Weiter kam Eddie nicht. Brick hatte aufgelegt, er wollte ihn nicht über die aktuelle Entwicklung informieren. Zu früh. Irgendwann, wenn die Sache gelaufen war, würde er eine umfassende Reportage schreiben, die nahtlos an die Story über das rechtsextreme Netzwerk anknüpfte und die Mordserie in den Fokus stellte. Aber das konnte noch Wochen dauern. Zunächst musste er mit heiler Haut davonkommen.

65

Kaum war Elisa aus der Wohnung verschwunden, stieg Natalia unter die Dusche. Sie konnte sich buchstäblich nicht mehr riechen und wollte sich so nicht in Ingos Nähe begeben, was sich hier aber nicht vermeiden ließ. Er hatte ihr einen Bademantel gegeben, der an ihr schlabberte, was sie erst bemerkte, als sie aus der Dusche stieg und ihn anzog. Er reichte bis zum Erdboden. Ihre langen blonden Haare waren nass. Sie schüttelte sie aus.

Ingos Augen leuchteten, als sie aus dem Bad kam. Er stand hinter der Küchentheke. Mit was er beschäftigt war, konnte sie nicht erkennen. Sie lief auf ihn zu. Als er etwas sagen wollte, sprang sie an ihm hoch, sodass ihm nichts anderes übrig blieb, als sie mit seinen Armen aufzufangen und festzuhalten. Sie schlang ihre Arme um seinen Hals und drückte ihre Lippen auf seine. Widerstand zwecklos. Ihre Zunge begann, mit seiner zu spielen. Er schmeckte gut. Ein Geschmack nach mehr durchflutete ihren Unterkörper, ein Gefühl, das sie ewig nicht mehr gespürt hatte.

Ähnlich schien es ihm zu gehen. Seine kräftigen Arme trugen sie zum Doppelbett in der Mitte des Raumes. Er ging in die Hocke und ließ sie sanft hineingleiten, während sie sich weiter küssten. Wollte sie das wirklich? Nach allem, was sie in der Vergangenheit erlebt hatte?

Unbedingt, schoss es durch ihren Kopf.

Er fummelte mit den Fingern an dem Bademantelgürtel, um ihn zu öffnen. Sie war bereit für ihn, würde sich ihm hingeben. Vergessen waren alle Bedenken. Seine Küsse weckten in ihr verschüttgegangene Lüste. Sie schloss die Augen, fühlte ihn, spürte seine Zunge, seine Hände auf ihrer Haut, nachdem sie den Bademantel losgeworden war. Er streifte in einem Rutsch sein T-Shirt über den Kopf. Dabei mussten sich ihre Lippen für kurze Zeit voneinander trennen, was sie in tiefe Sehnsucht stürzte.

„Zieh deine Jeans aus!“, hauchte sie ihm entgegen.

Sie fing an zu zittern, ihr Atem galoppierte. Sie roch seinen männlichen Duft, der sie anzog.

Ein komisches Geräusch lenkte sie ab. Es klang nach Gebimmel. Er zuckte zurück. Sie hielt ihn fest, presste ihre Lippen wieder auf seine. Es bimmelte wieder, unaufhörlich. Er zog den Kopf weg. „Die Türklingel", erklärte er. „Da hämmert jemand drauf."

Sie sah ihn verwirrt an. „Erwartest du jemanden?"

„Nur Elisa."

„Aber das kann sie eigentlich noch nicht sein."

Natalia sah ihre Leidenschaft davonfliegen. Sie sackte in sich zusammen, weil sie merkte, dass er mit dem Klingeln nicht zurechtkam. Der Zauber des Augenblicks war dahin.

„Sieh nach, wer es ist!"

„Bin gleich wieder hier." Er löste sich aus ihren Armen, stand auf und ging Richtung Tür. In der nächsten Sekunde hörte sie seine Stimme. „Natalia, komm her! Schnell!", rief er ihr zu.

Natalia seufzte. Im Aufstehen schnappte sie sich den Bademantel und band ihn um. Während sie zur Tür ging, überlegte sie fieberhaft, welcher Arsch sie gestört haben mochte.

Elisa stand völlig aufgelöst vor ihnen. Megablass im Gesicht, abgekämpft, sie schwitzte stark. Hatte nasse, strähnige Haare, als sei sie Marathon gelaufen. Sie wirkte wie kurz vor der Ohnmacht.

„Was ist denn mit dir los?", fragte Natalia voller Entsetzen. Keine zwanzig Minuten vorher hatte ihre Freundin noch ganz normal gewirkt. „Bist du krank?"

Die Angesprochene japste nach Luft, wankte und konnte sich kaum mehr aufrecht halten, sodass Ingo sie unter den Achseln packte, sie auf die Arme nahm und in die Wohnung trug. Er ließ sie auf einen Stuhl am Esstisch gleiten, ging in die Knie und achtete darauf, dass sie nicht umkippte.

Elisa starrte die beiden an. Ihre Augen flatterten. „Ich glaub …", setzte sie an, „ich hab einen Mann getötet."

66

In der Regel konnte Klaus Engländer sich beherrschen und hatte seine Emotionen im Griff. Doch es gab Ausnahmesituationen. In eine solche schlitterten sie in diesem Augenblick.

Sie fuhren mit dem Range Rover die Gutleutstraße entlang, als sie in einiger Entfernung eine Polizeisperre bemerkten. Überall Blaulicht und Streifenwagen. Polizeibeamte sprangen umher. Ein Auto klebte mit eingedelltem Spoiler an einem Laternenmast.

Es ging nur im Schritttempo vorwärts. Als sie kurz vor der Ecke Werftstraße waren, besserte sich der Blick auf die unwirkliche Szenerie. Engländer bekam am ganzen Körper Gänsehaut. Das war kein normales Auto, es war ein Taxi. Und zwar jenes, das Quandt, sein Rudelmitglied Daniel Quandt, benutzt hatte, um unauffällig diese beiden Girlies vor dem Loft zu beschatten. Ein Taxi auf einem Taxistand war das normalste der Welt. Es fiel nicht auf. Es gab kaum eine bessere Methode, um während einer Beschattung unentdeckt zu bleiben. Das war der Plan gewesen. Warum zum Teufel hatte sich der Wagen halb um die Laterne gewickelt? Und was, verdammt noch mal, war hier passiert?

Je näher sie dem Fahrzeug kamen, desto klarer sahen sie. Quandt hing auf dem Fahrersitz, starrte in die Luft und rührte sich nicht. Zunächst wirkte es, als habe er einen Unfall gebaut und sei dabei ums Leben gekommen. Auf den zweiten Blick kam Engländer die Gemengelage merkwürdig vor. Um sich in diesem Taxi Marke Mercedes bei einem stinknormalen Auffahrunfall selbst zu töten, hätte er mit vollem Karacho gegen den Laternenpfahl rasen müssen, ihn dabei aber sicher weggesenst. Eine solche Geschwindigkeit war hier im Innenstadtverkehr auf der vielbefahrenen Gutleutstraße unmöglich. Aufgrund der Verkehrsdichte konnten hier maximal fünfzig oder sechzig Stundenkilometer gefahren werden.

Noch etwas bereitete ihm Kopfzerbrechen: Die Art, wie Quandt dort lag und in den Himmel starrte. Nirgends war Blut zu sehen. Nichts deutete darauf hin, dass sein Kopf gegen die Scheibe geknallt war. Vielmehr wirkte er aufgequollen wie nach einem Erstickungstod. In seiner Dienstkarriere hatte Engländer Opfer von Gewaltdelikten solcher Art mehr als einmal gesehen.

Als die Jungs hinter und neben ihm ebenfalls realisierten, was geschehen war und um wen es sich handelte, pfiffen ihm bittere Flüche um die Ohren: „Fucking hell, das ist doch Quandt!“, kam es von Keller. „Da brat mir einer einen Storch!“, quoll es über Kellers Lippen. „Mir fehlen die Worte“, flüsterte Hensel.

Nach maximal dreißig Sekunden war der Spuk vorbei. Sie hatten die Unfallstelle hinter sich gelassen und mussten weiterfahren, weil sich vor und hinter ihnen eine Autoschlange gebildet hatte. Ausweichen war unmöglich, freie Parkplätze waren weit und breit nicht zu sehen.

Alle wandten sich um und versuchten, einen letzten Blick auf die unfassbare Szene zu erhaschen, bis Engländer sie zurückpfiff.

„Ey, Leute! Wir dürfen nicht auffallen und keine Aufmerksamkeit erregen. Also beherrscht euch, auch wenn’s momentan schwer fällt. Okay?“

Die Männer nickten und verstummten, getroffen von dem unglaublichen Anblick. Keine zwei Stunden war es her, da hatten sie noch mit ihrem Kumpel gesprochen. Nun war er im Nirvana.

Wie konnte das sein? Hatten sie eine Pechsträhne?

Engländer fand keine Erklärung. Stattdessen spürte er, dass wieder einmal etwas in ihm starb. Jede Sekunde konnte es vorbei sein. Je früher sie die Operation hinter sich brachten, desto besser. Am liebsten hätte er sofort gehandelt, doch da lauerte der Fehlerteufel. Er riss sich zusammen und brach die heutige Aktion ab. Spontan änderte er das ursprünglich eingeplante Fahrtziel zu diesem Loft mit den beiden Frauen, die sie über deren Handys neu geortet hatten, und schlug die Richtung raus aus der Stadt ein. Die Geschehnisse sacken lassen, herausfinden, wie es zu dem Unfall hatte kommen können. Durchschnaufen war angesagt. Sie würden stärker zurückkommen denn je.

67

„Du hast was?“, platzte Natalia heraus. Sie griff sich einen Stuhl„ schob ihn neben Elisas, hockte sich hin und umarmte ihre Freundin. „Jetzt beruhig dich erst mal und erzähl uns, was passiert ist.“

Elisa streckte ihre Arme nach vorne, hielt ihre Hände in die Luft und drehte sie hin und her. Ihre Augen waren weit aufgerissen. „Ich spüre noch, wie der gezuckt hat. Der ganze Körper, so krampfartig, wie kurz vorm Tod."

Ingo schüttelte den Kopf. „Du meinst, du hast mit bloßen Händen einen Mann getötet?"

Natalia schaute Elisa an, als sei sie verrückt geworden. „Wovon redest du überhaupt? Ich kapier gar nix."

„Wenn ich's doch sage! Als ich endlich die Tür von dem Taxi entriegelt hatte und aus dem Wagen fliehen konnte, hat er keinen Mucks mehr von sich gegeben." Sie blickte die beiden hilflos an.

Natalia wandte sich an Ingo. „Moment! Ich fürchte, sie braucht einen Arzt. Sie ist ja völlig wirr."

„Wollen wir diesmal vorher deinen Vater anrufen oder diesen Kommissar?", erwiderte er.

„Gute Idee. Ich mach das. Kannst du sie halten?"

Ingo nickte. Parallel wählte Natalia. „Paps, du musst sofort herkommen", schrie Natalia in ihr Handy, nachdem Brick den Anruf angenommen hatte.

Er zuckte zusammen. Sie klang panisch. Er ahnte, dass was Außergewöhnliches vorgefallen sein musste. „Liebes, was ist denn los?", versuchte er sie zu besänftigen.

„Paps, frag nicht so viel, komm einfach her!", schrie sie hysterisch ins Telefon. „Am besten, du verständigst Schnauze und bringst ihn gleich mit." Sie nannte ihm Straße und Hausnummer.

Ohne weitere Fragen zu stellen, setzte Brick sich in Bewegung. Während er das Haus verließ, rief er Schnauze an und informierte ihn über Natalias Anruf und ihren aufgelösten Zustand. Sie vereinbarten, sich gleich dort zu treffen.

Auf der gesamten Fahrt von Bad Vilbel bis ins Gutleut wälzte Brick Möglichkeiten, was ihn erwarten würde, und malte sich Horrorszenarien aus. Bilder blitzten vor seinen Augen auf: eine weibliche Leiche, die grell geschminkt war, sodass er ihr Gesicht nicht erkennen konnte. Eine männliche Leiche, die blutüberströmt auf einer Mülldeponie entsorgt worden war. Er wischte sich über die Augen. Das Ganze nahm ihn extrem mit. So konnte es nicht weitergehen. Das würden seine Nerven nicht mehr lange mitmachen. Er fühlte sich völlig durch den Wind.

Zeitgleich mit Schnauze kam er vor dem Loft an. Obwohl er früher losgefahren war, war der Weg vom Präsidium ins Gutleut kürzer.

„Was hat das zu bedeuten?“, wollte Schnauze wissen, der seine Gefühle kaum verbergen konnte.

„Wir werden es gleich erfahren. Lass uns reingehen.“

Natalia empfing sie an der Tür. Sie warf sich in Bricks Arme, der sie an seine Brust drückte.

„Elisa“, hauchte sie ihm ins Ohr. „Sie behauptet, jemanden getötet zu haben. Schau sie dir an, sie ist am Ende!“

Schnauze und Brick blickten sich an, als hätte eine Wahnsinnige gesprochen.

Natalia, noch im Bademantel, zerfloss in Tränen. Ihre Augen waren vom Weinen aufgequollen, sie schniefte permanent. „Liebes“, sagte Brick und strich über ihre Haare. „Ruhig Blut. Wo ist sie?“

„Bei Ingo. Kommt mit!“

Natalia führte sie hinein und steuerte den Küchenbereich an, wo Ingo noch immer bei Elisa saß, sie im Arm hielt und versuchte, sie zu trösten.

Brick ging vor ihr auf die Knie, legte seine Hand auf ihre Schulter, blickte ihr tief in die Augen und studierte ihre Pupillen. „Sie ist clean“, sagte er und wandte sich an Schnauze. Mit sanfter Stimme flüsterte er ihr zu: „Elisa, Liebes, kannst du sprechen? Erzähl uns bitte, was passiert ist!“

Elisa war nach wie vor leichenblass. Ihre Mimik wirkte verkrampft, als habe sie Bilder des Schreckens vor Augen. Sie zitterte am ganzen Körper, öffnete den Mund, setzte zum Sprechen an, brachte aber keinen Ton über die Lippen.

„Schock oder Nervenzusammenbruch“, wandte sich Schnauze an Brick. „Sie braucht einen Notarzt. Ich rufe einen Rettungswagen.“ Er drehte sich um und ging ein paar Schritte zur Fensterfront. Während er das Handy zückte und die Notrufnummer wählte, blickte er sich in dem Apartment um. Er nahm die Kletterwand wahr und hob angesichts der Größe und Einrichtung des Lofts verwundert die Augenbrauen.

Brick schnappte sich Natalia und ließ sich erklären, was Elisa in der letzten Stunde gemacht hatte. Natalia setzte ihn darüber in Kenntnis. Danach zitierte sie alles, was Elisa gestammelt hatte, seit sie sie vor der Wohnungstür entdeckt hatten.

„Der Rettungswagen braucht fünf Minuten und fährt sie in die Uniklinik, liegt ja direkt gegenüber auf der anderen Mainseite."

„Hör zu", sagte Brick. „Elisa wollte Klamotten holen und mit dem Taxi zu meiner Wohnung fahren. Nach ein paar Minuten war sie aber wieder hier. In der Zwischenzeit muss etwas Schlimmes vorgefallen sein."

Als Brick das Wort *Taxi* sagte, klingelten bei Schnauze sämtliche Alarmglocken. „Und ich glaube, ich weiß auch was", sagte Schnauze, was den anderen einen Ausdruck des Erstaunens auf die Gesichter zauberte. „Passt auf! Als ich vorhin noch im Präsidium war, habe ich einen Notruf mitbekommen. Ein Unfall, hier in der Nähe. Ein Taxi ist wohl gegen einen Laternenmast gefahren. Eigentlich eher was Normales, aber jetzt kommt's: Der Taxifahrer lag vorne auf seinem Fahrersitz und war tot. Niemand hat eine Erklärung dafür."

Nachdem er geendet hatte, lastete die Stille schwer im Raum.

Alle drehten sich zeitgleich um und starrten Elisa an. Ungläubigkeit und Entsetzen lag in ihren Blicken.

KAPITEL 8

68

Heute war Elisa entlassen worden. Brick hatte sie abgeholt und steuerte nun seinen Wagen Richtung Norden.

„Wo fahren wir hin?", fragte Elisa mit brüchiger Stimme. Die Nachwirkungen der Tage im Krankenhaus und der medikamentösen Behandlung waren unverkennbar. Sie bekam weiterhin Beruhigungsmittel.

„Nach Bad Vilbel in Annas Wohnung."

Brick hatte in der Anfangszeit stundenlang an Elisas Krankenbett gesessen und ihre Hand gehalten. Sie hatten sie ruhiggestellt. Es mussten ziemliche Hämmer gewesen sein, denn so abwesend und still hatte Brick sie nie zuvor erlebt. Unter dem Einfluss der Psychopharmaka durchlief die ansonsten aufgeweckte und vorlaute Person eine glatte Wesensänderung: Die Frau, die er als Elisa kannte, war eine andere geworden. Erst als sie die Dosis runtergeschraubt hatten, war Elisa langsam wieder ansprechbar, hatte auf Fragen reagiert und Antworten gegeben, wenn auch kurz angebunden.

Es war innerhalb eines Jahres ihr zweiter Krankenhausaufenthalt, beide unter scheußlichen Umständen. Mit dem Unterschied, dass sie vom Opfer zur Täterin geworden war. Sie hatte es ihnen heimgezahlt. Auch wenn der tote Taxifahrer nicht persönlich an ihrer damaligen Vergewaltigung beteiligt gewesen war, vermittelte sie Brick dieses Gefühl. Sie hatte Rache genommen.

„Was wollen wir da?", hakte Elisa nach.

„Da kannst du dich in Ruhe erholen. Du bleibst vorerst bei mir. Die Ärzte sagen, du musst dich schonen. Du hattest nicht nur einen Schock, sondern auch einen Nervenzusammenbruch. Damit ist nicht zu spaßen."

Ihr dumpfer Blick glitt hinaus aus dem Fenster.

„Ach Brick, weißt du", sagte sie mit leiser Stimme, „mich bringt so schnell nichts um."

Er wandte ihr den Kopf zu, sah sie an, schwieg. Konzentrierte sich wieder auf die Straße.

„Wo ist Natalia?", fragte Elisa.

„Bei Ingo." Brick hatte Natalias Verbleib im Loft zähneknirschend zugestimmt, nachdem die Kripo Ingo auf Herz und Nieren überprüft hatte. Er schien sauber zu sein.

„Schön", antwortete Elisa. Etwas Zärtliches schwang darin mit. Eine erste Gefühlsregung.

Sie kamen bei Annas Wohnung an und er verfrachtete Elisa sogleich auf die Couch im Wohnzimmer. Sie ließ es mit sich geschehen.

Am nächsten Tag holte Schnauze sie ab, denn die Ärzte hatten sie für vernehmungsfähig erklärt. Sie schilderte den Hergang der Tat mit monotonen Worten. Die Kriminaltechnik hatte im Taxi und an der Leiche DNA-Spuren gesichert. Es handelte sich eindeutig um Elisas DNA. Sie war nachweislich die Täterin. Der tote Taxifahrer wurde identifiziert als der ehemalige Polizist Daniel Quandt. Schnauze stellte den Zusammenhang zu dem rechtsextremen Netzwerk her. Offensichtlich hatte Quandt Elisa und Natalia gezielt beschattet und vorgehabt, Elisa mit einem Taxi zu entführen. Es war nichts als ein unglücklicher Zufall gewesen, dass Elisa ausgerechnet in dieses Taxi war.

Elisas Tat war somit als Notwehr zu betrachten. Erst der Prüfungstermin beim Haftrichter würde Klarheit darüber bringen, ob sie in U-Haft musste oder nicht. Da weder Flucht- noch Verdunkelungsgefahr bestand, konnte sie vorerst auf freiem Fuß bleiben.

Die kriminaltechnische Untersuchung von Quandts Wohnung trug ebenso zu ihrer Entlastung bei. Die Spurensicherung stellte auf seinem Computer massenhaft Hinweise wie Chat-Protokolle und Forenbeiträge sicher, die bewiesen, dass er Mitglied des rechtsextremen Netzwerks gewesen war, nach dem die Kripo fahndete. Sie fanden aber, obwohl sie die gesamte Wohnung auf den Kopf stellten, keinerlei Anhaltspunkte über den aktuellen Aufenthaltsort der restlichen Truppe.

Nachdem es als gesichert galt, dass Quandt zu Engländers Gefolgsleuten gehörte, wurden Brick, unmittelbar Betroffener, und Schnauze, Einsatzleiter der Kripo, als Zeugen zum Stand der Ermittlungen vernommen. Sie legten Hintergründe und Zusammenhänge, soweit sie ihnen bekannt waren, dar. Es gab in Quandts persönlichen Dingen und seinem Mailprogramm Hinweise auf weitere Namen. Daraufhin bewilligte der Staatsanwalt die Durchsuchung sämtlicher

Wohnungen der anderen Mitglieder des rechtsextremen Netzwerks. Erfolglos. Auch dort war nirgends ein Hinweis über den derzeitigen Aufenthaltsort der Gruppe zu finden. Der Haftrichter wies den Haftbefehl gegen Elisa ab, weil sie in Notwehr gehandelt hatte. Um eine Anklage würde sie aller Wahrscheinlichkeit nach herumkommen.

Brick pflegte Elisa. Er kümmerte sich in diesen Tagen rührend um sie. Er kochte für sie, päppelte sie auf. Sie gewann wieder an Kraft nach den nervenzerreißenden Ereignissen. Er verhielt sich wie ein Vater, der besorgt um das Wohl seiner Tochter war. Und sie schien sich nach anfänglichen Schwierigkeiten daran zu gewöhnen, bis sie es endgültig zuließ und es ihr sogar gefiel. Hin und wieder kamen Schluchzer von der Couch. Er begnügte sich damit, ihre Hand weiter zu streicheln und ihr beim Weinen zuzuhören. Ihre Augen wiesen die ganze Zeit über einen Schimmer auf, den er nicht ergründen konnte. Er kam sich vor wie als Teenager beim Händchenhalten.

Brick hatte in diesen Tagen an Elisas Krankenbett genügend Zeit und Muße, sich ausgiebig Gedanken zu machen. Er dachte an Eddie, griff seine Idee auf und widmete sich der Fortsetzung der Reportage, in der er die Folgen der Aufdeckung des rechtsextremen Netzwerks und die Ereignisse rund um die Mordserie bis zum heutigen Tag beschrieb. Sie hatte halb Frankfurt, die hessische Polizei und die Politik aufgewühlt. Es gab genug Stoff. Er schöpfte aus dem Vollen.

Eines wurde ihm klar: Rumzusitzen, auf gute Nachrichten von Schnauzes Ermittlungsteam zu hoffen und ständig zu bangen, wann der oder die nächste Tote zu beklagen sein würde, war keine Option. Schon gar nicht war es der Weisheit letzter Schluss. Er wollte das Heft des Handelns wieder in die Hand nehmen, musste aktiv werden, wie er es früher immer gewesen war.

Nach einer Zeit der Lähmung brach eine neue Phase an. Wer, wenn nicht er, würde Engländer und Konsorten das Handwerk legen können? In seinen Überlegungen musste Schnauze erst einmal außen vor bleiben. Auch wenn er ihn schon ewig kannte, an Brick nagte die Skepsis, ob er der Polizei trauen konnte. Würde diese wirklich konsequent die eigenen Leute verfolgen? Er befürchtete, dass Informationen unter obskuren Umständen verschwinden könnten.

Es gab zwei Verbündete, auf die er baute und denen er vertraute, denn das hatten sie im Starlight-Fall bewiesen: sein alter Kumpel

Eddie Zinnober und Mario Kaspar, der Computernerd von der Frankfurter Presse, der ein guter Freund von Kati gewesen war. Auf beide konnte er zählen. Als er sich dessen bewusst wurde, arrangierte er ein Treffen. Die Arbeit begann. Wäre doch gelacht, wenn sie nicht einiges in Bewegung brächten.

69

Zeit seines Lebens hatte Klaus Engländer nach dem gleichen Motto gehandelt: Geh deinen Weg! Wenn er steinig ist, geh weiter! Kämpfe dich durch! Heute war er zum ersten Mal am Zweifeln. Einer seiner Männer war getötet worden, auf abscheuliche Weise erstickt. Unvorhersehbar. Sie alle waren geschockt. Sie waren wie sein eigen Fleisch und Blut. Wenn einem was passierte, passierte es ihm. Wer ihnen was antat, tat es ihm an. Er musste sich zusammenreißen, sonst hätte er augenblicklich losgeheult; so sehr setzte ihm das Ganze zu. Natürlich vermied er das Geheule, denn er wollte sich keine Blöße vor den Jungs geben. So weit würde er sich niemals gehenlassen. So etwas schadete nicht nur ihm und seiner Autorität, es würde die ganze Operation gefährden. Dazu durfte es nicht kommen.

Deswegen schluckte er allen Ärger, die Wut und die Trauer hinunter und blickte vorwärts. Nach dem anfänglichen Schock hatte er sich einigermaßen gefangen. Nun galt es, einen neuen Ansatz zu finden. Mit Quandt war ihm sein wichtigster Mann für die Beschaffung und Handhabung der Waffen abhandengekommen. Der Umgang mit ihm war nicht immer leicht gewesen. Er war ein Hitzkopf, hatte seine eigenen Ziele verfolgt und gerne seinen Willen durchgesetzt, ohne Rücksicht aufs Team. Doch im Grunde mochte er diese Art Mann. Er hatte Biss, war zielstrebig, konnte Verzicht üben für die gemeinsame Sache. Nun mussten sie ohne ihn klarkommen. Das Gute: Alle Waffen, die sie benötigten, lagerten im Keller. Damit mussten sie vorliebnehmen.

Sie waren ab sofort ein Quartett. Seit einer Woche hatten sie sich nicht hinausgewagt. Wollten erst mal Gras über die Sache wachsen lassen. Sicher wurde inzwischen nach ihnen gefahndet. Ihr Standort im Forsthaus würde nicht auffliegen. Es lag versteckt, keine Spur führte hierher. Darauf hatten er und die Jungs strengstens geachtet.

Wenn er sein Rudel anschaute, entdeckte er erste Anzeichen von Lagerkoller. Er konnte sie nicht länger zusammenpferchen. Langeweile war ein zermürbendes Element. Durch Langeweile konnten sich Dinge aufstauen, auf die er keinen Einfluss mehr haben würde. Das wollte er zwingend vermeiden.

Daher brauchte es Aktion. Bis zu dem verpatzten Einsatz vor der Preungesheimer Polizeiwohnung war die Operation glatt gelaufen. Zu glatt? Vielleicht war ein Umdenken nötig. Aus den Online-Nachrichten kannten sie den Namen von Daniel Quandts Mörderin: Elisa Herrmann, Bricks ehemalige Nachbarin. Sie hatten die Zeit genutzt, um die Lage zu checken und Handydaten zu orten. Somit wussten sie über alle Zielpersonen Bescheid. Brick hielt sich mit der Mörderin in Bad Vilbel in Anna Frieders Wohnung auf. Seine Tochter Natalia war bei ihrem neuen Loverboy Ingo, der urplötzlich – wie aus dem Nichts – aufgetaucht war. Er war ein unkalkulierbares Element. Sie hatten keinerlei Infos über ihn.

„Jungs, ich denke, es wird Zeit für eine neue Strategie", sagte Engländer und blickte in die Runde.

Sie saßen am Esstisch im Hauptraum des Forsthauses, wo sie ihre Mahlzeiten einnahmen. Das Hirschgeweih thronte an der Wand über ihnen. Es schien, als wache es über sie. „Wir sollten uns direkt mit unserer Zielperson beschäftigen, aber …"

„Und was ist mit der Fotze?", quakte ihm Ortwin Keller dazwischen.

„Genau, Daniels Mörderin. Wir müssen sie plattmachen", stieß Volker Mahler ins gleiche Horn.

„Der reißen wir früh genug den Arsch auf, keine Sorge. Aber erst erledigen wir das Wichtigste."

„Und wie hast du dir das vorgestellt?", hakte Keller nach, der zunehmend mürrischer wurde.

„Wir nehmen ihn hops."

„Hops, hops, hops!", ergänzte Mahler in einer swingenden Melodie. Keller stimmte in den Chor ein: „Hops, hops, hops!"

70

Mario Kaspar war ein schlanker Mann, der aussah, als könne er von seiner Großmutter eine Portion Hausmannskost vertragen, so blass war er um die Nase. Er trug eine Basecap, die er nie auszuziehen schien. Seine schulterlangen Haare quollen darunter hervor. Die Cap hatte er sicher auch beim Schlafen und unter der Dusche auf, mutmaßte Brick, während er Kaspar auf seinem Laptopbildschirm bei der Online-Konferenz musterte. Kaspar machte einen entspannten Eindruck, als habe er soeben einen Joint geraucht. Alles unverändert, bemerkte Brick. Das beruhigte ihn sogleich enorm, denn er hielt große Stücke auf den Mann und seine Computer- und Hackerkenntnisse.

Sie hatten es vorgezogen, sich nicht persönlich zu treffen, sondern sich zu dritt per Videoschalte zu unterhalten. Eddie saß in seinem Büro, Brick in Bad Vilbel und Kaspar zu Hause in seiner Sachsenhäuser Wohnung.

Brick und Eddie hatten Kaspar auf den aktuellen Erkenntnisstand gebracht, ihm alle Fakten genannt und die Hintergründe erläutert, von denen sie annahmen, dass sie interessant für ihn waren. Insbesondere über die Mails an die Promis, die Morde in Bricks Umfeld und natürlich Katis Recherche hatten sie gesprochen. An Katis Tod hatte Kaspar immer noch schwer zu knabbern, hatte er ihnen anfangs versichert. Sie war eine der wenigen aus dem Kollegenkreis bei der Frankfurter Presse gewesen, die er uneingeschränkt gemocht hatte.

Als Brick geendet hatte, herrschte Schweigen. Das kannte er von Kaspar. Was in dessen Kopf vorging, würde sich Brick niemals erschließen. Er schien völlig abwesend, dabei dachte er bestimmt intensiv über das Gehörte nach. Brick erklärte abschließend, dass er ihm unmittelbar nach dem Gespräch sämtliche relevanten Infos per Mail zur Verfügung stellen wollte.

„Nicht nötig“, sagte Kaspar.

„Wie meinst du das?“ Brick war erstaunt.

„Hab nach eurem Anruf die Fallakte gelesen.“

„Du hast was?“ Der Junge überraschte ihn immer wieder.

„Hab schon Spannenderes gelesen. Steht nichts Berauschendes drin“, erklärte Kaspar in nüchternem Tonfall, als sei Hacking etwas ganz Normales. „Jo“, sagte er nach einer Weile, „sieht nicht wirklich gut aus.“

„Wieso? Was hast du rausgefunden?“, fragte Brick.

„Na ja, an die Server, über die die Mails versendet werden und die irgendwo im Ausland stehen, komm ich nicht ran. Würde auch nicht helfen, den jetzigen Unterschlupf rauszufinden. Die Handys haben die bestimmt ausgeschaltet, sonst hätten die Bullen sie locker orten können.“

„Gibt's ansonsten noch Möglichkeiten?“

„Die Bullen haben deren Computer- und Handydaten gecheckt ...“

„Davon müssen wir ausgehen.“

„Haben aber nichts gefunden. Steht in der Akte. Hmmm, es gibt noch die Personalakten der fünf Polizisten ...“

„Daran hab ich bisher nicht gedacht. Sicher, das ist richtig, sie waren ja alle bei der Frankfurter Kripo.“

„Vielleicht steht was Interessantes drin.“

„Aber darauf haben ja die Ermittler auch Zugriff.“

„Vielleicht haben sie was übersehen.“

„Kannst du an die Personalakten rankommen?“

„Kinderspiel.“

„Einen Versuch wäre es wert“, schaltete sich Eddie ein.

„Ich bezweifle, dass es uns weiterbringen wird“, kommentierte Brick. „Sonst noch was?“

„Muss ma drüber nachdenken, momentan fällt mir nicht viel ein“, sagte Kaspar.

„Nachdenken ist immer gut“, sagte Eddie.

„Eine Sache ist noch völlig offen: Woher hatte Kati die Tarnnamen? Wir hatten auf einen Informanten getippt“, fügte Brick an.

„Aha“, sagte Kaspar. „Da fühl ich mal nach. Wird ne Weile dauern.“

„Prima, du solltest dir aber nicht zu viel Zeit nehmen. Immerhin sitzen wir hier wie auf heißen Kohlen. Jeden Augenblick könnte wieder was passieren.“

„Eile hat in solchen Fällen noch nie was gebracht“, steuerte Eddie eine Weisheit bei, die er in Jahrzehnten bei der Frankfurter Presse erlangt hatte.

„Ich meld mich", sagte Kaspar. Sein Bild löschte sich aus der Videoschalte.

Zurück blieben Eddie und Brick, die sich eine Zeitlang ansahen. Beide wirkten ratlos.

„Was hältst du davon?", erkundigte sich Brick.

„Schaut nicht gut aus."

„Traust du ihm zu, dass er was findet?"

„Diesmal glaub ich nicht dran. Er ist ein wirklich kompetenter Junge, aber jetzt …" Er beendete den Satz nicht, schüttelte stattdessen den Kopf.

„Okay, warten wir es ab. Was anderes bleibt uns nicht übrig."

„Hast du schon weitergearbeitet an der Fortsetzung der Reportage?" Während Eddie redete, spürte Brick deutlich, dass ihm die Sache unter den Nägeln brannte. Sein alter Kampfgeist kam zum Vorschein. Er wollte die ganze Mischpoke an den Eiern kriegen und die Lorbeeren bei der Zeitung einheimsen.

„Eins nach dem anderen."

„Okay, okay. Gib mir Bescheid, wenn ich dich irgendwie unterstützen kann."

Sie beendeten den Video-Chat. Brick blieb sitzen, atmete tief aus.

„Mit wem hast du geredet?", hörte er eine Stimme hinter sich. Elisa war an seinen Stuhl herangetreten, starrte ihm über die Schulter auf den inzwischen leeren Bildschirm und legte die Arme um seinen Hals.

„Wir werden die Drecksäcke aufmischen", antwortete er. „Vertrau mir!"

71

Der Gang fiel Kai enorm schwer. Er holte tief Luft und ging die fünfstufige Treppe zu dem Griesheimer Häuschen hinauf, in dem er aufgewachsen war. Auf dem Klingelschild stand der Name Jessica Keller. Er war ewig nicht im Frankfurter Westen gewesen. Hier im Viertel war er viel rumgekommen. Der ehemalige Arbeiterstadtteil sah aus wie früher. Trist. Einige Fassaden schienen renoviert worden zu sein, trotzdem wirkten die meist mehrstöckigen Mietshäuser monoton wie eh und je. Er war gespannt darauf, wie sich seine Mutter verändert hatte.

Es öffnete eine Frau, die er erst auf den zweiten Blick erkannte.

Die Jahre waren nicht spurlos an Jessica Keller vorübergegangen. Sie hatte strähnige Haare, wirkte gealtert und fahrig. Das Strickjäckchen, das sie trug, hatte seine besten Zeiten bereits hinter sich. Sie hatte die Arme vor der Brust verschränkt, als müsse sie sich schützen. Zwischen ihren Lippen steckte eine unangezündete Kippe, die sie langsam – wie in Zeitlupe – herausnahm.

Ihre Augen begannen zu leuchten, als sie realisierte, wer vor ihr stand.

„Kai?“, hauchte sie ihm entgegen. Augenblicklich schossen ihr Tränen in die Augen. Hektisch wischte sie sie weg. „Bist du es wirklich? Oder träume ich?“, brachte sie hervor.

Kai wollte es vermeiden, aber für einen Moment musste er an die Zeit zurückdenken, als er noch zu Hause gewohnt hatte. Die Horrorzeit. Sein Vater war damals schon Polizist gewesen und hatte fleißig Naziparolen verbreitet. Das Wort Ausländer kannte er nicht, er sprach immer von Kanaken. Am Frühstückstisch, beim Abendbrot, überall. Am schlimmsten war es, wenn er von seinen Schichten zurückkam und seine unerträglichen Hetztiraden losließ. Kanaken dies, Kanaken das, Kanaken jenes. Irgendwann wurde es Kai zu bunt, er hielt es nicht mehr aus, mit ihm an einem Tisch zu sitzen und zog aus. Das war der Grund, warum er Journalist geworden war. Seine Mutter hatte immer auf der Seite des Vaters gestanden und ihn verteidigt. Das konnte und wollte er ihr nicht verzeihen. Niemals. Erst nachdem der Alte mehr und mehr abgedriftet war, hatte sie ihn rausgeschmissen. Seitdem wohnte sie hier allein und versuchte, sich von ihm scheiden zu lassen. Anfangs hatte sie Kai noch Nachrichten zukommen lassen. Da er nie reagierte, ließ es im Laufe der Zeit nach. In den letzten Jahren war der Kontakt abgebrochen und er hatte nicht mehr mitbekommen, was in seinem Elternhaus vor sich ging. Er hatte auch kein gesteigertes Interesse daran. Bis vor einigen Tagen.

„Ja, ich bin's …“, sagte er und spürte, wie ihm die Worte versagten. Er war emotional berührt. So hatte er sich das nicht ausgemalt.

„Schön, dich zu sehen. Magst du reinkommen?“ Ihre Stimme klang zittrig.

Kai war einen Augenblick versucht, sich nach vorne zu beugen und seine Mutter zu umarmen. Doch irgendetwas hielt ihn davon ab und er brachte es nicht übers Herz. Später, sagte er sich.

Seine Mutter machte einen Schritt zur Seite. Als Kai eintrat, erfüllten sofort bekannte Gerüche seine Nase. Es roch nach Kindheit und Indianerspielen, nach Jugend und erster Liebe. Nach Hass und Verzweiflung.

Er versuchte, die Vergangenheit abzuschütteln und sich seiner Mutter zuzuwenden, die in die Küche vorausging und sich an den Tisch setzte.

Aufgeräumt, dachte Kai, als er ihr gegenüber Platz nahm und sich ein wenig umschaute. Und alles an seinem Platz. Die Brotmaschine, der Obstkorb, die Häkeldeckchen auf der Tischplatte. Wie seit fünfundzwanzig Jahren.

„Ich ...“, begann er.

Seine Mutter fiel ihm ins Wort. „Kann mir schon denken, warum du hier bist. Wegen ihm, stimmt's?“ Ihre Augen huschten flink über den Tisch und erspähten ein Feuerzeug. Sie zündete die Zigarette an, nahm einen tiefen Zug und stieß den Rauch aus.

Er nickte. „Ich hab seinen Namen in der Zeitung gelesen.“

Sie zog gierig, drei Züge hintereinander. „Ein Schock, was? Wie geht es dir?“

„Wie soll es jemandem gehen, der den Namen des eigenen Vaters in der Zeitung im Zusammenhang mit einem rechtsextremen Netzwerk lesen muss? Auch noch in einer linksliberalen Zeitung? Sag es mir! Komm schon! Was meinst du wohl, wie es mir geht?“ Es tat ihm leid, dass er sich gleich zu Beginn des Gesprächs echauffierte. Er hatte sich fest vorgenommen, cool zu bleiben.

„Ich weiß, dass du sauer bist. Auf alles. Auf Vater, auf mich, auf die ganze Welt. Aber es ist nun mal beschissen gelaufen. Alles ist beschissen gelaufen.“

Wieder sah er sich in der Küche um, die ihm beengter vorkam, als er sie in Erinnerung hatte. Er scheute sich davor, seiner Mutter in die Augen zu schauen.

„Wann hast du ihn zuletzt gesehen?“, erkundigte sich Kai.

„Oh, das weiß ich gar nicht mehr. Jedenfalls ist es Monate her.“ Seine Mutter sprach sicherer. Ein gutes Zeichen.

„Und wann hast du zuletzt was von ihm gehört?“

„Vor knapp vierzehn Tagen. Das weiß ich genau. Ich hatte ihn angerufen, weil ich eine Unterschrift für die Scheidungspapiere von ihm brauche."

„Und was hat er gesagt?"

„Er meinte, er könne jetzt nicht. Er ginge auf die Jagd, hat er gesagt."

„Auf die Jagd?"

„Na ja, wie früher halt. Ich dachte mir nichts dabei. Sie waren ja öfter jagen. Kennst ihn ja. Hat uns ab und zu Wild mitgebracht. Der Hirschbraten oder das Rehragout am Sonntag waren immer gut gewesen. Dir hat's doch auch geschmeckt, oder etwa nicht?"

„Und dann?", überging Kai die Frage.

„Was dann?"

„Wie ging es weiter? Hast du die Unterschrift?"

„Nein, nein. Deswegen bin ich etwa eine Woche später zu ihm gefahren, weil ich mich am Telefon nicht abwimmeln lassen wollte. Der Jagdausflug war ja sicher vorbei, dachte ich. Und die fehlende Unterschrift ist wirklich wichtig für mich, sonst stockt alles. Na ja, was soll ich sagen? Als ich klingele, macht natürlich niemand auf. Dafür haben mich zwei Polizisten der Frankfurter Kripo angesprochen, als ich vom Haus wieder wegging."

„Wie jetzt, Polizisten? Was wollten die?"

„Sie haben mich gefragt, wer ich bin. Und als sie es erfahren hatten, haben sie mir erklärt, dass Ortwin und das Haus observiert werden. Den Grund haben sie nicht genannt, den konnte ich mir aber zusammenreimen, als ich paar Tage später seinen Namen in eurer Zeitung gelesen habe."

„Ich auch", bemerkte Kai. Es klang resigniert. Seine Augen blickten ins Leere, als würde sein Geist weit weg schweben. Zurück in die Vergangenheit. Zu viele Erinnerungen verbanden ihn mit diesem Haus. Es war kaum auszuhalten.

Nach einer Weile versuchte er, sich zusammenzureißen und sich wieder auf seine Mutter zu konzentrieren. „Weißt du, wo er stecken könnte?", hakte er nach.

Seine Mutter schaute ihm in die Augen und zuckte mit den Schultern. „Ich hab auch schon überlegt. Aber mir fällt nichts ein."

„Du warst meine letzte Hoffnung." Er dachte an Kati, die tot war. Somit bestand keine Chance, mehr herauszufinden. Das Bild von

Benjamin Brick schwappte in sein Bewusstsein. Den hatte er eine Weile verdrängt. Sollte er ihn kontaktieren? Er war berüchtigt für seinen Spürsinn und seine Ruhelosigkeit. Beim letzten Treffen hatte er auf Kai den Eindruck gemacht, als wolle er auf Gedeih und Verderb Katis Mörder schnappen. Kai verwarf den Gedanken wieder. Brick war ihm stets unsympathisch gewesen, daher wischte er sein Bild beiseite und blickte seine Mutter liebevoll an.

„Kennst du die anderen, die mit Vater in der Zeitung standen?"

„Nur Klaus Engländer. Zu dem hat er immer aufgeschaut. Vor dem hatte er Respekt. Vor sonst niemandem. Kennst ihn ja. Der Rest der Namen sagt mir nix. Hab hin und her überlegt, aber in der Zeitung stand ja, dass alle bei der Frankfurter Polizei gewesen sind."

Kai nickte. Das brachte ihn nicht weiter. Er machte eine Bewegung, als wolle er aufstehen.

Sogleich legte Jessica Keller die rechte Hand auf die ihres Sohnes. „Bleib noch ein wenig", bat sie. „Ich habe Kuchen da, und Kaffee setz ich schnell auf."

„Nee, Mama, lass mal. Ich muss. Zurück in die Redaktion. Das lässt mir keine Ruhe."

Auf einmal sprang Kai auf, als würde es ihm das Herz zerreißen, sollte er noch eine Minute länger hier sitzen und seiner Mutter in die Augen schauen müssen.

Als er in der Küchentür stand, drehte er sich wieder um. „Kannst du mir Bescheid geben, falls er sich bei dir meldet?"

„Klar", sagte sie mit fester Stimme. „Mach ich. Auf jeden Fall. Aber da würde ich nicht drauf wetten." Sie setzte ab, zögerte, richtete erneut das Wort an ihren Sohn, den sie so lange nicht gesehen hatte. „Und Kai …"

„Ja, Mama?"

„Pass auf dich auf!"

72

„Magst du deine Eier lieber gekocht oder gestreichelt?"

Elisa stand in der Küche am Herd und bog sich vor Lachen über ihren eigenen Witz, den sie Brick, der drei Zimmer weiter am Laptop saß, zugerufen hatte.

„Scheint dir ja schon wieder fantastisch zu gehen." Der Aufwärtstrend war unverkennbar.

„Wenn ich mit dir zusammen bin, geht's mir immer blendend. Das solltest du inzwischen gemerkt haben. Also, was ist nun?"

„Was ist womit?"

„Wie du deine Eier willst?"

„Rühreier am liebsten. Zwei Stück. Nur Salz und Pfeffer. Danke."

Er hörte Elisa in der Küche hantieren. Während er Internet-Artikel las, vergaß er die Zeit, bis er sie wieder rufen hörte. „Deine Eier sind fertig. Also, ich meine natürlich deine Rühreier."

Brick saß am Küchentisch und wollte gerade in sein Brot beißen, als es an der Haustür klingelte. Sämtliche Alarmglocken sprangen an. Er erwartete niemanden. Wer um Himmels willen stand zu dieser unchristlichen Uhrzeit vor der Haustür? Wer wusste überhaupt, dass jemand im Haus war?

Elisa wollte Richtung Tür brüllen, denn es schellte bereits wieder, als Brick den Zeigefinger vor den Mund und seine Hand sanft auf ihren Arm legte.

„Leise", schob er flüsternd hinterher.

Elisa unterdrückte einen Schrei. „Soll ich mal nachschau…?"

„Lass mich!" Er erhob sich, ohne ein Geräusch zu verursachen, und schlich auf Zehenspitzen in die Küche, von der aus der Eingangsbereich vorm Haus am besten einzusehen war.

Millimeter für Millimeter bewegte er den Kopf Richtung Fenster und entdeckte einen E-Roller direkt vor der Treppe zur Hofeinfahrt, der dort vorher nicht gestanden hatte. Das war sicher. Leider lag der letzte Meter vor der Eingangstür nicht in seinem Sichtfeld. Machte nichts, denn keine zwei Sekunden später trat jemand nach hinten und schaute Brick mitten ins Gesicht. Basecap, Löcherjeans, Converse Sneaker. Mario Kaspar stand vorm Haus.

„Was machst du denn hier?", rief Brick voller Erstaunen, nachdem er das Fenster geöffnet hatte.

„Erzähl ich dir, wenn du mich reinlässt."

„Moment."

Er ging an die Haustür und öffnete. Kaspar schlüpfte hinein. Brick führte ihn in die Küche, wo Elisa am Frühstücken war.

„Elisa, das ist Mario. Mario, das ist Elisa."

„Hi", antwortete der Computernerd.

„Hi", erwiderte Elisa. Ihre Augen zeigten ein sanftes Strahlen, was Brick nicht entging.

„Wie bist du denn hergekommen?"

„Hab mir nen E-Roller genommen. Wollt ich die ganze Zeit schon mal. Cooles Teil."

„Hunger?", fragte Brick. „Wir haben eine Weltklasseköchin unter uns." Er blinzelte Elisa zu, die abwinkte und ihm ein langgezogenes „Schleimer!" entgegenschleuderte.

„Nee, nee, ich hab was für dich. Deshalb bin ich hier."

„In Ordnung." Brick wies ihm mit einer Geste einen Platz am Tisch zu, schräg gegenüber von Elisa. Kaspar setzte sich. „Kaffee, Tee? Oder was anderes?"

„Tasse Kaffee mit Milch ohne Zucker, danke."

Während Brick an die Kaffeemaschine ging, eine Tasse oben aus dem Hängeschrank schnappte und Kaffee eingoss, brummelte er vor sich hin. „Na, da bin ich aber gespannt. Bin ganz Ohr."

Mario Kaspar warf einen schüchternen Blick auf Elisa, schien unsicher zu sein, ob die folgenden Informationen auch für ihre Ohren bestimmt waren.

Sie checkte das sofort. „Keine Sorge, bin im Bilde. Tu einfach so, als wäre ich nicht hier."

Er nickte. „Ich hab mir heute Nacht Katis private und berufliche Mailaccouts vorgenommen und sie nach Stichworten durchsucht, um auf die Spur des Polizeinetzwerks zu kommen", begann Kaspar. „Hätte ja durchaus was dabei sein können."

„Und, was gefunden?", hakte Brick nach, drehte sich um und stellte die Kaffeetasse vor ihn auf die Tischplatte.

„Nein. Dafür bin ich aber über was anderes gestolpert. Kati hat am meisten mit Kai gemailt – und zwar mit Abstand."

„Kai Hawaii, der aus der Redaktion?"

„Genau. Waren ja nicht nur Kollegen, sondern befreundet."

„Sogar mal ne Weile zusammen, soweit ich gehört habe."

„Aber weißt du auch, wie Kais richtiger Nachname lautet?“

„Äh, Moment. Muss ich mal drüber nach… Nein. Ich kenne ihn nur unter seinem Spitznamen Hawaii.“

„Ging mir bis heute Nacht genauso. Aber dann bin ich auf seinen realen Namen gestoßen. Er heißt nämlich Kai Keller.“

„Wie originell“, kommentierte Brick die Alliteration K und K. Dann stockte er abrupt und eine Furche durchzog seine Stirn. „Du meinst …?“

„Kai Keller ist Ortwin Kellers Sohn“, schob Kaspar augenblicklich hinterher. „Hab’s schon nachgeprüft.“

„Oh, là là“, kommentierte Brick die Enthüllung. „Jetzt muss ich mich mal setzen.“ Er platzierte seinen Allerwertesten direkt neben Elisa und trank einen Schluck Kaffee aus seiner Tasse, der mittlerweile abgekühlt war und scheußlich schmeckte. Brick verzog das Gesicht.

„Mich hat das auch stutzig gemacht, um ehrlich zu sein. Deshalb bin ich auch sofort hergekommen.“

„Ich muss das erst mal sacken lassen. Hast du noch was?“

„Ja. Ich habe den Mailaustausch von Kati und Kai genauer unter die Lupe genommen. Das ist hauptsächlich privater Kram, so verliebtes Jungs- und Mädelszeug. Aber ich bin auch auf was Interessantes gestoßen. Ich weiß jetzt, woher Kati die Tarnnamen hatte.“

„Raus mit der Sprache!“

„Von Kai.“

„Mich laust der Affe. Dieser verlogene Jungspund!“

„In einer Mail unter Tausenden hat er sie ihr mitgeteilt. Sie liest sich, als wolle er ihr imponieren, sich aber sonst raushalten aus der Angelegenheit.“

„Wie kommst du darauf?“

„Er schreibt etwas im Sinne von: ‚Mach mit den Namen, was du willst, aber mein Name darf nirgends auftauchen‘.“

„Da wusste Kati noch nicht, dass Kais Vater …“

„Stimmt.“

„Und schreibt er auch was darüber, woher er die Tarnnamen hat?“

„Nichts gefunden.“

„Okay, ich knöpfe mir das Jüngelchen mal persönlich vor. Wenn er meinen Artikel mit den Klarnamen gelesen hat, also auch den Namen seines Vaters …“

„Ein übles Gefühl bestimmt. Möchte nicht in seiner Haut stecken. Vielleicht weiß er mehr. Zum Beispiel, wo sein Vater zurzeit steckt."

Bricks Hirnwindungen schienen angestrengt zu arbeiten. „Das wäre ja … Nein, das kann ich mir nicht vorstellen, sonst hätte er sicher … " Brick sprach nicht weiter. Diese Situation mochte er sich nicht ausmalen. Er erhob sich. „So, ihr zwei Hübschen. Ich statte Kai jetzt einen Besuch ab."

Geistesgegenwärtig stand Elisa auf. „Und ich mache Mario ein fettes Frühstück. Kannst was vertragen, wie du aussiehst. Keine Widerrede."

Kaspars scheuer Blick schoss zu Boden. Er schien es nicht zu wagen, sich Elisa zu widersetzen.

Brick musste lächeln. Wenn Elisa ihn erst mal in den Klauen hatte, würde es nicht einfach werden für den Jungen. Es würde ihm sicher guttun. Insgeheim freute er sich für die beiden.

„Also, kann ich euch allein lassen?"

„Was denkst du denn? Und jetzt zisch ab, altes Gemüse!", erwiderte Elisa spitz.

„So ist das also. Sobald Frischfleisch eingetroffen ist, werden die Alten abserviert."

„Immerhin funktioniert es bei dir noch im Kopf." Sie grinste ihn an. Kaspar zog es vor, keinen Kommentar abzugeben. An ihn gewandt fragte sie: „Wie magst du deine Eier?"

73

Brick hatte den Griff seiner Autotür in der Hand, als er sich dabei ertappte, wie er sich unwillkürlich nach allen Seiten umschaute. Keine Menschenseele auf der Straße. Der Morgenhimmel war rot gefärbt, wie so oft in letzter Zeit. Ein Magengrummeln ließ ihn innehalten. Kaspars Klingeln heute früh hatte ihm deutlich gemacht, wie schutzlos sie waren, obwohl sie sich in Annas Haus verschanzt hatten. Dagegen musste er dringend was unternehmen. Brick zückte sein Handy und wählte Schnauzes Nummer.

„Der frühe Vogel fängt den Wurm, was?", begrüßte ihn der Hauptkommissar.

„Höre ich da gute Laune?“

„So weit würde ich nicht gehen. Wenn du anrufst, droht immer Unheil am Horizont.“ Ein Lacher begleitete Frosts Worte. „Also, was gibt’s?“

Brick fackelte nicht lange. „Kannst du mir ne Knarre besorgen?“

„Was?“ Frost war hörbar erschrocken.

„Eine Pistole!“

„Was willst du damit?“

„Heute Morgen ist mir fast das Herz in die Hose gerutscht. Es hat geklingelt und mir ist klar geworden, dass ich mich kein Stück verteidigen könnte.“

„Und du glaubst, das wird mit ner Knarre besser?“

„Wieso nicht?“

„Weil du kein Scharfschütze bist. Schießen will gelernt sein.“

„Ich will gar nicht schießen, aber abschrecken. Verstehst du?“

„Und du denkst, das würde Engländer und Konsorten beeindrucken? Vergiss es!“

„Ich hab keine Lust, das mit dir zu diskutieren. Krieg ich nun eine, oder muss ich mich anderweitig umhören?“

„Brick, Brick, jetzt bleib mal auf dem Teppich! Erstens weiß niemand, dass du in Vilbel bist. Und zweitens …“ Frost zögerte.

„Zweitens fällt dir schon nichts mehr ein. Und dein Erstens kannst du dir getrost sonst wohin stecken. Das kannst du nämlich gar nicht wissen. Was ist nun? Kannst du – oder nicht?“

„Du lässt nie locker, stimmt’s?“

„Ganz der Alte.“

„Ein sturer Bock, wie er im Buche steht.“

„Darauf kannst du Gift nehmen.“

„Ich sehe, was ich tun kann.“

„Könntest du in einer Stunde in Praunheim sein? Ich appe dir die Adresse.“

„Was denn noch, Brick?“

„Sonst nix.“

„Was willst du überhaupt da?“

„Das erzähl ich dir, wenn wir uns sehen.“

Brick klickte das Gespräch weg, schickte Schnauze eine WhatsApp und öffnete den Wagen. Keine fünf Sekunden später war er auf dem Weg in Richtung Frankfurt, wo sich seine Gemütslage sofort entspannte. Hier kannte er jeden Quadratzentimeter Asphalt, hier fühlte er sich sicher. Sein Terrain. Seit Jahrzehnten. Es tat gut, wieder auf der Straße zu sein, was zu unternehmen. Und sich nicht wie das Kaninchen vor der Schlange zu verstecken.

Auf der Friedberger Landstraße bog er rechts ab auf die Miquelallee in Richtung westliche Stadtteile und fuhr ein kurzes Stück auf der A66 bis zur Ausfahrt Praunheim. Hier kam es ihm immer so vor, als läge das Viertel in einer Art Schlummerdasein. Es passierte einfach nichts.

Am Anfang der Straße, in der Kai wohnte, fand er einen Parkplatz. Er stieg aus und schlenderte auf das Haus zu. Dabei musste er an früher denken. So war es immer gewesen, wenn er für eine Reportage vor Ort recherchiert hatte. Eine Mischung aus Vorfreude und banger Ungewissheit, was ihn erwarten würde. Er musste jetzt schnell eine Lösung finden. Kai war der Schlüssel.

Keine fünf Sekunden nach dem Klingeln erklang der Türsummer. Die Wohnung lag im Erdgeschoss rechts. Ein Typ war gerade im Begriff, die Wohnung zu verlassen. Im Gegenlicht erkannte Brick, dass es Kai war. Als er Brick erblickte, fiel bei ihm die Klappe runter. Das nahm Brick deutlich wahr.

„Du hast mir gerade noch gefehlt", knallte Kai ihm an den Kopf.

„Dir auch einen schönen guten Morgen. Dachte mir, dass ich dich noch erwische, bevor du in die Redaktion düst."

„Bin spät dran. Was willst du schon wieder?"

„Schön, dass du dich freust, mich zu sehen. Sagt dir der Name Ortwin Keller was?" Offensive war jetzt angesagt. Zaudern hatte in solchen Momenten noch nie geholfen.

Kai schloss kurz die Augen, sackte innerlich zusammen. „Klar, dass es irgendwann rauskommen musste."

„Darf ich reinkommen? Wir müssen reden!"

„Aber nur fünf Minuten. Will eigentlich los."

Kai trat einen Schritt zur Seite. Brick betrat einen schmalen Gang, von dem fünf Türen abgingen und der ihn an eine Studentenbude aus früheren Zeiten erinnerte.

„Ganz durch", sagte Kai.

Am Ende des Ganges ging Brick durch eine Tür in die Küche. Kai setzte sich an den Tisch und zündete sich eine Kippe an. „Auch eine?" Er hielt Brick die Schachtel hin.

„Nein danke."

Kai blies den Rauch aus. „Wie bist du drauf gekommen?"

„Hab meine Informanten. Ist schon irre. Warum wusste niemand davon?"

„Keine Ahnung. Niemand hat meinen Nachnamen auf dem Zettel. Und selbst wenn. Der Name Keller ist nicht gerade selten. Außerdem gehe ich ja nicht damit hausieren, dass mein Dad Bulle ist, stramme Nazigesinnung inklusive. Ich hatte Schiss, dass ich Ärger bei der Frankfurter Presse kriege, immerhin eine linksliberale Zeitung. Ich brauch den Job."

„Hast du noch Kontakt zu ihm?"

„Seit Jahren nicht. Bin zu Hause ausgezogen, als mir seine braune Gesinnung immer mehr auf den Sack ging. Irgendwann hab ich es nicht mehr ausgehalten." Er drückte die halb gerauchte Kippe in einem vollen Aschenbecher aus. „Als ich in deinem Artikel den Namen meines Vaters gelesen habe, so schwarz auf weiß, sind mir fast die Augen rausgefallen." Er setzte einen Moment ab, um durchzuatmen.

„Als wir in der Redaktion gesprochen haben, hast du mir erzählt, dass du keinen Dunst hast, an was Kati dran war."

„Jaja", druckste Kai herum. „Sie hat immer ein Geheimnis draus gemacht. Musste ihr alles aus der Nase ziehen." Er schwieg eine Weile. „Als ich es herausgefunden hatte, wollte ich sie unterstützen."

„Und wie hast du das angestellt?"

„Hab ihr Oskar Peters Zugangsdaten zu seinem Mailaccount gegeben. Hab ihr aber verschwiegen, dass es sich um meinen Vater handelt."

„Warum? War es dir peinlich?"

„Wahrscheinlich wollte ich ihn nicht persönlich ans Messer liefern. Außerdem hatte ich Angst, was bei der Zeitung passiert, wenn meine Verwandtschaft zu ihm rauskommt."

„Aber du musstest doch damit rechnen, dass Kati herausfinden wird, wer hinter Oskar Peters steckt?"

„Ja. Aber dann wäre ich immerhin nicht direkt verantwortlich gewesen. Außerdem wollte ich sie unterstützen bei ihrer Mission, die Bande zu Fall zu bringen."

„Du wolltest ihr imponieren."

„So kann man es auch sagen. Dass mein Vater als Oskar Peters bei dem rechtsextremen Netzwerk dabei ist, habe ich erst aus deinem Artikel erfahren. Ich war sprachlos. Mir war vorher der Zusammenhang nicht klar gewesen."

„Du wolltest ihn nicht sehen."

„Ich hätte ihm das nicht zugetraut. Wobei, ehrlich gesagt habe ich so was immer befürchtet. Irgendwie war mir klar, dass es mal so enden würde. Mein Alter war radikal, glaub mir. Es war nur eine Frage der Zeit, bis er ganz ausgetickt ist."

„Und wie bist du an die Sachen rangekommen? Ich meine, die lagen ja nicht einfach so rum?"

„Na ja, als ich wusste, woran Kati arbeitet, ist die Sache mit meinem Vater wieder hochgekocht in mir. Ich kannte ja seine Gesinnung. Außerdem hab ich mich wieder an seinen privaten Mailaccount erinnert. Die Zugangsdaten hatte ich mir kurz vorm Auszug von zu Hause besorgt. Vielleicht hab ich damals schon geahnt, dass ich sie mal brauchen würde. Jedenfalls hab ich mich eingeloggt und siehe da, die Zugangsdaten waren noch gültig. Ich hab mir das ganze Zeug reingezogen. Alter, was ein Fuck! Mein Vater tauschte sich mit Gleichgesinnten über einen Umsturz aus, das musst du dir mal reinziehen. Sie benutzten Pseudonyme. Ich hab die Liste mit den fünf Namen an Kati weitergeleitet. Dass mein Vater darunter war, also in diesem engsten Kreis, hab ich damals nicht geahnt. Den Rest der Geschichte kennst du."

Brick schaute ihn eine Weile stumm an.

„Verstehst du nicht? Es gab nichts zu verlieren, es gab nichts zurückzuhalten, es gab nur etwas zu gewinnen, nämlich dass der ganze Scheiß endlich endet."

Kai hatte das Thema nicht weggebügelt, immerhin, auch wenn es ihm unangenehm gewesen war. Sein klingelndes Handy lenkte Brick ab. Schnauzes Nummer. „Da muss ich rangehen, sorry." Er nahm das Gespräch an.

„Ja?"

„Ich kann jetzt nicht nach Praunheim kommen. Aber ich hab was für dich. Wir treffen uns um Punkt 12 Uhr auf dem Parkplatz unter der A66 in Bockenheim. Du biegst auf der Ginnheimer kurz hinterm Bockenheimer Friedhof und dem Tennisclub rechts ab, gleich neben den Kleingärten. Weißt du, welchen ich meine?"

„Kenn ich. Bis gleich." Brick warf einen Blick auf die Uhr.

„Moment. Ich hab noch was", sagte Schnauze.

„Ich höre."

„Dieser angebliche Taxifahrer, also Daniel Quandt, hatte ein Prepaidhandy einstecken. Die Daten des Handys wurden ausgewertet. Es war in den vergangenen Tagen auffällig oft in einem Sendemast eingeloggt, und zwar in Nidda in der Wetterau. In der Gegend könnte die Truppe untergetaucht sein."

„Endlich mal gute Nachrichten."

„Leider nicht wirklich. Der Bereich des Sendemastes deckt eine riesige Fläche ab. Ist wie die Suche nach der Nadel im Heuhaufen, wenn wir das Versteck finden wollen."

„Aber besser als nix."

„Gut, also bis später."

Während er das Gespräch wegklickte, sah er Kai scharf an. Ihm kam eine Idee.

„Sag mal, kennst du das Gebiet rund um Nidda?"

„Nö, wieso?"

„Keinen Schimmer, was dein Vater da wollen könnte?"

„Habt ihr ihn da aufgespürt?"

„Das nicht, aber es gibt andere Hinweise."

„Keine Ahnung, was er da zu suchen hat. Vielleicht weiß meine Mutter was. Soll ich sie anrufen?"

Brick zögerte, schaute wieder auf die Uhr. „Nein. Wir fahren zu ihr. Und zwar sofort."

„Aber ey, ich muss in die Redaktion."

„Ich ruf Eddie an und kläre das." Er nahm sein Handy und erwischte Eddie zu Hause auf dem Sprung. Sie wechselten einige Worte. Nach einem kurzen Gezänk beendete Brick das Telefonat. „Du hast frei bis nachmittags", erklärte er Kai, der ihn verwundert ansah. „Und jetzt los!"

74

Während Elisa mit der linken Hand Mario einen Teller mit Eiern, Speck und Brot servierte, strich sie ihm mit der rechten unter den längeren Haaren am Nacken entlang, was bei ihm eine Ganzkörpergänsehaut auslöste. Er spürte nicht nur ein Kribbeln im Magenbereich, das ihn mehr als verunsicherte; Elisas Anwesenheit, ihre Präsenz im Raum, ihre Stimme und ihre Coolness verwirrten ihn heftig. Zudem waren sie allein im Haus.

„Danke“, flötete er mehr, als dass er sprach, und wand sich unter Elisas zarten Fingern.

Elisa musste lachen. „Hau rein. Du brauchst dich nicht zurückhalten.“ Sie zwinkerte ihm zu. „Brick hat mir einiges von dir erzählt.“

„Oh, was denn?“

„Du bist der beste Hacker weit und breit.“

„Ich kenn mich ein wenig mit Computern aus, ja.“

„Och, wie süß! Bescheiden bist du auch noch. Da steh ich total extrem drauf.“ Sie beugte ihren Oberkörper tief hinab, sodass ihre Gesichter wenige Zentimeter voneinander entfernt waren. „Magst du nichts essen?“

„Äh, doch, doch. Gibt es auch Besteck?“

Ihr Blick huschte über den Tisch. „Kommt sofort.“ Sie holte Messer und Gabel aus der obersten Küchenschrankschublade und platzierte sich im Nu wieder neben Mario. Zog einen Stuhl heran, setzte sich und fixierte seine Augen.

Mario schien sich unbehaglich zu fühlen. So dicht war ihm noch keine Frau auf die Pelle gerückt. Statt von ihm abzulassen, trieb es Elisa auf die Spitze und rückte noch näher an ihn heran. Obwohl Mario sich massiv eingezwängt fühlte, fand er sie anziehend.

„Kannst du mir ein paar Tricks zeigen?“, fragte Elisa in dem Augenblick, als Mario die erste Gabel Ei zwischen die Lippen schob.

„Was meinst du mit Tricks?“ Er verschluckte sich beim Antworten und begann zu husten.

Elisa klopfte ihm auf den Rücken. „Na, wie du das machst im Internet. Seiten hacken und so.“

Nachdem er sich gefangen hatte, erklärte er: „Es gibt keine Tricks. Jedes von Menschen geschaffene System hat Schwachstellen. Die muss man finden. Und wenn du drin bist, übernimmt alles andere eine Software, die ich programmiert habe. Sozusagen ein kleiner Spion, der sich umschaut. Der Fachbegriff heißt Ransomware.“ Sein Brustkorb hob sich im Lichte seiner Taten, die er als reine Normalität darzustellen versuchte.

„Krass. Erzähl weiter!" Ihre Augen funkelten.

„Was?"

„Verdienst du damit Geld?"

„Nee, nee. Geld verdien ich bei der Frankfurter Presse."

„Warum machst du es dann?"

„Ruhm und Ehre."

„Ein Idealist!" Sie schmachtete ihn an.

„Könnte man sagen."

„Was hast du noch vor?"

„Na ja, die Großen halt. Vielleicht eine Bank. Oder Amazon. Oder, oder, oder … Gibt viele interessante Unternehmen."

„Ist das nicht gefährlich?"

„Man darf halt keine Spuren hinterlassen."

„Welche Seiten hast du schon gehackt?"

„Puhhhh, das wird mir jetzt etwas zu persönlich."

„Verstehe", sagte Elisa. „Berufsgeheimnis. Geht mich ja nix an. Was meinst du, kriegst du die Leute aus dem Netzwerk?"

„Weiß nicht."

„So wie ich Brick verstanden habe, kriegst du sonst alles hin."

„Schon. Aber ich kann nur auf Infos zugreifen, die im Netz stehen. Wenn nix im Netz steht, keine Infos. Klar?"

„Wie Kloßbrühe." Elisa nahm den Teller in Augenschein, auf dem die Portion Eier rapide abgenommen hatte. „Na also, geht doch. Magst du noch welche?"

„Nee, lass mal. War spitze. Brick hat nicht übertrieben."

„Fuck!", rief Elisa. „Am Ende werd ich noch Hausfrau."

„Keine Sorge. Da besteht keine Gefahr."

„Hach, weißt du, Super Mario. Ich mag dich irgendwie …" Elisa ging in die Offensive, legte ihren Arm um seinen Hals und näherte ihre Lippen den seinen, als es an der Haustür klingelte.

Sie zuckte zurück. Ruckartig wandten beide ihre Köpfe in Richtung des Störgeräuschs, das langsam im Haus verhallte.

Beim zweiten Klingeln erstarrte Elisa. Ihre Gedanken verhedderten sich.

75

Zwanzig Kilometer entfernt im Frankfurter Stadtteil Griesheim parkte Brick seinen alten Golf unmittelbar vor einem Einfamilienhäuschen, dessen mausgrauer Fassade ein neuer Anstrich gutgetan hätte. Im Vorgarten tummelten sich bunte Krokusse und lila Märzveilchen, die der tristen Umgebung etwas Idyllisches verliehen.

Reflexartig schaute Brick sich um, als er ausstieg. Kai ging voran und klingelte. Eine hagere Frau öffnete eine Minute später. Die Ähnlichkeit zwischen Mutter und Sohn war unübersehbar. Die gleiche schmale Nase, die gleichen Lippen, die gleichen feinen Gesichtszüge, die gleiche hohe Stirn.

Jessica Keller trug Jeans und ein Strickjäckchen. „Kai?" Ein zartes Lächeln zeichnete sich auf ihrem Gesicht ab. „Ist was passiert?" Ihr besorgter Blick fiel auf Brick.

„Das ist Benjamin, Mama, ein Kollege von der Zeitung."

„Ich kenne Sie", antwortete Frau Keller. „Aus dem Fernsehen."

„Er hat ein paar Fragen an dich ... wegen Vater."

„Ach so." Beim letzten Wort war sie ein wenig zusammengezuckt. „Kommt rein!"

Im Wohnzimmer lief der Fernseher. Morgenshow. Frau Keller nahm die Fernbedienung und schaltete den Ton aus. Zeitschriften und Magazine lagen gestapelt auf dem Tisch. Sie bot dem Besuch Platz an und setzte sich ebenfalls.

Kai erzählte ihr von den neuen Entwicklungen des Falles im Zusammenhang mit seinem Vater.

Seine Mutter hörte ihm gebannt zu. Sie wirkte gespannt und gleichzeitig verängstigt. „Rund um Nidda, sagst du?" Sie stellte die Frage in den Raum und begann darüber nachzudenken. „Jaja, Moment mal. Das sagt mir was. Da war ich schon. Ist zwei, drei Jahre her. Ich bin ihm nachgefahren, weil ich den Verdacht hatte, dass er mich betrügt. Ortwin war damals oft unterwegs, hat aber immer ein Geheimnis um seine Aktivitäten gemacht und nie was erzählt. Manchmal blieb er auch über Nacht weg, ohne mich vorher zu informieren. Das kam mir komisch vor. Man liest ja so oft von Seitensprüngen und so. Jedenfalls hab ich ihn einmal verfolgt, natürlich ganz vorsichtig. Ich bin ihm nachgefahren. Er fuhr raus aus Frankfurt, aber nicht weit, und ist dann von einer Landstraße in einen

Waldweg abgebogen. Ich hab nur noch die Rücklichter vom Jeep gesehen. Dann habe ich das Auto geparkt und bin ihm nachgelaufen, bis ich den Wagen entdeckt habe. Er stand etwa fünfzig Meter vor einem Forsthaus. Wieso fragst du?“

Brick wurde hellhörig. „Ein Forsthaus, sagen Sie?“

„Ja, genau. Ich bin dann postwendend umgedreht und wieder gefahren. Er hat ja zu der Zeit oft gejagt. Da hab ich mir nichts dabei gedacht. Hab ich was falsch gemacht?“

„Nein, nein“, beteuerte Brick rasch. „Im Gegenteil. Das könnte ein wertvoller Hinweis sein.“ Und da er die Frau persönlich vor sich hatte, wollte er die Gelegenheit nutzen. „Ihr Mann. Wieso ist er bei der Polizei rausgeflogen?“

„Bitte nicht mehr ‚Ihr Mann‘ sagen. Wenn, dann ist er mein Ex. Ich bin froh, dass ich ihn los bin.“

„Okay, also wieso ist Ortwin Keller rausgeflogen?“

„Das ist eine längere Geschichte. Er ist in rechte Polizeikreise geraten und hat sich immer mehr reingesteigert. Seine Parolen wurden mit der Zeit immer härter, ein schleichender Prozess, der ihn irgendwann nicht mehr losgelassen und später völlig aufgefressen hat.“ Sie warf Brick einen melancholischen Blick zu. „Sie müssen dazu wissen, dass er bei der Bereitschaftspolizei war. Oft auf Streife, auch nachts. In Frankfurt unterwegs, auch in üblen Gegenden. Das hat ihn einerseits gestählt für harte Situationen, andererseits seinen Hass auf Ausländer weiter geschürt. Bis ihn das Thema komplett eingenommen hat. Das muss so 2015 oder 2016 gewesen sein, als die ganzen Flüchtlinge kamen. Er hat dann auch im Internet nur noch diese einschlägigen Seiten gelesen und sich noch von anderen aufstacheln lassen. Das war natürlich für seinen Job alles andere als hilfreich, im Gegenteil. Er hatte sich auf der Straße nicht mehr unter Kontrolle und es kam zu einigen gewaltsamen Übergriffen. Irgendwann hat er die ersten Abmahnungen erhalten. Auf einmal ist dann dieses Video mit dem festgenommenen Schwarzen aufgetaucht, den sie zu viert brutal zusammengedroschen haben, obwohl er sich nicht wehren konnte. Das war’s dann. Für mich wurde es immer unerträglicher, mit ihm unter einem Dach zu leben. Ich hab dann die Reißleine gezogen, obwohl mir das schwer gefallen ist. Aber ich konnte einfach nicht mehr.“ Sie senkte den Kopf und schniefte. Eine Träne quoll aus ihrem rechten Auge und lief die Wange hinunter.

„Entschuldigung“, sagte Brick. „Ich wollte nicht zu sehr in Sie dringen.“

„Macht doch nichts. Ich bin drüber weg, denke manchmal wochenlang nicht dran. Aber wenn ich davon erzähle, überkommt mich der ganze Scheiß wieder. Wie eine Lawine, die nicht aufzuhalten ist.“

„Und jetzt kommt alles wieder hoch durch die Berichterstattung“, ergänzte Kai.

„Ich hab's schon immer geahnt“, flüsterte Jessica Keller. „Er ist immer extremer geworden. Irgendwie musste es so kommen.“

Wenn sie wüsste, dachte Brick, hielt aber den Mund. Er wollte sie nicht noch mehr belasten. Das ganze Ausmaß dessen, wofür ihr Ex-Mann verantwortlich war, würde sie früh genug erfahren.

„Okay“, meinte er. „Ich treffe mich jetzt mit Thilo Frost. Er ist Hauptkommissar bei der Frankfurter Kripo. Der Tipp mit dem Forsthaus wird ihn brennend interessieren. Er könnte Gold wert sein.“

76

Elisa spähte durchs Küchenfenster und erblickte zuerst Natalias blonde Mähne. Neben ihr stand Ingo. Sie hielten Händchen. Ihr Herz machte einen Freudensprung, als sie die beiden sah. Der Zeitpunkt jedoch war mehr als ungünstig. Elisa seufzte. Sie drehte um, ging in den Hausflur und öffnete.

Natalia flog an ihren Hals, kaum war die Tür einen Spaltbreit offen, umarmte sie und erdrückte sie fast.

„Ey, is ja gut“, erklang es aus Elisas Mund. Sie gab Natalia einen Knutscher auf die Wange, strich ihr mit der Linken über die Haare und grüßte Ingo mit einer Geste ihrer freien Hand.

Natalia löste sich von Elisa und blickte sie irritiert an. „Hey, was ist los? Du freust dich gar nicht, dass wir hier sind.“

„Logo freu ich mich.“

Der genervte Unterton verunsicherte Natalia weiter. „Hier ist doch was fau...“

Weiter kam sie nicht, denn in diesem Moment bog Mario Kaspar, der bis dahin in der Küche am Tisch gesessen hatte, um die Ecke.

Natalia starrte ihn mit offenem Mund an. „Ich verstehe", sagte sie, weil sie eins und eins zusammenzählte. Ingo, der hinter Natalia hereingekommen war, grinste breit.

„Du verstehst gar nix", konterte Elisa schroff. „Das ist Mario, Mario Kaspar, Bricks Kollege von der Zeitung."

Natalia schien mächtig baff zu sein. Kollege? Zeitung? So sah dieser Typ nun wirklich nicht aus. „Aha!" Sie musterte ihn von oben bis unten und warf Elisa einen verschwörerischen Blick zu. „Da sind wir wohl in einem schlechten Moment reingeplatzt."

„Ich wollte gerade gehen", schaltete sich Mario Kaspar ein. Ein verschüchtertes Lächeln huschte über sein Gesicht.

„Bleib doch noch", schmachtete Elisa ihn sogleich an. „Das sind Natalia, Bricks Tochter, und ihr Freund Ingo. Die bleiben sicher nicht lange."

„Nee, also, ich hab noch zu tun. Du weißt ja, hacken und so." Er hob die Finger und tippte in der Luft wie auf einer Tastatur herum. Er versuchte sich an Elisa, Natalia und Ingo vorbeizupirschen.

Elisa wollte ihm den Weg versperren, doch Kaspar wich ihr aus, huschte aus der Haustür, sprang die wenigen Stufen hinab, schnappte sich den E-Roller und war im Nu losgedüst.

Natalia musste lachen, hielt sich aber sofort die Hand vor den Mund.

„Der hat's wohl mit der Angst zu tun gekriegt", kommentierte Ingo, was Elisa gegen den Strich ging. „Idiot!", presste sie hervor, drehte sich auf dem Absatz um und verschwand in der Küche.

Weder Natalia noch Ingo wussten, wen sie damit gemeint hatte. Die beiden sahen sich an, zuckten mit den Schultern und folgten ihrer Freundin händchenhaltend ins Innere des Hauses.

Elisa hantierte an der Arbeitsfläche und räumte Teller und Tassen in die Spüle.

„Cooler Typ, der Kollege von der Zeitung", sagte Ingo. „Wo hast du den denn aufgegabelt?"

Elisa wandte ihm den Kopf zu und blickte ihn scharf an. „Ist mir zugeflogen."

„Nee, sag mal!", bohrte Natalia nach. „Ich merk doch, dass du heiß auf ihn bist."

„Wie Lava!" Elisa lachte. „Er hilft Brick mit irgendwelchen Recherchen. Beim Hacken macht ihm keiner was vor."

„Beim Vögeln vielleicht auch nicht", legte Natalia nach und zwinkerte ihr zu.

„Können wir über was anderes reden oder wollt ihr weiter nerven?" Sie nahm einen Spülschwamm und wischte über den Küchentisch.

„Die perfekte Hausfrau", sagte Ingo. Der ironische Unterton war nicht zu überhören.

„Was hab ich nur angestellt, dass mir alle so auf den Sack gehen müssen?" Elisa feuerte den Schwamm in die Spüle. „Haut doch einfach ab, bis ihr euch wieder eingekriegt habt, verdammt."

Sie rannte aus dem Raum und ging ins Schlafzimmer, wo sie hinter sich die Tür zuknallte und sich aufs Bett warf.

Natalia und Ingo standen da wie bestellt und nicht abgeholt.

„Ich glaube, wir haben sie auf dem falschen Fuß erwischt", sagte Ingo.

„Vielleicht besser, wenn wir sie heute in Ruhe lassen."

Natalia sah ihn an. „Ich weiß nicht, ob …" Sie wollte zu Elisa gehen und sich entschuldigen.

„Wir kommen einfach morgen wieder, okay?"

„Und heute?"

„Machen wir uns einen schönen Tag. Ich weiß auch schon, womit."

Die beiden verließen das Haus und Elisa blieb zurück. Sie hörte die Haustür zufallen. Die Szene tat ihr leid. Sie hatte die beiden nicht verjagen wollen. Dumm gelaufen. Sie stand wieder auf und ging in die Küche zurück.

Stille.

Sie war allein. Komisches Gefühl. Hoffentlich war Natalia nicht sauer. Ingo konnte sie nicht einschätzen.

Während sie über die vergangenen Minuten nachdachte, klingelte es schon wieder. „Nanu? Haben sich's wohl anders überlegt." Elisa ging zur Eingangstür.

77

Obwohl Autos und LKW über ihn hinwegdonnerten, empfand Brick eine innere Ruhe und schloss die Augen. Er saß in seinem Golf, der unter der Autobahnbrücke A66 Frankfurt-Wiesbaden parkte. Rechts lagen Kleingärten, ein Stück weiter der Bockenheimer Friedhof, links die Sportplätze. Der Parkplatz war nahezu leer. Ein älterer Wohnwagen war winterfest abgestellt. Sah nach Dauerparkplatz aus.

Die Ereignisse lagen wie ein Panzer auf seinem Gemüt. Er fühlte sich betäubt.

Es war eine Art Zwischenphase. Der Sturm, so mutmaßte er, stand noch bevor.

Ein kurzes Hupen ließ ihn die Augen wieder öffnen. Im Rückspiegel sah Brick, dass sich Schnauzes Wagen näherte und direkt neben ihm parkte. Der Hauptkommissar stieg aus und setzte sich auf Bricks Beifahrersitz. Durch die verschmierte Frontscheibe sahen sie ein Rentnerpaar auf dem Weg zu ihrem Kleingarten, bewaffnet mit Harke und Gießkanne. Ein Jogger kam von links, eine Joggerin kreuzte seinen Lauf. Eine Hundesitterin war mit fünf riesigen Hunden auf dem Weg in Richtung Niddapark.

„Brick, Brick", begann Schnauze und schüttelte den Kopf. „Manchmal denke ich, ich hab's mit nem Kleinkind zu tun." Ein sorgenbeladener Blick.

„Nur, weil ich mich selbst schützen will?" Er klang gereizt. „Hast du die Knarre dabei?"

Er überreichte Brick eine Plastiktüte. „Glock 17, mit Munition. Damit müsstest selbst du zurechtkommen."

Brick warf einen Blick hinein. „Danke für dein Vertrauen."

„Vertrauen ist das falsche Wort. Es müsste Erpressung heißen. Hätte ich sie nicht besorgt, wärst du über eine andere Quelle an eine gekommen. Dann übernehme ich das doch lieber. Aber pass auf damit!"

„Wie gesagt, ich will sie beileibe nicht einsetzen. Außerdem hatte ich schon zwei-, dreimal eine in der Hand. Nur …"

„Ist ja schon gut." Schnauze sah demonstrativ aus dem rechten Fenster und vermied jeden Blickkontakt. Er war mächtig sauer.

„Ich habe auch was für dich, mein Freund."

„So hast du mich ewig nicht genannt."

„Sollte ich öfter machen."
„Schieß los!"
„Okay. Zwei Sachen. Ich weiß jetzt, woher Kati die Tarnnamen hatte."
„Langsam kommt Licht ins Dunkel."
Brick schilderte ihm, was Kai ihm offenbart hatte. „Und dann war ich mit ihm noch bei seiner Mutter. Sie erinnert sich daran, in der Nähe von Nidda gewesen zu sein, wo Quandts Handy vermehrt eingeloggt war. Und zwar in der Nähe von einem Forsthaus."
„Da schau her!" Brick hatte Schnauzes ungeteilte Aufmerksamkeit, seine Miene hellte sich auf. „Warum hast du das nicht längst gesagt?"
„Weil ich eben gerade von ihr komme. Also weiter im Text: Sie hat ausgesagt, dass Ortwin Keller ihr als Letztes mitgeteilt hat, jagen gehen zu wollen. Und jetzt bist du dran."
„Danke, Brick!"
„Gerne, Schnauze!"
„Dann werd ich mich mal sputen."
„Hältst du mich auf dem Laufenden?"
„Wie immer!" Schnauze öffnete die Autotür. Kurz bevor er ausstieg, wandte er sich noch einmal an Brick. „Und mach keinen Blödsinn", konnte sich Schnauze nicht verkneifen. „Hast du gehört?"
„Jaja. Kennst mich doch."
„Eben drum!"

78

Elisa sprintete ans Küchenfenster. Aus den Augenwinkeln sah sie Marios E-Roller an der Hauswand lehnen. War er ihretwegen zurückgekommen oder hatte er was vergessen? Ein Fünkchen Hoffnung keimte in ihrem Herzen.

Keine Sekunde später öffnete sie die Haustür und blickte in Marios Gesicht. Was sie sah, irritierte sie. Nichts zu erkennen von seiner freundlichen Miene, seinen Lachfältchen. Seine Augen strahlten Angst aus.

Mit einem Mal stahl sich von rechts ein Gegenstand in ihr Blickfeld. Der Lauf einer Waffe drückte Marios Schläfe ein. An der Pistole war eine Hand zu erkennen, die sie hielt. Die Hand gehörte zu einem Arm, der an einem Oberkörper dran war. Der Oberkörper war Teil eines Mannes, dessen Gesicht Elisa feist angrinste.

Elisa hatte keinen Schimmer, wer der Typ war. Eine ungute Ahnung bemächtigte sich ihrer.

Neben Grinsegesicht tauchten wie Drohnen aus dem Hinterhalt drei weitere Männer in schwarzen Kampfanzügen auf, die den Himmel verdunkelten. Drei üble Fratzen, denen sie ihre sadistische Ader ansah. Bevor Elisa reagieren konnte, stürzten sie sich auf sie und krallten sie unter sich fest. Sie drängten sie ins Haus zurück und schleppten Mario mit sich.

Beide lagen in der nächsten Sekunde mit auf dem Rücken gefesselten Händen auf dem Fliesenboden im Hausflur. Elisa wand sich, Mario schien vor Angst zur Salzsäule erstarrt und sagte keinen Pieps. Seine Augen glänzten in Schockstarre.

„Ey, ihr scheiß Wichser! Was soll der Kack?“ Elisa konnte es sich nicht verkneifen. Stillhalten war nie ihr Ding gewesen.

Noch ehe sie ausgesprochen hatte, holte der vorderste Mann aus und versetzte ihr mit dem Fuß einen Tritt in den Magen, der ihr den Atem nahm. Eine Schmerzwelle durchflutete sie. Mit Mühe und Not verhinderte sie es, sich übergeben zu müssen.

„Wenn du noch mal ungefragt dein dummes Maul aufmachst, Schlampe, stopf ich es dir. Und zwar mit meinem Schwanz. Capito?“

Ihr Blick huschte hin und her, von einem Angreifer zum anderen. Sie konnte diese Visagen nicht ertragen, zu nah kamen die Bilder aus dem Krankenhaus. Vor über einem Jahr, als diese Arschlöcher, diese kranken Idi… Ein Zwischenruf unterbrach ihre Gedanken.

„Capito?“ Der Typ holte wieder aus, um sie erneut zu treten. Eine Hand schnellte von hinten hervor und zog ihn an der Schulter weg.

„Hör auf!“, sagte der dazugehörige Mann. Er schien ihr Anführer zu sein. Baute sich breitbeinig auf. „Die brauchen wir vielleicht noch. Dann muss sie heile sein.“

Ein dritter Mann trat an ihn heran.

„Was hast du vor, Chef? Wie machen wir weiter?“

„Sie nehmen wir mit.“ Elisa sah schemenhaft, wie er sein Handy zückte und drei Bilder von ihr schoss. Sie bemühte sich, nicht in die Kamera zu schauen und ein halbwegs normales Gesicht zu machen.

Der andere Mann schnappte Kaspar, zog ihn vom Boden hoch und stellte ihn aufrecht hin. „Und was ist mit ihm? Wer ist der Hänfling überhaupt?"

Engländer zögerte keine Sekunde und schlug dem Computernerd mit dem Pistolengriff gegen die Schläfe. Der Junge taumelte und fiel wie ein nasser Sack zu Boden, wo er reglos liegenblieb. Schien bewusstlos.

Elisa schrie auf.

„Keinen Schimmer. Ist auch egal."

„Du hast es immer noch drauf", sagte der erste Mann bewundernd und schmunzelte.

„Hast du dran gezweifelt?"

„Niemals, Chef."

„Will ich auch meinen."

„Soll ich …?" Er zog eine Pistole und zielte auf Kaspars Kopf.

„Lass ihn einfach liegen. An dem machen wir uns nicht die Finger schmutzig. Er ist zu unbedeutend. So, wie der aussieht, ist er zu blöd zum Scheißen."

„Aber Chef …"

„Nix, aber! Schon gar nicht mitten in einem Einsatz. Ich verlange Disziplin. Hab ich das nicht hundertmal erklärt?" Der Mann trollte sich. „So, nun zu meinem Plan. Ihr drei schnappt euch den Jeep, fahrt zum Forsthaus und räumt es aus. Dort ist es nicht mehr sicher für uns. Vernichtet alle Spuren! Niemand darf erfahren, dass wir je dort waren. Seid gründlich!"

„Und du?"

„Ich bringe die Geisel mit dem Rover an einen Ort, den ich vorerst geheim halte. Später maile ich ihn euch." Für die Kleine hatte er sich eine Spezialbehandlung ausgedacht. Die wollte er genießen. „Wenn ihr fertig seid, kommt ihr nach. Brick locke ich auch dorthin."

„Wieso erfahren wir nicht gleich, wohin du willst?"

„Je weniger zum jetzigen Zeitpunkt davon wissen, desto besser."

„Soll ich nicht lieber mit dir kommen?", mischte sich der Vierte im Bunde ein, der bislang geschwiegen hatte.

„Lass mal, Kurt. Zu dritt seid ihr schneller mit der Räumung fertig. Es ist viel Zeug. Glaub mir, ist besser so."

KAPITEL 9

79

Mit der Pistole in der Tasche fühlte Brick sich sicherer. Was ein bisschen Metall ausmachte, fand er erstaunlich. Er nahm den Rückweg nach Bad Vilbel in Angriff und gestand sich ein, dass er sich auf Elisa freute.

Als er den Wagen zwanzig Minuten später vorm Haus geparkt hatte und auf dem Pflasterweg zur Haustür lief, sah er den E-Roller in einem Strauch im bepflanzten Vorgarten liegen. Wie weggeworfen.

Brick blieb augenblicklich stehen und betrachtete das Haus. Weitere Veränderungen konnte er nicht feststellen. Er griff nach der Pistole, pirschte sich auf Zehenspitzen an die Tür, schloss sie geräuscharm und im Zeitlupentempo auf und betrat den Flur. Dort stoppte er mit vorgehaltener Waffe und kam sich albern vor.

Hatte er endgültig einen an der Waffel? Wegen eines E-Rollers machte er solch einen Aufriss. Schritt für Schritt bewegte er sich vorwärts, ging ins Wohnzimmer, schaute sich um.

Niemand war zu sehen. Nichts zu hören. Die Stille kam ihm fremd vor. Elisas Geräuschpegel fehlte. Er lauschte. Das Ticken einer Wanduhr drang an sein Ohr. Mehr nicht.

„Elisa?", rief er.

Keine Antwort. Hier stimmte was nicht.

„Mario?"

Wieder nichts.

Er inspizierte alle Räume, stieg schließlich in den Keller hinab. Dort fand er ihn. Mit gefesselten Händen lag Mario Kaspar auf dem Boden des Heizungskellers.

Mit einem Satz war er bei ihm. Kaspar schien bewusstlos. Ein paar Ohrfeigen brachten ihn auch nicht zurück. Er fühlte seinen Puls, deutlich und regelmäßig. An seiner Schläfe erkannte er eine blaugefärbte Beule.

Brick lief eine Treppe höher ins Bad, befüllte ein Zahnputzglas mit Wasser und rannte zurück zu Kaspar. Er schüttete ihm das kalte Nass ins Gesicht. Eine Sekunde später öffnete der Junge die Augen, erschrak und zuckte panisch zusammen.

Dann wurde er gewahr, wer neben ihm kniete.

„Shit, Brick!“, krächzte er.

„Mario, was ist passiert?“ Bricks Stimme überschlug sich.

„Wo ist Elisa?“, kam es gebrochen über Marios Lippen.

Spätestens jetzt drehte sich Bricks Denkmaschine wieder. Er wusste, dass etwas Furchtbares passiert sein musste.

Eine halbe Stunde später lag Kaspar auf der Wohnzimmercouch, kühlte mit einem Eispack seinen Brummschädel und döste still vor sich hin.

Brick hatte ihm gegenüber in einem Sessel Platz genommen und genoss die Wirkung des Pernods. Zwei halbvolle Gläser. Er war nichts mehr gewohnt. Der Junge hatte ihm die Entführung geschildert, die Männer beschrieben. Kein Zweifel: Engländer war mit seiner Gang aufgetaucht. Sie hatten Elisa in ihrer Gewalt. Er rechnete mit dem Schlimmsten.

In solchen oder ähnlichen Situationen bestand die Gefahr, dass sich Bilder von früher in seinen Kopf schlichen. Wie jetzt. Seine Gedanken wanderten zurück zu jener Nacht, die sich so tief in seinem Gehirn eingebrannt hatte wie keine zweite. Die Nacht, in der er Alina nach Jahren wiedergefunden und gleichzeitig für immer verloren hatte.

Er hatte damals auf dem Boden im Tunnel des Golden Gate gekauert und die tote Alina im Arm gehalten. Blut an seinen Händen, verursacht durch eine Kugel der Angreifer, Mitglieder einer Motorrad-Gang. Brick und Alina waren nicht die Zielscheibe gewesen, sondern der Stripclub sollte überfallen werden. Aber sie waren nichtsahnend in den Schusswechsel gerannt. Es war ein dummer Zufall gewesen, eine große Ironie. In dieser Nacht waren sie sich nach vielen Jahren erstmals wieder über den Weg gelaufen.

Glasklar erschien ihm Alinas Blick. Langsam trübten sich ihre Augen ein. Er fühlte ihr langes blondes Haar, als sei es gestern gewesen, roch ihren zarten Duft, spürte ihre körperliche Nähe, während aus der Wunde am Rücken Blut sickerte und sie ihr Leben aushauchte. Ihr Leben, das er so gerne geteilt hätte.

Dieser Wunsch hatte sich nicht erfüllt. Alina war ihm im Kugelhagel genommen worden, und es nagte nach wie vor die offene Frage an ihm: Wer war ihr Mörder? Laut Kripo war nicht zu ermitteln gewesen, wer sie getötet hatte. Wie eine apokalyptische Fortsetzung war es nach all den Jahren weitergegangen: Natascha war als Lockvogel zum Opfer geworden, Anna während des Rachefeldzugs getötet worden, genauso wie Kati. Und Elisa? Entführt von einer Horde paranoider Ex-Polizisten.

Er musste auf der Hut sein. Die Bedrohungslage war eine andere nach der Entführung. Jeder Schritt war lebensgefährlich, solange Engländer und seine Bande auf freiem Fuß waren. Mit diesem ganzen Scheiß musste endlich Schluss ein. Ein für allemal. Er musste das sinnlose Morden stoppen.

Aber wie sollte er konkret vorgehen? Schnauze kontaktieren? Irgendwas in ihm sträubte sich gegen diesen Gedanken.

Durchbrochen wurden seine Überlegungen von einem Ton, der ihm eine neue Nachricht auf seinem Handy signalisierte. Er schaute nach und der Albtraum legte sich wie ein dünner Schleier über sein Gemüt. Ein Déjà-vu. Engländer hatte ihm Bilder von Elisa geschickt. Drei Stück. Aus verschiedenen Perspektiven. Elisa am Boden liegend, zusammengekrümmt, gefesselt, mit schmerzverzerrtem Gesicht, die Haarsträhnen verschwitzt.

„Du kannst sie retten, wenn du für sie stirbst!“

Immer wieder las er Engländers Botschaft.

Sein Herz begann Amok zu laufen. Sein Gesicht nahm einen giftgelben Farbton an. Er hätte platzen können vor Wut. Es war nicht in erster Linie die Sorge um Elisa, es war der Hass auf Engländer und Konsorten, der sich in seinem Innern festkrallte.

„Halte dich bereit! Ich melde mich!“, schloss die Nachricht.

Obwohl er nicht an die Hilfe der Polizei glaubte, tat er, was er tun musste. Er rief Schnauze an, teilte ihm mit, dass Elisa von Engländers Leuten entführt worden war und las ihm die Handy-Nachricht vor.

„Vielleicht wollen sie dich im Austausch mit ihr“, vermutete Schnauze.

„Abwarten und Pernod trinken“, sagte Brick.

„Du brauchst einen klaren Kopf. Reiß dich zusammen! Es gibt übrigens auch eine gute Nachricht.“

„Und die wäre?“ Bricks Stimme klang matt.

„Wir haben das Forsthaus identifiziert. Eindeutig. Es gibt dort draußen weit und breit nur ein einziges. Es liegt unweit eines Basaltwerks.“

„Ihr müsst es sofort hochnehmen."

„Jetzt kommt die schlechte: Es wird mindestens zwei, drei Stunden dauern, bis wir das SEK vor Ort postiert haben und einsatzbereit sind."

„Besser als nichts. Dann will ich dich nicht länger aufhalten."

„Pass auf dich auf! Hast du verstanden?"

„Nie besser als gerade jetzt."

Sie beendeten das Gespräch und Brick sackte in sich zusammen.

80

Die Bilder der Kleinen hatte Engländer im Wohnhaus in Bad Vilbel geschossen. Dann hatte er den Rover in die Garage gefahren, die Geisel auf den Rücksitz geworfen und eine Decke über sie gebreitet. An Händen und Füßen gefesselt, konnte sie sich kaum rühren. Ihren Mund hatte er mit Klebeband verschlossen. Er hätte Chloroform benutzen können, verzichtete aber darauf, auch wenn es das Risiko erhöhte.

Engländer mochte diese leblosen Körper nicht. Ihm war es lieber, die Angst in ihren Augen live zu sehen. So konnte er den Schrecken, den er verbreitete, besser genießen. Sie sollte alles mitkriegen, die dumme Göre. Sie sollte ebenso ihren Spaß haben und nicht das Beste verpennen. Der Gedanke versetzte ihm einen Kick, der mit nichts zu bezahlen war.

Kurz darauf war er losgefahren. Sein Ziel: der Karpfenweg. Anzingers Luxusapartment war den wenigsten bekannt. Dort würde er zunächst Unterschlupf suchen. Er hatte sicher etliche Stunden Zeit für ein Schäferstündchen mit der Kleinen, bevor seine Wölfe auftauchen würden. Ohnehin musste er sie erst informieren, wohin er mit ihr gefahren war. Bis dahin hatte er Ruhe.

Die Fahrt war unkompliziert verlaufen. Er hatte haarklein darauf geachtet, dass der Wagen nicht verfolgt wurde. Fünfundzwanzig Minuten hatte es bis zum Karpfenweg gedauert. Fünfundzwanzig Minuten, in denen die Geisel keinen Pieps von sich gegeben hatte. Sie war doch nicht erstickt unter der Decke? Musste er überprüfen.

Er suchte sich einen regulären Parkplatz und machte den Motor aus. Ein paar Minuten saß er hinterm Steuer und beobachtete die Szenerie rundherum. Keinerlei verdächtige Objekte. Er war sich inzwischen sicher, nicht verfolgt worden zu sein. Er griff zwischen den Sitzen hindurch nach hinten und checkte die Kleine, indem er an ihren Beinen rüttelte. Sie zuckte zusammen. Lebendiger ging es kaum.

Nach einer weiteren Minute drehte er den Zündschlüssel wieder um, startete den Motor und stellte den Wagen an den Seiteneingang des Gebäudes mit der Hausnummer 12, sodass das Heck des Range Rovers keine acht Schritte von der Tür entfernt war.

Er öffnete den Seiteneingang des Hauses, holte den Aufzug und klemmte ihn im Erdgeschoss fest, indem er eine Holzkiste zwischen die Türbacken stellte.

Der heikle Teil begann. Er musste einige Meter überwinden, bis er den Seiteneingang erreichte. Niemand durfte ihn und sein Päckchen sehen.

Sein Glück, dass hier tagsüber kaum was los war. Nur wenige Passanten liefen am Mainuferweg entlang, etliche Meter entfernt. Im Haus war er niemals jemandem begegnet. Reiche Leute hatten die Wohnungen gekauft, bevorzugten aber den Aufenthalt auf Ibiza, in Portofino, der Schweiz, in Dubai oder sonst wo und waren nur an wenigen Tagen im Jahr in Frankfurt.

Umso besser für ihn und seine Mission.

Er öffnete die Heckklappe und wickelte die Geisel in der Decke ein, sodass nicht ein Haar von ihr mehr zu sehen war. Die paar Meter bis zum Fahrstuhl würde sie nicht ersticken.

Sie zappelte. Er lachte darüber. Die Schnüre waren festgezogen. Kein Millimeter Spiel, alte Schule. Für solche Einsätze hatte er die Bundeswehrausbildung gemacht. Sein Ding. So etwas machte ihm Spaß.

Er wuchtete das Päckchen auf die Arme. Sie war nicht sonderlich schwer. Hatte nix auf den Rippen, die Kleine. Insgeheim stand er auf Rubensdamen, aber zurzeit waren die nicht verfügbar. Er musste sich mit dem begnügen, was zur Hand war. Er klickte den Wagen zu, die Heckklappe fuhr automatisch runter. Ein kurzer Blick nach rechts, nach links. Freie Bahn.

Innen angekommen, schnickte er mit dem rechten Fuß die Seitentür hinter sich zu, schob die Holzkiste beiseite und schlüpfte in den Aufzug. Er drückte auf den Knopf für das oberste Stockwerk.

Schweiß trat ihm auf die Stirn. Die Göre war schwerer, als er gedacht hatte.

Sechster Stock. Der Aufzug gab ein akustisches Signal von sich.

Bis ins Apartment dauerte es keine zwei Minuten. Innen legte er das Paket am Boden ab, befreite die Geisel von der Wolldecke, damit sie Luft bekam, und hockte sich auf einen Stuhl, um durchzupusten. Er schaute hinaus über die Balkonbrüstung. Unten der Main, auf der gegenüberliegenden Uferseite lag Niederrad, am Horizont war der Stadtwald erkennbar. Der Blick von hier oben war grandios.

Sein Hals war trocken. Er erhob sich, ließ in der Küche ein Glas mit Wasser volllaufen und trank es in einem Zug. Er füllte das Glas wieder und ging zurück in den Wohnbereich, der nicht mehr bewohnt wurde, seit Anzinger hier aufgeknüpft worden war. Er musste leise lachen, setzte sich erneut. Eine kurze Pause tat gut. Früher war er fitter gewesen. Jetzt spielte das keine Rolle mehr.

Es war an der Zeit, sich um sein Geschäft zu kümmern. Sein Geschäft, das ihm seit über einem Jahr keine Ruhe ließ, hieß Brick. Eine verteufelt aufreibende Phase. Wenn Rachegedanken verdammt lang unerfüllt blieben, setzten sie sich bis in jede Haarspitze fest. Er stand morgens mit ihnen auf, er ging abends mit ihnen schlafen. Er dachte an kaum etwas anderes. Jetzt würde endlich der Moment kommen, den er sich sehnlich herbeigewünscht hatte.

Er warf einen Blick auf die Geisel und vergewisserte sich, dass sie noch lebte. Danach zückte er sein Handy und tippte:

Du fährst in den Karpfenweg. Nummer 12. Dort klingelst du bei Anzinger. Dann wartest du, bis ich dir aufmache. Du fährst in den 6. Stock, gehst mit erhobenen Händen in die Wohnung. Denk dran, mein Pistolenlauf klebt an der Schläfe der Schlampe. Solltest du die kleinste Kleinigkeit anders machen, drücke ich sofort ab. An deiner Stelle würde ich mich nicht auf die Probe stellen, Amigo!

Als er das Handy auf der langen Tafel ablegte, zitterten seine Hände. Er schaute auf Elisa hinab.

„Aber vorher haben wir noch ein bisschen Spaß, gell, kleine Göre. Wir werden sogar sehr viel Spaß haben, das kann ich dir versprechen."

81

Sie hatten ihn am Arsch. Um Elisa zu retten, würde er sich Engländer stellen müssen. Der Bestie in die Augen blicken. Es gab keine andere Möglichkeit. Er musste es durchziehen. Ohne Polizei. Wenn er Schnauze einschalten würde, käme er mit dem SEK oder sonst einem Aufgebot. Und wenn Engländer davon was mitbekäme, wäre Elisa tot.

Ein Handyklingeln lenkte Brick ab. Natalia.

„Hi Paps, du, ich wollte mich bei Elisa entschuldigen, aber sie hat ihr Handy ausgeschaltet."

„Wieso entschuldigen?"

„Na ja, wir sind ihr etwas zu sehr auf die Pelle gerückt, als dieser Mario da war, glaub ich. Weißt du, was mit ihr ist?"

Brick brauchte keine Millisekunde zu überlegen. Natalia konnte und durfte er nicht mit reinziehen, selbst wenn sie es ihm niemals verzeihen würde. „Du, alles gut bei Elisa. Sie will nur nicht mit dir reden."

„Und warum ist das Handy ausg…"

„Mach dir keine Sorgen. Sie kriegt sich wieder ein, ja?"

„Jaja, schon gut. Kommt mir nur irgendwie merkwürdig vor. Ist auch wirklich alles klar bei euch?"

„Natürlich. Aber du, ich hab gerade gar keine Zeit. Ich melde mich später, okay?"

„Alles klar, Paps. Tschüssi."

Brick drückte auf die rote Taste. „Schifferscheiße!", rief er. Es kam für nichts auf der Welt in Frage, seine Tochter mit reinzuziehen. Das würde er unter allen Umständen vermeiden.

Inzwischen zählte er jede Minute, jede Sekunde. Die Zeit verging nicht. Schnauze meldete sich nicht. Von Engländer erwartete er Instruktionen. Wohin würde er ihn bestellen? Ihm fiel nur ein Ort ein, der ihm plausibel schien.

Engländer, der gerissene Hund, wollte ihn auf die Folter spannen, ihn zermürben. Aber nicht mit ihm. Er würde cool bleiben. Und dann würde er ihm die Birne wegballern. Darauf lief es hinaus, wenn er ehrlich zu sich war. Er sah keine andere Möglichkeit.

Ein Klingelzeichen zeigte eine neue Nachricht an. Beim Lesen wurde ihm heiß und kalt.

Du fährst in den Karpfenweg. Nummer 12 … Als er den letzten Satz beendet hatte, *An deiner Stelle würde ich mich nicht auf die Probe stellen, Amigo!,* explodierte buchstäblich sein Herz. Die Zeit war gekommen. Die Entscheidung. Es gab keine Ausreden mehr. Und in diesem Moment wurde ihm bewusst, dass der Zugriff im Forsthaus ein Schlag ins Wasser werden würde.

82

Die vage Angst, die Brick permanent verspürt hatte, war nun real geworden. Als er mit weichen Knien im Karpfenweg vor Haus 12 ankam und seinen Zeigefinger in Richtung Klingelknopf mit der Aufschrift Anzinger hob, war ihm sonnenklar: Was immer als Nächstes geschehen würde, es würde brutal werden.

Kurz vor der Berührung klingelte zum x-ten Mal am heutigen Tage sein Handy. Er stieß einen Fluch aus.

Auf dem Display erschien Schnauzes Name. Da musste er wohl oder übel rangehen. Es konnte wichtig sein.

„Was gibt's?" Er wollte es kurz und knapp halten.

„Wo steckst du?" Schnauze, der Feinfühlige. Immer direkt in die Wunde.

„Braucht dich nicht zu interessieren. Also?"

„Wir haben das Forsthaus im Wald hopsgenommen und drei Vögel aufgescheucht."

„Drei?"

„Hensel, Keller und Mahler wurden identifiziert. Wir haben sie in Gewahrsam genommen. Engländer ist flüchtig. Du weißt nicht zufällig, wo er sich aufhält?"

„Keinen Schimmer." Eine Notlüge in einer Notsituation ist keine Lüge, sondern Selbstzweck.

„Gut. Gibst du mir Bescheid, wenn du was hörst?"

„Sowieso."

„Brick, ist alles klar bei dir?"

„Ständig fragen mich alle, ob alles klar ist bei mir!"

„Warum gehst du gleich die Wände hoch bei einer simplen Frage?"

„Bis dann."

Brick legte auf. Es tat ihm leid, dass er Schnauze nicht die Wahrheit anvertrauen konnte. Sein einziger verbliebener Freund und Vertrauter. Er machte sich schwere Vorwürfe, aber es ging nicht anders. Ein Gutes hatte der Anruf: Dass Engländer da oben allein mit Elisa war, stand fest. Aber warum? War das Leichtsinn oder bezweckte er etwas damit? Wollte er von seiner Rache an ihm, Brick, den anderen nichts abgeben? Letzteres schien ihm die plausibelste Erklärung.

83

Elisa lag auf dem Parkettboden und fror. Sie kassierte einen Tritt in den Magen, der ihr die Sinne raubte.

„So, Fräulein, endlich hab ich Zeit und Muße, mich um dich zu kümmern. Und wenn du denkst, du kommst hier heile raus oder kannst mir auf der Nase rumtanzen, hast du dich geschnitten", spielte sich der Arsch auf.

Kein Wunder, sie war wehrlos.

Sie hatte versucht, die Fesseln zu lösen. Aussichtslos. Außer Schnitte in die Haut hatte sie nichts erreicht. Das Klebeband über ihrem Mund machte ihr zu schaffen. Sie atmete zwar gleichmäßig durch die Nase, bekam aber nicht genug Luft. Sie musste aufpassen, nicht zu ersticken. Vor dem Wichser hatte sie keine Angst. Dafür hatte sie zu viel erlebt im Leben. Sollte er doch kommen, sollte er sich nehmen, was er wollte. Genau dann hätte sie eine Chance, ihm die Eier abzureißen.

Sie machte die Augen zu und konzentrierte sich, wollte mitbekommen, was um sie herum geschah, um vorbereitet zu sein. Es konnte unter Umständen auf eine Millisekunde ankommen. Sie musste auf alles gefasst sein. Wollte es ihm schwer machen. Soweit sie gesehen hatte, war er allein. Der Rest der Bande war wohl verduftet.

So gut es ging, schaute sie sich um. Es war ein Apartment, gehobene Einrichtung. Stille herrschte im Raum. Auch von draußen drang kein Lärm herein. Sie suchte den Bereich rings um sich mit den Augen ab nach etwas Scharfem, mit dem sie die Fesseln zerschneiden könnte. Es gab nichts. So blöd war der Typ nicht.

Die Wohnung schien unbewohnt zu sein. Es gab kaum Möbel, nur einen langen Tisch in der Mitte des Zimmers, vier Stühle, ein Sideboard. Das war's. Scheiß Einrichtung, sie würde es sich hier gemütlich machen, wenn sie könnte.

Auf der Fahrt hatte sie außer normalen Verkehrsgeräuschen und dem monotonen Dröhnen des Motors nichts wahrgenommen. Eine innere Stimme hatte die ganze Zeit über auf sie eingeredet, cool zu bleiben. Es gab im Leben immer eine Chance. Es würde auch diesmal eine geben.

Unter allergrößter Mühe schob sie ihren Körper Millimeter für Millimeter weiter, rollte sich auf die Seite, um ihre Position ein wenig zu verbessern. Das tat gut. Sie hatte das Gefühl, ihre Muskeln schliefen ein. Es kribbelte. Schmerzen hatte sie keine, außer im Magen. Das hatte sie den Ärschen zu verdanken. Es war unangenehm, so bewegungseingeschränkt zu sein. Zum Stillhalten verdammt kam sie sich vor. Das musste sie ändern. Und zwar sofort.

Er kam aus der Küche zurück, hatte wieder ein Glas mit Wasser in der Hand. Das dritte. Es erinnerte sie an ihren trockenen Hals. Er würde einen Scheißdreck tun und ihr was abgeben. Dazu müsste er das Klebeband lösen. Keine Chance. Sollte sie ihn auf sich aufmerksam machen? Sollte sie ihm signalisieren, wie durstig sie war? Lieber nicht. Je weniger er an sie dachte, desto länger hatte sie Ruhe vor ihm. Er setzte sich wieder breitbeinig auf den Stuhl. Starrte hinaus ins Licht des Nachmittags, schielte manchmal zu ihr hin, spielte mit dem Handy und klopfte mit der Hand auf den Tisch.

Soll er, soll er! Solange er nachdenkt, achtet er nicht auf mich.

Was für ein Ekelpaket! Hohe Stirn, breite Schultern, zerfurchte Aknehaut aus der Jugend. Seine Fresse wirkte brutal. Das Aufrechte seiner Körperhaltung schien ihm angeboren zu sein. Brick hatte sie gewarnt vor diesen Leuten. Er hatte recht gehabt, hatte meistens recht, wenn sie sich das durch den Kopf gehen ließ. Sie ließ sich ungern was sagen von ihm. So war sie eben.

In diesem Moment wählte der Wichser eine Nummer auf seinem Handy und hielt es sich ans Ohr. Elisa strengte sich an zu lauschen, um kein Wort zu verpassen.

„Hallo Kurt", sagte er. „Ich bin's. Wie weit seid ihr? … Es geht voran. Gut. Was meinst du, wie lange es noch dauert? Drei, vier

Stunden. Alles klar. Ist nicht eilig. Ich wollte nur mal einen Zwischenstand hören … Was war das?"

Er schrak zusammen, sprang vom Stuhl auf und lief durchs Zimmer. Sein Gesicht rötete sich. Seine Augen wanderten hin und her, fanden keinen Halt. Den letzten Halbsatz hatte er geschrien.

Er drückte sich das Handy dicht ans Ohr. „Kurt? Kurt? Hörst du mich?" Flatternde Stimme. „Was ist da los bei euch?"

Er schien in Panik zu verfallen, gestikulierte mit dem freien Arm.

„Was hat da so geknallt? Du weißt es nicht, verdammt? Kurt, verstehst du mich noch? Was treibt ihr da? Eine was? Explosion? Das darf doch nicht wahr sein! Kurt? Erzähl mir mehr! Siehst du jemanden? … Kurt?" Er zuckte schon wieder zusammen. „Eben hat's doch schon wieder geknallt!", schrie er. „Was ist das? Da stimmt doch was nicht! Kurt, sag doch was! Kurt, bist du noch da? … Kurt? Kurt? … FUCK!"

Er klickte das Gespräch weg und feuerte sein Handy auf den Tisch. Es fiel auf der gegenüberliegenden Seite runter und schlug auf dem Boden auf.

„Herrgottsakra!"

Er wischte sich über die Haare. Setzte sich, vergrub das Gesicht in seinen Händen, sprang auf, setzte sich wieder. Seine Augen waren weit aufgerissen. Schockstarre. Es musste was Krasses passiert sein, und das, was passiert war, hatte er live am Telefon mitbekommen.

War das gut oder schlecht für sie? Elisa konnte es nicht einschätzen. Sie würde es noch erfahren.

Minutenlang saß er dort, ohne sich zu bewegen. Sie hörte sein Atmen. Flüche, die mit der Zeit abebbten. Er schien sich langsam zu beruhigen, strahlte nicht mehr den unangreifbaren Macker aus. Seine Schultern waren eingefallen. Innerhalb von Minuten schien er geschrumpft zu sein. Das Telefonat hatte ihm anscheinend mächtig zugesetzt. Ihr würde es in die Karten spielen, hoffentlich. Vielleicht würde er nun unvorsichtig werden.

Er erhob sich. Schritt mit zackigen Bewegungen durchs Zimmer. Warf im Vorbeigehen immer wieder einen Blick auf Elisa und sah aus der Balkontür hinaus. Das ging eine Weile so.

Plötzlich stürmte er auf Elisa zu, hob sie an und verfrachtete sie auf den Tisch, wo sie auf dem Rücken zum Liegen kam.

Sie begann sich zu wälzen, versuchte sich seinen Händen zu entwinden. Er ließ ab von ihr.

„Wenn du zu wild rummachst, fällst du runter, so einfach ist das. Würde deinem Köpfchen nicht guttun, glaub mir. Das Parkett ist härter, als es aussieht."

Er ging in den Nebenraum. Elisa robbte an den Rand. Sie hatte keine Chance, sich mit ihren auf dem Rücken gefesselten Händen abzufangen, da musste sie ihm recht geben. Sie probierte es trotzdem. Vielleicht würden sich die Stränge lösen. Sie flippte über das Tischende und knallte eine Millisekunde später einen knappen Meter weiter unten auf den Boden. Ihr Kopf blieb verschont, aber in ihrem Bauchraum. explodierten höllische Schmerzen. Eine gebrochene Rippe, oder angebrochen, schoss es ihr durch den Kopf. Sie stöhnte auf. Zerrte wieder an den Fesseln. Vergebens. Kein Spiel, keine Bewegung. Das war ein Profi, der sie geschnürt hatte. Durch den Sturz und die Schmerzen war ihr Kopf benebelt.

Ein höhnisches Lachen begleitete sein Zurückkommen. Er hatte Seile mitgebracht. „Mädchen, Mädchen. Du bist so verrückt. Ich hab dir doch gesagt, lass es sein", sagte er, als er ihren schmerzverzerrten Blick sah. „Na, wenigstens heb ich mir an dir keinen Bruch."

Er beugte sich hinab, schnappte sie unsanft an Armen und Beinen und pfefferte sie erneut auf den blanken Tisch. Als sie landete, katapultierte sie der Schmerz in eine neue Dimension. Sie war wie betäubt. Es tat scheiße weh.

„Hahahahahahaha." Dieses Lachen würde sie nie wieder vergessen. „Selbst dran schuld, Kleene. Halt den Arsch still, dann geht's schneller. Ich bin voll geladen, sag ich dir. Ich weiß schon gar nicht mehr, wie's geht."

Er warf ein Seil unten durch den Tisch und nahm es auf der anderen Seite auf. Er taxierte Elisa. Mit einer blitzartigen Bewegung, der sie nicht ausweichen konnte, band er die beiden Enden direkt über ihrem Hals zusammen. Sie war darunter gefangen. Er band das Seil so fest, dass sie den Kopf nicht wegziehen konnte.

Als sie mit den Beinen nach links fliehen wollte, was ihr wieder Schmerzwellen durch den Oberkörper trieb, schlug er ihr mit der flachen Hand ins Gesicht.

„Halt endlich still, Göre! Du kannst mir nicht entkommen. Seh's ein! Ist besser für dich."

Mit anderen Seilen wiederholte er das gleiche Prozedere, schnürte sie überm Bauch und den Knien zusammen. Elisa regte sich nicht. Es hatte keinen Zweck, außer dass sie sich neue Pein zufügte. Sie ergab sich. Gab sich ihm hin, was immer er mit ihr anstellen würde. Es ging ums Überleben, um nichts sonst. Das hatte sie kapiert.

Er zückte ein Kampfmesser, sein Blick war kalte Präzision. Wenn Blicke aufspießen könnten, wäre ich ein Käsehäppchen. Elisa hätte beinahe gelacht. Der Humor war ihr nicht abhandengekommen.

Er schnitt ihr das T-Shirt vom Hals aus auf und riss es ihr vom Leib. Es ging ans Eingemachte. Aus sämtlichen Poren schoss ihr der Schweiß. Wieso immer sie? Womit hatte sie das verdient? Sie schloss die Augen. Zitterte. Versuchte, an was Schönes zu denken. Wären sie doch in dem beschissenen Apartment geblieben. Aber nein! Sie hatte keine Ruhe im Arsch gehabt. Ihr Freiheitsdrang hatte sie hierherbefördert, in die unfreieste Situation, die man sich vorstellen konnte. Sie hätte sich ohrfeigen können.

Er schwitzte Sturzbäche, wischte sich immer wieder über die Stirn. Zwischendurch exte er das Glas Wasser und holte sich ein neues.

Er war dabei, ihr die Jeans von den Beinen zu schneiden, was sich umständlich gestaltete wegen der Fesselung mit den Seilen über den Knien. Er fluchte wieder. Sein Atem ging unregelmäßig. Er hatte definitiv erhöhten Puls.

Da unterbrach ein Flöten die Stille. Zuerst konnte es Elisa nicht einordnen, doch beim zweiten Hören erkannte sie, dass es die Türklingel sein musste. „Di, di, di, didä. Di, di, di, didä. Di, di, di, didä."

„Mist", rief er, alles andere als erfreut über die Unterbrechung. „Ist der etwa schon da, oder was?" Er schaute auf die Uhr. „Die Zeit rennt." Er warf einen Blick auf Elisas halbnackten Körper. „Muss er halt vor der Tür warten, hahahahaha!"

Er trollte sich Richtung Gegensprechanlage und betrachtete auf dem Display, wer vor der Tür stand. Einen Moment später drückte er einen Knopf.

„Komm hoch und warte vor der Tür, bis ich dich reinhole. Kapiert?"

„Ja, klar. Oder denkst du, ich bin blöd?"

Elisa erkannte trotz der technischen Verzerrung die Stimme. Ein wenig Hoffnung keimte in ihr auf. War noch nicht alles verloren?

„Haaaahaaaahaaaaa! Aber so was von. Haaaahaaaahaaaaa!" Das monströse Gelächter, dem sie sich nicht entziehen konnte, unterbrach ihre Gedanken und versetzte ihr einen Schlag, der ihr die Ausweglosigkeit ihrer Situation brachial vor Augen führte.

Er legte den Hörer der Gegensprechanlage wieder auf, beeilte sich, an den Tisch zurückzukommen und öffnete die Schnalle seines Gürtels. Kurz darauf fiel seine Hose.

Elisa wandte das Gesicht ab. Alles in ihr zog sich zusammen.

„Schau ihn dir ruhig an, Kleine! Ich mag es, wenn ich deine Augen dabei leuchten sehe."

84

Schnauze war im Stress, obwohl er mitten im Wald auf einem abgesägten Stamm saß und gerade tief durchatmete. Um ihn herum Vogelgezwitscher, summende Insekten und hochgewachsene Bäume, die dem Klimawandel getrotzt hatten. Diese Bäume trugen dunkelgrüne Blätter und sahen gesund und munter aus.

Im Gegensatz zu ihm. Der SEK-Einsatz am und im Forsthaus hatte ihm viel abverlangt, doch ihr Plan war aufgegangen. Sie waren reinmarschiert und hatten drei Verdächtige überwältigt und festgenommen. Ohne den kleinsten Blutstropfen zu vergießen, was angesichts der Situation einem Wunder gleichkam. Umso besser für ihn. Diese erfolgreiche Aktion würde ihm Pluspunkte bei seinem Vorgesetzten einbringen. Dieser hatte positive Meldungen dringend nötig. Aufgrund der Vorfälle in letzter Zeit stand er massiv unter Druck.

Einzig eine Sache bereitete ihm Kopfzerbrechen. Engländer war nicht unter denjenigen, die sie mit Handschellen auf dem Rücken in die Mannschaftswagen zum Weitertransport Richtung U-Haft verfrachtet hatten. Die anderen drei würden noch heute dem Haftrichter vorgeführt werden. Doch wo zum Teufel war Engländer abgeblieben? Er hatte Elisa in seiner Gewalt, schlussfolgerte Schnauze, und war an einem unbekannten Ort untergetaucht.

Und da kam Brick ins Spiel. Er hätte seine Hand dafür ins Feuer gelegt, dass der Journalist mehr wusste, als er zugab. Womöglich auch Engländers aktuellen Standort.

Das Vibrieren seines stummgestellten Handys zog seine Aufmerksamkeit auf sich. Der Name auf dem Display erstaunte ihn.

„Natalia?", meldete er sich mit einem Frageton in der Stimme. „Was kann ich für dich tun?"

„Hi Thilo", begrüßte sie ihn. „Ich wusste nicht, wen ich sonst anrufen sollte."

„Kein Problem. Was ist denn los?"

„Es geht um meinen Vater."

„Hätte mich auch gewundert. Ich höre."

„Also, er war so komisch am Telefon. Ich mache mir Sorgen, dass er wieder irgendeine Dummheit macht."

„Du hast mit ihm telefoniert?"

„Vor einer Stunde etwa, und bis jetzt hat mir das Gespräch keine Ruhe gelassen. Weißt du, w…?"

Schnauze hatte einen Verdacht und fiel ihr ins Wort. „Hat er dir etwa nicht erzählt, dass Elisa entführt worden ist?"

„Waaaas?", brüllt sie in den Hörer.

Sobald der Name Brick fiel, lag Ärger in der Luft. Wie ein unvermeidliches Gesetz. Schnauze schüttelte den Kopf.

„Na, das hat er womöglich in der Hektik vergessen."

„Ach komm schon, Thilo! Red keinen Unsinn! Du weißt ganz genau, dass er so was nicht vergisst. Er wollte es mir nicht erzählen …"

„Er wollte dich schützen", unterbrach er sie zum zweiten Mal innerhalb von einer Minute.

„So kann man es auch nennen."

„Er hatte bestimmt Bedenken, dass du irgendwas unternimmst, was du nicht mehr kontrolliert bekommst."

„Na, Hauptsache er hat sich unter Kontrolle. Der soll mir nur wieder unter die Augen kommen, dann kann er was erleben."

„Hast du zufällig ne Ahnung, wo er sich aufhalten könnte?"

„Nö. Aber ihr habt doch bestimmt Methoden, ihn zu orten."

Da brachte sie Schnauze auf eine Idee. „Gutes Stichwort. Sobald ich Näheres rausgefunden habe, melde ich mich. In Ordnung?"

„Alles klar."

Schnauze wählt sofort wieder, nachdem er Natalia weggeklickt hatte, und zwar die Nummer der IT. „Gefahr im Verzug!", rief er, als das Gespräch angenommen worden war. „Hier Hauptkommissar Thilo Frost. Ich brauche sofort eine Handyortung."

85

Brick stieg im sechsten Stock aus dem Aufzug. Blieb stehen. Ließ seine Augen über den Flur gleiten. Ein gerader Gang, von dem nur zwei Türen abgingen. Er nahm die Waffe in beide Hände, hielt sie im Anschlag vor sich und schlich zur ersten Wohnungstür. Die Initialen T.A. standen auf dem Klingelschild.

Ohne zu zögern, klingelte er. Es flötete. „Di, di, di, didä. Di, di, di, didä. Di, di, di, didä."

Er lauschte. Es kamen gedämpfte Geräusche von innen und eine Stimme, die alles überschallte.

„Wenn du noch einmal klingelst, ist sie tot!"

Unverkennbar Engländer. Er schien mächtig sauer zu sein. Aber warum? Weil ich ihn bei etwas störe, gab Brick sich selbst die Antwort. Konnte sich um nichts Gutes handeln.

„Ich hol dich gleich rein", kam es von innen.

Es galt, einen kühlen Kopf zu bewahren. Was passierte da drinnen? Er legte sein Ohr an die Tür, hörte aber nichts außer einem dumpfen Schaben. Konnte vom Dach kommen.

Alles an der Situation hasste er. Das Warten zermürbte ihn. Er entschied, dass das so nicht weitergehen konnte. Er betrachtete das Schloss. Keine Chance, es aufzubekommen. Es sei denn ... Wozu hatte er Schnauzes Knarre dabei?

Er trat einen Schritt zurück, streckte die Arme weit nach vorne, hielt die Pistole fünf, sechs Zentimeter vom Schoss entfernt, petzte die Augen zusammen und drückte ab.

Der Schuss dröhnte in seinen Ohren, sodass ein Pfeifen blieb und er dachte, nie wieder hören zu können.

Brick wollte keine Sekunde verstreichen lassen, um zu retten, was noch zu retten war. Er trat mit dem Fuß die Tür auf und stürmte mit vorgehaltener Waffe ins Innere der Wohnung.

Keine fünf Meter weit war er gekommen, da stand er vor Engländer. Das Bild, das sich ihm bot, hätte jedem Hollywoodregisseur nicht besser einfallen können. Der Ex-Polizist hatte die Hose runtergelassen und sein Penis stand auf Halbmast. Er starrte vor Entsetzen dumm aus der Wäsche. Seine nackten, dünnen Beine bildeten einen Kontrast zu seinem Wanst. Es war völlig absurd.

Hinter ihm lag Elisa halbnackt und gefesselt auf einem langen Tisch. Er hatte Engländer dabei gestört, Elisa zu besteigen. Engländer hatte im Traum nicht mit seinem Eindringen in die Wohnung gerechnet. Oder hatte die Geilheit seine Sinne komplett vernebelt? Bei Männern, die mit dem Schwanz dachten, setzte gerne mal das Gehirn aus.

Im nächsten Moment wechselte Engländers Mimik. Sein Blick wurde infernalisch, voller Hass und Verachtung.

Brick reagierte schneller. Ging breitbeinig in die Knie, hielt die Waffe weit von sich gestreckt und nahm Schusshaltung ein. Er zielte direkt auf Engländers Stirn.

„Gib auf, sonst bist du tot!", schrie er Engländer an und versuchte, einen selbstsicheren Ton an den Tag zu legen.

Bis dahin hatte Engländer sich keinen Millimeter gerührt. Scheinbar war er so perplex, dass er nicht in der Lage war, irgendetwas zu unternehmen. Schweiß rann ihm die Stirn herab, die Augen waren geweitet, stießen Flüche, ja Hasstiraden aus.

Es kam zu einem jener Momente, die niemand mochte, die aber jedem ultimativ begegnen konnten. Der Moment der Entscheidung. Für Brick hieß das konkret: Entweder musste er Engländer erschießen und somit zum Mörder werden oder ihn auf andere Weise in Schach halten und fesseln.

Im Bruchteil einer Sekunde musste er diese Entscheidung treffen. Da sich die zweite Option nur schwer mit seinem Vorstellungsvermögen in Einklang bringen ließ, drückte er den Bolzen der Pistole durch.

„Buuummmmm!"

Der Schuss krachte. Bricks Hände flogen nach hinten, weil er nicht mit solch einem harten Rückstoß gerechnet hatte.

Engländer hatte in diesem Bruchteil einer Sekunde mitgekriegt, dass eine Kugel auf ihn zukam und instinktiv den Kopf eingezogen, was ihm das Leben rettete. Die erste Kugel donnerte hinter ihm in die Scheibe der Balkontür und zerfetzte sie.

Engländer bückte sich blitzartig, schnappte sich seine heruntergelassene Hose und zog sie hoch. Dann drehte er sich um und rannte wie ein Wahnsinniger Richtung Balkon.

Sollte das ein Ausweg sein?

Brick hatte weder Zeit noch Muße zu überlegen, was Engländer da veranstaltete, sondern postierte sich erneut in den Knien, hantierte mit der Pistole, bis er sie wieder im Anschlag hatte, packte sie fester, um den Rückschlag zu vermeiden, und schoss eine zweite Kugel auf den Ex-Polizisten.

„Buuuummmmm!"

Die Kugel schlug im Türrahmen ein. Brick hatte die Waffe fest im Griff, sodass er sofort ein drittes Mal würde feuern können.

Das stellte sich als unnötig heraus. Engländer stürmte durch die zersplitterte Tür und nahm dabei die Reste der Scheibe mit. Draußen auf dem Balkon stürzte er sich kopfüber über die Brüstung und schlug zwei, drei Sekunden später auf dem Asphalt des Karpfenwegs auf. Den Main, der circa fünf Meter entfernt ruhig vor sich hin floss, hatte er knapp verpasst.

Der Fluss war seine letzte Hoffnung gewesen, überlegte Brick. Er wollte im Wasser des Flusses davonschwimmen und entkommen. Dieser letzte Ausweg hatte sich als harter Aufschlag herausgestellt. Engländers Endstation war der Frankfurter Asphalt.

86

Auf die IT war Verlass. Es hatte keine zehn Minuten gedauert, bis Schnauze Bricks Standort gemeldet bekam. Sein Handy war in einem Sendemast im Westhafen eingeloggt. Bingo! Es fiel Schnauze wie Schuppen von den Augen. Er konnte nur in diesem Luxusapartment sein, in dem Tom Anzinger auf üble Art und Weise sein Leben ausgehaucht hatte, was sie im Livestream hatten mitansehen müssen.

Er besorgte sich die Adresse und setzte sich in der gleichen Sekunde in Bewegung. Natalia würde er später verständigen. Jetzt kam es auf jede Minute, jede Sekunde an. Und tatsächlich: Gerade als er in den Karpfenweg einbog, kam von oben ein Objekt angeflogen. Es verdunkelte den Himmel und landete unmittelbar vor seiner Kühlerhaube auf dem Straßenbelag. Es dauerte eine ganze Weile, bis Schnauze realisierte, dass es sich dabei um einen Menschen handelte.

Er bremste, schwang sich aus dem Dienstwagen und näherte sich mit Riesenschritten dem zerquetschten Körper, den er nach einem dreifachen Blick ins Gesicht als seinen Ex-Kollegen Klaus Engländer identifizierte. Zweifel ausgeschlossen.

Langsam wandte er den Kopf und schaute die Fassade des Gebäudes entlang bis nach oben. Von dort, aus dem sechsten Stock, musste er herabgestürzt sein. Es gab keinerlei Hinweise, wie sich die Szene tatsächlich abgespielt hatte.

Einen Augenblick später rannte er zur Haustür und drückte parallel alle Klingelknöpfe, und zwar so lange, bis er eine missmutige Stimme hörte.

„Was is denn los?“

„Kripo Frankfurt“, brüllte er. „Öffnen Sie sofort die Tür!“

Mit dem Summen des Türöffners warf er sich dagegen und war im Nu im Treppenhaus. Mit dem Aufzug ging es hoch in den sechsten Stock. Er wählte die Tür, die offenstand, und betrat das Apartment. Er rechnete mit dem Schlimmsten, wie immer, wenn Brick involviert war.

Was er drinnen sah, wärmte ihm das Herz.

Brick saß auf dem Boden, Elisas Kopf lag an seiner Brust. Sie sah aus wie ein Klammeräffchen, so umschlang sie ihn. Auch er umarmte sie fest. Nahm keinerlei Notiz von seinem Kommen, sondern kümmerte sich um die junge Frau, streichelte ihr immer wieder über die Haare, küsste ihre Wangen. Sie sahen aus wie ein Gemälde. Zwei Menschen in einem Kokon, Arme und Beine ineinander vergraben, isoliert von der Umwelt. Zwei in einer dünnen Hülle, nicht registrierend, was um sie herum geschah.

Sie waren eins. Tränen liefen, Schluchzen war zu vernehmen.

Das Bild rührte Schnauze. Doch er war zu professionell, um nicht zu wissen, dass die Situation tückisch war. Hier musste schleunigst was passieren. Er inspizierte mit wenigen Blicken das Apartment und verschaffte sich ruck, zuck einen Überblick; sowohl über die gefallenen Schüsse als auch über die Tischnummer mit den durchschnittenen Fesseln. Er rekapitulierte das Vorgefundene, zählte eins und eins zusammen und zog für sich ein Fazit.

„Brick“, sagte er und ergriff die Schulter seines Journalistenfreundes. „Brick, hör mir zu! Ihr müsst hier verschwinden. Die Polizei und die Spusi werden bald hier sein.“

Brick schaute ihn aus leeren Augen an. Er wirkte komplett durchgerockt, als kapiere er nicht den Hauch von dem Gesagten.

Schnauze rüttelte ihn heftig an den Schultern. „Brick! Komm zu dir! Ihr müsst hier weg und zwar jetzt!"

„Einen Scheißdreck muss ich", wies Brick ihn ab. „Lass mir einfach die Ruhe. Ich hab die Schnauze voll!"

„Aber das bringt doch nichts. Wenn du in den Knast wanderst, hat niemand was davon." Da Brick nicht reagierte, legte er nach: „Engländer ist tot, die anderen sitzen im Knast. Was willst du mehr?"

Gerade wollte er die Hoffnung aufgeben, dass sich Brick mit ihm und Elisa vom Acker machen würde, da regte sich etwas im Gesicht des Freundes. Allem Anschein nach drang eine Art Erkenntnis bis zu dessen Kleinhirn durch, denn Bricks Augenlider fingen an zu flattern. Hatte er die Bedeutung der Worte doch verstanden?

Brick wischte sich die Tränen ab. Wie in Zeitlupe löste er sich aus Elisas Umklammerung und erhob sich.

Schnauze stahl sich auf den Balkon und schaute über die Brüstung, darauf bedacht, von unten nicht gesehen zu werden. Passanten waren auf den Toten aufmerksam geworden, einer telefonierte mit dem Handy. Höchste Eisenbahn.

Als Schnauze zurück ins Zimmer kam, hatte Brick Elisa soeben hochgeholfen. Sie stand auf wackligen Beinen neben ihm. Schnauze fand eine Decke, hängte sie ihr um und bedeckte ihre Blöße.

„Entweder jetzt oder nie!", sagte er zu Brick und schaute ihn scharf an.

„Okay, los." Brick fasste Elisa um die Hüfte, stützte sie, legte sich ihren Arm über die Schulter und zog sie mit sich.

Sie folgten Schnauze in den Aufzug und hinunter. Durch den Seiteneingang verließen sie das Gebäude und saßen kurz darauf in Schnauzes Dienstwagen, der die ganze Zeit mit offenen Türen mitten auf der Straße gestanden hatte.

Schnauze legte den Rückwärtsgang ein, setzte zurück bis zur Westhafenbrücke und wendete dort reifenquietschend. Sie fuhren von der Halbinsel, während ihnen die ersten Blaulichter entgegenkamen und der berühmte Sirenenton erklang.

87

Während Brick einen Schluck Bier nahm und es sich auf der Couch bequem machte, sprachen in der Flimmerkiste der Polizeipräsident und der hessische Innenminister live zur besten Sendezeit. Die erste Pressekonferenz wegen der Festnahme der drei Ex-Polizisten und des Todes ihres Anführers war in vollem Gange.

Beide, Polizeipräsident und Innenminister, wiesen sämtliche Anschuldigungen weit von sich und beschuldigten ihrerseits alle anderen: die Medien, die Öffentlichkeit, die Opfer. Auf die Schuldigen, die fünf ehemaligen Polizisten, ließen sie nichts kommen. Sie seien während ihrer Dienstzeit fleißige und loyale Beamte gewesen, dienstbeflissen, immer einsatzbereit und engagiert. Wie es zu der drastischen Radikalisierung nach ihrem Ausscheiden aus dem aktiven Polizeidienst hatte kommen können, sei ihnen schleierhaft. Natürlich handele es sich um Einzelfälle; sie könnten sich für ihre Mitarbeiterinnen und Mitarbeiter verbürgen. Sie forderten eine strikte Aufstockung des Personals und der Gelder, damit solche Geschehnisse künftig früher entdeckt und ihnen präventiv begegnet werden konnte. Von einem systemischen Rassismus, von Rechtsextremismus oder gar Umsturzplänen könne keine Rede sein. Eine umfassende Studie innerhalb der hessischen und der Frankfurter Polizei lehnten sie kategorisch ab. Stattdessen schlugen sie neue Planstellen beim Verfassungsschutz vor, die sich der Beobachtung extremistischer Bestrebungen widmen sollten. Der Linksextremismus habe stark zugenommen. Man denke an die Klimaaktivisten; da müsse man ein Auge drauf haben. Dort könne eine neue RAF entstehen, dem müsse man vorbeugen. Prävention sei das Gebot der Stunde.

Brick hätte fast gekotzt. Er schaltete den Fernseher aus, ertrug kein weiteres Wort mehr. Es würde sich nie was ändern. Niemals.

Tock. Tock. Tock.

Nanu, sein Echo meldete sich. Was konnte es wollen?

Er lauschte gespannt in sich hinein.

Gönn dir einen Schluck! Jetzt, wo alles überstanden ist.

Überstanden? Liebend gerne hätte er seinem Echo den Marsch geblasen, aber dann wäre er ausfällig geworden. Daher: Contenance! Von überstanden konnte keine Rede sein. Das Leben lag vor ihm. Das Leben ohne Kati, ohne Gustav, ohne Anna …

Er musste was unternehmen gegen dieses beschissene Echo, auf dass es sich nie wieder in seine Angelegenheiten einmischen würde.

Er seufzte. „Das Zeug wird mich irgendwann ins Grab bringen, aber es macht den Kopf frei." Er griff nach der Pernodflasche, die er sich extra besorgt hatte und die auf dem tiefen Glastisch vor ihm stand. Er streichelte sie.

Der große Besänftiger.

Er schenkte sich ein Glas halb voll, goss aus einer Karaffe Wasser hinzu und trank es auf Ex. Er füllte sich nach, bis die Flasche leer und er voll wie eine Haubitze war. Er vertrug nichts mehr.

Zum ersten Mal seit Wochen ging es ihm gut.

Epilog

Im Park der Betty-Ford-Klinik Bad Brückenau, die sich auf Alkoholentzug spezialisiert hatte, spendeten hochgewachsene Eichen und Buchen Schatten. Brick und Schnauze schlenderten über die verschlungenen Wege und suchten sich ein kühles Plätzchen auf einer Bank, was angesichts der Temperaturen von über 33 Grad Celsius kein einfaches Unterfangen war.

Sie hatten über Bricks Einlieferung nach seinem Vollrausch und anschließender Bewusstlosigkeit in die Notfallambulanz der Uni Klinik Frankfurt gesprochen, woraufhin Brick sich für den Besuch der Suchtklinik entschieden hatte. Die meisten Aspekte der Geschehnisse rund um den Engländer-Fall hatten sie bereits erörtert. Nur eine Sache hatte sich Schnauze aufgehoben.

„Wenn du Engländer nicht genötigt hättest, vom Balkon zu hüpfen ...“, hob er an und wurde sogleich von Brick unterbrochen.

„Bla, bla, bla.“ Brick starrte in die sonnendurchflutete Luft.

„Jaja, Brick. Ich weiß, dass du nichts mehr drüber hören willst.“

„Zum Glück ist der Arsch von selbst gesprungen.“

„Glaubst du, dass er wirklich gedacht hat, er könnte es von dort oben in den Main schaffen? Ich meine, ist doch sonnenklar, dass das zu weit ist.“

„Was ich glaube, ist egal. Außerdem kann ich nicht in Engländers Hirn schauen, post mortem erst recht nicht.“

„Wir haben übrigens bei ihm zu Hause Aufzeichnungen gefunden. Notizen, die er sich gemacht hat, und Austausch mit seinen Untergebenen. Es ist klar herauszulesen, wie er sich immer mehr radikalisiert hat: einerseits zum Rachewolf, andererseits zum potenziellen Umstürzler.“

„Wollte der auch so ein Reichsbürgerdepp werden, oder was?“

„Glaube ich nicht. Diese Umsturzsache diente als Alibi. In Wirklichkeit war er mehr als verbittert. Dadurch, dass du seinen Namen auf der Starlight-Liste veröffentlicht hast, hat er nicht nur seinen Job verloren und sein geliebtes Leben als Polizist; einfach alles, was er sich jahrzehntelang aufgebaut hatte. Schlimmer noch: Er war von diesem Moment an geächtet. Überall. Konnte sich nirgends mehr blicken lassen. Von da an wollte er dich nicht nur einfach umbringen, er wollte dich grillen und hat sich dieses perfide Spiel mit den

Morden an denjenigen ausgedacht, die du am liebsten hast. Bis er zum Schluss Elisa gekidnappt hat." Und nach einer Weile, in der Stille herrschte, fügte er hinzu: „Wir hätten ihn sogar ohne deinen heldenhaften Einsatz im Karpfenweg überführen können."

„Wie das denn?"

„Wir sind auf einen Beweis gestoßen. Die Nummer des Prepaidhandys, das bei Engländer gefunden wurde, war die letzte, die bei Heinzmann vor dessen Tod angerufen hat. Ergo: Engländer hatte Kontakt zu Heinzmann und als letzter mit diesem telefoniert, bevor er ermordet wurde. Und kurz darauf hat er ihm eine SMS geschickt und Heinzmann zum Treffpunkt an der S-Bahn Ostendstraße gelockt."

„Wo er tot aufgefunden wurde."

„Du sagst es. Für diesen Mord hätten wir ihn mit Sicherheit dingfest gemacht."

Bricks Stimme klang melancholisch. „Ist ja jetzt auch egal, weil Engländer nicht mehr unter uns weilt. Zum Glück."

„Ganz so ist es nicht. Es geht um seine Truppe. Die drei werden wegen Mordes in fünf Fällen angeklagt. Zumindest wegen Beihilfe zum Mord kriegen wir sie dran, weil die Spurensicherung nachweisen konnte, dass sich alle gemeinsam im Forsthaus aufgehalten und von dort aus die Morde geplant haben."

„Hast du Bier dabei? Lass uns auf die deutsche Polizei, den deutschen Rechtsstaat und das Rechtssystem anstoßen."

„Scherzkeks. Du kriegst keinen Tropfen von mir. Nie wieder."

„Danke auch!"

Es war nicht erkennbar, ob Brick das ironisch meinte.

„Und wie geht's jetzt weiter bei dir?", wollte Schnauze wissen.

„Ich bleib hier. Schau dich um! Idylle pur. Hier ist es schön. So ruhig. Keine Arschlöcher, keine Polizisten ..." er zögerte, „also, ich meine, wenn du nicht gerade da bist. Kein Stress. Einfach herrlich."

„Du bist doch derjenige, der ständig Stress macht."

„Ach Frost, kannst du nicht einmal die Schnauze halten?"

„Kennst mich doch."

Schnauzes Handy klingelte. „Sekunde", sagte er und telefonierte ein paar Minuten.

„Bingo!", sagte Schnauze, als er das Telefon zurück in die Hosentasche steckte.

„Was ist passiert?“

„Das war Ingmar von der Mordkommission. Wir haben in dem Jeep, einem der beiden Wagen der Gruppe, DNA sicherstellen können, die wir bisher nicht zuordnen konnten. Aber jetzt haben wir einen Treffer gelandet.“

„Und?“

„Tom Anzinger. Seine DNA war in einer Datenbank gespeichert. Offensichtlich musste er mal in einem früheren Fall einen Mundabstrich machen und DNA spenden.“

„Aha, und was heißt das jetzt?“

„Anzinger war im Rover. Vielleicht der tote Anzinger.“

„Du meinst, sie haben die Leiche damit irgendwohin transportiert?“

„Möglich. Wir lassen jetzt im Umfeld des Forsthauses nach kürzlich umgegrabenen Stellen suchen. Ich könnte mir vorstellen, dass wir fündig werden.“

„Dann wären die anderen auch wegen Mordes dran.“

„Es erhöht jedenfalls die Wahrscheinlichkeit enorm.“

Nachdem sie lange zusammengesessen hatten und ihnen die Gesprächsthemen ausgegangen waren, weil Brick keinen Mucks mehr von sich gab, verabschiedete sich Schnauze von ihm.

„Ich besuch dich bald wieder. Großes Indianerehrenwort.“

„Natalia und Elisa kommen die Tage auch vorbei.“

„Schön, dass die beiden sich um dich kümmern. Du bist und bleibst ein Pflegefall.“ Er lächelte. „Wie geht’s denn Elisa eigentlich?“

„Sie ist mit einem blauen Auge davongekommen. Außerdem kann sie mehr einstecken als alle, die ich kenne.“

„Das hoffe ich für sie. Mach’s gut, Brick!“

*

Was Brick an der Klinik schätzte, war der geregelte Tagesablauf. Immer das Gleiche. Monoton und verlässlich. Frühstück, Mittagessen, Abendessen, jeweils unterbrochen von Therapie, Sport- und Kulturangeboten. Er hatte einen Anfängerkurs in Yoga belegt. Hätte ihm das einer vorausgesagt, wäre er ihm an den Hals gesprungen. Mittlerweile war er sanfter geworden. Eine erstaunliche Seelenruhe hatte sich über ihn gelegt, eine Art innerer Frieden. In der Klinik war alles getaktet, sodass kaum Zeit zum Nachdenken blieb, weil er stets was zu tun hatte. Das fand er gut. Nur nachts, vorm Einschlafen, schlichen sich böse Geister an und er hatte alle Mühe, sie abzuwehren.

Vor einer Sache hatte er großes Muffensausen. Auf Katis CD hatte er ein weiteres Dokument entdeckt. Es war explizit an ihn gerichtet. Ein Brief. Er hatte ihn ausgedruckt, aber nicht gelesen. Immer wieder nahm er es sich vor, immer wieder legte er ihn weg. Der Brief lag im Nachtschrank, ganz unten. Er war noch nicht bereit. Aber der Zeitpunkt würde kommen.

*

Als Elisa und Natalia eintrafen, kam Leben in die Bude. Brick hatte sich freigenommen von seinem Yogakurs und empfing die beiden am Eingang. Die genaue Uhrzeit ihres Eintreffens hatte ihm Natalia per WhatsApp mitgeteilt.

Sie verteilten fleißig Bussis, drückten und herzten sich gegenseitig. Anschließend gingen sie eine Runde um die Klinik.

„Hölle", sagte Elisa. „Zum Glück hab ich immer den Turn gekriegt. Hier möchte ich nicht verweilen müssen."

„Ich muss nicht, ich will", wagte Brick sich zu äußern. Er erklärte ihnen seinen Plan, eine unbestimmte Zeit hierzubleiben, weil es ihm guttat und es ihm nur hier möglich schien, innerlich zu heilen.

„Respekt!" Elisa klang aufrichtig. „Meinen vollen." Ihre Worte waren wie Balsam.

Er wandte sich an Natalia.

„Und wie läuft's mit Ingo?"

„Läuft!" Ein Lächeln erschien auf ihrem Gesicht. Sie schien weiterhin verliebt zu sein.

„Wir haben unsere Pläne geändert und machen jetzt mit Ingo einen Kletterparcours auf. Für Schulklassen und Businessleute und so. Elisa ist auch mit von der Partie, sobald wir sie endgültig aufgepäppelt haben." Ein wenig Stolz schwang in ihrer Stimme mit.

„Und wo?"

„Ingo hat zwei Grundstücke mit Felsen gefunden, wo es möglich wäre. Eines im Odenwald und eines im Spessart. Mitten im Wald.

Die könnten wir pachten. Dann wären die Investitionen nicht so hoch."

„Und wie habt ihr euch das vorgestellt?"

„Na ja, Ingo ist der Klettercoach, ich mache alles Organisatorische und Logistische und Elisa betreut die Teilnehmer."

„Klingt nach einer super Aufteilung. Vielleicht sind ja für Elisa ein paar nette Jungs mit bei."

„Nicht eklig werden, okay?", sagte sie. „Du weißt, was ich durchgemacht habe." Sie schaute eingeschnappt drein.

„Was macht eigentlich Mario Kaspar? Hast du von ihm was gehört?"

„Interessiert mich nicht die Bohne." Sie hob die Arme, drehte sich operettenhaft um die eigene Achse, als wolle sie tanzen, und landete auf einer Parkbank. „Na ja, mal sehn. Vielleicht ruf ich ihn irgendwann mal an."

„Schätze, dass es zu viel auf einmal war und er ne Atempause benötigt. Würdest du denn wenigstens mich mal betreuen? Ein Kletterkurs würde mir bestimmt guttun." Cleverer Schachzug. Sofort schaute sie freundlicher drein.

„Brick, wenn sie dich je wieder hier rauslassen, dann bist du herzlichst an meiner Brust willkommen. Weißt du doch."

Beim Kaffeetrinken im Speisesaal schilderte er ihnen seinen Tagesablauf in der Klinik, die Anwendungen und Therapiemöglichkeiten, was für Heiterkeit und Erstaunen gleichzeitig sorgte. Die beiden konnten sich Brick nicht als Mister Disziplin vorstellen, der immer pünktlich überall erschien, wo er zu erscheinen hatte. Einige Angebote hörten sich eher nach Wellness an und versprachen Spaß.

Zwischendurch rief ihn Schnauze an.

„Anzingers Leiche", sagte der Hauptkommissar. „Wir haben sie gefunden, nur wenige Meter vom Forsthaus entfernt, begraben unter einem Baum im Wald."

„Dann habt ihr ja für den Prozess einiges in der Hand."

„Könnte reichen."

„Ich drücke die Daumen."

„Danke. Halt die Ohren steif."

Brick schaute die beiden Ladys an. „Löst sich alles auf. Ist auch gut so." Sie bohrten nicht nach.

Abends, nachdem die beiden gegangen waren, nicht ohne zu versprechen, bald wiederzukommen, zog er ein Resümee. Wenigstens Natalia und Elisa waren ihm geblieben. Auf der anderen Seite war die Anzahl der Gräber, die er würde besuchen müssen, auf fünf angewachsen. Bei der Vorstellung bekam er Schnappatmung. Wie gerne hätte er sie wieder zum Leben erweckt. Alina, Natascha, Gustav, Kati. Und natürlich Anna, seine letzte Liebe. Er vermisste sie und machte sich schwere Vorwürfe, dass er sich nicht genug gekümmert hatte. Er brauchte Zeit für die Trauer. Zeit, um zur Besinnung zu kommen.

Als sich später am Abend Eddie Zinnober telefonisch meldete, war der Reigen komplett.

„Na, du alter Haudegen“, begann Eddie. „Wie läuft's?“

„Kann mich nicht beschweren. Hier hab ich alles, was ich brauche.“

„Ich komme demnächst mal vorbei, aber hier ist Land unter. Der Fall Engländer hat sich zu einem handfesten Polizeiskandal ausgewachsen, der auch im Innenministerium kein Steinchen auf dem anderen lässt.“

„Sieh mal einer an. Unsere Arbeit trägt Früchte. Hätte ich nicht mit gerechnet.“

„Noch ist niemand zurückgetreten. Also abwarten und Tee trinken.“

„Tee ist gut. Trinke ich hier viel.“

„Hoffentlich schließen sie den Pernod vor dir weg.“

„Keine Sorge. Die nächste Flasche ist kilometerweit entfernt.“

„Hast du schon mal drüber nachgedacht, deine Reportage zu beenden?“

„Lass uns das bequatschen, wenn du zu Besuch kommst. Ich muss das erst mal sacken lassen. Aber ich hab's vor. Ich muss das zum Abschluss bringen.“

„Renn bloß nicht zu ner anderen Zeitung!“

„Eddie, du kennst mich doch. Ich bin eine treue Seele. Du kriegst es natürlich exklusiv.“

„Das wollte ich hören, mein Guter. Dann also bis bald. Ich melde mich.“

Brick legte auf und rekapitulierte das Gespräch. Dann wagte er es. Er holte Katis Brief hervor, starrte ihn minutenlang an und überwand sich.

Ich weiß, dass du diesen Brief lesen wirst, wenn ich tot bin. Es gab keine andere Möglichkeit, glaub mir. Ich möchte, das ist sozusagen mein letzter Wille, dass diese meine Worte dir gelten. Ben, ich habe dich immer bewundert als Kollege, du warst mir das beste Vorbild, das man bei einer Zeitung haben kann. Du hast mich angespornt, du hast mir den Weg gewiesen. Du warst immer da, wo ich sein wollte. Kurz: Ich bin dir unendlich dankbar, dass ich viele Jahre mit dir arbeiten und als Gipfel die Starlight-Story vollenden durfte. Ich bin stolz auf uns, dass wir das trotz allem durchgezogen haben.

Ben, ich habe dich in dieser ganzen Zeit geliebt wie niemanden zuvor. Ich weiß, ich konnte es nicht rüberbringen. Das war besser, glaube mir. Zwischen uns sollte alles genauso sein, wie es war. Ich fand es schön, ich habe es genossen. Du bist der beste Mensch, den ich kenne. Kannte, sollte ich schreiben.

Liebster, mach's gut. Ich behalte dich in bester Erinnerung.

Brick hatte es nicht geschafft, die Tränen zurückzuhalten. Schon nach wenigen Sätzen liefen sie. Er heulte sich alles von der Seele.

Nie zuvor hatte ihm jemand solche Zeilen zukommen lassen. Und da Kati nicht mehr da war, wurde ihm schonungslos bewusst, dass er, Benjamin Brick, der letzte Mohikaner der Zeitungsbranche war. Der Dino unter den Journalisten. Von Eddie mal abgesehen. Die Zeit, sich was vorzumachen, war vorüber. Er war der letzte Zeitzeuge einer untergehenden Stadtkultur. Damit würde ab sofort Schluss sein. Er brauchte Ruhe, endgültig, und er würde sich zur Ruhe setzen. Komme, was wolle. Er hatte genug Nerven gelassen, genug erlebt für drei Leben. Er musste in ein Fahrwasser abbiegen, durch das er die nächsten Jahre ohne Strudel und Orkane kommen würde. Irgendwann war es an der Zeit, einen Schlussstrich zu ziehen. Und dieser Zeitpunkt war jetzt.

Brick weinte bis zum Morgengrauen. Erst als er keine Tränen mehr hatte, schlief er ein.